Bubblegum *Bitch*

Leslie Delhaes

Bubblegum

Bitch

Leslie Delhaes

Bibliografische Information der Deutschen Nationalbibliothek:
Die Deutsche Nationalbibliothek verzeichnet diese Publikation in
der Deutschen Nationalbibliografie; detaillierte bibliografische
Daten sind im Internet über http://dnb.dnb.de abrufbar.

Korrektorat: Nicole Leppen
Verwendete Fotos:
© iStock.com/Jeja
© iStock.com/Nik_Merkulov

Impressum: c/o H. Eßer, Auestr. 87, 52382 Niederzier

Herstellung und Verlag: BoD – Books on Demand, Norderstedt

ISBN: 978-3-7557-7755-7

Bebe

kapitel 1

»Blossom Blue Kovacek! Ist das ein Name oder eine Krankheit?«

»Das ist eine Diagnose.«

Die drei Jungs, die sich über die Namensliste beugen, in der wir unsere Anwesenheit quittieren sollen, amüsieren sich sichtlich.

»Dann geht aus dem Weg«, blaffe ich sie an. »Ich muss meine Diagnose schließlich noch bestätigen.«

Mit einem groben Rempler verschaffe ich mir Platz, so dass ich neben meinem Namen unterschreiben kann.

Die drei starren mich unverhohlen an und ich bin heilfroh, dass ich mich nicht verkleidet habe. Eine Weile habe ich damit geliebäugelt, mich den Konventionen, die ich auf der Polizeihochschule vermute, anzupassen. Aber was hätte das gebracht? Nichts, wenn man Blossom Blue heißt. Daher trage ich Minirock und ein Oberteil mit großzügigem Ausschnitt, bin auffällig geschminkt und habe auch den Platinblondton noch einmal von meiner besten Freundin und ehemaligen Chefin Sabrina auffrischen lassen.

Während ich die Blicke der Männer provozierend erwidere, stecke ich mir einen Kaugummi in den Mund und beginne, übertrieben zu kauen.

Ein weiterer Mann tritt an den Tisch.

»Hallo Blossom Blue, ich bin Kevin.« Der Typ zwinkert mir zu. »Ich bin auch eine Diagnose.«

Er grinst breit. Offensichtlich, dass er diese Sprüche schon sein Leben lang hört.

»Bebe«, stelle ich mich vor. »So nennen mich meine Freunde. Hast du schon einen Platz?«

Mit einem verächtlichen Blick auf die drei Lästermäuler ziehe ich Kevin in Richtung der Pulte. Wir belegen zwei Stühle in der letzten Reihe.

»Woher wusstest du?«, fragt er anerkennend. »Ich habe bislang immer hinten gesessen.«

»Leute wie wir lassen ihren Rücken nicht schutzlos«, erkläre ich. Ich habe in jedem Klassenraum die hinterste Reihe bevorzugt. Die Lehrer gehen davon aus, dass ich mich da verstecke, dabei ist das Gegenteil der Fall. Ich verstecke mich nie. Ich benötige bloß Überblick über die Umgebung.

Bislang ist der Kursraum halb gefüllt. Neben den drei Typen, die sich beieinander niederlassen und uns weiterhin beobachten, werden wir von allen Anwesenden begafft. Ich drehe meinen Stuhl, schlage die Beine übereinander und achte darauf, möglichst viel Haut zu zeigen. Wie gesagt, ich verstecke mich nicht. Eine Rothaarige, die ganz vorne sitzt, betrachtet mich mit zuckenden Mundwinkeln. Dann steht sie auf und folgt uns nach hinten.

»Endlich kommt mal etwas Action in den lahmen Haufen«, sagt sie mit einem Lächeln und lässt sich auf den Platz neben mir fallen. »Ich bin Lara.«

»Hi Lara, ich bin Bebe.«

»Lara, warst du nicht bisher die Streberin aus der ersten Reihe?« Kevin zieht spöttisch eine Augenbraue hoch. »Du meldest dich bei jeder Gelegenheit.«

»Kann ich doch genauso gut von hier aus.« Das Mädchen lächelt unbekümmert weiter. »Warum kommst du erst zwei Wochen nach Ausbildungsbeginn?«, wendet sie sich erneut an mich.

Ich könnte behaupten, ich war krank. Meine Mutter lag im Sterben. Ich hätte den Ausbildungsort gewechselt. Ich könnte auch die Wahrheit sagen. »Ich war bis vor kurzem Tatverdächtige bei einem Tötungsdelikt«, haue ich also raus. »Erst seit der wahre Täter vor Gericht steht, darf ich kommen.«

Kevin pfeift. Lara macht große Augen. Aber keiner zweifelt an meiner Aussage.

»Hast du dich als Verdächtige angeboten, um vor dem Studium Erfahrungen aus erster Hand zu sammeln? Man kann sich später sicher besser in einen Verbrecher hineinversetzen, wenn man mal selbst einer war.« Lara kneift die Augen zusammen.

Ich wette, sie überlegt, warum sie nicht ebenfalls auf die Idee gekommen ist.

»Interessante Taktik, Lara«, kommentiere ich.

»Du bist und bleibst eine Streberin.« Kevin beugt sich nach vorne und betrachtet Lara wie ein ekliges Insekt. »Soll ich dir den Hintern versohlen, damit du die Erfahrung machen kannst, wie sich ein Opfer fühlt?«

»Mich interessieren die Täter mehr als ihre Opfer, Kevin.« Lara rutscht ebenfalls näher, die beiden kreisen mich ein und rücken mir echt auf die Pelle. »Falls du deine Hilfe ernsthaft anbietest, musst du demnach der Leidtragende sein. Ich überlege mal in Ruhe, was ich dir antun könnte.«

Sie flüstert in mein Ohr. »Er ist der typische Muskelprotz mit super Körper und nicht viel in der Birne. Und das habe ich schon in den zwei kurzen Wochen, die wir hier sind, gemerkt.«

»Ich kann dich hören, Lara«, erwidert Kevin. »Danke für das Kompliment mit dem super Körper.«

»Dann können wir ein ausgezeichnetes Gehör hinzufügen.« Lara stört sich überhaupt nicht daran, aufgeflogen zu sein. »Mit viel Glück entdecke ich weitere Qualitäten an dir. Abgesehen davon würde ich meine Aufmerksamkeit jetzt gerne auf inspirierendere Themen wenden, zu denen du nicht gehörst. Wie also bist du in eine Mordermittlung geraten, Bebe?«

»Ist eine lange Geschichte, die ich nicht erzählen werde, während wir von überall her belauert werden.« Wir stehen unverändert im Mittelpunkt des Interesses. Ist nach den zwei Wochen, die ich verpasst habe, schon allen so langweilig, dass eine Neue eine Sensation ist? Ich hatte mir mehr von dem Studium versprochen.

»Okay, ich lade dich heute Abend auf ein Bier ein«, sagt Kevin und feixt spöttisch zu Lara. »In einer abgedunkelten, einsamen Ecke meiner Lieblingskneipe.«

Lara schnaubt.

»Mich bootest du nicht aus. Ich bin dabei. Acht Uhr?«

Der Dozent betritt den Raum und augenblicklich kehrt Ruhe ein.

»Du kennst meine bevorzugte Kneipe nicht«, flüstert Kevin. »Wie willst du dich uns also aufdrängen?«

»Ich bin Polizeimeisteranwärterin«, zischt Lara zurück. »Ich finde deine Lieblingsspelunke in fünf Minuten.«

»Dann bin ich mal gespannt, Brain.« Kevin lehnt sich demonstrativ außer Hörweite und verschränkt die Arme. Das kann ja lustig werden mit den beiden. Ich habe mich schon lange nicht mehr so amüsiert wie in den letzten Minuten.

»Guten Morgen.« Der Dozent betrachtet die Anwesenheitsliste, dann lässt er seine Augen durch den Raum wandern. Dabei fällt sein Blick auf mich. »Wie ich sehe, ist der Kurs ab heute komplett. Sie informieren sich über den verpassten Lernstoff bei Ihren Kollegen, Frau Kovacek?«

»Natürlich.«

Mit Lara und Kevin an meiner Seite muss ich mir darum keine Sorgen machen. Lara hat ihre Unterlagen bereits vor sich ausgebreitet. Sie zwinkert mir zu.

»Wer ist unser Ausbilder?«, raune ich, als der Dozent das Whiteboard anschaltet.

»Herr Soika. Eingriffsrecht, Einsatzlehre, Kriminalistik und Ethik. Wir sehen ihn fast jeden Tag.«

»Haben wir auch andere Dozenten?«

»Klar. Strafrecht wird von einer Anwältin unterrichtet, die ist in Ordnung. Soziologie dagegen ist sterbenslangweilig, Kevin schnarcht jedes Mal. Ich glaube, der Dozent ist längst in Rente.«

Die Tür wird aufgerissen.

»Entschuldigung.«

Ein Model rauscht herein. Champagnerblonde, seidige Haare, akkurat zu einem Bob im Sleek Look geschnitten, große, babyblaue Augen und eine Figur, die an Twiggy erinnert. Dazu Klamotten, die nach Geld schreien. Bei der Frisur kann ich beurteilen, wie viel Aufwand und Pflege sie bedeutet, denn diesen Bob muss man ständig nachschneiden. Ich habe meinen Kundinnen meist davon abgeraten, ein deutliches Zeichen, dass meine erste Berufsausbildung zur Frisörin nicht die geeignete Wahl war.

»Och, wie schade. Ich dachte schon, Miss Traumfrau hätte endlich kapiert, dass sie im falschen Film ist«, mault Lara.

»Eifersüchtig?« Kevin lacht sie aus.

»Worauf? Siehst du sie ernsthaft in diesem Beruf?«

Kevin zuckt die Schultern. »Ist mir egal. Ich genieße einfach den Anblick, solange er sich bietet. Ich bin auch nur ein Mann.«

Die Schöne lässt sich in der ersten Reihe nieder und strahlt den Dozenten an. Erwartungsgemäß ist er Wachs in ihren Händen und lächelt zurück. So wie es aussieht, hätte sie Stunden zu spät kommen können, ohne einen Anschiss zu kassieren.

»Wer ist das?«, frage ich.

»Simone«, flüstert Lara. »Erzähle ich dir heute Abend. Aber erst nachdem ich deine Geschichte gehört habe. Jetzt möchte ich lernen.«

Kevin schnaubt abfällig.

Lara ignoriert ihn.

Ich konnte zwar schon immer ausgezeichnet zuhören und mich gleichzeitig unterhalten oder am Handy spielen, heute werde ich mich jedoch der Musterschülerin neben mir anschließen und die Klappe halten. Erwartungsvoll wende ich meine Aufmerksamkeit auf den Dozenten. Lara schiebt mir ihre Notizen der letzten Stunden zu, die ich parallel überfliege. Ich habe nicht allzu viel verpasst. Dank Laras akribischen Aufzeichnungen bin ich nach kurzer Zeit auf dem aktuellen Stand.

Der Dozent vertieft sich in seine Erläuterungen zum Eingriffsrecht.

»Das muss doch kein Mensch wissen«, mosert Kevin nach einer Weile. »Warum schreibt ihr den ganzen Kram mit?«

»Sobald ich es notiere, ist es in meinem Gedächtnis, meistens für immer. Das spart Zeit beim Lernen«, erkläre ich ihm.

»Beschwer dich nicht bei mir, falls dein Kopf platzt.«

»Die Damen und Herren in der letzten Reihe: Entweder Sie hören freiwillig zu oder ich muss Sie bitten, sich Plätze weiter vorne zu suchen.«

Mist, das Getuschel ist aufgeflogen und wir haben nicht den Lieblingskind-Bonus. Die schöne Simone wendet sich uns zu und bedenkt uns mit einem abfälligen Blick.

Lara wird rot, obwohl sie an dem Flüstern nicht beteiligt war, und Kevin grinst.

»Wir hören doch zu«, sage ich laut und knuffe Kevin gleichzeitig in die Seite. Er soll sich nicht darüber freuen, unangenehm aufzufallen.

»Und was habe ich Ihnen gerade erklärt?« Herr Soika lehnt sich erwartungsvoll an den Tisch und verschränkt die Arme.

In der ersten Reihe wird leise gekichert.

»Sie haben das Festnahmerecht für jedermann erläutert. Nach den Rechtsgrundlagen §127 Absatz 1 Strafprozessordnung und §229 Bürgerliches Gesetzbuch ist jedermann befugt, der jemanden auf frischer Tat angetroffen hat und dieser der Flucht verdächtigt ist oder seine Identität nicht sofort festgestellt werden kann, auch ohne richterliche Anordnung vorläufig festzunehmen«, leiere ich betont lässig herunter.

»Als Nächstes werden Sie uns sicherlich erklären, inwieweit Gewalt angewendet werden darf.«

»Du etwa auch?«, zischt Kevin. »Ich hatte nicht damit gerechnet, dass du Lara.2 bist.«

Das Kichern hat jedoch aufgehört und Simone wendet sich gelangweilt nach vorne.

»Gut, Frau Kovacek.« Der Dozent bleibt misstrauisch. »Ich behalte Sie trotzdem im Auge.«

Da ist er nicht der Erste.

kapitel 2

Ich musste Kevin hoch und heilig versprechen, Lara nicht zu verraten, wo wir uns treffen. Da sie nicht gefragt hat, war ich nicht einmal in Versuchung, den albernen Wettbewerb zu untergraben.

Gemächlich schlendere ich durch stille Nebenstraßen. Der direkte Weg von meiner Wohnung zum Treffpunkt führt mitten durch die Innenstadt, aber ich bin zu früh dran und genieße die fremde Stadt, indem ich einen Umweg gehe. Es ist geruhsamer als meine Heimatstadt, die immer eine gewisse Hektik ausstrahlt. Die Geschäfte sind geschlossen, die meisten Schaufenster trotzdem beleuchtet. Ich laufe an einem thailändischen Restaurant vorbei, im Inneren ist kein Mensch zu sehen. Ein Pärchen kommt mir eng umschlungen entgegen.

Der erste Tag an der Hochschule ist gut gelaufen. Dank Kevin und Lara. Eine gewissenhafte Vorbildstudentin und ein muskelbepackter, lässiger Sprücheklopfer, was will man mehr. Mit den anderen Polizeianwärtern habe ich kein Wort gewechselt. Von mir aus kann das so bleiben, denn ich lege null Wert darauf, der Liebling der Klasse zu werden.

Obwohl es Mitte September ist und dunkel obendrein, ist es mild. Ich nähere mich dem Zentrum, die Straßen werden voller. Die Kneipe, in die Kevin mich gelotst hat, müsste gleich um die Ecke liegen. Aus einem Hauseingang kommt eine Frau, ihre Schuhe klappern laut auf den Treppenstufen. Mit hektischen Schritten läuft sie mir entgegen und ich weiche reflexartig aus. Dann reiße ich die Augen auf.

Das ist Simone.

Die schöne Simone, die mich nach zwei, drei verächtlichen Blicken den Tag über ignoriert hat. Die schöne Simone, der alle Jungs hinterherschmachten, Kevin nicht ausgenommen. Aktuell ist sie mächtig derangiert. Das Make-up ist verschmiert, Tränen laufen ihr über das Gesicht und sie hat Striemen auf der Wange. Die perfekte Frisur ist hinüber und ihre Bluse halb aus der Hose gerissen.

»Brauchst du Hilfe?«, rufe ich, als sie an mir vorbeihastet.

Sie nimmt mich nicht wahr.

Ein Mann stürmt auf die Straße, dunkle Haare, groß, athletisch. Er blickt suchend den Bürgersteig entlang, ehe er Simone entdeckt. Als er ihr folgen will, bemerkt er mich, ich mustere ihn entschlossen. Wütend schlägt er mit der Faust gegen die Wand, dann geht er wieder hinein.

Simone biegt um die Ecke. Notgedrungen laufe ich hinter ihr her. Ich bin zwar seit ein paar Monaten gut im Training, meine Schuhwahl ist jedoch nach wie vor nicht für ungeplante Renneinlagen geeignet. Glücklicherweise lehnt Simone direkt hinter der Kreuzung an der Mauer und atmet hektisch. Wie hat die mit einer so miesen Kondition das Sportabzeichen abgelegt? Sie wischt sich über das Gesicht, um die Tränen zu trocknen.

»Simone, was ist los? Hat der Typ dir was getan?«, frage ich und gehe langsam näher.

Jetzt bemerkt sie mich.

»Hau ab.«

Ich bleibe stehen.

»Brauchst du Hilfe?«, beharre ich auf meiner Frage.

»Nein, hau endlich ab.«

So schnell wird man mich nicht los. Auch wenn ich Simone heute zum ersten Mal getroffen habe, stehle ich mich nicht einfach so aus der Verantwortung, solange ich sehe, dass jemand ein Problem hat.

»Willst du den Typ anzeigen?«

»Was an *Hau ab* kapierst du nicht?«

»Ich will Polizistin werden. Da haut man nicht ab, wenn es Stress gibt.«

»Es ist nichts«, faucht sie.

»Ja klar, sehe ich.«

Sie ignoriert mich und schließt die Augen. Mit blassem Gesicht lehnt sie an der Wand und ich korrigiere meine Einschätzung von eben. Sie ist nach wie vor schön. Schmale, aristokratische Nase, helle, makellose Haut, überhebliche Gesichtszüge. Die Striemen, die sich deutlich abheben, heben ihre Eleganz nur noch mehr hervor. Und auch der derangierte Zustand ihrer Kleidung betont, wie teuer der Kram sein muss. Alles in allem nicht die typische Polizeischülerin.

Aber die bin ich auch nicht.

Auf der gegenüberliegenden Straßenseite schlendern lachend ein paar junge Mädchen vorbei. Simone öffnet die Augen und wendet sich mir zu. Ihr Blick wandert einmal an mir auf und ab.

»Geh zurück auf den billigen Straßenstrich, von dem du gekommen bist. Ich schätze, du bist es gewohnt von deinem Zuhälter verprügelt zu werden, aber das hier ist eine Nummer zu groß für eine kleine Nutte wie dich«, sagt sie langsam und betont. Dann dreht sie sich um und stolziert davon.

Ich pfeife leise.

»So leicht vergrault man mich nicht, Simone«, rufe ich hinter ihr her. Wenn es mich stören würde, Nutte genannt zu werden, würde ich mich anders anziehen. »Ich werde dir helfen, falls du Hilfe brauchst. Das ist mein Job.«

Ohne zurückzuschauen, hebt sie die Hand und zeigt mir den Mittelfinger. Keine passende Geste für die piekfeine Societylady, die ihre Optik verheißt. Ich kichere. Der Schein trügt so oft.

Trotz meiner Ankündigung lasse ich sie davonlaufen. Die aktuelle Gefahr scheint gebannt. Tief in Gedanken kehre ich um und mache mich erneut auf den Weg zur Kneipe. Inzwischen bin ich zu spät. Aber das Rätsel um Simone lässt mich nicht los.

Kevin sitzt an einem langgezogenen Tisch in einer Ecke, Barhocker links und rechts.

»Erzähl mir von Simone«, begrüße ich ihn.

»Würde ich gern flachlegen«, erwidert er dreckig grinsend. »Wird mich aber nie im Leben ranlassen.«

»Jetzt hast du mir etwas über dich erzählt, Kevin. Das wollte ich nicht wissen.« Ich verdrehe die Augen.

Da schon zwei Gläser Kölsch vor Kevin stehen, schnappe ich mir eines und stoße mit ihm an.

»Auf den nettesten Neuzugang, den wir haben«, sagt er und blickt mir tief in die Augen.

»Ich bin der einzige Neuzugang, Kevin«, schnaube ich und nehme einen großen Schluck. Der Schaum kitzelt an meiner Oberlippe.

»Und wenn wir tausend hätten, wärst du noch immer der netteste.«

»Ich gehe auch nicht mit dir in die Kiste, vergiss es«, sage ich mit einem Lachen.

Kevin lacht ebenfalls.

»Du bist mit mir in der Kiste, Bebe.«

Ich schaue mich irritiert um. Die Kneipe ist dunkel und macht einen auf schäbig. Da sie trotzdem sauber ist und die Gäste gewöhnliche Studenten sind, ist es eindeutig nur Show.

»Die Kneipe heißt so«, erklärt Kevin.

»Ach so. Wenn das alles ist, was du willst, bin ich dabei.«

Kevin beißt sich auf die Unterlippe. Dann lehnt er sich näher.

»Habe ich echt keine Chance?«, raunt er mit tiefer Stimme. Für eine gewisse Art Mädchen mag das sexy klingen.

»Nee.«

»Warum nicht?«

»Ich habe der Männerwelt abgeschworen. Schlechte Erfahrungen«, erkläre ich.

Kevin leert sein Bier und winkt mit dem leeren Glas in Richtung Bar. Ich wette, der Kellner kennt ihn, er nickt und Kevin zeigt zwei Finger.

»Und wenn ich keine Beziehung suche, sondern nur 'ne unverbindliche Nummer?«

»Dann bist du bei mir genauso an der falschen Adresse.«

»Habe ich mir gedacht. Aber versuchen kann man es ja mal.« Er zuckt die Schultern und grinst frech. Ich mag Männer, die eine Abfuhr so ungerührt wegstecken. Jetzt können wir wahrscheinlich Freunde werden.

»Zurück zu Simone«, beharre ich auf meiner Frage.

»Bei der kann ich auch nicht landen. War aber eh klar, ich habe es gar nicht ernsthaft versucht.«

»Ist das alles, was du über sie sagen kannst?«, frage ich verzweifelt.

»Alle baggern sie an. Hilft dir das weiter?«

»Nee, das habe ich schon bemerkt.«

»Sie ist stinkreich und hält sich für was Besseres. Hilft dir das weiter?« Lara lässt sich neben mir nieder.

»Wie hast du uns gefunden?«, mault Kevin. Finster betrachtet er unseren Neuankömmling.

Lara lacht.

»Nichts leichter als das. Ich komme von hier und kenne jede Kneipe. Und es ist offensichtlich, was dein Geschmack ist. Da standen höchstens drei zur Auswahl.«

»Wieso ist mein Geschmack offensichtlich? Wie soll der bitteschön sein?«

»Ein bisschen heruntergekommen, aber mehr Schein als echte Spelunke. Genau wie du, Kevin.« Sie verdreht die Augen und wendet sich mir zu. »Warum interessierst du dich für Simone?«

Ich werde nicht erzählen, in welchem Zustand ich sie

getroffen habe. Niemand verdient es, Gegenstand üblen Klatsches zu sein.

»Nur so«, winke ich ab. »Sie ist auffällig und passt nicht so recht zur Polizei.«

»Finde ich auch.« Lara beugt sich näher. »Viel weiß ich nicht. Ihre Eltern haben echt Asche, wie man an den Klamotten sieht. Daddy ist irgendein hohes Tier in einem Großkonzern und wollte eigentlich, dass sie BWL studiert. Wieso sie nun ausgerechnet bei uns gelandet ist, …« Sie zuckt die Schultern.

Lara hat eine gute Beobachtungsgabe. Unseren Kevin hat sie auf jeden Fall auf einen Blick durchschaut. Der sitzt uns gegenüber und schmollt.

Der Kellner bringt das Bier.

»Bringst du noch eins?«, bestellt Kevin und schiebt sein Kölsch zu Lara. »Die erste Runde geht auf mich.«

Manieren hat er. Sogar Lara gegenüber, mit der er so seine Differenzen hat.

»Danke.«

Das fehlende Getränk wird gebracht und wir stoßen an.

»Hast du dich denn häufig mit Simone unterhalten?«, wende ich mich erneut an Lara.

»Nö, die guckt mich nicht mit dem Arsch an. Entweder lässt sie sich von den Jungs den Hof machen oder sie rennt hinter den älteren Jahrgängen her. Alles, was ich weiß, ist allgemeines Gerede.« Sie dreht die langen Haare zusammen und wirft sie sich auf den Rücken. »Aber eigentlich hatte ich auf deine Geschichte spekuliert. Simone ist langweilig, Mädchen wie die gab es zuhauf auf meiner Schule. Mädchen wie du, Bebe, sind neu für mich.«

»Kommst du von einer privaten Eliteschule?«

»Nee, nur von 'ner Mädchenschule. Aber da waren auch so einige Gutbetuchte dabei.«

»Mädchenschule!« Kevin beginnt zu lachen. »Hätte ich mir denken können.«

»Was soll das denn heißen?« Lara reißt die Augen auf.
»Du hast null Erfahrung mit Männern, soll das heißen.
Deshalb bist du so verklemmt.«
»Ich bin nicht verklemmt. Ich finde nur, dass du mehr
Muskeln als Hirn hast. Das ist absolut unerotisch.«
»Das sehen die meisten Frauen anders. Oder, Bebe?«
Ich pruste. »Kommt drauf an. Es spricht ja nichts gegen
Muskeln und Hirn. Ich mag beides.«
Lara kichert. »Hat dein Freund beides?«
»Ich habe keinen Freund.«
»Bebe hat die Schnauze voll von Männern. Wärst du nicht
zu spät gekommen, weil du stundenlang orientierungslos
durch die Stadt irren musstest, wüsstest du das.« Kevin plus-
tert sich auf.
»Ich habe zehn Minuten gebraucht, um euch zu finden.
Die Kiste war mein zweiter Versuch. Wie sieht es mit deinem
Exfreund aus, Bebe. Hirn oder Muskeln?«
»Muskeln«, gebe ich zu.
Kevin lacht laut auf, schlägt auf den Tisch und deutet dann
auf Lara. »Siehst du. Die scharfen Frauen bevorzugen Mus-
keln.«
»Muskeln sind der Grund, aus dem ich erst jetzt in den
Kurs gekommen bin. Muskeln und Mord«, erkläre ich.
Die beiden verstummen und starren mich an. Mit einem
lauten Seufzen erzähle ich, was im Frühjahr passiert ist. Die
ganze schreckliche Geschichte, die mich dazu gebracht hat,
Polizistin werden zu wollen.
»Du willst zur Kripo, oder?«, fragt Lara einfühlsam.
»Auf jeden Fall. Mir ist erst klargeworden, wie die Kripo
arbeitet, während die Ermittlungen liefen.« Ich habe bei meinem Bericht ein wenig unterschlagen, dass ich die Unter-
suchung des Falles nicht nur miterlebt, sondern ab und an
auch sabotiert und eigenmächtig geführt habe. »Vorher kannte ich nur Streifenpolizisten.«
»Was spricht gegen die Schutzpolizei?«

Kevin mustert mich irritiert.

»Nichts, es wäre nur für mich nicht der richtige Beruf.«

»Du musst auf Streife gehen, bevor du irgendwann zur Kripo wechseln kannst«, wirft Lara ein.

»Weiß ich. Das ist ja auch in Ordnung. Ich will es nur nicht für immer machen. Das soll ganz bestimmt kein Werturteil sein.«

»Ich finde Kripo öde. Ich kann es kaum erwarten, endlich die Uniform zu bekommen.« Kevin deutet auf mich. »Wirst du damit klarkommen, angezogen zu sein, Bebe?«

Lara kichert und ich schlage demonstrativ meine Beine übereinander, so dass der Rock noch ein Stück weiter hochrutscht. Drei Kerle von Nebentisch gaffen.

»Gute Frage. Darf man die umnähen lassen?«

»Nein«, antwortet Lara ernsthaft. »Aber ich wette, Kevin hofft darauf, in Uniform bei Frauen besser anzukommen.«

»Der strippende Polizist ist auf Junggesellinnenabenden doch das Highlight. Wenn du üben möchtest, Kevin, bieten wir uns an«, unterstütze ich Lara mit einem provozierenden Lächeln.

Kevin mustert Lara. »Das ist für unsere kleine Klosterschülerin hier too much. Die fällt dabei in Ohnmacht.«

»Denkst du, ich bin Jungfrau, oder was?«, faucht Lara.

»Du hast doch zugegeben, von einer ultrakonservativen Mädchenschule zu kommen.«

»Und gegenüber lag eine reine Jungenschule. Was glaubst du?« Lara streckt Kevin die Zunge raus.

Während die beiden sich weiter kabbeln, wandern meine Gedanken zurück zu Simone. Für mich sah das nach einer versuchten Vergewaltigung aus. Sie sollte den Kerl unbedingt anzeigen. Ein Mann, der ein ›Nein‹ nicht kapiert, muss schnellstens eine Lektion kassieren. Eine Sache der Solidarität, denn sonst muss die nächste Frau dran glauben. Ich werde mir Simone auf jeden Fall noch einmal vorknöpfen.

21

kapitel 3

Simone taucht nicht auf.

Ich sitze auch heute in der letzten Reihe zwischen Kevin und Lara und warte missmutig auf den eleganten Auftritt, den sie am Tag zuvor hingelegt hat. Vergeblich. Möglicherweise hat ihr Make-up die Striemen nicht perfekt überdecken können. Es gibt Frauen, die gehen nur makellos aus dem Haus – oder eben gar nicht.

Während der Dozent – es ist derselbe wie am Vortag – über die Verhältnismäßigkeit von Gewalt bei einer Festnahme schwadroniert, vibriert mein Handy. Ich werfe einen unauffälligen Blick auf das Display. Es ist Sabrina.

Sabrina: Wie war dein erster Tag, Süße?

Rasch tippe ich eine Rückmeldung ein.

Bebe: Langweilst du dich gerade?

Sabrina: Eine Kundin hat kurzfristig abgesagt. Dafür war gestern bis Ladenschluss der Bär los. Jetzt sag schon.

Ich heuchle ungeteilte Aufmerksamkeit in Richtung Herrn Soika, bis er sich wieder dem Whiteboard zuwendet.

Bebe: Zwei nette Leute. Damit zwei Freunde mehr als auf meiner alten Schule. Verpasst habe ich auch nicht allzu viel. Heult sich Pattie noch immer die Augen nach Jason aus?

Sabrina: Sie hat einen Neuen. Nach dem, was sie erzählt, befürchte ich, dass er ein ähnliches Kaliber wie dein Ex ist.

Bebe: Immerhin crasht sie nicht …

Lara verpasst mir einen groben Stoß in die Rippen. »Pass auf«, zischt sie. »Das ist wichtig und du bist gestern schon unangenehm aufgefallen.«

»Ich passe auf. Soll ich dir aufzählen, wann Gewalt verhältnismäßig ist?«

»Solange ich sie anwende, ist sie immer verhältnismäßig«, murmelt Kevin verschlafen von der anderen Seite.

Mit einem Seufzen lasse ich das Handy mit der begonnenen Nachricht zurück in die Tasche gleiten.

»Frau Kovacek, einen Moment bitte«, hält mich Herr Soika auf, als ich zur Mittagspause mit Kevin und Lara den Raum verlassen möchte.

Ich winke den beiden zu, schon mal vorzugehen.

»Ja?«

Nach und nach leert sich der Kursraum. Der Dozent lehnt sich entspannt an den Tisch und stützt die Arme darauf ab.

»Kommen Sie zurecht?«, fragt er freundlich.

Ich hebe erstaunt die Augenbrauen, denn ich habe mich heute bei jeder Gelegenheit am Unterricht beteiligt.

Herr Soika lacht auf.

»Ja, ja, dumme Frage. Ich habe bemerkt, wie gut Sie zurechtkommen. Ich wollte nur anmerken, dass Sie sich jederzeit an mich wenden können. Ihren Kommilitonen habe ich das in der Einführungswoche gesagt. Und es ist egal, ob es um Unterrichtsstoff geht oder um ein anderes Thema. Auch bei privaten Problemen stehen wir Dozenten selbstredend zur Verfügung.«

»Ich habe den verpassten Stoff von Lara bekommen. Aber danke für das Angebot.«

»Ja, es ist erfreulich, dass Sie so schnell Anschluss gefunden haben. Sie und Frau Jacobs haben bestimmt einen vorteilhaften Einfluss auf Herrn Wagner.« Er zwinkert mir zu.

So recht kann ich das Gespräch nicht einordnen. Rechnet er mit privaten Problemen ausgerechnet bei mir? Und was soll das Gezwinker?

Ich nicke kühl. Dann weise ich zur Tür.

»Wenn wir fertig sind, …«

»Ja, natürlich. Das war schon alles. Wir arbeiten hier auf einer persönlicheren Ebene, als Sie es von der Schule gewohnt sind. Schließlich sind Sie erwachsen.«

Ich bin schon verdammt lange kein Kind mehr. Ich habe die letzten Jahre das Geld verdient und damit für meine Familie gesorgt. Für mich selbst verantwortlich bin ich noch viel länger.

»Bis nachher, Herr Soika«, verabschiede ich mich und verlasse den Raum. Mal hören, ob Lara und Kevin dieses Gespräch auch so merkwürdig finden.

Auf dem Flur stehen die drei Schnösel, die ich gestern schon ins Herz geschlossen habe, am Fenster und tuscheln. Die Gelegenheit kommt wie gerufen.

Ich stelle mich dazu.

»Wisst ihr, wo Simone wohnt?«

Kevin und Lara haben nämlich keine Ahnung.

»Wozu willst du das wissen?«, reagiert einer mit einer Gegenfrage.

»Frauengespräche.« Ich zucke die Achseln.

»Das glaubst du doch selbst nicht. Willst du dich rächen? Also, von mir erfährst du nichts.«

Er versucht, sich an mir vorbeizuschieben, aber ich verstelle ihm den Weg.

»Welchen Grund hätte ich, mich rächen zu wollen? Ich habe sie gestern zum ersten Mal gesehen.«

»Weißt du, was sie über dich gesagt hat?« Er grinst auf mich herunter. Der Flur ist menschenleer und der Typ kommt einen Schritt näher. Leider überragt er mich um eine Kopflänge. Meiner Erinnerung nach heißt er Fabian.

»Fabi, Schätzchen, mir ist völlig egal, was sie über mich gesagt hat. Ich interessiere mich dafür, was sie mir heute sagen kann. Wo also wohnt sie?«

Da Simone gestern vor allem mit Fabian und seinen Begleitern geredet hat, bin ich bei ihm sicherlich an der richtigen Quelle. Anstatt zurückzuweichen, wie er es wohl erwartet, komme ich ebenfalls näher. Wir berühren uns fast. Er muss nur seinen Kopf neigen, um mir ins Ohr zu flüstern.

»Blas mir einen und ich sage es dir.«

»Sag es mir und ich verrate keinem, dass du scharf auf mich bist«, hauche ich zurück.

»Ich bin nicht scharf auf dich, nur geil. Und wenn du dich gut anstellst, darfst du bei Sandro und Matthis auch ran.« Er wirft einen raschen Blick zurück auf seine Freunde, die das Geplänkel zwischen uns amüsiert beobachten. »Im Klassenraum ist in der nächsten halben Stunde niemand, da sind wir völlig allein.«

Zwei junge Frauen kommen am anderen Ende des Flures aus dem Treppenhaus und verschwinden nach draußen. Wir sind mittlerweile tatsächlich ungestört. Endlich.

»Ich habe eine bessere Idee«, sage ich mit einem Lächeln.

Entschlossen greife ich seinen Arm und drehe ihn resolut auf den Rücken. Den Polizeigriff, den Tim mir gezeigt hat, habe ich im Laufe der letzten Wochen so lange trainiert, bis ich ihn im Schlaf anwenden kann. Und nicht nur den. Ich habe mittlerweile so einige Verteidigungsgriffe auf Lager.

Fabian keucht erschrocken auf und Sandro und Matthis starren mich perplex an.

»Was für Möglichkeiten haben wir vier denn jetzt?«, überlege ich laut in Richtung der geschockten Zuschauer. »Ich könnte eurem Kumpel so richtig wehtun oder ihm sogar den Arm brechen. Oder ich schreie, ihr hättet mich vergewaltigen wollen, und zeige euch an. Eine Gruppenvergewaltigung unter Polizeischülern, was für eine unschöne Geschichte.« Langsam wiege ich den Kopf hin und her und summe ein wenig. »Oder ihr sagt mir einfach, wo Simone wohnt. Aber das wäre die langweiligste Alternative.«

»Du hast sie doch nicht mehr alle«, krächzt Fabian. »Was soll der Scheiß?«

Sandro kommt einen Schritt auf uns zu. »Hör mal, Blossom Blue, das war doch nur Spaß. Lass Fabian los.«

»Bleib stehen.« Ich drehe Fabians Arm einen Tick weiter und er wimmert. »Das war kein Spaß, das war übergriffig und ekelhafter Sexismus. Aber auf dem Niveau kann ich mitspielen. Also?«

»Matthis weiß, wo sie wohnt.« Sandro deutet nach hinten, auf den dritten der Freunde, der die Arme vor dem Oberkörper verschränkt hat.

»Wieso willst du das wissen? Simone kann dich nicht ausstehen«, sagt er bockig.

»Ich kann sie auch nicht leiden. Das hat damit nichts zu tun.«

Matthis scheint sich nicht daran zu stören, dass ich seinem Kumpel Schmerzen zufüge. Er kaut unentschlossen an seiner Oberlippe. Drohend schiebe ich Fabian in seine Richtung. Eventuell habe ich mir den Falschen vorgenommen.

»Kannst du der Irren jetzt endlich sagen, wo sie wohnt?«, fährt Sandro Matthis an. »Ist ja kein großes Geheimnis und was soll sie mit der Info schon machen.«

Von draußen schallt Gelächter in den Flur. Leute reden laut durcheinander, dann werden die Stimmen wieder leiser.

»Adenauerweg 78«, knurrt Matthis. »Das wird dir noch leidtun, Blossom Blue.«

Ich lasse Fabian los und stoße ihn seinen Freunden entgegen.

»Denk mal darüber nach, warum dein Kumpel so lange gezögert hat, dir zu helfen«, sage ich mit einem bösen Grinsen zu ihm.

Verächtlich starre ich die drei an, um klarzustellen, dass ich keine Angst vor ihnen habe, obwohl sie stinksauer und wir allein sind. Warum sollte ich auch. Die Typen wollen Polizisten werden und ich komme aus der Gosse. Ich musste mein Lebtag mit Männern fertigwerden, die keine Hemmungen haben, sich zu nehmen, was sie haben wollen. Männer, die kriminell sind und stolz darauf. Und häufig genug war ich das, was sie wollten. Die Rücksichtslosigkeit ist mir also in die Wiege gelegt.

Nach meiner sportlichen Rundumerneuerung der letzten Monate bin ich mittlerweile sogar in der Lage, mich körperlich zu wehren. Dank Wing Tsun habe ich mehr als den Polizeigriff zu bieten.

Nach einem letzten gelangweilten Blick stolziere ich an ihnen vorbei, mit laut klappernden Schuhen und dem wiegenden Gang, der meinen Hintern perfekt in Szene setzt. Denn obwohl ich es nicht kontrolliere, weiß ich, dass sie mir nachstarren.

Während ich das Gebäude verlasse, schleicht sich eine unwillkommene Erinnerung in mein Gehirn. Ich halte ebenfalls einen Mann hilflos im Polizeigriff und versuche, Informationen aus ihm herauszupressen. Das hat damals nicht funktioniert, obwohl ich bis über die Schmerzgrenze gegangen bin und er wusste, dass ich eine rücksichtslose Schlampe bin, der alles zuzutrauen ist. Im Anschluss hatte ich Gewissensbisse, die spare ich mir jedoch heute.

Denn Tim mit den drei Blödmännern zu vergleichen, wäre ihm gegenüber unfair.

kapitel 4

Ich klingle inzwischen zum dritten Mal. Diesmal lasse ich den Finger gefühlt minutenlang auf dem Knopf. Ob hier eine Kamera angebracht ist, so dass Simone erkennen kann, wer vor der Tür steht? Dass sie nicht freiwillig mit mir sprechen wird, ist mir klar.

»Kann ich Ihnen helfen?«

Simone wohnt in einer Einliegerwohnung mit Eingang im Keller, ich muss daher zu der Person hinaufschauen, die mich anspricht.

»Ich wollte zu Simone«, erkläre ich das Offensichtliche.

»Wenn sie nicht öffnet, ist sie nicht da.«

Mit schnellen Schritten stapfe ich die Treppe hinauf. Vor mir steht ein älterer Herr in Cordhose und Hemd und betrachtet mich missbilligend. Meine Optik passt selbstverständlich nicht zu seiner hübschen Villa im mediterranen Stil. Wahrscheinlich macht er sich Sorgen, was die Nachbarn sagen, wenn sie mich in seiner gepflegten Einfahrt erblicken.

»Sie war heute nicht im Kurs, deshalb wollte ich ihr meine Notizen vorbeibringen.« Nachdrücklich klopfe ich auf meine Tasche. Der Lernstoff ist das Alibi, das ich mir ausgedacht habe. Simone weiß nichts von ihrem Glück. »Es war heute echt viel Neues.«

»Sie lernen mit ihr zusammen?«

»Ja.«

»An der Polizeihochschule?«

»Ja.«

»Und Sie wollen Polizeibeamtin werden?«

»Ja«, sage ich mit treuherzigem Augenaufschlag.

»Wenn Fräulein Diedrich krank ist, sollte sie selbstverständlich den verpassten Lernstoff erhalten«, lenkt der Vermieter ein. »Werfen Sie es doch in den Briefkasten.«

»Ich muss ihr etwas dazu erklären.« Ich seufze tief und zucke die Schultern. »Diese Sache mit dem Eingriffsrecht ist wirklich verzwickt. Aber so elementar. Wenn man da einen Fehler begeht und deshalb ein Täter nicht verurteilt werden kann, …«

Unentschlossen sieht er zwischen mir und der Wohnungstür hin und her.

»Ob sie so krank ist, dass sie nicht mal zur Tür kommen kann?«, überlege ich laut. »Ich mache mir schon ein wenig Sorgen.«

Opi kramt einen Schlüsselbund aus der Hosentasche.

»Ich schaue mal nach. Es wird ihr ja wohl nichts passiert sein«, murmelt er und steigt langsam und umständlich die Treppe hinab. Gut zu Fuß ist er nicht.

Unauffällig tapse ich hinterher.

Der Schlüssel bewegt sich lautlos im Schloss, die Tür gleitet auf. Der Hausherr klopft laut gegen die Eingangstür.

»Fräulein Diedrich. Sind Sie da? Hier ist eine …«, seine Augen wandern unschlüssig zu mir und ruhen auf meinem Minirock, »… eine Kollegin, die Ihnen Unterrichtsmaterial bringt.«

Keine Antwort, obwohl wir lauschen. Nur ein vereinzeltes Auto ist von der Straße her zu hören.

»Sie ist bestimmt beim Arzt«, beschließt Opi.

»Oder sie ist ohnmächtig«, behaupte ich. Davon sollte man in Simones Alter zwar nicht ausgehen, aber der Vermieter gehört zu einer Generation, in der man jederzeit mit einem

Schlaganfall rechnet. Wie erwartet betritt er alarmiert den Flur und läuft die hellen Fliesen entlang. Ich folge. Die Wände sind weiß, die Möbel nagelneu und unpersönlich. Obwohl sich die Wohnung zum Garten hin öffnet und jede Menge Tageslicht hereinlässt, wirkt der Wohnraum kalt. Muss an dem reinweißen Boden liegen, den kahlen Wänden, der Tatsache, dass nichts Persönliches herumliegt. Mich fröstelt und ich schlinge die Arme um den Oberkörper.

»Nein, sie ist eindeutig nicht da. Deponieren Sie die Unterlagen einfach auf dem Tisch, sprechen können Sie ja morgen mit ihr.«

Widerwillig lege ich die Kopien ab, die ich in letzter Sekunde angefertigt habe. Simone wird noch weniger mit mir reden, wenn sie erkennt, dass ich in ihrer Wohnung war.

»Schönes Apartment«, lüge ich den Vermieter an. »Haben Sie immer Polizeischüler zur Untermiete?«

»Ja, darauf legen wir Wert. Meine Frau ist ein vorsichtiger Mensch, wir vertrauen nicht jedem. Und Studenten sind häufig etwas …«, er spitzt den Mund und sucht nach einem unverfänglichen Wort, »… nennen wir es wild.«

»Da haben Sie mit Simone aber Glück. Die ist sehr gewissenhaft.« Tapfer gebe ich vor, mit Simone befreundet zu sein. Hier liegen nicht einmal Bücher herum, nur die Tageszeitung des Vortags und eine Fernbedienung. »Ob sie eventuell im Bett ist und tief und fest schläft? Wer weiß, wie hoch das Fieber ist?«

»Da kann ich unmöglich nachschauen«, sagt der Mann empört.

»Ich kann es machen. Ich bin ja eine Frau.« Ich deute auf eine Tür, die vom Flur abgeht. Sogar die Türen sind reinweiß, es ist schlimmer als in einer Arztpraxis. »Und eine Freundin«, füge ich rasch hinzu. »Eventuell braucht sie Medikamente.«

Jeder Mensch meiner Generation würde mich spätestens jetzt fragen, warum wir nicht über das Handy in Kontakt stehen. So ein Glück, dass Opi nicht allzu modern ist.

Das Schlafzimmer ist ebenfalls leer. Ein Doppelbett, akkurat gemacht, dominiert den Raum. Eine Schranktür steht offen, aber im Inneren sieht es erschreckend ordentlich aus. Simone ist ein merkwürdiges Mädchen. Vor allem im Vergleich mit meinem neuen Zuhause, der ersten Wohnung, die ich mir einrichten konnte, wie es mir gefällt, schreien diese Räume nach unpersönlichem Hotelzimmer. Ein Gast auf der Durchreise, für den sich das Auspacken nicht recht lohnt. Will sie das drei Jahre so durchziehen? Oder stimmt meine Einschätzung, dass sie keine echte Polizeianwärterin ist?

Der Vermieter wartet im Flur und klopft mittlerweile ungeduldig mit dem Fuß auf den Boden.

»Sie ist bestimmt beim Arzt«, sage ich laut und folge ihm in Richtung Ausgang. »Hoffentlich ist sie nicht lange krank. Ich kann ja schlecht jeden Tag vorbeikommen.«

»Ich richte ihr aus, dass Sie da waren, Fräulein …?«

Oh Mann, gibt es wirklich noch Leute, die junge Frauen mit Fräulein ansprechen? Ich quäle mir ein Lächeln ins Gesicht.

»Laura«, behaupte ich und bemühe mal wieder den Tarnnamen, der mir schon einmal gute Dienste geleistet hat. Dass man nicht in jeder Situation den echten Namen benutzt, habe ich vor ein paar Monaten auf die harte Tour gelernt. »Sagen Sie doch bitte einfach Laura, Simone weiß dann schon Bescheid.«

Die Tür fällt hinter uns ins Schloss, ich folge dem Vermieter in seinem Schneckentempo die Treppe hinauf. Am Klingelschild neben der riesigen Eingangstür steht ›Braun‹.

»Herr Braun, vielen Dank für Ihre Hilfe.« Ich greife nach seiner Hand und schüttle sie nachdrücklich. »Simone hat wirklich Glück, bei Ihnen untergekommen zu sein. Wir sehen uns bestimmt noch mal.«

Herr Braun schaut nachdenklich hinter mir her. Sobald er Simone berichtet, wie die angebliche Freundin Laura ausgesehen hat, ist meine Tarnung aufgeflogen.

An der Bushaltestelle warten schon eine Frau mit Klein-
kind und ein älterer Herr. Beide würdigen mich keines Blickes,
als ich mich dazustelle.

Warum renne ich Simone eigentlich hinterher? Wenn sie
den Typen nicht anzeigen will, ist das schließlich ihre Sache,
egal wie ich das sehe. Vielleicht habe ich die Situation falsch
verstanden. Sie haben rumgeknutscht und sich dann erst
gestritten. Möglich ist das. Und bezüglich der Verletzung im
Gesicht könnte ich mich ebenfalls geirrt haben und es war ihr
verschmiertes Mascara.

Nur weil ich mir wünsche, dass Frau O, meine ehemalige
Lehrerin, jemanden rechtzeitig ins Vertrauen gezogen hätte,
trifft das ja nun nicht auf jeden Menschen zu, dem ich begegne. Frau O hatte niemanden außer mir. Das schlechte
Gewissen nagt nach wie vor an mir und ich wünsche im Nachhinein, ich hätte etwas geahnt. So vieles hätte ich anders
machen können. Besser machen können. Und ihr Leben retten.

Simone dagegen, die kenne ich gar nicht. Ich habe sie bloß
zweimal gesehen. Und sie ist definitiv kein einsamer Mensch,
sondern ein Männerliebling, der an jedem Finger fünf Verehrer hat. Solche Frauen haben nie Probleme. Und vor allem
keine Probleme, bei denen ich helfen kann. Ich werde sie
nicht nochmal aufsuchen, ich werde mich auf meinen eigenen
Kram konzentrieren. Endlich habe ich ein Ziel im Leben,
eines, das mich aufrichtig begeistert.

Der Bus fährt vor. Ich setze mich auf die hintere Bank und
betrachte die Straßen, die an uns vorbeiziehen. Heute Abend
werde ich eine Runde durch den Park laufen, besser noch
zwei. Die mühsam antrainierte Fitness werde ich nicht leichtfertig aufs Spiel setzen. Nicht, nachdem mir das Sportpro-
gramm der letzten Monate ununterbrochenen Muskelkater
und blutige Blasen beschert hat.

kapitel 5

Sandro beobachtet mich misstrauisch über alle Tische, die uns trennen, hinweg.

Beim Reinkommen habe ich mitbekommen, wie er mit Matthis und Fabian darüber spekuliert hat, was es bedeutet, dass Simone nun schon einige Tage fehlt und niemand etwas von ihr gehört hat. Genau nach dem Tag, an dem ich aufgetaucht bin.

Mir ist es egal. Ich habe mir fest vorgenommen, mich auf meine Ausbildung zu konzentrieren und mich nicht in Angelegenheiten einzumischen, die mich nichts angehen. Ein Mädchen wie Simone passt weder zu mir noch zu meinen Zielen und ich wundere mich auch nicht, wenn sie gar nicht mehr auftaucht.

»Ich habe gestern eine Maschinenbaustudentin aufgerissen«, flüstert Kevin in meine Richtung. »Ich dachte immer, das sind altbackene Jungfern, die keinen Mann abbekommen, aber die war irre scharf.«

»Halt die Klappe und hör zu, du Vollidiot«, zischt Lara.

Ich verdrehe die Augen und frage mich, wie ich ausgerechnet zwischen den beiden landen konnte. Ich kapiere nicht, ob sie sich aufrichtig hassen und nur wegen mir gemeinsam abhängen oder ob sie aufeinander stehen. Da ich keine Ausbildung zur Paartherapeutin mache, halte ich mich raus.

33

Sobald es um Beziehungen geht, bin ich eh die Letzte, die Tipps geben könnte.

»Siehst du sie wieder?«, frage ich Kevin leise.

Ich habe bei jeder Gelegenheit aufgezeigt und demonstriert, dass ich nicht nur zuhöre, sondern auch mitdenke. Ein bisschen Getuschel kann ich mir inzwischen leisten, das Augenmerk unserer Dozenten liegt nicht mehr bei mir.

»Mal sehen. Diese Stadt bietet so viel Auswahl, wie soll ich mich da festlegen?«

Er grinst und wirft einen versteckten Blick auf Lara. Die wird er mit so einer Aussage nicht beeindrucken können, im Gegenteil. Ich seufze innerlich.

»Der Möchtegern-Casanova soll froh sein, wenn er eine findet, die ihn ranlässt«, murmelt Lara und schreibt eifrig mit.

Ich lache lautlos, da der Satz Kevin das Grinsen aus dem Gesicht wischt.

Es wird geklopft und ein Mann betritt den Raum. Leise spricht er mit Herrn Soika, der ein wenig besorgt aussieht, dann aber bestätigend nickt.

»Guten Morgen«, begrüßt uns der Fremde. »Mein Name ist Verrier von der hiesigen Kripo. Wie Sie sicherlich bemerkt haben, ist Simone Diedrich verschwunden. Wir untersuchen den Fall und werden uns mit jedem von Ihnen unterhalten.«

Geraune macht sich breit. Die Blicke der drei Vollpfosten, die mich eh schon auf dem Kieker haben, fliegen zu mir. Na super, die Aufmerksamkeit der Kriminalpolizei wird auf der Stelle bei mir landen. Mal wieder.

Da Angriff die beste Verteidigung ist und Sandro quasi mit dem Finger auf mich zeigt, melde ich mich.

»Ich würde gerne anfangen«, sage ich entschieden.

Der Polizist betrachtet mich. Er hat ein Gesicht, das keinen Gedanken verrät, nicht wie Tim, dem man jede Gefühlsregung ansieht. Mühsam kämpfe ich gegen den Drang an, einen Kaugummi auszupacken und die Kiefermuskeln durch Kauen zu entspannen.

»Wo saß Frau Diedrich?« Herr Verrier ignoriert mein Angebot und der Dozent deutet auf einen freien Tisch auf der rechten Seite. »Dann beginne ich mit den Anwärtern, die neben Frau Diedrich gesessen haben.«

So ein mieser Hund. Jetzt haben alle die Gelegenheit, ihren Müll über mich zu erzählen, ehe ich auch nur ein Wort gesagt habe. Betont gleichgültig schaue ich aus dem Fenster und beobachte einen Spatzen, der auf dem Baum vor dem Klassenraum emsig von Ast zu Ast springt.

Sandro verlässt mit dem Kommissar den Raum, nicht ohne mir ein gehässiges Grinsen zuzuwerfen. Diesmal brauche ich keine große Fantasie, um mir vorzustellen, was er erzählen wird. Weshalb kann ich mich auch nicht aus Angelegenheiten raushalten, die mich nichts angehen?

»Die schöne Simone ist verschwunden und die Kripo ermittelt? Das ist echt krass.« Kevin macht sich keine Sorgen. Er lehnt sich entspannt zurück und kratzt sich am Kinn. »Endlich passiert mal was. Ich habe mir den Polizeikram aufregender vorgestellt als die ewige Theorie.«

»Die Action kommt während der Trainings-Phasen und der Praktika«, wirft Lara ein. »Das, was wir hier lernen, sind die Grundlagen und mindestens genauso wichtig.«

»Ja, ja, Hermine. Schon kapiert. Ich freue mich darauf, an dir eine Festnahme zu üben. Hoffentlich wehrst du dich.« Kevin grinst und wackelt mit den Augenbrauen.

»Ich wehre mich, falls ich mich wehren soll, Blödmann. Was wohl mit Simone los ist? Die Kripo ermittelt doch nicht, nur weil ein Mensch ein paar Tage verschwunden ist. Nicht, wenn er volljährig ist, oder?«

»Vielleicht haben sie Blut gefunden. In ihrer Wohnung. Das wäre vielversprechend«, spekuliert Kevin erwartungsvoll.

»Das wäre schrecklich«, faucht Lara. »Wünschst du Simone etwa, dass ihr etwas passiert ist?«

»Nein, aber ich wünsche es mir. Wenn wir diesen Theorieblock aufpeppen können, bin ich dabei. Im anderen Fall sterbe ich an purer Langeweile, noch bevor wir ins erste Praxismodul gehen. Das könnt ihr doch auch nicht wollen.«

»Ich schon«, schnaubt Lara.

In Simones Wohnung war kein Blut. Aber dieses Wissen werde ich nicht teilen. Besser, ich halte mich so weit wie möglich raus, denn bei Frau O hat mich meine Schnüffelei nur verdächtig gemacht. Ich muss nicht noch einmal in einer Arrestzelle landen.

Missmutig beobachte ich, wie Fabian aufgerufen wird. Sandro taucht nicht wieder auf und Matthis wirft mir ununterbrochen drohende Blicke zu.

Ob der wirklich davon ausgeht, ich hätte etwas mit Simones Verschwinden zu tun?

Da der Unterricht nicht fortgesetzt wird, vertiefe ich mich in die Unterlagen und markiere wichtige Stellen. Lara schließt sich mir an.

»Ich frage mich echt, wie ich ausgerechnet an die beiden größten Streberinnen geraten konnte«, murrt Kevin. »Könnt ihr nicht die Nasen aus den Büchern lassen und wir raten, was mit Simone los ist?«

»Ist das Polizeiarbeit? Raten, was passiert sein könnte?« Lara hebt die Augenbrauen und sieht empört aus. »Ich hoffe, du kommst nie auf die Idee, zur Kripo zu wechseln.«

»Ganz bestimmt nicht. Wer will schon am Schreibtisch versauern, wenn draußen die Action ist. Raten möchte ich nur zum Spaß.«

»Und was vermutest du?«

Es kann nicht schaden, Kevin bei Laune zu halten. Eventuell hat er ja sogar einen passenden Verdacht, er hat Simone zwei Wochen kennengelernt und nicht nur einen Tag lang wie ich.

»Sie hat gemerkt, dass es hier öde ist und abgebrochen.«

»Ohne das jemandem mitzuteilen?« Lara schnaubt erneut. »Es sind doch hundertpro ihre Eltern, die sie vermisst gemeldet haben.«

»Wer weiß, wie die Alten von ihr drauf sind. Es gibt Eltern, die reißen dir den Kopf ab, wenn du nicht machst, was sie wollen.«

»So wie deine?«

»Quatsch, die sind da cool. Es war mein Wunsch, zur Polizei zu gehen. Wollte ich schon als kleiner Junge. Aber vielleicht war das bei Simone anders. Und da hat sie sich lieber heimlich verpisst.«

»Und deshalb ermittelt die Kripo? Das glaube ich nicht.« Lara steckt ihre Nase zurück ins Buch.

»Gut, dann hat sie einen heißen Typen kennengelernt, stinkreich, mit Villa auf den Balearen, und ist mit ihm durchgebrannt. Die letzten Sonnenstrahlen dieses Jahres genießen und ununterbrochen Sex haben. Da würde ich auch nicht nein sagen.«

Ich vermute ja ebenfalls, dass es etwas mit einem Mann zu tun hat. Die Begegnung, die ich beobachtet habe, sah jedoch nicht nach leidenschaftlicher Liebesbeziehung aus. Ich muss dringend mit dem Mann von der Kripo reden.

»Träum weiter, Kevin. Das wird in deinem Leben nie passieren«, feixt Lara.

»In deinem etwa?«

»Nee, aber ich wünsche mir das auch nicht. Außerdem würde in dem Fall nicht die Polizei hinter ihr herrennen. Es muss einen Hinweis auf ein Verbrechen geben.«

»Was glaubst denn du, Superhirn?«

»Ich glaube nicht. Ich würde Leute befragen, bevor ich anfange, Theorien zu entwickeln. So wie die Kripo das gerade macht.«

»Wie öde.« Kevin legt den Kopf auf den Armen ab und starrt aus dem Fenster. Und ich stelle fest, dass ich mich nicht auf das konzentrieren kann, was ich versuche zu lesen.

Inzwischen werden wir immer weniger. Ich wette darauf, als Allerletzte vernommen zu werden, nur weil ich mich eben freiwillig gemeldet habe.

»Frau Jakobs, bitte.« Lara schlägt mit einem Knall ihr Buch zu und erhebt sich seufzend. Ich bleibe mit Kevin zurück.

»Wieso hast du eigentlich Simone angebaggert?«, frage ich ihn. »Ich kann mir nicht vorstellen, dass sie dein Typ ist.«

»Alle haben die angegraben. Das gehörte zum guten Ton.« Er grinst. »Mich hat sie allerdings angesehen, als wäre ich ein ekliges Insekt. Die hatte nur Interesse an den älteren Semestern.«

Ich klopfe ihm sanft auf den Unterarm.

»Dabei bist du ein niedliches Insekt, das hätte sie durchaus anerkennen können.«

Kevin schnaubt unwillig.

Gelangweilt mustere ich unseren Dozenten, der sich in sein Tablet vertieft hat, seit seine Vorlesung unterbrochen wurde. Er ist für einen Dozenten jung, maximal dreißig, und nicht unattraktiv.

»Herr Soika hat mir Unterstützung bei sämtlichen Problemen angeboten«, flüstere ich Kevin zu. »Ich fand ihn ein wenig aufdringlich.«

»Das hat er zu uns allen gesagt.« Kevin bewegt nicht mal den Kopf. »Bild dir nichts drauf ein.«

»Ich hatte eher den Eindruck, als rechne er bei mir definitiv mit Problemen.«

»Nee, Bebe, sogar Lara hat er das angeboten und die wird nie im Leben Trouble haben, so langweilig, wie sie ist.«

»Sie ist nicht langweilig. Sie ist hochintelligent und witzig.«

»Und ein Nerd.« Kevin gähnt mit offenem Mund. »Was glaubst du, wer von uns beiden als Nächstes drankommt?«

»Du«, antworte ich schlecht gelaunt.

kapitel 6

»Frau Kovacek, bitte.«

Wer auch sonst. Außer mir ist wie erwartet niemand übriggeblieben.

Dieser Kommissar ist hinterhältig. Ohne meine Gereiztheit zu verstecken, stehe ich auf und folge dem uniformierten Polizisten über den Flur. Von den Studienkollegen ist nichts zu sehen.

Herr Verrier gibt sich bei meinem Eintreten überaus vertieft in die Zeugenaussagen, die vor ihm liegen. Ich setze mich ihm gegenüber und betrachte ihn. Er ist nicht der erste Kriminalkommissar, der versucht, ein Spiel mit mir zu spielen, und er hat keine Ahnung davon, dass ich schon so meine Erfahrungen mit Vernehmungen gemacht habe. Und dass ich keinerlei Probleme damit habe, zu warten. Ich kenne mittlerweile so einige Tricks.

Schließlich blickt er auf.

»Blossom Blue Kovacek?«

»Ja.«

»Wie standen Sie zu Simone Diedrich?«

»Wollen Sie mich nicht erst einmal über meine Rechte belehren?«

Er wirft einen langen, prüfenden Blick auf mich.

»Das würde ich machen, wenn es eine Vernehmung wäre.

Aber bisher ist es nur eine Zeugenbefragung. Oder irre ich mich?«

Er nimmt den Stift, der auf den Papieren liegt, und beginnt, ihn in einer Hand hin- und herzudrehen.

Ich seufze.

»Ich spare Ihnen Zeit. Simone habe ich einen einzigen Tag lang gesehen, wir haben kein Wort miteinander gewechselt und wenn Sie im Bilde darüber sind, wie sie gekleidet war und wie von sich selbst überzeugt, wissen Sie auch wieso, sobald Sie einen Blick auf mich werfen. Ich habe trotzdem etwas zu erzählen. Und ich hätte es Ihnen gerne vor zwei Stunden gesagt, denn ich denke, das, was ich beobachtet habe, ist wichtiger als der Haufen Blabla, den Sie von den Anderen erfahren haben.«

»Haufen Blabla? Woher wissen Sie, was die Anderen erzählt haben?«

Ich verdrehe die Augen.

»Die Klasse ist noch keine drei Wochen zusammen. Mehr als Blabla kann bei Ihrer Befragung nicht herausgekommen sein. Die Jungs haben Ihnen entweder erzählt, dass sie versucht haben, bei Simone zu landen, wenn sie ehrlich waren, oder dass sie sie kaum kannten, falls sie lieber ihr Gesicht wahren wollten. Die Mädchen haben sich bemüht, ihre Eifersucht zu verstecken. Und die drei Knallköpfe, die Sie als Erstes hier hatten, haben Ihnen gesagt, dass ich eine gemeingefährliche Irre bin, der alles zuzutrauen ist. Dass ich Gewalt anwende und sie bedroht habe, nur um herauszufinden, wo Simone wohnt. Ich bin also alles in allem Ihre einzige Spur und Sie hätten sich das ganze Gelaber sparen können.«

Der Mundwinkel des Kommissars zuckt. Ich kann nicht erkennen, ob es Verärgerung oder Belustigung ist, aber es ist mir gleichgültig. Ich habe ewig gewartet und bin echt mies drauf.

»Hätten Sie denn zugegeben, Gewalt angewendet zu haben?«

»Ich kann es kaum abstreiten. Drei Aussagen gegen eine, da stehe ich so oder so dumm da. Können wir nun endlich zum Punkt kommen?«

»Ich bin mir nicht ganz sicher, was der Punkt ist. Wieso werden Sie locker mit drei angehenden Polizisten fertig? Oder ist von Interesse, was Sie bei Frau Diedrich wollten?«

Es klopft an der Tür. Der Uniformierte steckt seinen Kopf durch die Tür und verzieht sein Gesicht.

»Entschuldigen Sie die Störung, es ist wichtig.«

Herr Verrier verkneift sich eine Reaktion, er steht auf und verlässt mit eiligen Schritten den Raum.

Sobald die Tür ins Schloss fällt, beuge ich mich vor und werfe einen Blick auf die Papiere, die der Mann auf dem Tisch hat liegen lassen. Es sind Mitschriften der bisherigen Gespräche. Ich bin stark in Versuchung, sie durchzublättern. Missmutig verkneife ich es mir. Es fehlt echt noch, dass ich mich beim Schnüffeln erwischen lasse. Als der Kommissar zurückkommt, sitze ich brav auf meinem Platz und betrachte gelangweilt die Fingernägel.

»Was war denn so wichtig?«, frage ich mit einem unschuldigen Augenaufschlag.

»Das erfahren Sie schon noch, Frau Kovacek.« Der Mann wirkt ungehalten, er wirft den Stift auf den Tisch und setzt sich. »Wo waren wir stehengeblieben?«

»Sie wollten mir dazu gratulieren, wie ausgezeichnet ich den Polizeigriff beherrsche.« Ich lächle provozierend.

Mit mir und Polizisten ist das so eine Sache. Ich kann mich nicht mit ihnen unterhalten, ohne frech zu werden. Ehe ich mein erstes Praktikum absolviere, muss ich das in den Griff bekommen.

»Herr Verrier, lassen wir das alberne Geplänkel. Ich habe Simone am Montagabend gesehen«, sage ich nun endlich ernst.

Ich schildere, wie sie aus dem Haus gestürmt ist, wie sie aussah und wer ihr nachgelaufen ist.

Mein Gegenüber hat die Ellbogen auf dem Tisch aufgestützt, die Fingerkuppen klopfen sacht gegeneinander. Die buschigen Augenbrauen ziehen sich mit jedem meiner Sätze weiter zusammen.

»Aha«, sagt er dann, der Zweifel ist nicht zu überhören.

»Was heißt ›aha‹?«

»Das klingt nach einem Ablenkungsmanöver.«

»Wovon sollte ich ablenken? Ich kannte die Frau nicht.«

»Sie kommt aus einer vermögenden Familie.«

»Und?«

»Und Sie nicht.«

»Wissen Sie das oder raten Sie es?« Verdammt, ich würde sonst was für einen Kaugummi geben. Langsam habe ich es satt, immer und überall die Verdächtige zu sein. Dabei weiß ich nicht einmal, was man mir vorwirft. Das Mädchen ist verschwunden und taucht voraussichtlich wieder auf, sobald ihr misshandeltes Gesicht verheilt ist.

»Ist es falsch?«

»Meine Mutter lebt von Sozialhilfe. Sind Sie jetzt glücklich?«, fauche ich. Dann hole ich tief Luft. »Ich habe keine Ahnung, was Simones Verschwinden mit ihrer Familie oder deren Geld zu tun haben soll. Ich stehe nicht auf Frauen und ich habe nicht versucht, ihr an die Wäsche zu gehen. Finden Sie den Mann, der das vorhatte und sie so zugerichtet hat.«

»Warum sind Sie hinter ihr hergelaufen? Sie kannten sie doch nicht.«

»Weil sie Hilfe brauchte. Würden Sie eine Frau, die so nach Opfer aussieht, ignorieren?«

»Ich würde jemandem, der so unfreundlich zu mir ist, nicht weiterhin Hilfe anbieten.« Er legt den Kopf schief und betrachtet ungerührt meine Klamotten.

»Viele Leute sind unfreundlich zu mir.« Ich zucke die Schultern. »Sie hat mich Nutte genannt und mir gesagt, ich solle mich weiter auf dem Straßenstrich von meinem Zuhälter verprügeln lassen. So redet nur jemand, der absolute Panik davor hat, dass man ihm zu nahe kommt. Aber wenn Sie mir nicht glauben, suche ich den Mann eben selbst.«

»Wissen Sie, was mir wirklich extrem unglaubwürdig vorkommt?«

Bisher hat er von unserem Gespräch kein einziges Wort aufgeschrieben. Müsste er nicht Protokoll führen – so wie bei den Anderen?

»Anscheinend alles«, murre ich. »Würden Sie mir glauben, wenn ich teuer angezogen wäre?«

»Ich wundere mich darüber, dass Frau Diedrich ausgerechnet von Ihnen den verpassten Lernstoff nachgefragt hat.«

Jetzt verdrehe ich die Augen.

»Hat sie nicht. Das war doch nur ein Vorwand, um sie aufzusuchen. Das können Sie gerne so notieren, sobald Sie unsere Zeugenvernehmung aufschreiben«, weise ich ihn auf sein Versäumnis hin.

»Und was war der wahre Grund?«

»Ich bin der festen Überzeugung, dass der Mann sie vergewaltigen wollte. Oder sogar hat. Und das sollte sie anzeigen. Frauen müssen sich wehren. Wir dürfen nicht die hilflosen Opfer bleiben, die sich Gewalt von Männern gefallen lassen. Wir müssen laut sein und Unrecht melden. Der macht doch weiter, wenn er keine Konsequenzen erfährt.« Ich habe mich ein wenig in Rage geredet. Zu oft habe ich miterlebt, wie Frauen, die sich nicht laut und zornig gewehrt haben, die Opfer waren. Mir würde das nie passieren. »Ich wollte noch einmal mit ihr sprechen. Rausfinden, was passiert ist. Und sie dann dazu bringen, Anzeige zu erstatten. Oder sich irgendwie anders zu rächen – wäre mir auch recht. Still weglaufen und schweigen macht dagegen alles nur noch schlimmer.«

Der Kommissar zupft mittlerweile an seinem Ohrläppchen und denkt nach. Anscheinend bin ich endlich zu ihm durchgedrungen.

»Sie haben den Vermieter belogen«, sagt er trotzdem und ignoriert alles, was ich zu meinem Verdacht gesagt habe.

»Ja, führen wir jetzt eine Moraldebatte darüber, wann Lügen in Ordnung sind und wann nicht? Der Ethikunterricht war eigentlich gestern.«

»Ich werde notieren, dass Sie gewissenlos lügen. Und Sie wissen, was das für mich bedeutet.«

»Ja, ja, schon klar. Sie gehen davon aus, dass jedes meiner Worte gelogen war. Meinetwegen. Aber ignorieren können Sie die Aussage nicht. Selbst wenn Sie mir nicht glauben, müssen Sie dem Hinweis nachgehen. Ich denke, ich könnte den Mann gut genug beschreiben, um ein Phantombild anzufertigen.«

»Wir melden uns bei Ihnen, Frau Kovacek.«

Also kein Phantombild.

Wird man in der Welt außerhalb meines gewohnten Umfelds nur ernst genommen, solange man sich reizlos kleidet?

Und falls das so ist, wäre ich bereit dazu?

Wenn ich nicht mehr Bebe, die asoziale Schlampe, die mit jedem fertig wird, der ihr blöd kommt, bin, wer bin ich dann?

kapitel 7

»Die haben mich gar nicht nach Simone gefragt, sondern nur nach dir«, empört sich Lara, als ich sie und Kevin in der Mensa treffe. »So dämlich kann man doch nicht sein, ihr wart einen einzigen Tag gemeinsam da und habt kein Wort miteinander geredet.«

»Nee, Sinn macht das nicht.« Kevin reibt sich über den Kopf. »Ich habe gleich gesagt, dass die bei der Kripo einen an der Waffel haben.«

»Was wollten sie von dir wissen?« Lara ignoriert Kevins Seitenhieb ausnahmsweise.

»Was ich über Bebe weiß. Wie sie und Simone sich verstanden haben. Warum ich mich direkt am ersten Tag neben Bebe gesetzt habe und ob ich sie eventuell schon vorher kannte.«

»Also dasselbe wie mich.«

Ich habe es geschafft. Nach nicht einmal einer Woche vor Ort bin ich ins Visier einer neuen Ermittlung geraten. Liegt das an meiner asozialen Herkunft oder habe ich einfach nur das Unglück gepachtet?

»Was hat er dich gefragt?« Lara schaut mich mit großen Augen an.

Angespannt trommle ich mit den Fingern auf der Tischplatte. Wir sitzen in der Mensa, Kevin, Lara und ich ein gutes Stück entfernt vom Rest der Truppe. So wie sie reden und gestikulieren und immer wieder in meine Richtung zeigen, bin ich Gesprächsthema Nummer eins.

»Womöglich bleibt ihr besser nicht neben mir sitzen«, beschließe ich schweren Herzens. »Das könnte eure Karriere ruinieren.«

»Was meinst du damit?«

»Was soll das heißen?«

Lara und Kevin brüllen fast gleichzeitig.

»Der Kripoheini denkt, ich habe was mit Simones Verschwinden zu tun.«

»Das ist doch Müll, Bebe.« Kevin tippt sich enthusiastisch gegen die Stirn. »Ein einziger Tag, kein einziges Wort.«

Ich deute auf die Gruppe, die von Sandro, Matthis und Fabian angeführt wird. »Ich habe wohl einen Fehler gemacht. Wenn ihr klug seid, steht ihr jetzt auf und geht da rüber. Ihr wollt nicht in meine Probleme hineingezogen werden.«

»Fehler? Du machst mich neugierig.« Lara bewegt sich nicht, stattdessen lehnt sie sich gespannt in meine Richtung.

Seufzend erzähle ich erneut von dem Abend.

»Warum hast du uns nichts erzählt?« Kevin blickt mich fassungslos an. »Wir haben uns doch direkt im Anschluss getroffen.«

»Erklär du es ihm«, wende ich mich an Lara.

»Wenn Simone wirklich sexuell belästigt wurde, ist das Schlimmste, was man ihr antun kann, es rumzutratschen.« Lara versteht mich. »Aber Männer kapieren so was nicht.«

»Jetzt steck mich nicht in eine Schublade mit dem Schwein. Es gibt miese Männer, schon klar. Ich muss hier trotzdem nicht die Klassenkeile von euch bekommen, nur weil ich einem gewissen Geschlecht angehöre.« Mit dem finsteren Gesichtsausdruck, den Kevin aktuell aufgesetzt hat, und der Bizepsmuskulatur, die er dank aufgerollter Ärmel präsentiert, ist das nicht überzeugend. Nach Lachen ist mir trotzdem nicht zumute. »Immerhin hast du ein Alibi für den Abend.

Sollen wir sofort zu dem Kripoheini gehen und das klarstellen?«, wendet er sich an Lara.

Ich winke ab.

»Das nützt nichts. Die Nacht war lang genug.«

»Ich kapiere das noch immer nicht. Hast du nicht gesagt, du hättest einen Fehler gemacht? Simone Hilfe anzubieten, kann das wohl kaum sein.« Lara ist aufmerksam, die wird mal eine gute Polizistin.

»Nee, das war erst am nächsten Tag. Ich wollte unbedingt mit Simone reden, daher habe ich Fabian, Matthis und Sandro gezwungen, mir Simones Adresse zu verraten.«

»Wie denn das?«

»Mit Gewalt. Wenn man Fabians Arm auf den Rücken dreht, ist er lammfromm. Und die anderen sind dann ebenfalls kooperativ.«

Trotz meiner Laune muss ich grinsen. So viel Spaß, wie ich an solchen Aktionen habe, bin ich eindeutig kein anständiger Mensch. Vielleicht bin ich bei der Polizei doch nicht gut aufgehoben.

»Du hast Fabian …?«, keucht Lara. »Der ist einen Kopf größer als du und geht boxen.«

»Danke für den Hinweis. Ich werde ihn nie zuschlagen lassen.«

»Warum durften wir nicht zusehen?«, beschwert Kevin sich. »Ich hätte mich so amüsiert.«

Nur Lara stöhnt und legt den Kopf auf ihrem Arm ab. »Das war nicht clever, Bebe. Der wird es dir heimzahlen.«

»Er wird es versuchen, Lara. Und Sandro und Matthis ebenfalls. Die machen mir keine Sorgen, ich komme aus einer Gegend, in der man tagtäglich auf der Hut sein muss«, winke ich ab. »Sorgen macht mir nur der Kommissar, ich möchte nicht schon wieder Tatverdächtige werden.«

»Hab ein bisschen Vertrauen in die Kripo. Die werden schnell einsehen, dass du kein Motiv hast. Wobei mir noch immer nicht klar ist, was das Problem mit Simone ist und was man dir vorwerfen könnte. Die ist volljährig und seit ein paar Tagen untergetaucht. Na und?«

»Kapiere ich auch nicht. Der Verrier ist darauf rumgeritten, dass ihre Eltern reich sind und ich aus einer miesen Gegend komme. Sobald er einen Background-Check bei mir gemacht hat, wird ihm vor Freude einer abgehen.«

»Das ist unfair«, protestiert Lara. »Wenn er das macht, kriegt er Ärger mit mir. Mein Vater ist Professor für Ethik an der Uni in Koblenz.«

Kevin bekommt einen Lachanfall. Ich dagegen pfeife beeindruckt. Lara sieht Kevin eine Weile dabei zu, wie er sich krümmt und kichernd nach Luft schnappt. Schließlich schüttelt sie den Kopf und tippt sich gegen die Stirn.

»Das klingt nach einer Entführung«, sagt sie zu mir. »Wenn Simones Eltern eine Lösegeldforderung erhalten haben, erklärt das den Aufstand, der betrieben wird.«

Kevin hört schlagartig auf zu lachen.

»Das stimmt«, sagt er beeindruckt. »Unsere kleine Moralaposteltochter ist nicht dumm.«

Lara verdreht die Augen.

»Dumm war doch dein Job. Lass die Muskeln spielen, Kevin, und hör brav zu, wenn die Frauen Probleme lösen.«

»Apropos Probleme«, fällt mir da wieder ein. »Habt ihr jetzt eingesehen, dass ihr besser den Tisch wechselt? Mit mir nimmt es ein böses Ende. Entweder macht die Polizei mich fertig oder Fabian zahlt es mir heim. Noch könnt ihr euch raushalten.«

Kevin grunzt. »Hältst du mich für einen Feigling? Wenn meine Freunde Ärger haben, bin ich für sie da.«

»Kevin, wir kennen uns seit fünf Tagen«, erkläre ich oberlehrerhaft. »Du weißt so gut wie nichts über mich.«

»Wir wissen genug, Bebe.« Lara lächelt mich an. »Ich habe eine ausgezeichnete Menschenkenntnis und bei dir wusste ich auf den ersten Blick, dass ich mit dir befreundet sein will. Und wenn das bedeutet, Muskel-Kevin zu ertragen, dann sei es so.«

»Dann sei es so.« Kevin nickt bestätigend. »Ethik-Streber-Tussi und ich bleiben an deiner Seite. Bis in den Tod.«

Er legt sich theatralisch die rechte Hand aufs Herz und ich lache rasch, damit ich nicht in Gefahr laufe, vor Rührung zu heulen. Ergriffenheit, sobald Menschen grundlos nett zu mir sind, ist eindeutig eine Schwäche, der ich wenig entgegenzusetzen habe.

Dankbar für die Ablenkung greife ich eifrig nach meinem Handy, das gerade eine neue Nachricht angekündigt hat. Wie erwartet ist es Sabrina. Es gibt nicht viele Menschen, mit denen ich in Kontakt stehe.

Sabrina: Verdammt, Bebe, was ist los, du bist noch keine Woche da und schon gibt es Ärger???

Ich schnappe nach Luft. Sabrina ist siebzig Kilometer entfernt und kann wittern, dass ich in Schwierigkeiten stecke? Ich schreibe unverzüglich zurück.

Bebe: Wie kommst du drauf?

Sabrina: Weich nicht aus!

Bebe: Sag mir, woher du das hast, und ich sage, was los ist.

Sabrina: Patrick hat mir erzählt, dass die Kollegen sich nach dir erkundigt haben. Gerade eben. Kriminelle sind nicht sexy, verdammt, ich dachte, du hättest es kapiert.

Das erklärt es.

Patrick Paul, der Ermittlungsleiter der Mordkommission bei Frau Os Tod, hat sich in meine ehemalige Chefin verguckt. Bei einem einzigen Aufeinandertreffen. Seitdem sind sie ein Paar, ganz ohne Hin und Her und ohne Drama. Ich freue mich aufrichtig für Sabrina, die endlich mal Glück mit Männern verdient hat, aber ein klein wenig neidisch macht es mich auch.

Warum kann es bei mir nicht genauso sein?

Bebe: Ich finde Bullen auch heißer als Kriminelle, versprochen.

Sie weiß doch, wie es zwischen Tim und mir gelaufen ist. Sie ist der einzige Mensch, dem ich mein Herz ausgeschüttet habe. Mein Herz, das ich seitdem versuche, wieder zusammenzuflicken. Heimlich schieße ich ein Foto von Kevin, der sich so auf dem Tisch aufstützt, dass sein Bizeps sich wölbt, und schicke es Sabrina.

Sabrina: Ja, hübsch, bist du sicher, dass er Bulle ist?

Bebe: Er will es werden, denn er sitzt im Kurs neben mir.

Sabrina: Meinetwegen, ich gehe nicht auf dein Ausweichmanöver betreffend Tim ein. Aber ich will wissen, warum die Polizei sich nach dir erkundigt.

Bebe: Hier ist ein Mädchen verschwunden. Ich habe sie Montagabend gesehen, da wurde sie von einem Mann bedroht und seitdem ist sie weg. Mehr ist es nicht, aber die Ghettoschlampe steht eben sofort auf der Verdächtigenliste. Kannst du aus Patrick rauskitzeln, warum die nach ein paar Tagen schon gesucht wird?

Es dauert etwas länger, ehe die Antwort kommt.

Sabrina: Patrick redet nicht über den Job.

Bebe: Dann mach ihm eine heiße Nacht und wenn er völlig ausgepowert und tiefenentspannt neben dir liegt, fragst du. Weil du dir solche Sorgen um mich machst, blabla, und so weiter. Das kriegst du hin.

Sabrina: Bebe, schäm dich!

Bebe: Bist du noch Jungfrau?

Ich kann in Gedanken sehen, wie Sabrina die Unterlippe vorschiebt und daran zupft. Sie will mir helfen, wie immer, aber ihre frische Beziehung auszunutzen, findet sie ziemlich mies.

Ich überlasse sie ihren Überlegungen und beobachte meine neuen Freunde. Lara ist mal wieder in ein Buch vertieft und Kevin gibt vor, sie dabei nicht zu beachten.

»Was liest du?«, wende ich mich an Lara.

Sie schreckt hoch. »Ach, nur ein Buch über Mordfälle.«

Kevin schnaubt. »Da ist alles nur ausgedacht und komplett unrealistisch. Wer Polizist werden will, sollte das wissen.«

»Als ob du schon mal ein Buch gelesen hättest, Muskelheini.« Sie hält Kevin das Cover hin. »Soll ich dir beim Buchstabieren helfen?«

»Der legendäre Mordermittler also. Dann geht es ja als Schullektüre durch, Streberin.«

»Leihst du es mir, wenn du durch bist, Lara?«, gehe ich dazwischen. »Es klingt wirklich interessant. Ich habe noch nie ein Buch von einem echten Kommissar gelesen.«

Kevin stöhnt und versteckt kurz das Gesicht in den Händen.

»Kann mir mal einer erklären, wie ich es geschafft habe, ausgerechnet mit den beiden einzigen Freaks im ganzen Jahrgang an einem Tisch zu landen?«

»Weil du weißt, dass du ohne uns keine Klausur schaffen wirst, nicht mal ansatzweise«, erwidert Lara.

»Außerdem sind wir die hübschesten Mädchen, jetzt, da die schöne Simone weg ist.« Ich grinse nur so lange, bis mir aufgeht, dass man das als Mordmotiv interpretieren könnte, zumindest in der Welt der Schneewittchen-Fans. Aber Simone wird ja wohl nicht tot sein.

Das Handy piepst. Meine Freundin hat ihre Überlegungen abgeschlossen.

Sabrina: Ich schau mal, was ich machen kann.

kapitel 8

Der Alptraum geht Montagmorgen in eine neue Runde. Den Kursraum betritt nämlich nicht Herr Soika, sondern … Tim.

»Guten Morgen, mein Name ist Tim Weigand. Herr Soika ist kurzfristig erkrankt und ich übernehme in Vertretung den Unterricht für ihn.«

Seine Augen wandern durch den Raum und bleiben nur eine Sekunde an mir hängen. Ich muss mich zwingen, nicht unter den Tisch zu rutschen und mich dort zu verstecken.

»Der ist süß«, flüstert Lara, die meine Reaktion nicht bemerkt, mir zu. »Was meinst du?«

Ich brumme unwillig und Kevin schnaubt.

»Süß ist ja furchtbar. Ich hoffe, dass das nie eine Frau über mich sagt.«

»Das wird unter Garantie niemals passieren, Kevin. Du bist das Gegenteil von süß und allen anderen positiven Adjektiven, die ich für einen Mann verwenden würde«, erwidert Lara. Dann nimmt sie erneut Tim ins Visier. »Ganz schön jung für einen Dozenten.«

Ich weise sie nicht darauf hin, dass Tim eigentlich bei der Kripo ist und sicherlich zum ersten Mal unterrichtet.

Dafür macht er es erstaunlich gut. Souverän, ohne Stammeln oder Unsicherheit. Da kommt ihm seine Coolness echt zugute.

»Warum machst du heute nicht mit?«, fragt Lara, nachdem ich mich zwei Unterrichtsstunden lang totgestellt habe. »Weil sie endlich kapiert hat, dass niemand Lehrerlieblinge mag. Außer dem Lehrer.« Kevin lächelt zufrieden. »Außerdem bist du die Einzige, die unseren Neuzugang anschmachtet. Bebe hat einen besseren Geschmack.« Ich verkneife es mir, laut stöhnend den Kopf in den Händen zu vergraben.

Abgesehen davon stimmt es nicht. Zwei der Mädchen belagern Tim, der am Whiteboard steht, und stellen ihm alberne Fragen zur Einsatzlehre, die kein Stück kaschieren, dass sie sich nicht für die Antworten, sondern für den Mann interessieren.

»Kommt, wir verschwinden«, locke ich die beiden aus dem Raum. »Ich habe heute keine Lust, mehr Zeit im Kursraum zu verbringen, als es sein muss.«

»Hat die Kripo dich noch einmal vernommen?« In Laras Stimme klingt echte Sorge. Das ist wohl ihre Erklärung für mein untypisches Verhalten. »Das ist so ungerecht, was die mit dir machen.«

»Nee, die haben mich in Ruhe gelassen«, murmle ich und schiebe mich unauffällig Richtung Tür.

Ich habe das Wochenende in meiner neuen Wohnung verbracht, ohne nervige kleine Schwestern, noch nervigere, verliebte Mutter und nagelneuem Stiefvater. Es hätte erholsam sein können, wenn mich nicht gleichzeitig die verschwundene Simone und die Vorwürfe mir gegenüber beschäftigt hätten. Ob die Polizei in ihren Ermittlungen vorangekommen ist und ich endlich uninteressant bin, würde ich schon gerne wissen. Da sich aber niemand von mir den Unbekannten hat beschreiben lassen, gehe ich von nichts Gutem aus.

»Bebe, können wir reden?«

Das ist Tim, der hinter mir herruft.

Lara bleibt mit einem Ruck stehen und dreht sich ganz langsam um. Ihre Augen sind weit aufgerissen und die Lippen formen ein O.

Leider komme ich so nicht an ihr vorbei und durch die Tür. Zähneknirschend wende ich mich Tim zu.

»Muss das jetzt sein? Ich brauche eine Pause.«

»Es muss nicht jetzt sein, meinetwegen auch nach der letzten Stunde.«

Ich nicke verhalten. Es ist nicht nur Lara, die mitbekommen hat, dass Tim und ich uns kennen. Die flirtenden Mädchen werfen mir bitterböse Blicke zu und auch Fabian lässt seine Augen fragend zwischen uns hin- und herwandern.

»Melanie und Paula sind mega angepisst. Die hatten den neuen Dozenten schon fest im Visier. Und dann kommt unsere Bebe hier und macht ihn mit nur einem Blick klar.« Kevin lacht in sich hinein. Der hat nicht kapiert, dass Tim mich kennt. Kennen muss, denn jeder Unbekannte hätte mich mit Blossom Blue oder Frau Kovacek angesprochen.

Lara sagt kein Wort.

Erst als wir in der Mensa an einem Tisch sitzen, sieht sie mich ernst an.

»Erzähl.«

»Was soll sie erzählen?« Kevin beißt in seinen Burger, links und rechts tropft ihm Sauce aus dem Mundwinkel.

»Woher sie unseren sexy Dozenten kennt.«

»Sie kennt ihn?« Kevin kneift die Augen zusammen. »Hat sie doch gar nicht gesagt. Und du findest ihn wirklich sexy?«

Lara ignoriert Kevin, sie fixiert mich streng, als könne sie so in mich hineinsehen.

»Wenn er dein Typ ist, mache ich euch bekannt«, biete ich ihr an. Lara ist ein verdammt hübsches, kluges Mädchen aus gutem Haus. Sie passt hervorragend zu Tim.

»Ja, ich finde, er hat was. Aber ich will nicht verkuppelt werden. Ich will wissen, was zwischen euch läuft.«

»Gar nichts läuft zwischen uns.« Eventuell erzähle ich Lara mal von dem missglückten Date, wenn wir unter uns sind. Kevin ist völlig ungeeignet, um an so einem Gespräch teilzunehmen. »Ich kenne ihn von ...« Unentschlossen trommle ich mit den Fingern auf dem Tisch. »Er war einer der ermittelnden Beamten bei dem Tod meiner Lehrerin.«

»Er hat dich verdächtigt?«, fragt sie entgeistert. Mit einem Schlag hat Tim jede Sympathie bei Lara verspielt. Ich lächle dankbar.

»Er am wenigsten. Allerdings ist er zu korrekt, um nicht sämtliche Spuren zu verfolgen. Daher war ich bis zum Schluss auf seiner Liste der möglichen Täter.«

»Er steht auf dich«, sagt Kevin zufrieden. »Und wenn es Melanie und Paula ärgert, finde ich das super.«

»Was hast du gegen die beiden?«

»Er hat Melanie am ersten Wochenende flachgelegt und Paula am zweiten.« Lara macht eine obszöne Geste mit der Hand und ich pruste los. Von wegen moralische Ethiktussi. »Seitdem sind sie schlecht auf Kevin zu sprechen.«

Kevin zuckt gleichmütig die Schultern.

»Keine hatte das Potential für eine längere Sache. So what?«

Die Pause ist schneller rum, als mir lieb ist.

Obwohl mir tausend Anmerkungen auf der Zunge liegen, schweige ich eisern, während des nachmittäglichen Unterrichts. Lara dagegen meldet sich ununterbrochen, so dass sich Tims Aufmerksamkeit immer wieder in unsere Richtung wendet. Entgegen meiner Natur schließe ich mich Kevin an und täusche Langeweile und kaum kaschierte Müdigkeit vor.

»Gut, dann sind wir für heute fertig«, schließt Tim die Stunde und schaltet das Whiteboard aus. Aus den Augenwinkeln beobachtet er mich.

Ich möchte mich nicht mit ihm unterhalten. Es ist befremdlich, dass ausgerechnet er die Vertretung macht, eine Erklärung dazu will ich dennoch nicht hören. Vor allem nicht, wenn sie etwas mit mir zu tun hat. Das schlimmste Date aller Zeiten nagt nach wie vor an mir.

Trotzdem packe ich meinen Kram absichtlich langsam zusammen und warte, bis der Großteil meiner Kommilitonen gegangen ist. Fabian lungert leider nach wie vor im Raum herum, Melanie und Paula ebenso, obwohl sie vorgeben, weder mich noch Tim zu beachten. Da Tim wohl kaum vor Publikum über diesen Abend reden wird, werfe ich mir meine Tasche über die Schulter und marschiere auf ihn zu.

»Also?«, frage ich ungehalten, als ich vor ihm stehe.

»Gehen wir heute Abend in die Kiste, Bebe?«, fragt Kevin und legt im Vorbeigehen seine Hand auf meine Schulter. »Ich brauche ganz dringend noch mal etwas Spaß.«

Tim zuckt zusammen.

Dann presst er die Lippen aufeinander.

»Können wir machen, Kevin.« Boshaft wie ich bin, bemühe ich mich, das Wort Kneipe bloß nicht zu erwähnen.

»Ich bin auch dabei.« Lara erscheint auf meiner anderen Seite. »Ist mir egal, ob Kevin einverstanden ist oder nicht, ich bin definitiv mit in der Kiste. Ich habe das Wochenende nur gelernt und brauche dringend Entspannung.«

An Laras Gesichtsausdruck ist nicht zu erkennen, ob ihre Wortwahl Zufall ist oder ob sie genauso bemüht ist wie ich, Tim aufs Glatteis zu führen.

»Natürlich bist du dabei, Lara. Mit Kevin allein ist es eh zu langweilig.« Ich zwinkere ihr zu und sie verlässt den Raum mit einem versteckten Grinsen. Es war definitiv Absicht.

»Was willst du, Tim?«, wende ich mich erneut an unseren neuen Dozenten. Ich werde ihn nicht fragen, wie er an diesen Posten gekommen ist.

»Ich versuche seit Wochen, dich zu erreichen, Bebe. Warum gehst du mir aus dem Weg?«

Das sollte er wissen, er war dabei.

Anstatt zu antworten, deute ich mit dem Kopf dezent zu den Tischen, an denen sich noch immer so einige Leute aufhalten und uns betont auffällig nicht beachten. Nebeneinander verlassen wir den Raum und wandern schweigend aus dem Gebäude. Auf der Straße bleiben wir stehen und ich wende mich ihm zu.

Ich glaube nicht an Zufälle. Kann er mich nicht einfach meinen Weg gehen lassen?

»Ist die Kiste eine … Kneipe?« Seine Stimme zeigt nur einen Hauch von Unsicherheit.

»Und wenn nicht?«

»Dann verstehe ich es noch weniger. Das, wie ich dich erlebt habe, und das, was ich glaube, von dir zu wissen.«

»Das Date war ein Desaster.«

»Es war …« Müde fährt er sich mit der Hand über den Kopf. Die Haare sind nachgewachsen und wieder brav und bieder gestylt. »Ich habe keine Ahnung, was schiefgegangen ist.«

»Ist doch egal.« Protestierend hebe ich beide Hände. »Wir passen nicht zusammen, Tim. Lass es damit gut sein.«

Unentschlossen nagt er an der Unterlippe. Ich stehe nach wie vor auf seinen Mund und auf die Tatsache, dass er an mir interessiert ist. Ich habe meine Lektion allerdings gelernt und ich habe nicht vor, mich erneut so verletzlich zu machen. Abwehrend weiche ich einen Schritt zurück.

Tim hat genug Einfühlungsvermögen, um zu erkennen, wann er besser das Thema wechselt.

»Was hast du mit dem Entführungsfall zu tun?«, fragt er. Leise pfeife ich. Also doch.

»Ich gehe davon aus, dass du die schöne Simone meinst.«

»Ich spreche von Simone Diedrich, die vor sechs Tagen verschwunden ist und deren Eltern gestern eine Lösegeldforderung über drei Millionen Euro erhalten haben.«

»Drei Millionen?«, krächze ich. »Wer hat denn so viel Geld?«

»Simones Eltern.« Tim seufzt. »Es gibt in Köln so einige verdammt reiche Leute und die Diedrichs gehören dazu.«

Wow. Simones Klamotten sahen nach Geld aus und ihr ganzes Verhalten zeigte jede Menge Arroganz. Ich wäre jedoch nie im Leben darauf gekommen, dass die Tochter von Multimillionären an der Polizeifachhochschule landet. Im selben Kurs wie ich, das Mädchen aus dem Assi-Hochhaus, das das Abitur auf dem zweiten Bildungsweg gemacht hat.

»Und was hast du damit zu tun, Bebe?«, beharrt Tim auf seiner Frage.

»Wieso meinst du denn, dass ich was damit zu tun habe, Tim? Verdammt, ich kann nicht immer die Tatverdächtige für euch spielen. Versau mir bloß nicht die Zukunft, die ich mir gerade erst ausgesucht habe.«

»Ich versau dir hier bestimmt nichts. Die hiesige Kripo hat alles angefordert, was wir über Blossom Blue Kovacek haben. Und ich frage mich, wie sie ausgerechnet auf dich kommen?«

Wir stehen an der überaus belebten und befahrenen zwei-spurigen Straße, die vom Europaplatz abgeht. Frustriert lasse ich meine Augen über die Blechlawine gleiten, die sich im Rhythmus der nächsten Ampel an uns vorbeischiebt.

»Das ist, weil …« Das habe ich mir selbst zuzuschreiben. Ich hätte Simone in Ruhe lassen sollen, nachdem sie partout nicht mit mir reden wollte. Oder noch besser – ich hätte mich gar nicht erst abwimmeln lassen dürfen. Denn an diesem Abend oder in dieser Nacht wurde sie entführt.

Widerwillig erzähle ich Tim von dem Zusammentreffen, dem Unbekannten, meinem Besuch bei Simone zu Hause und von Kommissar Verrier, der mir kein Wort glaubt.

»Du hast aber auch ein Talent, zur falschen Zeit am falschen Ort zu sein«, murmelt Tim.

»Und ein Talent, mich mit unangebrachter Gewalt in die Nesseln zu setzen«, sage ich zu mir selbst. »Ist das nicht ungewöhnlich? Dass die Lösegeldforderung erst nach so langer Zeit eintrudelt? Sechs Tage nach der Entführung? Das macht doch keinen Sinn«, überlege ich laut.

»Vielleicht war die Entführung so gar nicht vorgesehen?« Tim hat sich schon immer gerne von mir zu Spekulationen verführen lassen. Leider nur dazu, zu Körperlichkeiten ist es zwischen uns nie gekommen. Allzu weit ist es mit meinen Verführungskünsten wohl nicht her. »Wenn es eine spontane

Sache war, dann musste eventuell die Planung nach der Tat erfolgen.«

Könnte durchaus sein.

»Oder die lange Zeitspanne diente dazu, die Eltern mürbe zu machen.«

»Oder das.«

»Warum hat die Polizei ermittelt, bevor es eine Lösegeldforderung gab? Mir kommt das komisch vor.«

Tim nagt erneut an seiner Lippe und kneift die Augen zusammen. Das macht er immer dann, wenn er nicht mit mir über eine Sache reden darf. Interessant. Irgendwie werde ich es schon herausfinden.

»Es ist aber nicht dein Fall, oder?«, frage ich sicherheitshalber. Ich will nicht wieder in die Situation kommen, zwischen Tim und seinem Job zu stehen.

»Nein, ich bin nur die Vertretung für euren Dozenten, weil irgendein Grippevirus umgeht. Es haben sich zu viele krank gemeldet und ich ...«, er zuckt die Schultern, »... ich habe Spaß an so was.«

Ich werde ihn nicht fragen, ob das irgendetwas mit mir zu tun hat.

»Dann sollten wir auf jeden Fall eine berufliche Distanz einhalten«, sage ich entschlossen. »Der Dozent darf privat nicht mit den Studenten in Verbindung stehen.«

»Das ist Bullshit, Bebe.«

»Ist es nicht.«

»Ich bin nur die Vertretung und ich werde euch so oder so nicht benoten, falls du das meinst.«

»Trotzdem.« Ich verschränke die Arme vor dem Oberkörper und sorge mit einem weiteren Schritt zurück für räumlichen Abstand.

»Wenn du persönlich nichts mit mir zu tun haben willst, dann sag mir das genau so ins Gesicht. Feige habe ich dich nicht in Erinnerung.«

Kann er haben. Ich fixiere Tim.

»Ich will privat nichts mit dir zu tun haben, Tim.«

»Okay.« Er schluckt. »Kannst du mir wenigstens sagen, was ich falsch gemacht habe? Irgendwie habe ich das Date verbockt und ich weiß nicht, wie. Ich finde, das bist du mir schuldig.«

»Ich bin dir gar nichts schuldig«, fauche ich, drehe mich um und stampfe mit lauten, wütenden Schritten davon.

Am Eingang steht Fabian und hat alles beobachtet.

»Ich weiß, dass die Kiste eine Kneipe ist«, ruft Tim mir nach.

kapitel 9

Den ganzen Abend über rechne ich damit, dass Tim uneingeladen in der Kiste aufkreuzt. Das könnte ich ihm schließlich nicht verwehren. Lara liegen tausend Fragen auf der Zunge, die Tim betreffen, wegen Kevins Anwesenheit schluckt sie sie jedoch allesamt hinunter.

»Simones Eltern müssen irre reich sein«, lenke ich das Gespräch auf die Tatsache, die ich noch immer nicht verdaut habe.

»Wer in Hahnwald wohnt, ist das wohl.« Kevin beobachtet zwei Frauen, die an der Theke sitzen und eifrig diskutieren.

»Hahnwald?« Lara reißt die Augen auf. »Das wusste ich ja gar nicht. Wie kommst du an die Info?«

»Hat sie mir mal gesagt. Ich habe versucht, sie zu einem Date am Wochenende einzuladen. Da hat sie irgendwie ihr Elternhaus in Hahnwald erwähnt, weil sie da freitags hin wollte.« Er zuckt die Schultern. »Danach war klar, dass ich ... na ja, nicht für sie in Frage komme.«

Lara lacht hämisch.

»Ich wohne nicht in Hahnwald und du kommst auch für mich nicht in Frage. Genauso wie bei tausenden anderen Frauen. Bei den beiden, die du gerade anschmachtest, ist das unter Garantie ebenso der Fall.«

»Ich schmachte hier niemanden an. Die zwei haben mich

ins Auge gefasst.« Kevin grinst selbstgefällig und zwinkert in Richtung der Mädchen. Die kichern.

»Es macht dich ja nicht gerade unattraktiver mit uns beiden hier abzuhängen«, stelle ich fest. »Wir sind eine bessere Unterstützung als deine Saufkumpane.«

»Muss ich mich jetzt bei euch bedanken?« Kevin wirft einen nachdenklichen Blick auf Lara, die eine Grimasse zieht.

»Bei mir nicht. Ich sehe mein Lebensziel nicht darin, dein Liebesleben zu unterstützen«, mosert sie. »Momentan finde ich es wichtiger, Bebe aus dem Dunstkreis der Ermittlungen zu holen. Das sollte für dich auch mehr zählen, wenn du ihr Freund bist.«

»Und was schlägst du vor?«, fragt Kevin, während ich abwehrend die Hände hebe.

»Haltet euch raus. Sonst ziehe ich euch mit in mein Schlamassel. Bei drei Millionen versteht die Kripo keinen Spaß.«

Kevin wendet in Zeitlupe seine Augen von den Mädchen und fixiert mich, Lara gibt ein gurgelndes Geräusch von sich.

»Drei …«, stottert sie. »Was meinst du mit drei Millionen?«

»Deine Vermutung stimmte. Simones Eltern werden erpresst.«

»Sie sollen drei Millionen rausrücken?«, krächzt Kevin ehrfürchtig. »Verdammt, wenn ich geahnt hätte, wie viel Kohle die haben, hätte ich Simone selbst entführt.«

»Das ist nicht witzig«, motzt Lara, es klingt jedoch halbherzig.

»Nee, aber … heilige Scheiße. Was macht so ein Mädchen bei uns im Kurs?«

Da ist er nicht der Einzige, der sich das fragt.

»Bedeutsamer ist meiner Meinung nach, warum die Kripo schon vor der Lösegeldforderung ermittelt hat«, flüstere ich verschwörerisch. Am Nebentisch hat sich ein Typ nach uns umgedreht, die drei Millionen Euro haben Aufmerksamkeit erregt. »Die ist nämlich erst gestern eingegangen.«

»Lass mich raten, woher du das weißt.« Lara wackelt mit den Augenbrauen.

»Nee, rate bitte nicht.« Ich zwinge mir ein unechtes Grinsen ins Gesicht. »Sei einfach nur zufrieden mit den Infos, die wir haben.«

»Oh, du gibst deine Quellen nicht preis?« Kevin hebt seine Hand, damit ich ihn abklatsche. Ich mache es instinktiv.

»Bebe, du wirst mal ein mega Undercover-Bulle.«

Okay, die Nummer habe ich tatsächlich schon mal abgezogen. Allerdings anders, als Kevin denkt.

»Wenn Leute, die in Hahnwald wohnen, ihre Tochter als vermisst melden, ist die Polizei selbstverständlich sofort alarmiert. Bei einem Normalo sieht das anders aus.« Lara zupft sich an der Unterlippe, ihre Augen funkeln vor Begeisterung. »Wer könnte die bloß entführt haben? Es muss ja jemand sein, der wusste, wie viel Kohle da zu holen ist.«

»Damit bin ich raus aus der Nummer.« Kevin zuckt bedauernd die Schultern.

»Du wusstest, wo sie herkommt. Das macht dich verdächtig, in meinen Augen zumindest verdächtiger als Bebe.«

»Ihr vergesst den Unbekannten, der sie bedroht hat. Vor genau einer Woche«, werfe ich ein. »Der ist doch die heißeste Spur.«

»Meinst du? Wieso sollte jemand, der sie entführen will, sie zuerst begrapschen?« Kevin leert sein Glas und winkt dem Kellner, der hinter dem Tresen steht und zapft. Erstaunlicherweise bemerkt er Kevin sofort. »Noch drei.«

»Genau. Und solange es ums Begrapschen geht, ist Kevin doch der Hauptverdächtige«, sagt Lara und betrachtet unwillig die Mädchen am Nebentisch.

»Ha, ha, sehr witzig. Hast du Probleme, weil sich kein Mann für dich interessiert? Ich könnte dir ein paar Tipps geben, damit es sexuell besser läuft.«

Lara kneift wütend die Augen zusammen.

»Dann würde ich bei Männern wie dir gut ankommen. Das

64

ist genau das, was ich nicht will. Können wir uns jetzt bitte wieder auf unseren Fall konzentrieren?«

»Wir knöpfen uns den Typ vor, der Simone belästigt hat«, lenkt Kevin ein. »Ganz einfach.«

»Wir kennen ihn nicht. Ganz so einfach ist es nicht.«

»Aber wir wissen, wo er wohnt. Das ist Polizeiarbeit, Anfängerniveau. Bebe kann ihn locker identifizieren.« Kevin plustert sich auf. »Um das zu durchschauen, brauche ich keine endlosen Stunden in sinnlosen Vorlesungen hocken und dem Gelaber der Dozenten zuhören. Das kann ich instinktiv ohne den Theoriescheiß.«

»Ein Naturtalent«, stichelt Lara. Sie wendet sich an mich. »Sag du doch auch mal was.«

»Der Kerl, der Simone belästigt hat, ist definitiv eine Spur, die verfolgt werden muss. Und die Kripo macht keine Anstalten, das zu übernehmen. Für mich ist es durchaus glaubwürdig, dass er erst, nachdem er versucht hat, gewaltsam bei ihr zu landen, erfahren hat, wie viel Kohle ihre Eltern haben. Möglicherweise hat sie dem Kerl mit den Beziehungen und dem Ansehen ihrer Familie gedroht, weil er seine Finger nicht bei sich behalten hat«, mische ich mich widerwillig in das Gezanke der beiden ein. Ich finde es nämlich überaus unterhaltsam. »Ich denke aber noch immer, dass ihr euch besser raushaltet.«

»Willst du ihn etwa allein aufspüren? Ein Mann, der Frauen belästigt, ist kein Umgang für ein Mädchen.« Kevin sieht mich kopfschüttelnd an. »Ich komme mit und passe auf dich auf.«

»Ich komme auch mit«, sagt Lara entschlossen. »Meinetwegen jetzt sofort.«

Kevin kichert. »Und welchen Nutzen hast du? Als Bodyguard taugst du nichts.«

»Woher willst du das wissen? Womöglich habe ich geheime Nahkampfqualitäten.« Laras Mundwinkel zucken ein wenig, aber sie verkneift sich das Kichern.

»Geheime Nahkampfqualitäten? Dass ich nicht lache, du

bist schmächtig und siehst so harmlos aus, dass kein Verbrecher dich ernst nehmen wird«, spöttelt Kevin.

Der Blick, mit dem er Lara abcheckt, wirkt jedoch eher angetan.

»Du sagst doch selbst, dass ich eine Streberin bin. Ich wäre ja schön blöd, wenn ich ohne Vorkenntnisse in einen so körperbetonten Job gehen würde.«

Kevin macht große Augen.

An Laras Argument ist was dran. Ich traue ihr zu, genau aus diesem Grund Kampfsport zu machen. Und wenn, dann ist sie unter Garantie fit. Etwas anderes lässt ihr Ehrgeiz nicht zu.

»Wieso sind wir uns eigentlich sicher, dass die Kripo nicht doch längst in Richtung des Unbekannten ermittelt?«, fragt sie.

»Wie sollen die das machen? Kein Mensch hat von mir wissen wollen, wie der Typ aussah und wo der Übergriff stattgefunden hat.«

»Okay, dann nehmen wir ihn uns sofort vor.« Kevin greift nach seiner Brieftasche. »Ich halte nichts davon, etwas aufzuschieben.«

»Warte mal«, bremst Lara ihn. »Wir brauchen eine Taktik. Sollen wir ihn auf der Stelle damit konfrontieren, was wir wissen? Oder reden wir zuerst unter einem Vorwand mit ihm? Eventuell ist es am klügsten, ihn zu beschatten und zu hoffen, dass er uns zu Simones Versteck führt.«

Kevin steckt sein Geld wieder ein und sinkt tiefer auf den Hocker.

»Können wir nicht einfach aus ihm rausprügeln, was wir wissen wollen?«, mosert er.

»Nein, können wir nicht. Wir sind angehende Polizisten«, zischt Lara. »Ist es in Deutschland etwa erlaubt, Verdächtige zu foltern?«

»Okay, Brain. Was schlägst du vor?«

Lara schnaubt. Dann visiert sie mich an.

»Was ist mit unserem neuen Dozenten? Sollen wir ihn nicht besser mit ins Boot holen?«

»Auf keinen Fall.« Vehement winke ich ab. »Ich habe … ich habe einfach keine guten Erfahrungen mit ihm gemacht.« Das ist furchtbar unfair Tim gegenüber. Er hat sich echt bemüht, mich neutral zu behandeln, und mich sogar so weit wie möglich an den Ermittlungen teilhaben lassen. Und er hat jede Menge Ärger deswegen kassiert. Das darf nicht noch einmal passieren und deshalb werden wir ihn nicht in unsere Pläne hineinziehen. »Ehrlich, Lara, das wäre eine ganz schlechte Idee.«

»Ich dachte nur, weil er bei der Kripo ist. Da kennt er sich doch aus.«

»Er ist noch nicht lange bei der Kripo. Das hilft uns nicht weiter. Und er ist … «

»Was ist er?«, fragt Lara ungeduldig, während ich überlege, wie ich es am besten formuliere.

»… zu vorsichtig. Er will immer ganz korrekt ermitteln. Das passt nicht gut zu meinem Charakter.«

»Aha«, sagt Lara mit einer Betonung, die ich furchtbar finde. Dieser Ich-wusste-es-ja-gleich-Stimme. Dann grinst sie wie eine Katze, die den Kuchen geklaut hat, und schweigt.

Darauf falle ich nicht rein. »Ich bin Kevins Plan gar nicht so abgeneigt«, lenke ich ab. »Wir knöpfen uns den Typen vor. Drei gegen einen. Der wird schon reden.«

»Jetzt im Ernst?« Lara tippt sich entschlossen an die Stirn. »Falls er der Entführer ist, wird er wohl kaum gestehen, nur weil drei Leute sich drohend vor ihm aufbauen und böse auf ihn sind. Wenn er es ist, dann ist er ein echter Krimineller, der uns eher abmurkst, als einzuknicken, und wenn er es nicht ist, dann bringt es uns eh nicht weiter. Wir müssen einfallsreicher sein und ihn im besten Fall kalt erwischen.«

Meinetwegen. Ich kann durchaus intrigant sein. Ich kann einem alten Mann die Enkelin vorspielen – und das ohne schlechtes Gewissen.

»Gehen wir mal davon aus, dass er der Entführer ist«, überlege ich laut. »Was ist dann das Schlimmste, das ihm passieren kann?«

Ein breites Grinsen schiebt sich in Laras Gesicht.

»Genialer Einfall, Bebe, du bist ein durchtriebenes Luder. Wem von uns kauft er am ehesten einen Erpresser ab?«

kapitel 10

Laras Frage war selbstverständlich rhetorisch. Sie selbst kann das nette, brave Mädchen nicht verleugnen und Kevin ist nicht gerissen genug, um die Sache durchzuziehen.

Die beiden halten sich im Hintergrund, während ich an der Haustür des vierstöckigen Mietshauses klingle.

»Wer ist da?«

Anstatt zu antworten, drücke ich den nächsten Klingelknopf. Ich habe zwölf zur Auswahl, da wird schon einer dabei sein, der öffnet, ohne zu fragen.

»Ja, bitte?«

Entnervt nehme ich mir drei auf einmal vor. Endlich wird der Türsummer aktiviert und ich schlüpfe ins Treppenhaus. Lara und Kevin folgen mir lautlos und verstecken sich im Kellerabgang. Sie sollen sicherstellen, dass der Entführer mich nicht ebenfalls in seine Gewalt bringt.

Wenn ich ehrlich bin, vertraue ich da eher auf Kevin als auf Lara.

Im Parterre liegen drei Wohnungen, ich beginne links. Nach dreimaligem vergeblichen Klingeln gebe ich auf.

»Keiner da«, flüstere ich in Richtung Keller.

»Oder er macht nicht auf, weil er was zu verbergen hat«, zischt Lara zurück. Sehen kann ich sie nicht.

An der nächsten Wohnungstür höre ich schon nach wenigen Sekunden Schritte, die sich nähern. Die Tür wird nur einen Spalt breit geöffnet, die Kette liegt vor.

»Sie wünschen?« Der ältere Herr, der durch die winzige Öffnung schielt, blickt mich unwillig an.

»Ich suche einen Mann«, erkläre ich. »Groß, dunkle Haare, er wohnt hier im Haus. Kennen Sie ihn?«

»Sie sollten sich schämen«, blafft er mich an und knallt die Tür ins Schloss.

Aus dem Keller ertönt ein Kichern. Ich seufze innerlich und gehe kommentarlos weiter. Hinter der dritten Tür ist Musik zu vernehmen. Da herrscht zumindest Leben und ich klingle erwartungsvoll.

Ein Mädchen reißt die Tür auf.

»Ellie, na endlich, wir haben schon …«, brüllt sie mich an. Ihr Gesicht ist leicht erhitzt, die Musik hämmert deutlich lauter als durch die geschlossene Tür. Der Lärm könnte die schlechte Laune des älteren Nachbarn erklären. »Uuups, du bist gar nicht Ellie.«

Ich wäre gerne Ellie. Das Mädchen sieht nach Spaß aus, nach jeder Menge Alkohol und Ausgelassenheit.

»Klingt nach 'ner coolen Party bei euch«, sage ich und lächle. »Ist zufällig ein Typ dabei, groß, mit dunklen Haaren, der hier im Haus wohnt?«

»Maik? Nee, ist er nicht.«

»Ist Maik der Einzige, auf den meine Beschreibung zutrifft?«

Das Mädchen lehnt sich in den Türrahmen und mustert mich nachdenklich.

»Interessante Frage. Du kennst ihn gar nicht?«

»Nö, ich weiß nur, wie er aussieht.«

»Karla, wo bleibst du? So lange kann es doch nicht dauern, Ellie hereinzulassen.« Ein zweites Mädchen kommt in den Flur und hält sich nach ein paar Schritten an der Wand fest. Hui, da ist jede Menge Alkohol im Spiel. Sie zeigt auf mich. »Das ist nicht Ellie.«

»Deswegen dauert es ja so lange«, antwortet Karla kichernd. »Sie sucht entweder Maik oder jemand anderen. So genau wissen wir das noch nicht.«

»Dunkle Haare, mindestens eins achtzig. Und ich denke, dass er hier im Haus wohnt«, präzisiere ich.

Das zweite Mädchen kommt näher, noch immer leicht schwankend. Dann beginnt sie haltlos zu kichern. »Das ist Herr Biesike von nebenan.«

Karla lacht nun auch.

»Den meinst du aber nicht, oder?«

»Der Opi dort?« Ich deute auf die Tür, an der ich zuvor geklingelt habe. »Nee, der wollte mir eine Moralpredigt halten. Der Typ, den ich suche, ist vielleicht Mitte zwanzig, nicht älter.«

»Das muss Maik sein. Sebastian aus der Vierten ist eher dunkelblond. Und die beiden sind im Haus die Einzigen, die vom Alter her passen«, beschließt Karla.

»Definitiv. Und wenn eine Frau wie du bei Sebastian klingelt, fällt seine Freundin in Ohnmacht.«

»Wohnt dieser Maik allein?«

»Ja, in der zweiten Etage, ganz links.«

»Wisst ihr irgendetwas über den?«

Ich habe hier eine Quelle, die bereit ist, aus dem Nähkästchen zu plaudern. Und Karlas Freundin ist betrunken genug, die Situation nicht mal merkwürdig zu finden.

»Er ist ein doofer Arsch«, sagt sie auch prompt.

Karla lacht. »Ja, weil du nicht bei ihm landen konntest.«

»Jep. Ein doofer Arsch, sag ich doch.« Sie streckt ihrer Freundin die Zunge raus, dreht ab und tastet sich an der Wand entlang zurück. »Such dir besser 'nen anderen Typen.«

»Wir wissen echt nichts über den.« Karla zuckt bedauernd die Schultern. »Wir haben ein paar Mal versucht, ihn einzuladen, aber er hatte kein Interesse. Außer ihm und Sebastian mitsamt besitzergreifender Freundin wohnen hier im Haus nur Familien oder ältere Leute. Wäre nett gewesen, Freunde vor Ort zu haben, aber …«, sie rollt die Augen, »… wir zwingen keinen.«

»Kennt ihr denn eine Simone? Sie könnte eine Bekannte oder Freundin von Maik sein.«

»Simone? Nö, nie gehört. Tut mir leid.«

»Okay, trotzdem danke. Zumindest weiß ich jetzt, wo er wohnt.« Ich verabschiede mich mit einem Lächeln. »Viel Spaß heute Abend. Ellie kommt bestimmt jeden Moment.«

Sobald die Tür ins Schloss gefallen ist, lehne ich mich über das Treppengeländer. »Zweite Etage, habt ihr gehört? Ich gehe jetzt hoch.«

»Sei vorsichtig«, wispert Lara. »Wir rücken zwar in den ersten Stock auf, ehe du da klingest, aber fliegen können wir auch nicht.«

»Ich schon.« Kevin gibt an. »So ein paar Stufen überwinde ich in Millisekunden.«

»Gut zu wissen«, flüstere ich und kichere leise, weil ich Lara genervt stöhnen höre.

An der angegebenen Wohnungstür steht kein Name.

Ich drücke meinen Finger auf die Klingel und nehme ihn nicht mehr weg. Das endlose Geschepper geht selbst mir auf den Keks und tatsächlich wird die Tür schon nach Sekunden aufgerissen.

»Spinnst du?«, faucht mich ein Mann an.

Ich grinse und lasse den Finger erst recht auf dem Knopf, ehe ich loslasse.

»Hallo Maik«, flöte ich.

Er ist es.

Nicht nur ich erkenne ihn auf Anhieb, umgekehrt ist es genauso. Kurz flackert sein Blick, bevor er sich zusammenreißt und eine undurchdringliche Miene präsentiert.

»Kennen wir uns?«

»Klar, kennen wir uns. Wir sind beide Freunde von Simone.« Ich verschränke zwei Finger umeinander. »Ganz enge Freunde.«

»Ich kenne keine Simone. Und dich auch nicht. Verpiss dich.«

Ungehalten schnalze ich mit der Zunge. »Ich mag keine Lügner, Maik.«

Er kommt einen Schritt aus der Wohnung auf den Flur, nah an mich heran und nimmt diese typische Pose ein, bei der Männer glauben, sie macht dem Gegenüber Angst. Ich habe sie nur leider schon zu oft erlebt.

»Hau ab, Mädchen, sonst …« Auch die Pause soll drohend sein.

»Sonst was? Schlägst du mich dann, wie du es bei Simone getan hast?«

Bei meinen Worten zuckt er zusammen und ich lächle.

Treffer.

»Maik, ich halte nicht viel davon, um den heißen Brei herumzureden. Ich weiß, was du mit Simone gemacht hast. Soll ich zur Polizei gehen?« Er wird blass und weicht ein Stück zurück. »Ich denke, ich sollte zur Polizei gehen. Das wäre das, was brave Mädchen machen. Nur leider bin ich kein braves Mädchen, zumindest nicht immer.«

»Was genau willst du von mir?«

Da er nicht abstreitet, präsentiere ich ihm mein schönstes Lächeln.

»Mitmachen.«

Maik lacht auf. »Was soll das bedeuten?«

Sanft schüttle ich den Kopf. »Ach, Maik, stell dich nicht dumm. Ich denke eh, dass du allein mit der Nummer überfordert bist. Und ich bin eine hervorragende Komplizin. Ich habe Kontakte zur Kripo und bekomme alles mit, was da läuft. Außerdem bin ich skrupellos und gemein. Ich bin mein Geld wert, versprochen.«

Die Sache wird langsam zu heiß, um es auf dem Flur zu diskutieren. Sobald ich die Wohnung betrete, verliere ich jedoch den Rückhalt meiner Freunde. Ich werde das Risiko trotzdem eingehen, auf die Gefahr hin, dass Lara mir im

Anschluss den Kopf abreißt, denn hier wird er nie im Leben auspacken.

Lässig deute ich durch die Tür. »Quatschen wir drinnen weiter, die Wände im Treppenhaus haben Ohren.«

»Mann, ich weiß noch immer nicht, was du willst«, startet er einen letzten Versuch, mich loszuwerden. Ich lache nur und schiebe mich an ihm vorbei. Von unten höre ich ein protestierendes Ächzen, dann aber schließt Maik in meinem Rücken die Tür.

»Die Sache mit Simone hast du falsch verstanden. Die wollte was von mir und ich hatte Schwierigkeiten, sie mir vom Hals zu halten.« Er lehnt sich von innen an die Tür und mustert mich. Er sieht definitiv verdammt gut aus, der Typ Mann, der es gewohnt ist, dass Frauen hinter ihm her sind. »Was willst du der Polizei erzählen? Du hast rein gar nichts gesehen.«

»Ich habe genug gesehen. Was glaubst du, was die Bullen finden, wenn sie alles filzen, was du besitzt?«

Er lacht auf. »Was sollen die schon finden? Und aus welchem Grund sollten sie einen harmlosen Maschinenbaustudenten filzen?«

»Weil er ein Entführer ist«, haue ich meinen Trumpf raus.

»Ja, klar. Wen oder was habe ich entführt?«

»Simone.«

Jetzt lacht er laut und mir kommen zum ersten Mal Zweifel.

»Für drei Millionen würden so einige die eigene Oma entführen. Manche sogar umbringen«, mache ich es etwas dramatischer. »Ich übrigens auch. Wenn du die Sache also durchziehst, bin ich dabei. Ob du willst oder nicht.«

»Was hast du geraucht?« Er schüttelt nach wie vor feixend den Kopf. »Der Stoff scheint gut zu sein, du bist eindeutig high.«

»Maik, glaubst du wirklich, ich lasse mich so leicht abschütteln? Wenn ich bei dem Deal nicht dabei bin, dann gebe ich alles, was ich weiß, an die Bullen. Die nehmen dich in die Mangel, beobachten dich auf Schritt und Tritt und aus ist der Traum vom Lösegeld und dem neuen Leben in der Karibik. Teilen ist da doch die bessere Option, oder?«

Möglichst lässig nehme ich meine Umgebung in Augenschein. Es gehen nur drei Türen vom Flur ab, der hintere Raum ist beleuchtet und zeigt mir ein Schlafzimmer mit ungemachtem Bett und einem vollkommen chaotischen Schreibtisch. Nie im Leben versteckt er Simone in seiner Wohnung.

Maik seufzt tief und angelt sein Handy aus der Hosentasche. Jetzt wird es interessant. Er wählt. Möglicherweise informiert er seine Komplizen. Bei drei Millionen zieht man so eine Nummer nicht allein durch. Im Hintergrund höre ich, wie eine Mailbox anspringt.

»Hör mal, Simone«, sagt Maik laut und angepisst. »Ich habe keinen Schimmer, aus welchem Grund du deine Freundin mit so einer abstrusen Geschichte auf mich hetzt. Aber was auch immer du dir davon versprichst, es wird nicht funktionieren. Die Kleine kann sich anziehen und schminken wie 'ne Nutte, da falle ich nicht drauf rein. Wenn du zu den Bullen gehst, steht Aussage gegen Aussage und alle reden über dich. Vergiss das nicht und spar dir deine billigen Tricks. Du hast nur bekommen, was du verdient hast.«

Er legt auf und fährt sich mit der Zunge über die Oberlippe.

»Hast du jetzt kapiert, dass du dich nur lächerlich machst? Simone kann mir nichts nachweisen. Jeder hat auf der Party gesehen, wie sie sich an mich rangeschmissen hat, nicht umgekehrt.«

Ich ziehe nachdenklich eine Augenbraue hoch.

Eventuell habe ich eingesehen, dass Maik nicht der Entführer ist. Eventuell hat er mich davon überzeugt, dass er einfach nur ein mieses Schwein ist, das ein Mädchen, das nach dem ersten Flirt doch nicht mit ihm ins Bett wollte, versucht hat zu vergewaltigen. Ich bin mir gar nicht so sicher, was ich schlimmer finde.

»Maik, ich habe es tatsächlich kapiert. Ich werde dich fertigmachen. Simone hast du mit deiner Aussage-gegen-Aussage-Nummer ja vielleicht einschüchtern können, aber mich nicht. Ich habe schon miesere Dreckskerle als dich getroffen.« Ich gehe die drei Schritte, die uns trennen, auf ihn zu. »Und die haben im Anschluss alle nach ihrer Mami geweint. Ich habe nämlich keinen guten Ruf zu verlieren und ich habe null Bedenken, meine dreckige Wäsche in der Öffentlichkeit zu waschen.«

Okay, ich gebe es zu. Die Aktion hat den Sinn, Simones Entführer zu finden, verfehlt. Ein echter Kidnapper würde nie im Leben auf die Mailbox des Opfers sprechen und die Polizei damit auf sich aufmerksam machen. Aber Männer wie Maik dürfen nicht mit so einer Nummer durchkommen.

Schnell gehe ich meine Optionen durch. Die Klamotten zerreißen, beginnen zu heulen und behaupten, Maik hätte dieselbe Nummer bei mir durchgezogen wie bei Simone? Dann würde er die Strafe bekommen, die er verdient. Die alte Bebe würde genau das machen, sogar mit großem Vergnügen. Die aktuelle Bebe studiert leider an der Polizeihochschule und muss irgendwie lernen, Übeltäter ordnungsgemäß zu überführen.

Ich tippe Maik nachdrücklich gegen die Brust. Er rührt sich nicht. »Lass mir ein paar Tage Zeit. Simone wird dich anzeigen. Und einer Diedrich glaubt man jedes Wort, das verspreche ich dir. Die hat die besten Anwälte, die man für Geld bekommen kann.«

Maik blickt mich verwirrt an. Der hat keine Ahnung, dass Simone ein stinkreiches Mädchen ist. Der endgültige Beweis, den ich brauche, um einzusehen, dass er zumindest an der Entführung unschuldig ist. Mit einem letzten harten Tippen gegen seinen Oberkörper gehe ich an ihm vorbei und verlasse die Wohnung.

Lara und Kevin stehen im Hausflur, Lara hämmert mit der Faust gegen die Tür der Nachbarwohnung.

»Du musst die Tür eintreten«, sagt sie laut und mit deutlicher Panik in der Stimme zu Kevin. »Es ist kein Ton zu hören, hier stimmt was nicht.«

»Vertrau Bebe. Die hat Fabian kleingekriegt, so leicht macht man die nicht fertig.« Kevin legt sanft eine Hand auf ihren Arm und versucht, sie von der Tür wegzuziehen.

»Und falls doch?«

»Na, ihr seid mir ja tolle Retter.« Ich beherrsche mich mit großer Mühe. Aber wenn Lara jetzt von mir ausgelacht wird, flippt sie endgültig aus.

»Was?« Lara fährt mit einem leisen Schrei herum.

»Ihr belästigt die Nachbarn von Maik. Das würde mir nichts nützen, wenn er soeben meine Leiche in einen Koffer stecken würde.«

»Sofern er schon mit deiner Leiche zugange ist, nützt dir gar nichts mehr«, erwidert Kevin schlagfertig. Dann streckt er Lara die Zunge raus. »Ich habe doch gleich gesagt, es ist die andere Wohnung.«

Lara hat sich eine Hand aufs Herz gelegt und atmet laut aus.

»Scheiße, Bebe, hast du mich erschreckt.«

»Tut mir ja leid, Lara.« Ich verkneife mir das Kichern noch immer nur mühsam. »Hast du eine Rechts-Links-Schwäche?«

Kevin lacht auf. »Typisch Frau. Und dann nicht zugeben können, dass man sich irrt.«

Lara stößt ihren Ellbogen grob in seine Seite, ohne ihn dabei anzusehen. »Na gut, lassen wir die Nachbarn in Ruhe und gehen zurück in die Kneipe. Ich bin gespannt, was du zu erzählen hast. Außerdem brauche ich nach all den Sorgen Alkohol. Jede Menge Alkohol.«

»Und ich würde gerne wissen, wer Leichen in Koffern versteckt. Wer hat denn so große Koffer?« Kevin sieht mich irritiert an. »Du hast echt merkwürdige Ideen, Bebe.«

»Man kann die Leiche zerstückeln.« Lara grinst und läuft die Treppe hinunter. »Dann passt sie wunderbar in einen Koffer.«

kapitel 11

Gerade als wir zurück in der Kiste sind und dank purem Glück einen Ecktisch ergattert haben, erreicht mich eine Nachricht von Claudine.

Claudine: Du musst sofort herkommen, Bebe.

»Schieß los.« Lara sitzt aufrecht und gespannt wie ein Flitzebogen mir gegenüber und betrachtet jede meiner Regungen, als könne sie mir auf diese Art in den Kopf schauen.

»Lass uns auf Kevin warten«, murmle ich.

Claudine schreibt mir nie, mein Puls ist bei ihrer Nachricht in die Höhe geschnellt.

»Och Manno«, mault Lara. »Ist er doch selbst schuld, wenn er ausgerechnet jetzt aufs Klo rennt.«

Hektisch tippe ich in mein Handy.

Bebe: Was ist los?

Claudine: Markus ist das Problem, er ... nein, ich kann nicht drüber reden. Du musst ihn rauskeln. SOFORT!

Ich wusste es. Der neue Freund meiner Mutter war einfach zu perfekt. Solche Männer haben einen Haken, eine dunkle Seite.

Panikartig denke ich an all die Möglichkeiten, die schiefgegangen sein könnten. Die Schlimmste – er ist doch ein Pädophiler, der sich an meine kleinen Schwestern rangeschmissen hat – leuchtet in roten Neonbuchstaben in meinem Kopf.

Bebe: Hat Markus dich angefasst? Oder Scarlett? Oder Angelina?

Claudine: Igitt, Bebe. Du bist ja voll pervers. So einen alten Sack lasse ich doch nicht ran.

Bebe: Was ist es dann?

Noch wage ich nicht, aufzuatmen. Es gibt so viele andere mögliche Katastrophen.

»Mit wem schreibst du? Ich fühle mich ausgeschlossen. Und ich platze vor Neugierde«, murrt Lara, die mich finster beobachtet.

»Das ist meine kleine Schwester«, antworte ich. »Sie hat ein Problem mit unserem Stiefvater.«

»Ist es ernst?«

»Keine Ahnung. Sie will nicht damit rausrücken.«

»Und du meinst, das kannst du über einen Messenger klären? Ruf sie bitte an und sprich mit ihr.« Lara seufzt laut und übertrieben.

Sie hat ja recht. Es klingelt allerdings ewig, ehe Claudine abnimmt.

»Du musst herkommen, habe ich gesagt. Zieh die Nummer ab, die du bisher immer abgezogen hast«, sagt sie zur Begrüßung.

»Hallo Claudine, nett von dir zu hören.«

»Was soll der Scheiß? Haben die Bullen dir eine Gehirnwäsche verpasst? Soll ich jetzt brav bitte und danke sagen und knicksen?«

Ich kichere leise. Nein, etwas wirklich Schlimmes kann es einfach nicht sein, dazu ist Claudine zu normal.

»Was meinst du denn mit Nummer, die ich abgezogen habe?« Ich drehe mich ein wenig von Lara weg, sie kann trotzdem jedes Wort hören. Flüstern kann ich bei dem Geräuschpegel in der Kneipe nicht.

»Ich bin nicht blöd, ich weiß, wie du die Kerle bisher vertrieben hast. Ich kapier nur nicht, warum du es nicht bei Markus machst.«

»Er ist ein netter Mann. Er mag Mama und er hat sogar einen Job.«

»Ja, und er hat ein Haus«, zischt meine Schwester in den Hörer. »Ein Haus, in dem wir jetzt alle wohnen. Mit drei Kinderzimmern und einem Vorgarten. Ich lebe wie eine Scheiß-Spießertussi.«

Ich hatte angenommen, dass sich meine Schwestern darüber freuen, endlich Platz zu haben. Jede ein eigenes Zimmer, neue Handys gab es obendrein.

»Was ist das Problem, Claudine.«

Lara lässt ihre Augen durch die Kneipe wandern und demonstriert absolutes Desinteresse an meinem Telefonat.

Netter Versuch.

»Wenn es nur eines gäbe, es sind tausend Sachen. Echt, der stresst ununterbrochen.« Claudines Stimme wechselt zu wienerlich, gleich wird sie ein paar Tränen vortäuschen. »Bebe, du weißt doch, dass ich mit Dennis zusammen war.«

Ich wusste es nicht. Anstatt zu antworten, knurre ich.

»Und jetzt wohne ich erstens viel zu weit weg und zweitens habe ich kaum noch Zeit. Ich habe ihn in den letzten Wochen so wenig gesehen, dass er Schluss gemacht hat. Er hat Schluss gemacht, Bebe, dabei ist er die Liebe meines Lebens.«

Jetzt heult sie endgültig. Ich fürchte nur, die Tränen sind echt.

»Ach, Claudine, ich weiß, das kommt dir im Moment vor, als wäre es das Ende der Welt, aber …«

»Es kommt mir nicht so vor, es ist so. Und das alles ist nur Markus schuld.«

»Hat er dir verboten, dich mit Dennis zu treffen?« Das würde ich ihm zutrauen. Er hat die neue Vaterrolle ernsthafter übernommen, als meine Mutter ihre Verantwortung in all den Jahren gesehen hat. Zugegeben – das ist für meine Schwestern eine krasse Veränderung.

»Nein.« Claudine schluchzt herzzerreißend und ich bin mir sicher, dass man das auch hören kann, ohne das Handy am Ohr zu haben. Ich ziehe eine Grimasse in Laras Richtung.

»Aber? Es kann doch nicht nur daran liegen, dass du jetzt ein paar Kilometer weiter weg wohnst.«

»Ich treffe ihn kaum mehr. Ich habe null Zeit, Bebe. Dauernd muss ich in die Schule gehen.« Claudine putzt sich geräuschvoll die Nase, während ich froh bin, dass sie mich nicht sehen kann. So kann ich nämlich ungehemmt grinsen.

»Markus zwingt dich, in die Schule zu gehen?«, vergewissere ich mich.

»Ja, jeden Tag, Bebe. Und mittags soll ich direkt nach Hause kommen und kannst du dir vorstellen, was ich da machen muss?«

»Nein.«

Früher haben sie meiner Mutter Gesellschaft vor der Glotze geleistet.

»Ich muss Hausaufgaben machen. Ununterbrochen, Bebe, ehrlich. Er hat sogar mit meinen Lehrern gesprochen und wenn ich blau mache, petzen die sofort bei ihm oder Mama.«

Ich muss mir in die Hand beißen, um nicht laut loszulachen.

»Bebe, warum sagst du nichts? Kommst du jetzt her und vergraulst ihn?«

»Ich kann ihn nicht vergraulen, Claudine, ihr wohnt in seinem Haus.« Ich habe mich wieder soweit im Griff, dass ich reden kann, ohne laut zu kichern. »Was sagt denn Mama dazu?«

»Mama ist komplett durchgedreht. Die findet alles super, was er vorschlägt.« Ich finde das, was ich da höre, auch super.

Es wäre allerdings taktisch unklug, das so zuzugeben. »Sie putzt sogar.«

Ich pfeife leise. Meine Mutter putzt?

»Lass mich da mal drüber nachdenken, Claudine, okay. Mir fällt nämlich so ad hoc keine Lösung ein.«

»Und jetzt?«

»Jetzt bist du ein paar Tage lang ein braves Mädchen, gehst in die Schule und machst deine Hausaufgaben. Und ich komme am Wochenende zu euch und bis dahin überlege ich mir etwas.«

»Und was ist mit Dennis?«

»Den ignorierst du solange. Und dann schmieden wir zusammen einen Plan, wie wir das Dennis-Problem lösen. Versprochen.«

Claudine schnieft.

»Schwörst du, dass du kommst?«

»Ich schwöre.«

»Okay.«

»Und jetzt ab ins Bett mit dir. Wenn du morgen in die Schule gehst, musst du früh aufstehen.« Ich frage mich, ob meine Mutter ebenfalls aufsteht oder ob Markus das allein übernimmt.

»Du bist blöd«, sagt Claudine.

»Streck mir nicht die Zunge raus«, antworte ich streng.

»Das konntest du doch gar nicht sehen.«

»Ich konnte es sehr wohl sehen. Ich kann alles sehen. Gute Nacht, Claudine.«

Sie prustet und legt auf.

»Ist es sehr schlimm mit deinem Stiefvater?«, fragt Lara vorsichtig, nachdem ich das Handy weggelegt habe.

»Ja, es der Super-GAU, sagt Claudine. Sie soll in die Schule gehen und Hausaufgaben machen. Wahrscheinlich kommt als Nächstes, dass sie auch noch lernen muss.«

Kevin knallt drei Biergläser auf den Tisch. »Habe ich was verpasst?«

»Ja«, sagt Lara ungläubig. »Bebes Stiefvater ist ein Perverser.«

Sie beginnt haltlos zu lachen und auch ich kann mir ein Grinsen nicht verkneifen.

»Krass. Ich habe nie gelernt und die Hausaufgaben habe ich im Bus abgeschrieben.« Kevin hat das Wesentliche mitbekommen.

»Und jetzt bist du auch noch stolz drauf.« Lara tippt sich an die Stirn, dann wendet sie sich mir zu. »Bebe, ich will auf der Stelle erfahren, was der Entführer gesagt hat.«

»Der Entführer hat gesagt, dass er kein Entführer ist.«

»Ach?« Lara reißt die Augen auf. »Na, dann ist das ja geklärt. Rennen wir jetzt durch die Gegend und fragen jeden, der uns begegnet? Irgendwann wird ein Mensch sagen: Oh, ihr habt mich erwischt, ich war es.«

»Ich fand ihn überzeugend«, konkretisiere ich. »Er hat es nicht bloß abgestritten, Lara. Ich bin ja nicht blöd.«

»Sondern?«

»Er dachte, ich mache ihn an, weil er Simone begrapscht hat, und ich wäre in ihrem Auftrag da. Deshalb hat er versucht, sie anzurufen, damit sie mich zurückpfeift. Die Sache mit der Entführung hat er nicht kapiert und dass Simone reich ist, wusste er auch nicht.«

»Der ist geschickt.«

»Dann wäre er der abgefeimteste Lügner, der mir je begegnet ist. Und das kann nicht sein, denn bezüglich des sexuellen Übergriffs war ihm die Schuld eindeutig ins Gesicht geschrieben.«

»Darf ich ihn jetzt endlich verprügeln?« Kevin ist leicht zu überzeugen. »Er benötigt eine Abreibung.«

»So kannst du nicht Polizist werden, Kevin.« Lara sieht verzweifelt zwischen uns hin und her. »Ihr beiden seid eine Katastrophe. Wir müssen uns an Regeln halten.«

»Habe ich etwas Illegales gemacht?«, verteidige ich mich.

»Du hast vorgetäuscht, eine Straftat begehen zu wollen.«

»Aber ich habe es nicht getan.« Zufrieden lächelnd lehne ich mich zurück und schlage die Beine übereinander. Ich mag diese Kneipe. Sie ist ein wenig schummerig, mit dunklen Wänden und einer langen U-förmigen Theke in der Mitte des Raumes.

»Das geht trotzdem nicht.« Lara sieht mich verzweifelt an. »Jeder Strafverteidiger würde wegen Verfahrensfehlern einen Freispruch erwirken. Es reicht nicht, einen Verbrecher irgendwie zu überführen, Polizisten müssen dabei Vorschriften einhalten.«

»Studieren wir jetzt Jura?« Kevin sieht einer langhaarigen Blondine hinterher, die an unserem Tisch vorbeigeht.

»Da würdest du nie eine Studienzulassung bekommen«, sagt Lara abfällig.

»Als ob ich das wollte. Es würde allerdings ausgezeichnet zu dir Ethik-Streber-Tussi passen.« Sein Blick klebt nach wie vor an der Frau. »Und wenn ich dem Nicht-Entführer momentan keine Abreibung verpassen darf, dann habe ich jetzt andere Pläne.«

Lara zischt wütend.

»Geh spielen, Kevin«, sage ich großmütig. »Maik muss in jedem Fall einen Denkzettel bekommen, aber ob rohe Gewalt da die richtige Lösung ist, bezweifle ich. Wir brauchen einen besseren Plan und solange wir den nicht haben, gebe ich dir frei.«

Kevin grinst und erhebt sich lässig von seinem Hocker. Die Blonde hat sich zu zwei Freundinnen in die Nähe der Tür gesetzt.

»Wünscht mir Erfolg«, sagt er.

»Machen wir, Kevin.« Ich grinse. »Und wenn es nicht klappt, darfst du zurückkommen und dir bei uns die Wunden lecken.«

Lara sagt kein Wort.

kapitel 12

Es regnet wie irre. Ich ziehe die Kapuze über den Kopf und laufe los.

»Bebe, wieso hast du es so eilig?«, ruft Kevin hinter mir her. »Haben wir heute keinen Gesprächsbedarf?«

»Morgen, Kevin.« Ich wende mich nur halb um und bleibe nicht stehen. »Morgen weiß ich hoffentlich mehr.«

In der Nacht ist mir eine Idee gekommen. Wenn mir mein letzter Mordfall eines gezeigt hat, dann, dass ein Aspekt von der Polizei sträflich unterschätzt wird: Klatsch und Tratsch. Und dafür kenne ich genau die richtige Person.

Der Bus hält an der Haltestelle, als ich noch fünfzig Meter entfernt bin. In der Eile renne ich mitten durch eine Pfütze, um ihn zu erreichen. Ich lasse mich auf einen freien Platz fallen und werfe meine Tasche auf den Sitz neben mir. Manchmal habe ich den Eindruck, in einer anderen Klimazone gelandet zu sein. Ich bin erst seit zwei Wochen in dieser Stadt und habe schon mehr Regen gesehen als früher in Monaten. Missmutig betrachte ich meine Schuhe. Eventuell habe ich sie ruiniert, denn sie sind weder für einen Sprint noch für ein Vollbad geeignet.

Ein Blick auf das Handy verrät mir, dass ich eine neue Nachricht habe.

Kevin: Was hast du vor? Mach keine Alleingänge, ich bin dein Bodyguard.

Bebe: Keine Sorge, es ist nur ein Telefongespräch.

Kevin: Dann ist es okay. Wenn dir was passiert, bin ich geliefert. Allein mit Lara überlebe ich im Kurs keine zwei Tage.

Das ist er allerdings selbst schuld. Ich grinse nur und stecke das Telefon ein.

Tropfnass komme ich zu Hause an. Ich kicke die Schuhe quer durch den Flur und hänge die Jacke zum Trocknen über einen Stuhl in der Küchenecke. Stolz schaue ich mich um. Meine erste eigene Wohnung. Winzig. Ikea-Möbel. Aber alles meins. Niemand außer mir hat einen Schlüssel. Niemand außer mir macht Unordnung oder Dreck.

Hat Claudine wirklich gesagt, unsere Mutter würde putzen? Markus hat einen unfassbar positiven Einfluss auf sie. Ich werde mich hüten, ihn zu vergraulen. Und diesen Dennis, auf den meine kleine Schwester steht, werde ich schon als das enttarnen, was er ist. Aber das hat Zeit bis zum Wochenende.

Ich rubble mit einem Handtuch die Haare so weit trocken, wie es geht, dann setze ich mich quer auf die Fensterbank und stelle die Füße hoch. Auf diese Bank habe ich bei der Wohnungsbesichtigung einen einzigen Blick geworfen und wusste, dass ich die Wohnung haben muss. Sie ist breit, sie hat Platz für ein Kissen und sie bietet eine ungehinderte Aussicht auf den Hinterhof und über die Dächer der Stadt.

Ich wähle. Frau Erdmanns Dackel bestimmt ihren Tagesablauf, daher weiß ich, dass sie soeben von ihrem Nachmittagsspaziergang zurückgekommen sein muss.

»Bebe, das ist aber eine nette Überraschung«, begrüßt mich ihre muntere Stimme.

»Hallo Frau Erdmann. Habe ich mich so lange nicht gemeldet?«

»Ach was, ich habe nur gerade heute an dich gedacht. Genau genommen habe ich über dich geredet. Lore hat angerufen und wir haben über eine Stunde geplaudert.« Dass die beiden alten Damen sich gefunden haben, freut mich aufrichtig. Frau Erdmann war verdammt einsam, seit ihr Mann gestorben ist. »Ist es auf der Polizeischule so aufregend, wie ich es mir vorstelle?«

»Bisher ist es wie eine gewöhnliche Schule. Wir haben eine Klasse mit fünfundzwanzig Leuten, wechselnde Dozenten und Unterrichtsfächer. Vieles betrifft trockenen Rechtskram. Actionreicher wird es hoffentlich in der Praxiseinheit. Möglicherweise erst beim Praktikum.«

»Dann muss ich mich wohl noch etwas gedulden, bis du mehr zu erzählen hast. Erwin und ich erleben eh nichts Neues und ich hatte so auf dich gehofft.« Erwin, der Dackel, liegt gewöhnlich in der Ecke des Wohnzimmers und schläft, wenn er nicht frisst. Und wenn er sich nicht mühsam eine Runde um den Block quält. Dagegen ist sogar Soziologie spannend.

»Na ja, es gibt ja nicht nur den Unterricht«, gebe ich zu. »Es ist schon etwas passiert, es hat nur nichts mit meiner Ausbildung zu tun.«

»Na, so ein Glück.« Frau Erdmann seufzt freudig auf.

Ich höre im Hintergrund Geklapper, vermutlich hat sie sich an der Keksdose bedient.

»Frau Erdmann, Sie werden es nicht glauben, aber ich bin schon wieder auf ein Verbrechen gestoßen«, liefere ich ihr mit einem Lächeln den Stoff, den sie sich wünscht.

Sobald ich es laut ausspreche, kommt es mir selbst unwirklich vor. Andere Menschen finden nie in ihrem Leben eine Leiche. Andere Menschen begegnen auch keinem Mörder, der vor Jahren seine Frau um die Ecke gebracht hat und seitdem ein unauffälliges Leben führt. Normale Leute werden nicht in einen Entführungsfall gezogen, mit dem sie rein gar nichts zu tun haben. Irgendetwas stimmt nicht mit mir.

»Haben Sie schon einmal etwas von einer Familie Diedrich gehört? Die wohnen in Hahnwald und müssen echt reich sein.«

»Aber natürlich, Bebe. Die Familientragödie der Diedrichs war doch in aller Munde. Spekulationen, Tratsch und Klatsch ohne Ende. Sogar beim Frisör war das Thema Nummer eins.«

Verwundert drehe ich eine meiner Haarsträhnen ein. Wie kann Simones Entführung schon so die Runde gemacht haben? Behandelt die Polizei das nicht diskret?

»Frau Erdmann, bei Ihrem Frisör ist man doch so verschwiegen. Da redet man nicht über andere Leute.«

Ich bin fast rausgeflogen, als ich mich nach Frau O erkundigt habe.

»Ach was, wenn es um reiche Leute geht, tratscht selbst die Chefin. Sie hat damals behauptet, die Kollegin zu kennen, die die Diedrichs frisiert, sogar mal mit ihr gemeinsam gearbeitet zu haben. Sie hat spekuliert, das sei gut für ihren Ruf.«

»Damals?«

»Ach, das ist doch bestimmt schon zwei Jahre her. Das arme Mädchen.«

»Frau Erdmann, ich weiß überhaupt nicht, worüber Sie da reden. Ich selbst hatte bis vor ein paar Tagen noch nie von den Diedrichs gehört.« Eine Klatschgeschichte, die schon mindestens zwei Jahre her ist, wird mir eher nicht weiterhelfen. Aber egal. Ich sammle zum aktuellen Zeitpunkt alles an Informationen, was ich bekommen kann. Irgendetwas Verwertbares wird schon dabei sein.

»Das ist auch keine schöne Geschichte, Kindchen. Ich erzähle es natürlich trotzdem, wenn du es hören willst, aber ich hoffe aufrichtig, du machst dir danach keine Sorgen.«

Das wird wohl etwas länger dauern.

Ich klemme mir das Handy zwischen Ohr und Schulter und setze in der Küchen-zeile heißes Wasser auf. Infolge der feuchten Haare wird mir langsam kalt.

»Ach, Frau Erdmann, so schnell mache ich mir keine

Sorgen, das wissen Sie doch. Schlimmer als der Mord an meiner Frau O kann es kaum sein.«

»Selbstverständlich nicht. Dass die Tochter der Diedrichs Polizistin werden wollte, genau wie du, Bebe, ist ja nur ein dummer Zufall.«

Ich brumme leise. Es ist und bleibt eine merkwürdige Berufswahl für die Tochter von Multimillionären.

»Und sie war genau wie du an der Polizeihochschule in Aachen. Du könntest ihr da begegnen, wenn nicht …« Frau Erdmann schweigt einige Sekunden, dann seufzt sie. »Sie ist nur ein paar Wochen nach Beginn der Ausbildung verschwunden, hieß es. Zuerst hat das niemand ernst genommen, junge Frauen verschwinden halt hin und wieder. Sie treffen einen Mann, träumen von Freiheit und ewiger Liebe und nach ein paar Monaten merken sie, dass das doch nicht die Liebe ihres Lebens ist. Passiert ununterbrochen. Nur war das Diedrich-Mädchen nicht irgendwer und die Polizei hat schon bald nach ihr gesucht. Selbstverständlich gab es die Vermutung, dass sie entführt wurde, aber …«, Frau Erdmann fügt die nächste dramatische Pause ein, sie liebt dramatische Pausen, »… es gab nie eine Lösegeldforderung. Nie. Und das Mädchen ist nicht aufgetaucht, bis heute nicht.«

Verwirrt lasse ich mich zurück auf die Fensterbank sinken. Das ist ja genau das, was mit Simone geschehen ist. Aber nicht vor zwei Jahren. Sondern jetzt. Und eine Lösegeldforderung gibt es inzwischen durchaus. Das ist jedoch eine polizeiinterne Information und nicht für die Öffentlichkeit bestimmt.

»Das verstehe ich nicht«, überlege ich laut. »Wann genau ist das passiert?«

»Vor zwei Jahren, denke ich. Oder ist es schon drei Jahre her? Oder sogar noch länger? Die Zeit vergeht ja immer schneller, umso älter man wird. Hin und wieder verliere ich da den Überblick.«

»Aber Sie sind sicher, dass es nicht aktuell ist?«, frage ich irritiert. Zeichnet sich bei Frau Erdmann etwa eine beginnende Demenz ab? Bei unserem letzten Treffen war sie absolut klar und fit im Kopf. Aber so eine Krankheit beginnt schleichend und langsam. Mit Hoch- und Tiefphasen. Möglicherweise habe ich es nur nicht mitbekommen.

»Ach, Bebe, so ein Unfug. Der Erwin hat damals definitiv noch die lange Runde geschafft und ich habe die Tageszeitung immer am Kiosk am Stadtwald gekauft. Das ist nicht neu. Ich kann mich ja mal beim Frisör erkundigen, ob das Diedrich-Mädchen mittlerweile aufgetaucht ist, ohne das es an die große Glocke gehängt wurde.«

»Das wäre toll.« Das Wasser kocht und blubbert laut im Kessel.

»Und was wolltest du mir erzählen?«, fragt Frau Erdmann munter. Kein Anzeichen von Demenz oder Verwirrtheit.

»Nein, etwas Neues gibt es nicht«, erwidere ich lahm. »Ich hatte nur Gerüchte über die vermisste Studentin an der Polizeihochschule gehört und …« Tief in Gedanken hole ich den Kessel vom Herd und gieße das heiße Wasser in eine Tasse. Dann entscheide ich mich für einen Früchtetee mit Himbeergeschmack. »Wir reden doch von Simone Diedrich, Frau Erdmann, oder? Es geht nicht um eine andere reiche Kölner Familie, deren Tochter spurlos verschwunden ist.«

»Simone? Ja, das könnte schon sein, so genau erinnere ich mich nicht an den Vornamen des Mädchens. Aber dass es sich um die Familie Diedrich gehandelt hat, dafür lege ich meine Hand ins Feuer.« Im Hintergrund höre ich Erwin leise kläffen und Frau Erdmann mit der Tüte mit den Hundeleckerli rascheln. »Weißt du, Bebe, man kann ja auf die Reichen so neidisch sein, wie man will – und hier gab es so einiges missgünstige Gerede – so was gönnt man keinem Menschen.«

»Das stimmt, Frau Erdmann.«

Zutiefst verwirrt verabschiede ich mich und verspreche, sie bei nächster Gelegenheit zu besuchen.

Mir fällt nur ein einziger Mensch ein, der Licht in diese Sache bringen kann. Leider ist das genau der Mensch, mit dem ich jeglichen Kontakt rigoros abgebrochen hatte. Während ich den Tee trinke, denke ich über Tim und mich nach. Und exakt damit wollte ich mich nie wieder befassen. Schlussendlich schreibe ich ihm doch eine Nachricht. Er ist und bleibt ein Mitglied der Kriminalpolizei – auch wenn er aktuell unterrichtet – und damit die beste und verlässlichste Quelle, sobald es um vermisste Personen geht. Etwas nicht zu wissen und nicht zu verstehen, ist noch unerträglicher für mich, als an das Fiasko mit Tim erinnert zu werden.

Bebe: Können wir reden?

Er antwortet innerhalb von Minuten.

Tim: Gerne. Wann und wo?

Bebe: Nicht über uns. Über Simone Diedrich.

Eine Weile bekomme ich keine Reaktion. Ob ich ihn mit einem Leckerli ködern muss? Ich könnte neue Informationen anbieten und wenn ich ihm von Maik erzähle, wäre es nicht einmal gelogen. Oder ich drohe, dass ich mich erneut unangemessen in Ermittlungen drängen werde. So anständig, wie Tim ist, wird er das nicht auf sich beruhen lassen.
Er meldet sich, bevor ich eine Entscheidung gefällt habe.

Tim: Kiste oder bei dir zu Hause?

Bebe: Kiste. 20 Uhr.

Tim in meiner Wohnung ist keine Option. Die Kiste ist zwar auch keine gute Option, intim und schummrig, wie sie ist, ich mag ihm jedoch nicht bei allem widersprechen. Außerdem bietet die Kneipe einen ausreichenden Kontrast zu dem schicken Restaurant, in das Tim mich eingeladen hatte.

kapitel 13

Ich sorge dafür, dass ich früher als Tim vor Ort bin und einen Tisch in der Ecke belege. Glücklicherweise ist es nicht allzu voll.

»Drei Bier? Wie immer?« Der Barkeeper lehnt sich über die Theke und hält drei Finger hoch.

»Heute nur zwei.« Ich höre mich an wie ein Stammgast, der jeden Abend hier rumhängt. Aber ich schätze, der Barmann hat ein gutes Personengedächtnis.

»Haben deine hübsche Freundin und du die Schnauze voll von Kevin?« Er grinst, während er zapft.

»Vielleicht treffe ich mich ja heute allein mit Kevin.« Ich grinse zurück.

»Er ist gestern Abend abgeblitzt. Du bist nicht die Art Frau, die sich als Trostpflaster anbietet.«

»Wieso ist er abgeblitzt?« Als Lara und ich gegangen sind, hat Kevin sich angeregt mit den Mädchen unterhalten. Ich war taktvoll genug, heute nicht nachzufragen.

»Manchmal kriegen die Frauen mit, dass er jeden Abend versucht zu landen – immer bei jemand anderem. Das finden die wenigsten gut.«

Ich zucke die Schultern. Das ist ja nicht mein Problem. Der Barkeeper schiebt mir die Getränke rüber.

»Viel Spaß heute Abend. Mit wem auch immer.«

Tim erscheint im Eingang. Zehn Minuten zu früh, aber das habe ich vorhergesehen. Ich gebe vor, ihn nicht zu bemerken, und trinke am ersten Bier.

»Du bist aber früh«, sagt er, als er sich mir gegenüber niederlässt.

»Du bist zu früh«, erwidere ich und schiebe ihm ein Glas rüber. »Ich habe nie behauptet, dass ich erst ab acht in der Kiste bin, ich habe nur gesagt, dass ich dich dann treffe.«

Das klingt auch in meinen Ohren patzig. Tim sagt nichts, er zieht nur eine Augenbraue hoch und nimmt einen Schluck.

Eine Weile bleiben wir stumm, trinken und geben vor, nicht darauf zu lauern, dass der andere zuerst einknickt und das Schweigen bricht. Tim hat sich diese Taktik unter Garantie von seinem Chef angeeignet. Ich ebenso, im Verlaufe einer Vernehmung, bei der ich auf der anderen Seite saß.

»Nimmst du noch ein Bier?« Tim zeigt mir sein leeres Glas und ich nicke. Während er an der Theke steht und auf seine Bestellung wartet, betrachte ich ihn. Er hat sich heute legerer angezogen. Mit Jeans, Shirt und Lederjacke. Wäre er so beim Date aufgekreuzt, wäre es unter Umständen besser gelaufen.

Der Barkeeper schiebt Tim ein Bier und eine Cola rüber, dann zwinkert er mir unbemerkt zu.

»Frau Erdmann hat mir eben eine extrem seltsame Geschichte erzählt«, beende ich unsere Schweigerunde, nachdem ich mit Tim angestoßen habe. »Es kam mir vor, als wäre ich in der Zeit zurückgereist.«

»Interessant.«

Er lässt mich auflaufen. An seiner Miene kann ich deutlich erkennen, dass er mehr weiß und sich bemüht, sich nicht zu verraten. Erfolglos. Tim hat überhaupt kein Pokerface.

»Sie hat erzählt, dass die Tochter der Diedrichs ihre Ausbildung an der Polizeihochschule begonnen hat und dann spurlos verschwand. Von einem Tag auf den anderen. Ohne Hinweis darauf, dass sie abbrechen wollte, ohne Hinweis auf Probleme. Einfach weg. Bis heute nicht aufgetaucht.«

Ich greife nach einem Bierdeckel und schiebe ihn auf dem Tisch hin und her. Tim lehnt sich auf seinem Stuhl zurück und betrachtet mich demonstrativ ausdruckslos.

»Das merkwürdige daran ist, ...«, ich mache eine dramatische Pause, aber Tim schaut mich weiterhin nur an, »... diese Geschichte ist nicht vor einer Woche geschehen, sondern vor zwei Jahren. Sag mir, ob Frau Erdmann alt wird und Vergangenheit und Gegenwart nicht mehr auseinanderhalten kann oder ob ich unbemerkt zwei Jahre in die Zukunft gereist bin.«

»Möglicherweise hast du ja einen Schlag auf den Kopf bekommen und die letzten zwei Jahre vergessen, Bebe.«

Ich schnaube genervt. Das Dumme an dieser Theorie ist, dass sie durchaus realistisch ist. Auf jeden Fall realistischer als alles, was mir bisher eingefallen ist.

»Prima, dann erzähl mir, was in den letzten Jahren geschehen ist. Damit ich wieder auf dem Laufenden bin«, gehe ich auf das Spiel ein.

Tim rutscht ein Stück näher an mich und legt einen Arm auf den Tisch. »Du hast mir die Sache mit dem Date verziehen und wir sind ein Paar. Seit zwei Jahren glücklich, wir haben sogar schon über Heirat und Kinder gesprochen. Wir wollen nur warten, bis du die Prüfung bestanden hast und wir wissen, wo du eingesetzt wirst.«

Eine Sekunde lang habe ich den Eindruck, er wird sich zu mir beugen und mich küssen.

»Das ist ja nur langweiliger Privatkram«, sage ich abfällig, obwohl mein Herz bei seinen Worten schneller klopft. Will Tim wirklich eine ernsthafte Beziehung mit mir? So ernsthaft, wie er es gerade beschrieben hat? »Hast du nichts Politisches zu bieten?«

»Nein, habe ich nicht. Es waren politisch zwei vollkommen ereignislose Jahre. Keine Kriege, keine Katastrophen, keine neuen Flüchtlingswellen oder korrupte Politiker. Alles wie es sein soll.«

Schön wär's.

»Und jetzt die Wahrheit, Tim. Ich weiß, dass du es weißt, ich kann in deinem Gesicht lesen wie in einem Buch.«

»Dann lies.«

Missmutig starre ich ihn an. Es ist klar, dass er es genießt, mich zappeln zu lassen, aber was genau er nicht erzählt, sehe ich selbstverständlich nicht.

»Was verlangst du, damit du redest?«

»Ich will einen Deal.«

Das klingt dramatisch. Und irgendwie illegal, aber das ist bei Tim ausgeschlossen.

»Mache ich mich dabei strafbar?«, frage ich trotzdem.

Diese Spielchen zwischen Tim und mir habe ich bei der Ermittlung bezüglich Frau Os Tod aufrichtig genossen. Leider haben wir das lockere Geplänkel bei dem Date nicht hinbekommen. Da hat sich immer wieder Schweigen breitgemacht, das dann mit gezwungenen Floskeln oder Fragen gefüllt wurde.

»Selbstverständlich, Bebe. Ich verrate dir, wie es kommt, dass dein Zeitgefühl aus den Fugen geraten ist, und du ermordest dafür euren Dozenten, damit ich für immer an der Hochschule unterrichten darf.«

»Das klingt fair. Ich frage mich zwar, warum du unbedingt unterrichten möchtest, aber das ist deine persönliche Sache. Wie genau ich ihn unter die Erde bringe, ist mir freigestellt, oder?«

Tim lächelt verhalten.

Es sieht traurig aus.

»Der echte Deal ist Folgender: Die Wahrheit über Familie Diedrich gegen die Info, was ich bei unserem Date verbockt habe.«

Ich pfeife leise.

Tim ist hartnäckig. Hartnäckiger, als ich es erwartet habe. Ich dachte echt, sobald ich klar und deutlich sage, dass ich kein Interesse an ihm als Mann habe, lässt er mich in Ruhe.

»Ich würde lieber jemanden ermorden«, versuche ich zu scherzen.

Tim sieht mich nur an. Reglos.

»Nee, echt, Tim, ist das nicht zutiefst unmoralisch, was du da machst? Du bietest mir Polizeigeheimnisse gegen etwas Privates an«, versuche ich es nochmal. Das ist schon untypisch für ihn. »Das ist doch nicht korrekt.«

»Es sind keine Polizeiinterna. Wenn du das Rätsel anders lösen kannst, dann mach es. Aber der Preis für meine Antworten steht.«

So unnachgiebig kenne ich Tim auch nicht.

»Warum willst du unbedingt über dieses Date reden? Es ist vorbei und wird sich nicht wiederholen.«

»Denkst du, ich werde nie wieder ein Date haben?« Tim rutscht zurück an die hintere Kante des Stuhls und nimmt die Arme vom Tisch.

»Nie wieder mit mir«, sage ich hart.

»Aber ich muss wissen, wie ich es verpatzt habe, damit ich es nicht wiederhole. Bei dir oder bei jemand anderem.«

»Gibt es jemand anderen?«

Oh Mist, will ich das überhaupt wissen? Besser nicht. Leider aber doch.

»Verdammt, Bebe. Lenk nicht ab.«

»Okay, es war nicht deine Schuld. Reicht das?«

»Nein.«

»Erzähl mir, was es mit den Diedrichs auf sich hat. Dann reden wir über das Date.«

»Auf keinen Fall. Du zuerst oder gar nicht.«

»Traust du mir etwa nicht?«

»Selbstverständlich traue ich dir nicht.«

Okay, er hat gelernt. Ich werde ihn nicht noch einmal überrumpeln und hereinlegen können. Auf jeden Fall nicht auf eine so offensichtliche Art.

»Trink aus.« Ich deute auf sein Glas. »Ich hole eine neue Runde. Noch eine Cola?«

Ich brauche dringend Zeit, um mir darüber klar zu werden, was ich Tim sagen werde. Die Wahrheit ist nämlich ziemlich kompliziert. Außerdem ist sie mir ausgesprochen unangenehm.

»Ja, ich muss noch fahren.«

Mit einem Ruck nehme ich die beiden leeren Gläser und gehe an die Theke, um Nachschub zu besorgen.

»Läuft nicht gut, dein Date?«, fragt der Barkeeper und betrachtet Tim, während er zapft.

»Das ist kein Date.«

»Was ist es dann?«

»Ein Geschäftsessen.«

Er lacht.

»Ohne Essen halt«, lenke ich ein. »Wie nennt man es in dem Fall? Geschäftstrinken klingt unpassend.«

»Ein geschäftlicher Termin?«, schlägt der Barkeeper vor. »Ich bin übrigens Ramon.«

»Hallo Ramon.« Ich lächle. »Ich heiße Bebe.«

»Weiß ich.«

Ich ziehe fragend die Augenbrauen hoch.

»Das hat Kevin mir verraten.« Er grinst. »Setz dich doch zu mir an die Theke, sobald dein Nicht-Date sich verabschiedet hat. Ich bin noch lange hier.«

»Mal sehen.« Ich bin etwas unschlüssig, ob das eine Anmache ist oder nicht. Er ist einige Jahre zu alt für mich, aber das hat Männer noch nie abgehalten. Eventuell bietet er sich jedoch nur als Seelsorger an, jede Menge Leute schütten ihr Herz Barkeepern aus.

Mit einem nichtssagenden Lächeln drehe ich mich zurück zu Tim.

»Der Abend hat mir deutlich gezeigt, dass wir aus komplett unterschiedlichen Welten kommen, Tim«, gehe ich das unwillkommene Thema entschlossen an. Ein Pflaster reißt man auch am besten mit einem einzigen Ruck ab. »Ich habe versucht, mich für dich hübsch zu machen, und habe mich in diesen Klamotten verkleidet gefühlt. Und trotzdem nicht passend. In dem Moment war mir klar, dass das mit uns nie was wird.«

Ich weiß noch, dass die Frau am Nachbartisch uns beobachtete. In meiner gewohnten Aufmachung hätte ich das erwartet und sie provoziert. Die Beine präsentiert, zurückgestarrt, ihrem Begleiter schöne Augen gemacht – da gibt es genügend Möglichkeiten. In dem fremden Outfit dagegen fühlte ich mich ausgeliefert, regelrecht wehrlos. Tim hat nichts davon bemerkt.

»Ich hatte dich nicht gebeten, dich anders anzuziehen. Ich hatte auch nicht damit gerechnet, dass du das machst.«

Er nimmt das Glas und hält es ratlos in der Hand.

»Ich weiß. Das soll kein Vorwurf sein.«

»Aber?«

Er hat sich wirklich bemüht. Er hatte mich vorher gefragt, was ich gerne esse, nur leider war es dann nicht der Italiener um die Ecke, sondern ein Edelrestaurant der gehobenen Preisklasse. Und er hat das Gespräch am Laufen gehalten, immer angestrengter, je schweigsamer ich wurde.

»Eine Erklärung, was schiefgelaufen ist. Du siehst also, dass nicht du schuld bist. Bei einem Date mit einer anderen Frau musst du gar nichts verändern. Da wäre alles perfekt gewesen.«

Tim setzt das Glas ab, ohne getrunken zu haben.

»Wir könnten ein neues Date haben, bei dem du dich anziehst wie gewohnt«, schlägt er vor.

»Ich dachte, es geht darum, bei einer anderen Frau keinen Fehler zu machen«, sage ich nachdrücklich.

»Geht es nicht.«

Tim ist nach wie vor an mir interessiert.

Ich starre auf die Tischplatte und versuche, meinen revoltierenden Magen zu beruhigen. Egal, was Tim vorhat, die Schwierigkeiten zwischen uns haben sich nicht geändert.

»Ich habe mich so sehr bemüht, jemand anderes zu sein«,

erkläre ich leise. »Das war ein Fehler und das möchte ich nie wieder erleben.«

»Da hast du recht, Bebe. Du sollst niemand anderes sein, das will ich doch gar nicht. Du sollst du sein. Frech, witzig, unberechenbar. Genau das ist die Frau, die mir so gefallen hat.« Seine Stimme ist weich und tief und gefühlvoller, als alles, was ich je gehört habe. Ich muss schlucken. Dann kneife ich mir fest in den Arm, um mich wieder auf den Boden der Tatsachen zu holen.

»Ich will mich nicht verstellen, um jemandem zu gefallen«, sage ich laut und fest und aggressiv. »Und das passiert bei dir automatisch, egal, ob du das beabsichtigst oder nicht. Weil du aus einem guten Elternhaus kommst und jeder deiner Bekannten und Verwandten mich abfällig ansehen und behandeln würde. Was glaubst du, wie lange du brauchst, um das genauso zu sehen?«

»Das hast du für dich einfach so beschlossen, ohne mir oder meiner Familie eine Chance zu geben? Das ist wohl kaum fair.«

Hinter meinen Augen brennt es. Tim schafft es immer wieder die Fassade der taffen, harten Bebe zum Bröckeln zu bringen. Das gefällt mir nicht.

»Du hast nicht einmal versucht, mich zu küssen«, werfe ich ihm vor. Nach dem Essen hat er mich nach Hause begleitet und dann standen wir auf der Straße, unbeholfen und verlegen, und nichts passierte. Er hat mich einfach so ins Haus gehen lassen. Er kann dieses Date nicht ernst gemeint haben.

Er runzelt die Stirn.

»Du hast auch nicht versucht, mich zu küssen.«

»Ach, kommt jetzt eine Emanzendebatte? Muss ich so emanzipiert sein, dass ich das selbst angehe?«

»Musst du nicht. Aber du könntest. Ich wollte dich übrigens unbedingt küssen, nicht erst an dem Abend.« Tim reibt sich mit der Hand über das Gesicht. Ich kenne diese Geste, die er immer zeigt, sobald er sich unsicher fühlt, erschreckend gut. »Ich wollte dich schon ewig küssen. Aber an dem Abend, da …« Er trommelt mit zwei Fingern auf dem Tisch. »Ich wollte dich anders behandeln, als Männer das bis dahin gemacht haben. Ich wollte, dass du verstehst, dass es mir nicht nur um Sex geht. Deshalb habe ich dich nicht geküsst, obwohl ich es liebend gern getan hätte.«

Perplex starre ich ihn an. Auf die Idee bin ich überhaupt nicht gekommen. Jemandem zu demonstrieren, wie sehr man ihn mag, indem man ihn behandelt, als würde man ihn nicht mögen, ist in meinen Augen einfach nur absonderlich.

»Das ist ja mal absoluter Blödsinn«, sage ich laut. »Du kannst doch nicht jemandem etwas beweisen, indem du das Gegenteil machst, von dem, was normal wäre. Das kann kein Mensch verstehen.«

Tim fährt sich schon wieder über das Gesicht. Dann zuckt er die Schultern.

»Ich hielt es für eine gute Idee.«

»Ich nicht.«

Erst in dem Moment fällt mir auf, dass das wie eine Aufforderung, mich augenblicklich zu küssen, klingt. Schnell trinke ich an meinem Glas und setze es mit einem lauten Knall ab. »So, jetzt bist du dran. Ich habe die Hosen runtergelassen, was also hast du im Gegenzug zu bieten?«

»Bebe, ich …«

»Stopp.« Ich hebe beide Hände. »Ich habe meinen Teil des Deals eingehalten. Das Thema ist damit beendet. Was also gibt es über die Diedrichs zu wissen?«

Tim nagt an seiner Unterlippe. Dann seufzt er.

»Das Thema ist noch nicht erledigt. Aber ich will nicht unfair sein. Du wirst erleichtert sein, zu hören, dass du keinen Schlag auf den Kopf bekommen hast.«

kapitel 14

Erwartungsvoll setze ich mich aufrecht hin.

Tim trinkt und lässt dann langsam die Cola in seinem halb gefüllten Glas kreisen.

»Mach es nicht so spannend«, motze ich.

Tim lacht.

»Es ist aber spannend. Die Geschichte hat Theatralik verdient. Also …« Er rutscht wieder ein wenig näher und legt beide Hände auf den Tisch. »Es begann vor zwei Jahren, da hat deine Frau Erdmann durchaus recht. Die Tochter der Diedrichs wollte unbedingt Polizistin werden, gegen den ausdrücklichen Wunsch der Eltern. An dieser Stelle verrate ich übrigens keine Polizeiinterna, die Klatschpresse war zu dem Zeitpunkt bestens informiert. Wenn du es googelst, kannst du die Artikel zu dem Fall noch immer finden.«

Ich bin ebenfalls näher gerutscht. Tim kann definitiv fesselnd erzählen und ich bin längst fasziniert von dem Geheimnis, das er nun endlich lüften wird. Irritierend, dass ich nicht auf die Idee gekommen bin, im Internet zu suchen. Ich habe lieber Tim angerufen. Aber das hat sicherlich keine Bedeutung.

»Doch den Berufswunsch einer volljährigen Tochter können auch reiche Eltern nicht verhindern, nicht, wenn die Tochter während dieser Ausbildung eigenes Geld verdient und keine finanzielle Unterstützung benötigt. Angeblich haben die Diedrichs gedroht, sie zu enterben, aber das sind wirklich nur Gerüchte.«

»An Gerüchten ist meist etwas dran«, werfe ich ein. »Zumindest das berühmte Körnchen Wahrheit.«

»Mag sein. Die Tochter hat trotzdem die Ausbildung begonnen, hier in Aachen.«

»Ja, ja, ich befinde mich mittlerweile in guter Gesellschaft. Ich habe es schon kapiert.«

»Du befindest dich an fast jedem Ort der Welt in besserer Gesellschaft als in deiner alten Wohngegend.« Tim waren weder die Wohnblocks noch die Leute geheuer, mit denen ich früher zu tun hatte. Das mit uns wäre niemals gutgegangen.

»Zurück zu den Diedrichs«, fordere ich ihn auf.

»Tja, nach ein paar Wochen war sie weg. Sie tauchte nicht in den Vorlesungen auf, sie meldete sich nicht bei ihren Freunden. Der Ausbildungsleiter hat versucht, sie über ihre Eltern zu erreichen, aber die wollten ewig nicht wahrhaben, dass ihre Tochter spurlos verschwunden war und haben sich geweigert, die Polizei bei der Suche zu unterstützen.«

»Hatten sie etwas damit zu tun?«

Langsam zeichnet sich ein Bild ab. Simone war vor zwei Jahren schon einmal vor Ort, ist dann untergetaucht und nun im zweiten Anlauf zurückgekommen. So weit so gut. Nur dass sie jetzt entführt wird, passt nicht so recht ins Bild.

»Das weiß man nicht. Die Kripo hat selbstverständlich ermittelt, aber Unterstützung kam von denen keine. Das sind jetzt leider schon Polizeiinterna.« Tim verzieht gequält das Gesicht. »Was soll's. Es ist ewig her. Und dann ist der Fall nach und nach im Sande verlaufen. Es gab keine Kontobewegungen, ihr Handy ist nie aufgetaucht. Da ist trotz Personenfahndung irgendwann nichts mehr zu machen.«

»Und wann ist sie zurückgekommen?«

»Nie.«

Ich lache laut auf.

»Klingt wie eine Horrorgeschichte, stimmt aber nicht. Sie ist ja nun in meinem Kurs. Beziehungsweise, das war sie, bis sie zum zweiten Mal abgetaucht ist. Wie kommt es, dass sie die Ausbildung einfach wieder aufnehmen konnte?«

»Denkfehler, Bebe. Die Tochter der Diedrichs, die vor zwei Jahren spurlos verschwand, ist bis heute nicht aufgetaucht.«

»Aber … Simone … Simone Diedrich …«, stammle ich. »Verdammt, Tim, ich habe sie nur zweimal gesehen, aber sie war da.«

Tim kann sich ein Lächeln nicht verkneifen.

»Ja, Simone Diedrich hat die Polizeiausbildung in diesem Jahr begonnen. Vor zwei Jahren verschwand jedoch ihre Schwester Pauline.«

»Oh.« Langsam lasse ich mich zurücksinken. Jetzt ergibt das Ganze Sinn. Und endlich verstehe ich Simones Anwesenheit in meinen Kursen, denn ich hatte nicht den Eindruck, dass sie zur Polizei passt und echtes Interesse an dem Beruf hat. Aber mit einer spurlos verschwundenen Schwester sieht das anders aus.

Mit einem Mal habe ich tausend Fragen.

»Gab es damals definitiv keine Lösegeldforderung?«

»Keine von der die Polizei weiß. Dass die Familie es geheim gehalten hat, kann ich natürlich nicht ausschließen.«

»Hast du dir die alten Akten angesehen?«

»Ja.«

Erstaunt ziehe ich die Augenbrauen hoch. »Aber es ist nicht dein Fall.«

»Nachdem Patrick mir erzählt hat, dass die Kripo sich nach dir erkundigt hat, hielt ich es für hilfreich.«

Ich stelle mir vor, wie meine Freunde auf die neue Information reagieren werden. Lara wird begeistert fordern, Tim mit ins Team zu holen. Kevin wird genau das vehement ablehnen, denn er möchte unter Garantie der einzige Mann in unserer Runde bleiben. Und egal, wie verlockend Tims Insiderwissen ist, ich will ihn ebenso wenig mit dabei haben. Die Sache mit dem Date ist noch nicht vom Tisch und auch meine Gefühle ihm gegenüber sind nicht vom Tisch. Ich hasse Themen, die so kompliziert sind, und mit Gefühlen habe ich bisher nur schlechte Erfahrungen gemacht. Mein restliches Leben möchte ich vorzugsweise ohne sie auskommen.

»Warum hat Patrick dir das überhaupt erzählt?«, rege ich mich auf. Ich habe Patrick Paul jede Menge zu verdanken, aber Tim muss er mir wirklich nicht auf den Hals hetzen. »Das ist mein Privatleben.«

»Es ist dein Privatleben, wenn die Kripo hinter dir her ist?« Tim schüttelt den Kopf.

»Ja, genau. Es geht dich nichts an.«

»Zu spät.«

Finster blicke ich ihn an. Leider erkenne ich keine Möglichkeit, ihn jetzt wieder loszuwerden. Und Patrick kann ich kaum böse sein, dazu stehe ich zu tief in seiner Schuld.

»Hör mal, Bebe, Patrick fühlt sich für dich verantwortlich.« Tim zuckt die Schultern. »Nachdem er dich zu Unrecht beschuldigt hat, ...«

»Und da er meine Freundin Sabrina flachlegt ...«, falle ich ihm ins Wort.

»Es ist, weil du keinen Vater hast. Er sieht sich eben ein wenig in der Vaterrolle. Lass ihm den Spaß, er hat doch keine eigenen Kinder.«

»Sieht er sich bei dir auch in der Vaterrolle?«, schmolle ich. Ich fühle mich nur noch halb erwachsen, wenn ich so etwas höre.

»Ja, schätze schon. Sonst hätte er mich bei den Ermittlungen bezüglich Frau Os Tod richtig in die Pfanne gehauen.«

Tim hat sich ziemlich weit aus dem Fenster gelehnt und mich immer wieder an Informationen teilhaben lassen. Bis die Sache bei seinem Chef aufflog.

»Ich bin Patrick nicht böse, wie könnte ich auch. Ohne ihn wäre ich gar nicht hier.«

»Ach? Ich kann mir nicht vorstellen, dass du es nicht allein an die Polizeischule geschafft hättest.«

»Das Problem war, dass meine Bewerbung für das laufende Auswahlverfahren zu spät kam. Im Normalfall und ohne Patricks Unterstützung hätte ich erst im nächsten Jahr mit der Ausbildung anfangen können.«

»Die Vorstellung, dass du so lange unschuldigen Kunden die Frisur vermurkst, ist allerdings schrecklich. Patrick hat also nicht dir einen Gefallen getan, sondern der Menschheit.«

Tim grinst und fährt sich durch den Haarschnitt, bei dem ich erneut Optimierungsbedarf sehe.

Ich verdrehe die Augen.

»Außerdem hat er mit mir für die Sport- und Schwimmabzeichen trainiert. Allein hätte ich das nicht geschafft, er ist ein unbarmherziger Schleifer.«

In meinem Fall bedeutete das, von Stöckelschuhen auf Laufschuhe zu wechseln und erst einmal schwimmen zu lernen. Es hat mich jede Menge Schweiß und Blut gekostet.

Tim kichert. »Kannst du mir inzwischen in deinen Schuhen davonrennen?«

»Ich werde es dir gleich demonstrieren.«

Mit einem Lächeln hält er seinen Fuß neben meinen und betrachtet das ungleiche Paar. Geputzter, glänzender Lederschuh neben schwarzen, abgenutzten Pumps. Es reicht, unsere Schuhe zu vergleichen, um zu erkennen, wo das Problem liegt.

»Ich bin gespannt.«

»Jetzt aber zurück zum Thema«, sage ich entschlossen. Ich bin nicht hier, um mich über Schuhe zu unterhalten. Oder über mein Privatleben oder gar über Gefühle. Ich will nach wie vor Simone finden. Und liebend gerne ihre Schwester gleich dazu. »Was genau weißt du über die alten Ermittlungen? Und über die neuen?«

Resigniert seufzt Tim, trotzdem lässt er sich auf meine Fragen ein.

»Die Eltern waren wie gesagt nicht sonderlich kooperativ. Sie haben darauf beharrt, dass ihre Tochter abgebrochen hat, weil es von Anfang an eine dumme Idee war und sie nur zu stolz sei, es zuzugeben. Nur die Schwester, Simone, hat die Beamten unterstützt und ihnen verraten, dass Pauline seit dem Studienbeginn keinen Zugriff auf das Konto hatte, das ihre Eltern für sie angelegt hatten. Und Kontobewegungen auf ihrem eigenen Konto gab es keine seit ihrem Verschwinden. Die Theorie mit dem freiwilligen Abbruch ist meiner Meinung nach nicht glaubwürdig. Nicht ohne Geld. Nicht nach zwei Jahren.«

»Simone hat sich sicher irre Sorgen gemacht.« Ich zupfe an der Unterlippe. Wenn eine meiner Schwestern sich in Luft auflösen würde, wäre ich krank vor Angst. Und ich würde alles in meiner Macht stehende unternehmen, um sie wiederzufinden.

»Scheint so.«

Tim hat keine Geschwister. Er sitzt mir locker und entspannt gegenüber und interessiert sich mehr für unser Verhältnis als für das ungelöste Geheimnis.

»Dann ist ja klar, dass sie hier ist, um ihre Schwester zu finden. Und da sie nun ebenfalls verschwunden ist, befürchte ich, dass sie sie gefunden hat. Oder den Täter, der Pauline damals entführt und ermordet hat.«

»Du gehst immer vom Schlimmsten aus, oder?«

»Ich gehe vom Realistischsten aus. Was ist denn die Alternative? Pauline hat Simone heimlich kontaktiert und ihr erzählt, wo sie den Wandschrank gefunden hat, durch den es nach Narnia geht?«

»Wäre doch schön.«

Manchmal ist Tim als Polizist völlig ungeeignet. Tag für Tag begegnen ihm Leichen und Verbrecher und er findet es verlockender, von einer Fantasiewelt zu träumen. Für mich ist die Realität relevanter.

»Was im echten Leben ist schon schön? Es ist mit der

zweiten Schwester genau dasselbe passiert wie mit der ersten. Das ist gruselig.«

»Nicht genau dasselbe. Diesmal gibt es eine Lösegeldforderung.«

»Ich hoffe doch, die Diedrichs werden bezahlen. Oder?«

»Denke schon. Ich habe am Rande mitbekommen, dass die Kollegen planen, wie man die Übergabe überwachen kann. Aber ehe du fragst, mehr weiß ich nicht. Und mehr möchte ich auch nicht wissen. Ich finde, es gibt nichts Belastenderes als eine Entführung.«

Am Nebentisch wird laut gelacht. Zwei Pärchen hocken da und ich schätze, die Beziehung ist bei allen noch ganz frisch. Da sie mehr knutschen, als sich mit den jeweils anderen am Tisch zu beschäftigen, hätten sie genauso gut zu Hause bleiben können.

»Für das Opfer?« Ich konzentriere mich erneut auf meinen unwilligen Kripobeamten. »Kann schon sein. Wenn man ermordet wird, kommt es ja immer drauf an, wie schnell es geht. Falls man per Kopfschuss stirbt, ist das definitiv weniger belastend, als wochenlang einem unberechenbaren Entführer ausgeliefert zu sein. Eventuell schneidet der dir den Finger ab. Oder er bringt dich nach der Geldübergabe eben doch um, weil du ihn identifizieren kannst. Oder deine Eltern bezahlen gar kein Lösegeld. Es kann so viel schiefgehen.«

»Bebe, du bist makaber.« Tim rümpft die Nase. Hat er sich noch nie gefragt, wie es den Opfern bei all den Verbrechen, denen er tagtäglich begegnet, geht?

»Tim, dein Beruf ist makaber. Und du hast ihn freiwillig ergriffen. Mag sein, dass dein Vater sich darüber gefreut hat, aber er hätte dich nie gezwungen, in seine Fußstapfen zu treten.«

Ich bin Tims Vater nie begegnet. Wahrscheinlich hätte er einen Herzinfarkt bekommen, wenn das Date passabel gelaufen wäre und Tim mich als seine Freundin angeschleppt hätte. Das Mädchen aus dem Ghetto. Die ehemalige Verdächtige.

Nicht auszudenken.

»Nein, hätte er nicht.«

»Was also unternehmen wir, um Simone zu befreien?« Mir kommt ein furchtbarer Gedanke. »Haben die Eltern etwa schon einen Finger bekommen? Oder ein anderes Körperteil?«

Tim wird etwas grün um die Nase. »Nicht dass ich wüsste. Und wir unternehmen gar nichts, denn es ist nicht unser Fall.«

»Das sehe ich anders. Kommissar Verrier verdächtigt mich und damit ist es automatisch mein Fall. Aber du hast recht, akkurater Superbulle.« Ich krame in der Tasche nach Geld.

»Dein Fall ist es nicht.«

Tim betrachtet mich finster, während ich das Portemonnaie auf den Tisch lege und in meine Jacke schlüpfe.

»Was soll das? Du hast mich ausgequetscht wie eine Zitrone und lässt mich jetzt sitzen? Ist das die Strafe dafür, dass ich mich nicht in die Kompetenzen meiner Kollegen einmische? Himmel, Bebe, das ist ein absolutes No-Go.«

»Ich habe dich nicht ausgequetscht. Schon gar nicht wie eine Zitrone. Obwohl du aktuell sauer wie eine bist.«

»Zu Recht.«

»Wieso zu Recht? Wir hatten einen Deal. Und ich habe meinen Part eingehalten.«

Ramon, der Barkeeper, beobachtet meinen Aufbruch. Er lächelt.

Tim steht ebenfalls auf und greift nach seiner Jacke.

»Das war ein fauler Deal, weil wir nichts geklärt haben. Es gab einen Haufen Missverständnisse und die will ich aus der Welt schaffen.«

»Das gehörte aber nun mal nicht zum Deal«, fauche ich.

Dann rausche ich zur Theke.

»Ich will zahlen, Ramon.«

»Zusammen oder getrennt?« Er beugt sich ganz nah an mich und flüstert: »Der Typ ist nicht annähernd deine Kragenweite. Vergiss ihn.«

»Zusammen.« Tim taucht neben mir auf. Sein Blick lässt vermuten, dass er das Geflüster gehört hat. »Ich zahle.«

»Ich zahle selbst«, erwidere ich. Gleichzeitig ärgere ich mich über Ramon. Ich mag es nicht, wenn Männer sich ungefragt in meine Entscheidungen einmischen und sobald es Männer sind, die ich nicht mal kenne, noch mehr. Und ich mag es erst recht nicht, wenn Menschen grundlos beleidigt werden.

»Wie du meinst, Bebe.« Tim bleibt ungerührt. Er hat Ramon unter Garantie gehört. Jetzt sieht er ihn an. »Mach halbe-halbe.«

Ramon taxiert Tim und grinst leicht.

»Ich weiß, wer von euch was getrunken hat«, sagt er und es klingt wie: *Ich habe euch den ganzen Abend beobachtet.*

»Mach halbe-halbe, Ramon«, sage ich genervt. So ein Typ wie Ramon, der denkt, er könne meinen Aufpasser spielen, hat mir gerade noch gefehlt.

Wir zahlen. Tim ist angepisst genug, kein Trinkgeld zu geben, was mich erstaunt. Ich hätte schwören können, er ist die Art höflicher Mensch, der auch noch Trinkgeld gibt, wenn er schlecht bedient wird.

Draußen fährt der Wind heftig unter meine Jacke und lässt mich frösteln. Es regnet schon wieder, der Herbst hat die Stadt fest im Griff.

»Ich habe das Auto im Parkhaus um die Ecke stehen und kann dich nach Hause bringen.« Tim ist leise hinter mich getreten.

»Nein, danke.« Zitternd ziehe ich die Jacke enger.

»Und warum nicht?«

»Weil ich nicht will, ganz einfach.« Eigensinnig lasse ich ihn stehen und marschiere los. Ich muss mich gegen die Windböen und den Regen stemmen, um voranzukommen. Das kostet meinem Abgang leider jegliche Eleganz.

Hilfreich war der Abend, zugegeben. Die Info, was mit Simones Schwester vor zwei Jahren geschehen ist, hätte mich sicherlich irgendwann auf einem anderen Weg erreicht. Irgendwann. Bis dahin hätte mich das Rätsel leider schon zehnmal in den Wahnsinn getrieben, denn allein wäre ich niemals auf diese Möglichkeit gekommen. Echt, eine Schwester, die dasselbe Schicksal ereilt hat. Zufall kann das nicht sein.

Der Preis, den ich für diese Info gezahlt habe, ist jedoch nicht zu unterschätzen. Nicht nur, dass Tim noch immer nicht lockerlassen will, mir hat es meinen mühsam errungenen Seelenfrieden ebenfalls wieder viel zu sehr ins Wanken gebracht. Denn ich habe das Gespräch mit Tim aufrichtig genossen.

Es ist bereits zehn Uhr durch, mit Tim verfliegt die Zeit. Ist sie schon immer. In meinem Rücken nähert sich ein Auto und wird langsamer. Ich sehe mich nicht um, ich weiche nur ein Stück auf dem Bürgersteig von der Straße ab. Der Fahrer rollt im Schneckentempo neben mir her, als ich höre, wie das Fenster geöffnet wird.

»Verdammt, Bebe, steig ein. Wie kann man nur so sturköpfig sein?«

»Schon mal auf die Idee gekommen, dass ich gerne zu Fuß nach Hause gehe? Ich muss nachdenken.«

»Durch Regen und Sturm? In deinen zerbrechlichen Schuhen? Ich sehe doch, dass du frierst.«

Mit einem Knurren bleibe ich stehen und wende mich Tims Wagen zu. Er beugt sich über den Beifahrersitz und schaut zu mir hoch. Zugegeben, das Innere des Autos sieht verlockend aus. Und ja, ich friere und ich habe null Interesse daran, weiter durch das Unwetter zu laufen.

Mit einem ungehaltenen Blick reiße ich die Beifahrertür auf und steige ein. Tim fährt los, netterweise ohne einen Kommentar zu meinem Einlenken zu verlieren. Aber nicht nett zu sein, konnte man Tim noch nie vorwerfen.

Ich erwarte, dass er fragt, wo ich wohne, er steuert den Wagen jedoch wie selbstverständlich in die richtige Richtung.

»Du bist ein Stalker«, stelle ich entsetzt fest.

»Wieso denn das?«

»Du weißt, wo ich wohne. Das ist gruselig.«

»Sabrina hat es mir gesagt. Und nur damit du beruhigt bist, ich habe nicht danach gefragt.«

Ich beiße mir auf die Unterlippe. Sabrina ist eine Verräterin. Und sie steht auf Tim. Schon bei ihrem ersten Blick auf ihn hat sie beschlossen, dass er der perfekte Mann für mich wäre. Dass sie aktuell mit Tims Chef zusammen ist, macht es nicht besser.

»Fährst du gleich zurück nach Köln?«, frage ich, nachdem wir ein paar Minuten geschwiegen haben. Im Radio läuft 1Live, trotzdem macht mich seine stille Anwesenheit nervös.

»Ja.«

»Und morgen früh dann wieder hier her?«

»Ja.«

»Ganz schön viel Fahrerei.«

»Ach was. Dafür habe ich eine geregelte Arbeitszeit und pünktlich Feierabend. Das gleicht die Fahrzeit locker aus.«

Ich weiß, wie oft man in Tims Job Überstunden schieben muss. Mich schreckt das nicht ab. Einen laufenden Fall legt man um siebzehn Uhr nicht einfach beiseite, gedanklich sowieso nicht.

»Hättest du lieber einen geregelten Bürojob?«

»Manchmal schon. Meine letzte Beziehung ist deswegen in die Brüche gegangen.« Ich werfe einen erstaunten Blick zu ihm hinüber. Mit privaten Infos hat sich Tim immer extrem zurückgehalten.

»Das tut mir leid. Hast du ...«, ich beiße mir auf die Lippe, »sie sehr geliebt?«

Tim schaut auf die Fahrbahn, ohne sich eine Gefühlsregung anmerken zu lassen.

»Liebe ist so ein großes Wort, Bebe. Wir haben ungefähr ein halbes Jahr zusammen gewohnt, ehe sie bemerkte, dass sie mit dem Schichtdienst nicht klarkommt. Da war ich bei der

Streife, jetzt bei der Kripo wäre es noch schlimmer für sie.« Tim zuckt die Schultern. »Ich habe bei meinem Vater erlebt, dass der Beruf immer mit nach Hause kommt. Es ist nicht leicht, eine Frau zu finden, die das auf Dauer erträgt. Ich habe viele Kollegen, die geschieden sind.«

Er setzt den Blinker und ordnet sich auf der Linksabbiegerspur ein.

»Klingt echt desillusioniert«, murmle ich.

»Das ist nur realistisch.« Da wir an der Ampel warten, löst er seine Aufmerksamkeit vom Verkehr und wendet sich mir zu. »Du bist die Königin der Desillusion, sagt zumindest Sabrina.«

Ich runzle unwillig die Stirn. »Du redest mit Sabrina über mich?«

»Es war nur ein einziges Mal. Sollen wir über Sabrina und Patrick sprechen, damit ihr quitt seid?«

Ich grinse. Sabrina quatscht liebend gern über Beziehungen, Gefühle und Männer. Ich wette, sie redet bei jedem Treffen über mich.

»Findest du, die beiden passen gut zueinander?«, frage ich.

»Woran macht man das aus? So von außen, meine ich. Ich kann ja nicht beurteilen, wie sehr sie verliebt sind.«

Ich hätte besser nicht gefragt. Ich hätte besser diese Unterhaltung gar nicht begonnen. Es ist unklug, mit Tim über Verlieben und Gefühle zu sprechen.

»Es ist grün.« Ich deute auf die Ampel, die in diesem Augenblick umspringt. Glücklicherweise. Mein Fahrer muss sein Augenmerk zurück auf den Verkehr richten.

Der Wagen biegt in die Straße ein, in der meine neue Wohnung liegt. Tim hält in zweiter Reihe, neben den Autos auf dem Parkstreifen und ich schnalle mich rasch ab.

»Danke fürs Fahren.«

»Gerne. Ich …« Er beißt sich auf die Lippe und schweigt. Dann deutet er auf das Haus, vor dem wir stehen. »In welcher Etage wohnst du?«

»Ganz oben. Ich habe einen tollen Blick hinten raus.«

Ich greife nach meiner Tasche und fasse den Griff, um die Tür zu öffnen.

»Bebe«, hält Tims Stimme mich auf. »Ähm …«, er fährt sich durch die Haare, dreht sich komplett zu mir um, »das war gerade kein Date, oder?«

»Nein«, sage ich schnell. »Eher eine Vernehmung, meinetwegen ein konspiratives Treffen. Aber kein Date.«

»Okay, kein Date. Dann weiß ich Bescheid.«

Ich muss dringend hier raus, trotzdem bewege ich mich nicht. Es liegt gerade etwas Prickelndes im Inneren des Autos, eine gespannte Erwartung. Keine Ahnung, ob es von mir ausgeht oder von Tim.

Er wendet sich erneut nach vorn und legt beide Hände auf das Lenkrad. Seine Finger umfassen fest das Steuer, als müsse er sich festhalten.

»Gute Nacht, Tim«, sage ich leise. Irgendwie werde ich mich ja wohl aus dieser Stimmung losreißen können. Ich zwinge meine Finger zurück zum Türgriff.

»Ach, scheiß drauf«, sagt Tim und löst die Hände vom Lenkrad. Mit einem Ruck dreht er sich und beugt sich zu mir. Seine Lippen streifen sanft über meine, einen Moment hält er inne, als warte er auf eine Reaktion.

Und ich bin wie gelähmt. Oder elektrisiert.

Aber als Tim seinen Mund endgültig auf meinen presst, öffne ich die Lippen und lasse seine Zunge hinein.

kapitel 15

Ich sitze im Kurs und stelle mich tot. Tim steht vorne, lässig und entspannt, als wäre nie etwas geschehen.

»Was ist los mit dir?« Lara stößt mich unsanft in die Seite.

»Konzentrier dich auf den Unterricht«, zische ich. »Du hast einen Ruf zu verlieren.«

»Du bist aber so merkwürdig.« Sie lässt ihre Augen zwischen mir und Tim hin- und herwandern, dann wackelt sie theatralisch mit den Augenbrauen. »Und unser Dozent beobachtet dich heimlich, sobald du ihn nicht ansiehst. Ich wette, da läuft was.«

Hilflos lasse ich den Kopf sinken und betrachte konzentriert meine Unterlagen.

»Wir reden in der Mittagspause.«

Von der Sache, auf die sie hinaus will, kann ich sie locker ablenken. Sobald ich von Simones Schwester Pauline berichte, ist die Gefahr eines Verhörs bezüglich des Tim-Themas gebannt. Ich muss es nur taktisch klug angehen. Denn die Tatsache, dass ich meine Informationen von ihm habe, würde ich lieber verschweigen. Ich kann eh nicht nach vorne sehen. Nicht ohne an diesen Kuss zu denken.

Keine Ahnung, wie ich mich von Tims Lippen gelöst habe. Keine Ahnung, wie ich hoch in meine Wohnung gekommen bin. Seitdem haben wir kein Wort gewechselt.

Während ich mich hinter den Haaren verstecke, wird an der Tür geklopft.

»Verrier von der Kripo Aachen. Ich muss mit Frau Kovacek sprechen.«

Das kann doch nicht wahr sein! Ich sinke tiefer auf meinen Platz, den Blick auf die Tischplatte getackert. Ich kann mir Tims entsetzte Miene trotzdem lebhaft vorstellen, ebenso wie das Feixen von Fabian, Matthis und Sandro.

»Das muss doch nicht ausgerechnet während des Unterrichts sein«, ertönt Tims Stimme. »Das aktuelle Thema ist ausgesprochen wichtig. Ich möchte nicht, dass Frau Kovacek noch mehr verpasst.«

»Es muss jetzt sein.«

»Herr Verrier, erinnern Sie sich nicht an Ihre eigene Ausbildung? Wollen Sie einer angehenden Kollegin Steine in den Weg legen?«

Das ist schon süß von Tim. Ein bisschen zu süß, denn Lara gibt einen leisen, schmachtenden Ton von sich und stößt mich erneut an.

Ich muss das auf der Stelle beenden und stehe rasch auf.

»Ist schon in Ordnung, Herr Weigand. Lara hält mich auf dem Laufenden und mir ist am wichtigsten, dass Simones Verschwinden aufgeklärt wird. Wenn ich dazu beitragen kann, liebend gerne.«

Möglichst lässig packe ich meine Sachen zusammen und verlasse den Raum. Das Getuschel verfolgt mich bis auf den Flur.

»Begleite ich Sie ins Polizeipräsidium oder unterhalten wir uns vor Ort?«, frage ich forsch.

»Gäbe es einen Grund, Sie mit aufs Revier zu nehmen?« Kommissar Verrier lässt sich wie gehabt nicht anmerken, was er wirklich denkt.

»Selbstverständlich nicht. Sie wären jedoch nicht der erste übereifrige Kollege, der glaubt, ich bin die offensichtlichste Spur.«

Ich weiß ja längst, dass er mit Patrick Paul über mich geredet hat. Und obwohl ich Patrick nichts mehr vorwerfe, habe ich nicht vergessen, wie man sich fühlt, wenn man aufgrund von Vorurteilen grundlos verdächtigt wird.

»Das Zimmer dort steht leer. Ich habe ja nur ein paar Fragen an Sie.« Er deutet auf eine Tür uns gegenüber.

Der Kommissar will mich also in Sicherheit wiegen. Ich lächle und gehe voran.

»Ich wundere mich tatsächlich über Ihre Vergangenheit.« Noch bevor wir sitzen, eröffnet er das Gespräch und ich registriere, dass er mich auch heute nicht über meine Rechte belehrt. Er hat also nichts in der Hand.

»Andere wundern sich über meine Gegenwart.« Der kleine Raum ist ein Besprechungszimmer, ein langer Tisch in der Mitte, ein Whiteboard an der Wand, sonst nichts. Ich zucke unbeeindruckt die Schultern und lasse mich auf einem der Stühle nieder.

Herr Verrier setzt sich mir gegenüber.

»Dann fragen Sie mal.« Ich schlage die Beine übereinander und lehne mich zurück. Er soll bloß sehen, wie kalt es mich lässt, dass er in meiner Vergangenheit wühlt.

»Am meisten wundere ich mich darüber, dass Sie Ihren Freund kein einziges Mal in der U-Haft besucht haben.«

»Exfreund«, korrigiere ich.

»Wirklich?«

»Definitiv. Haben Sie ihn besucht?«

»Habe ich.«

»Und Sie wundern sich darüber, dass ich nicht mehr mit ihm zusammen bin?«

»Er ist da anderer Meinung.«

Ich verdrehe die Augen. Hat Jason es noch immer nicht kapiert? »Sie wissen, was ein Stalker ist? Jason entwickelt sich zu einem, beziehungsweise, er würde es, wenn er auf freiem Fuß wäre.«

»Dann ist es für Sie ja erfreulich, dass Sie ihn so elegant

losgeworden sind. Und Geldsorgen haben Sie gleichfalls keine mehr.«

»Ich habe einen der wichtigsten Menschen verloren«, antworte ich und muss mich zwingen, meine Stimme hart klingen zu lassen. »Wenn Sie der Meinung sind, Geld wiegt das auf, sagt das mehr über Sie aus als über mich. Ich empfinde das nämlich anders.«

Falls er Anstand hätte, würde er sich jetzt bei mir entschuldigen. Tut er aber nicht.

»Nach allem, was ich über Sie erfahren habe, sind Sie eine äußerst intelligente junge Frau, Frau Kovacek. Wie hoch, denken Sie, ist die Wahrscheinlichkeit, dass ein vollkommen unbeteiligter Mensch zweimal in ein Verbrechen verwickelt wird? Zweimal innerhalb eines Jahres wohlgemerkt.«

»Extrem gering«, antworte ich brav. Ich kann es ja selbst kaum fassen.

»Und was sagt uns das?«

»Dass Wahrscheinlichkeiten nicht das Leben abbilden. Ich bin intelligent genug, um zu verstehen, dass Statistiken nur Mittelwerte darstellen. Den meisten Menschen begegnet nie in ihrem Leben auch nur ein einziges Verbrechen. Andere dagegen haben nicht so viel Glück. Ich scheine zu denen zu gehören, die in der Hinsicht Pech haben.«

Der Kommissar starrt mich an. Reglos.

Dieses Gespräch ist absolut sinnlos und Verrier müsste das ebenfalls klar sein. Ich tauge nicht als Verdächtige. Nicht wenn man weiß, dass Simones Schwester vor zwei Jahren verschwunden ist, denn das kann kein Zufall sein. Sobald ich den Mann darauf hinweise, muss ich jedoch erklären, wieso ich darüber im Bilde bin. Ich darf Tim nicht erneut in Schwierigkeiten bringen, er hat schon einmal den Kopf für mich hingehalten.

»Kennen Sie die Familie Diedrich?«, fragt Verrier, nachdem er einsieht, dass ich nicht weiterspreche.

»Nein.«

»Sie kommen doch aus Köln. Genau wie Frau Diedrich.«

Ich lache laut auf. »Klar. Köln ist so ein Kaff, da kennt jeder jeden.«

»Es ist ein bekannter Name«, beharrt er.

»Nicht in meinen Kreisen.«

»Dann ist Ihnen neu, dass Ihre Kollegin Simone einer äußerst wohlhabenden Familie angehört?«

»Haben Sie sie eigentlich jemals gesehen?« Verrier schüttelt den Kopf und ich nicke. »Habe ich mir gedacht. Sie sah nach Geld aus. Teure Klamotten, dezenter, aber eindeutig echter Schmuck. Mir war auf den ersten Blick klar, dass sie hier nicht hinpasst. Und jedem anderen auch.«

»Und das hat Sie neugierig gemacht.« Er stellt es als Tatsache dar.

»Nein, eigentlich nicht. Ich bin mit meinem eigenen Leben beschäftigt. Zeit und Lust, mich in den Privatkram von anderen zu mischen, habe ich nicht.«

»Ach? Sie haben sich aber in Frau Diedrichs Privatleben gemischt. Sie haben ihre Wohnung inspiziert.«

»Ja, weil ich sie als Opfer sah. Ich will Polizistin werden, verdammt nochmal.«

Herr Verrier schnalzt missbilligend. Dabei würde ich das nicht einmal als Schimpfwort werten.

»Na gut, lassen wir das. Ich habe mich lange mit Kollege Paul unterhalten. Er hat beide Hände für Sie ins Feuer gelegt und mir nebenher versichert, dass Sie eine ausgezeichnete Beobachtungsgabe haben.« Verrier legt seine Unterarme auf den Tisch und beugt sich näher. »Berichten Sie, wie der Mann aussah, der hinter Frau Diedrich herrannte, und wo Sie ihn gesehen haben. Wir werden der Sache nachgehen.«

»Sie haben mich aus dem Unterricht geholt, weil Sie nun doch gern eine Beschreibung hätten?« Fassungslos starre ich Verrier an. »Das ist ja absolut daneben. Ich stehe durch die Aktion bei meinen Kommilitonen als kriminelles Element da. Haben Sie auch nur eine Sekunde daran gedacht?«

»Unfug.« Er runzelt die Stirn. »Die werden Sie ungeduldig ausfragen, was es Neues gibt, aber mehr wird es nicht sein.«

Ich ahme seine Haltung nach, lege meine Hände seinen genau gegenüber. »So naiv sind Sie nicht. Sie haben mich mit voller Absicht aus dem Kurs geholt. Was versprechen Sie sich davon? Sollte die Aktion mich einschüchtern? Oder ist es pure Boshaftigkeit?«

»Vielleicht ist es nur ein Test.«

»Ja, genauso wie die Frage nach Jason. Vielen Dank auch.«

»Erzählen Sie von dem Mann. Wo genau ist er Ihnen begegnet?« Verrier lässt sich keine Schuld anmerken. Muss ein Polizist so rücksichtslos sein?

»Schildstraße, die Hausnummer weiß ich gerade nicht auswendig, aber es ist das zehnte Haus auf der rechten Seite«, antworte ich widerwillig. »Er wohnt im zweiten Stock links und heißt Maik.«

Verrier runzelt die Stirn.

»Woher wissen Sie das? Als Sie mich auf den Mann aufmerksam machten, haben Sie nicht erwähnt, dass Sie ihn kennen.«

»Ich kenne ihn auch nicht.« Besser ich lasse Lara und Kevin bei meinem Geständnis aus. »Ich habe ihn aufgesucht. Da Sie ja keine Bereitschaft zeigten, ihn sich vorzuknöpfen, habe ich das erledigt.«

»Paul hatte recht. Wenn ich Sie nicht in die Ermittlungen einbinde, machen Sie es auf eigene Faust.« Verrier sieht mich resigniert an. »Dabei sind Sie nicht mal eine richtige Polizistin.«

»Dann bin ich eben eine falsche Polizistin. Wenigstens bin ich jemand, der was unternimmt.« Der Vorwurf ist für ihn kaum zu überhören. Trotzdem wird er nicht sauer.

»Was haben Sie rausgefunden?«, fragt er.

»Ich halte ihn für unschuldig. An der Entführung, meine ich. Abgesehen davon ist er ein mieses Schwein und sollte wegen sexueller Belästigung angezeigt werden.«

»Na toll.« Verrier sieht aus dem Fenster, er macht den Eindruck, lieber überall anders zu sein als hier. »So kann ich das nicht in die Akte übernehmen.«

»Ich habe ihn vor die Wahl gestellt. Entweder lässt er mich bei der Entführung mitmachen oder ich verpfeife ihn an die Bullen. Kann das so in die Akte?«

Der so bezeichnete Bulle sieht mich finster an. Ich lächle. Mittlerweile habe ich eindeutig Oberwasser.

»Er war aufrichtig überrascht, dass Simone entführt sein soll, und hat es mir nicht geglaubt. Er hat ihr sogar auf die Mailbox gesprochen. Haben Sie das noch nicht abgehört?«

Statt einer Antwort erhalte ich erneut nur finstere Blicke.

»Sie können es selbstverständlich auf Ihre Art überprüfen, aber ich bin, soweit es die Entführung betrifft, fertig mit Maik. Ohne Simones Zeugenaussage können wir ihn nicht wegen Körperverletzung oder eines sexuellen Übergriffs drankriegen, oder?«

»Nein, dazu reicht Ihre Beobachtung nicht aus«, reagiert er endlich. »Da Sie so ... aufmerksam sind, Frau Kovacek, würde ich gerne ...« Ungehalten trommelt er mit zwei Fingern auf der Tischplatte, dann legt er die Hände übereinander. »Halten Sie die Augen offen und informieren mich, sobald Ihnen etwas auffällt.«

»Was sollte das sein?«

»Es wäre leichter für uns, wenn ich das wüsste.«

»Es wäre leichter für mich, die Augen offenzuhalten, wenn ich über Simone und ihr Verschwinden mehr Einblick hätte. Haben Sie herausgefunden, zu wem Sie am meisten Kontakt hatte? Wie ist die Lösegeldforderung eingegangen? Und wann und wie soll die Übergabe stattfinden?«

Verrier schweigt.

»Wie ist Simones Vorgeschichte? Hat sie Freunde oder Bekannte vor Ort? Der Vermieter hat doch bestimmt einiges über ihr Privatleben mitbekommen«, stochere ich weiter.

»Wir wissen nichts von Belang.«

Wütend presse ich die Lippen aufeinander. Der lügt mir eiskalt ins Gesicht. Wenn er ehrlich wäre und bei meiner Mithilfe etwas Sinnvolles herauskommen soll, würde er mich in die Geschichte mit Simones Schwester einweihen. Dass er es nicht tut, spricht Bände.

»Gut. Ich bezweifle, dass ich etwas beobachte, während ich im Unterricht sitze und keine Ahnung habe, was wichtig sein könnte, aber ich werde es natürlich versuchen. Es wäre nett, wenn im Gegenzug Sie mich auf dem Laufenden halten.«

»Selbstverständlich.«

Wir schauen uns schweigend in die Augen. Er denkt, er hat mich erfolgreich verarscht. Und ich schiebe meinen Ärger darüber beiseite und schenke ihm ein Lächeln.

Wir werden sehen, wer hier besser blufft.

kapitel 16

Ich erspare es mir, zurück in den Unterricht zu gehen. Stattdessen sitze ich mit einer Flasche Cola in der Mensa und denke nach. Erfreulicherweise nicht über Tim, denn nach dem Gespräch mit Verrier fällt es mir endlich wieder leicht, mich auf Simone zu konzentrieren.

Am Tag zuvor habe ich so vieles erfahren, das die Entführung in einem vollkommen anderen Licht erscheinen lässt. Weiter bringt mich jedoch nichts davon. Laut seufzend schließe ich die Augen, vergrabe das Gesicht in den Händen und stelle mir vor, meine Schwester wäre verschwunden und endlich, nach langer Zeit, wäre ich genau an dem Ort, an dem es passiert ist.

»Hier bist du«, ertönt Laras Stimme vorwurfsvoll und reißt mich aus meiner Konzentration. »Wir haben schon befürchtet, der dämliche Bulle hätte dich einkassiert.«

Wider Willen muss ich kichern. Lara und die respektlose Bezeichnung Bulle sind eine befremdliche Kombination.

»Ich bin Simone«, sage ich entschlossen, mit weiterhin fest aufeinandergepressten Augenlidern.

»Oh je«, sagt Kevin. »So weit ist es schon.«

»Du kapierst mal wieder gar nichts.« Ich höre, wie Lara sich mir gegenüber hinsetzt. »Hol uns Kaffee und stör die schlauen Leute nicht beim Denken.«

»Wie bitte? Werde ich jetzt zum Lakaien degradiert?«

»Du warst noch nie etwas anderes. Sei dankbar, wenn du einen Beitrag leisten kannst.«

Kevins ungehaltenes Schnauben ertönt direkt neben meinem Ohr.

»Ich mache das für dich, Bebe. Um dir zu helfen. Du musst dringend aus dem Fokus der Ermittlungen.«

»Du bist also Simone.« Lara klingt vergnügt. »Das ist mal ein innovativer Denkansatz. Aus welchem Grund, liebe Simone, sollte eine arrogante und reiche Tussi wie du Polizistin werden wollen?«

Ich schaue hoch und sehe sie ernst an.

»Will ich ja gar nicht.«

»Ach? Warum bist du dann hier?«

»Das verrate ich, sobald Kevin mit dem Kaffee zurückgekommen ist. Wir wollen ja nicht unfair sein.«

»Du weißt es?« Lara hat sich über den Tisch gebeugt, ihr Atem fährt warm über meine Wange.

»Ja.«

»Krass. Kann der Blödmann sich mal beeilen? Ich sterbe vor Neugierde.« Ihre Finger trommeln auf dem Tisch. »Hat Verrier es dir verraten?«

»Du meinst den dämlichen Bullen?«

»Das ist mir so rausgerutscht.« Lara wird rot.

»Lara, du wirst das Wort noch oft genug hören und damit gemeint sein. Und das ist echt harmlos. Was denkst du, als was Frauen bei der Polizei bezeichnet werden?«

»Das ist mir schon klar. Es ist aber etwas anderes, es selbst zu sagen. Na endlich, der Kaffee-Boy ist da.«

Die Tassen klirren auf dem Tisch, als Kevin sie grob absetzt und sich mit angepisster Miene neben mich platziert.

»Danke, Kevin. Wenn du die Neuigkeiten hörst, weißt du, warum wir Kaffee brauchen«, versuche ich, die Stimmung zu retten.

»Okay, schieß los«, brummt er.

Ich trinke. Dann schließe ich erneut die Augen und versetze mich in Simones Situation.

»Also, ich bin Simone und ich hatte nie vor, Polizistin zu werden.«

»Das habe ich mir gleich gedacht. Warum bist du in Wahrheit da?«, fragt Lara brav. »Ich kann mir echt keinen sinnvollen Grund vorstellen. Und ich habe immer wieder darüber nachgedacht.«

Konsequent lasse ich die Augen geschlossen, trotzdem habe ich lebhaft das Bild im Kopf, wie Lara die Augenbrauen so weit zusammenzieht, bis sich eine steile Falte auf ihrer Stirn bildet. Das macht sie immer, wenn sie sich konzentriert.

»Also …« Ich mache eine Pause, um die Spannung zu erhöhen. »Ich habe eine ältere Schwester. Sie heißt Pauline. Pauline und ich stehen uns echt nah.« Na gut, an der Stelle rate ich. Da Simone ihre eigene Zukunft auf Eis gelegt hat, um das Geheimnis um Pauline aufzuklären, liegt das jedoch nahe. »Vor zwei Jahren hat Pauline die Schule beendet. Unsere Eltern wollten, dass sie einen vernünftigen Beruf ergreift. Jurastudium, meinetwegen BWL, eben einen dieser typischen Geldberufe. Pauline aber hatte andere Pläne.«

»Mann, Simone, wird das ein Roman? Ich ertrage solch langatmige Rührstücke nicht«, mault Kevin. »Verrat mir lieber, warum ich nicht bei dir landen konnte.«

»Weil du ein unsentimentaler, oberflächlicher Volltrottel bist«, übernimmt Lara die Antwort. »Ich liebe übrigens ausführliche Einleitungen.«

»Ja, schon klar. So ist das mit uns. Du stehst drauf, ich sterbe den Langeweiletod.«

»Da hätte ich nichts gegen.«

»Hört auf. Das Gezanke nervt. Und aus dem Rührstück wird gleich ein Krimi, versprochen«, unterbreche ich die beiden. Mühsam fokussiere ich mich wieder auf Simone. »Meine Schwester war ein wenig schräg, sie wollte nämlich unbedingt Polizistin werden.«

Lara quietscht.

Ich höre, wie Kevin mit der Tasse klappert und demonstrativ gelangweilt schnaubt.

»Unsere Eltern haben echt mit aller Macht versucht, sie davon abzuhalten. Mit Schmeicheleien, mit Drohungen, mit überzeugenden Argumenten und auch mit eigentümlichen – aber nichts half. Pauline hat sich bei der Polizei beworben, den Auswahltest absolviert und wurde angenommen. Nicht mal als unsere Eltern ihr den Geldhahn abdrehten, ist sie eingeknickt.«

»Braves Mädchen.« Kevin pfeift. »Lass dich nie von deinem Weg abbringen.«

»So ein Glück, dass wir schon während der Ausbildung für uns selbst sorgen können«, sagt Lara. »Ich bin heilfroh, nicht meinen Eltern auf der Tasche zu liegen.«

»Ein Professor nagt wohl kaum am Hungertuch«, wirft Kevin ein.

»Es geht ums Prinzip. Aber das ist zu hoch für dich.«

»Zurück zu Simone«, werfe ich ein. »Also zu mir. Beziehungsweise erst einmal zu meiner Schwester. Sie ist nach Aachen gezogen und hat begonnen, an der Fachhochschule zu studieren.«

»Zwei Jahre ist das her?«, fragt Lara. »Dann können wir sie kennenlernen. Ab Dezember hat dieser Jahrgang neue Theorie-Einheiten und ist vor Ort.«

»Wir müssen früher mit ihr sprechen. Es wird ja wohl möglich sein, herauszufinden, ob sie aktuell im fachpraktischen Training ist oder im Berufspraktikum.« Kevin hat das Geschirrgeklapper eingestellt. Er langweilt sich wohl nicht mehr.

»Ob uns das unser neuer Dozent verraten würde?«, fragt Lara in meine Richtung.

»Nein.«

»Wenn du ihn nicht fragen willst, dann mache ich es.«

»Darum geht es nicht. Er kann es uns nicht verraten. Und

sobald ihr mich mal ausreden lassen würdet, wüsstet ihr auch weshalb.«

»Pst«, zischt Lara. »Idioten-Alarm.«

Widerstrebend öffne ich die Augen.

Fabian, Sandro und Matthis sind im Anmarsch.

»Noch immer nicht in Handschellen?«, fragt Sandro. »Müssen wir dem Kommissar nochmal erklären, warum du unter Garantie hinter Simones Verschwinden steckst?«

»Sieht so aus«, sage ich gelangweilt. »Er schien mir bei diesem Thema äußerst begriffsstutzig.«

»Dabei ist es so offensichtlich.« Fabian reibt sich unbewusst den Arm. »Du siehst sie einen einzigen Tag, erkennst, dass sie reich sein muss, erpresst die Info, wo sie wohnt, und zack … Simone wurde nie mehr gesehen.«

»Da hast du definitiv recht. Ich verstehe genauso wenig, warum Kommissar Verrier es einfach nicht kapiert. Frag ihn doch mal, ob er nicht zu dumm für seinen Beruf ist. Er würde es sich sicher gerne von einem Polizeischüler, der schon drei Wochen Erfahrung hat, erklären lassen.«

Kevin lacht laut.

»Fabian, hast du eigentlich noch Schmerzen in der Schulter?«, fragt Lara scheinheilig. »Hast du dein Wehwehchen einem Arzt gezeigt?«

»Ihr unterstützt das auch noch.« Fabians Zeigefinger deutet anklagend in meine Richtung. »Wir werden sehen, wer am Ende lacht. Und wer im Knast landet.«

Mit einem letzten angepissten Blick auf mich dreht er ab und seine Kumpel folgen. Ich zucke die Schultern. Irgendwie hat er schon recht. Die Geschichte um Simone steht erst am Anfang und das Ende ist nicht abzusehen.

»Zurück zu unserem Dozenten.« Lara lächelt. Bisher hat sie sich erstaunlich dezent zurückgehalten. Was wahrscheinlich an Kevins ständiger Anwesenheit liegt. Sobald sie mich unter vier Augen erwischt, werde ich die Sache zwischen Tim und mir wohl ausführlicher erklären müssen.

Noch ist es jedoch nicht soweit.

»Zurück zu Simones Schwester«, korrigiere ich. »Kein Mensch wird uns verraten, wo wir sie finden, denn …« Ich lege beide Hände flach auf die Tischplatte und sehe Lara und Kevin melodramatisch an.

»Denn?« Kevin kneift die Augen zusammen.

»Hat einer von euch eine Idee?«, frage ich. Das ist ziemlich gemein. Ich selbst wäre nie auf die Wahrheit gekommen.

»Sie ist nicht mehr an der Polizeischule?«, rät Lara. Sie ist gut.

»Bingo.« Ich nicke ihr zu.

»Na toll. Du machst so einen Wirbel um diese Schwester und dann war's das? Ich wusste schon am Anfang, warum ich die Story langweilig fand.« Kevin täuscht ein Gähnen vor.

Lara tippt sich an die Stirn. »Ach was, da ist mehr. Bebe hat uns einen Krimi versprochen.«

»Und es ist ein Krimi«, triumphiere ich. »Pauline Diedrich ist vor circa zwei Jahren, nachdem sie ein paar Wochen an der Polizeihochschule war, spurlos verschwunden.«

Kevin und Lara schweigen.

»Krass«, flüstert Lara dann.

»Und unheimlich«, sagt Kevin. »Ist sie bis heute …?«

»Nicht wieder aufgetaucht«, ergänze ich. »Keine Geldbewegungen auf ihrem Konto, keine Lösegeldforderung, keine Hinweise auf ein Verbrechen. Von heute auf morgen weg, auf Nimmerwiedersehen.«

»Und deshalb ist Simone …« Lara verstummt.

»Genau.« Ich nicke.

»Das macht sie ja fast sympathisch.« Meine Freundin stützt einen Ellbogen auf den Tisch und legt ihr Kinn auf die Handfläche.

»Das ist einfach nur gruselig.« Kevin sieht unglücklich aus. »Ich bin echt kein Fan von Horrorgeschichten.«

»Das ist keine Horrorgeschichte, Kevin. Das ist …« Lara reibt einen Finger nachdenklich über einen Mundwinkel.

»Das ist ein Fluch«, fällt Kevin ihr ins Wort. »Und damit ist es Horror pur. Simone hat sich in Luft aufgelöst, genau wie ihre Schwester zwei Jahre zuvor. Wenn wir uns da einmischen, ziehen wir schwarze Mächte auf uns.«

Perplex schaue ich Kevin an, den großspurigen, oberflächlichen Kevin, der sich mehr für Mädchen als für alles andere interessiert. Seit der Enthüllung ist er blass und verängstigt und nicht wiederzuerkennen.

»Du hast da echt ein Problem mit?«, frage ich leise. »Dann glaubst du an so übersinnlichen Kram?«

»Das hat doch nichts mit glauben zu tun. Das ist ja eindeutig geschehen. Genau vor unserer Nase. Ist ja nicht so, als ob jemand behauptet, in einem Haus spuke es oder so. Das hier ist real.«

»Ja, das ist das wahre Leben und es wird eine ganz simple Erklärung dafür geben, sobald wir den Fall aufgeklärt haben. Und die allereinfachste Begründung ist, dass Simone herausgefunden hat, was mit ihrer Schwester geschehen ist. Oder eher wer es ist, der sie hat verschwinden lassen.«

»Die Frau ist spurlos verschwunden. Was bedeutet, dass auch ihr Körper nie aufgetaucht ist, wenn sie Opfer eines Gewaltverbrechens wurde. Das ist gruselig. Wie lässt man denn bitteschön eine Leiche verschwinden?«

»Mir ist schon eine Leiche begegnet, die zwanzig Jahre verbuddelt war. Überhaupt kein Problem, Kevin.«

Lara sagt nichts, sie betrachtet Kevin mit einem verhaltenen, ungläubigen Lächeln.

»Es klingt eher nach einer Alienentführung«, brummelt Kevin. »Ich will da nicht hineingezogen werden, sonst geschieht uns dasselbe.«

»Dann hast du dir den falschen Beruf ausgesucht.« Kopfschüttelnd beobachte ich, wie Kevins breitbeinige Ich-bin-so-cool-Haltung in sich zusammenfällt.

»Was hat ein Polizist mit Aliens zu tun? Ich will nicht zum FBI und einen auf Scully und Mulder machen.«

»Das meine ich doch gar nicht. Dir werden aber immer wieder irritierende Tatsachen begegnen, die nicht auf Anhieb zu erklären sind. Und dann forscht man nach, solange, bis sich eine logische Lösung findet.«

»So machen wir das und am Ende bist du erleichtert, weil es doch keine Gruselgeschichte ist«, sagt Lara entschieden. Ich werfe ihr einen dankbaren Blick zu. Eigentlich habe ich damit gerechnet, dass sie Kevin wegen seiner irrationalen Angst verspottet, denn das Verhältnis zwischen den beiden ist und bleibt schwierig. Sie ist tatsächlich einer der nettesten Menschen, die ich kenne.

Kevin blickt starr auf den Tisch.

»Ich schätze, ihr versucht so oder so, hinter das Geheimnis zu kommen, egal, was ich mache.« Er schaut resigniert hoch. »Oder?«

Lara und ich nicken synchron.

»Dann bin ich besser dabei. Im anderen Fall habe ich keine ruhige Sekunde mehr und wenn ihr euch schließlich auch in Luft auflöst, mache ich mir mein Leben lang Vorwürfe.«

Breit grinsend halte ich Lara die Faust hin und sie schlägt dagegen. Das erste Problem hätten wir geklärt.

»Wie machen wir jetzt weiter?«

»Ich bin Simone, schon vergessen?« Schnell verberge ich meine Augen hinter den Händen. »Fragt mich und ich antworte.«

»Meinetwegen.« Kevin klingt nach wie vor mürrisch. »Wohin bist du verschwunden?«

»So funktioniert das nicht.«

»Lebst du noch?«

»Auch falsch. Du musst schon die richtigen Fragen stellen.«

»Wie hast du dich auf die Spur deiner Schwester gemacht?«, schaltet Lara sich ein.

»Bingo.«

Ich lächle und stelle mir erneut vor, Simone zu sein. Endlich in Aachen. Zwei Jahre zu spät, aber besser als gar nicht. Was hat sie wohl als Erstes unternommen? »Ich habe alles genauso gemacht wie sie. Deshalb habe ich auch kein Interesse an den Leuten in meinem Kurs. Ich suche die Menschen, die schon vor zwei Jahren hier waren. Zum Beispiel die Dozenten oder älteren Studenten. Und …«

Ich reiße die Augen auf. Das ist es.

»Ich habe ihre Wohnung bezogen«, stoße ich atemlos aus.

»Wenn sie frei war«, wendet Lara ein. »Das wäre schon großes Glück.«

»Papperlapapp. Ich bin stinkreich. Wenn sie nicht frei war, habe ich das arrangiert. Reiche Leute bekommen immer, was sie wollen. Erst recht, falls es sich um eine popelige Wohnung handelt.«

»Möglich.« Lara trommeln ungeduldig auf dem Tisch. »Dann setzen wir da an. Du hast gesagt, dass die Vermieter Privatpersonen sind, die ebenfalls dort wohnen. Die werden uns schon verraten, ob Pauline ihre Untermieterin war.«

»Und wenn genau in der Wohnung …« Kevin kneift die Augen zusammen. »Ihr wisst schon.«

»Meinst du, ausgerechnet da ist der bevorzugte Landeplatz der Aliens?«

»Oder das Tor in die andere Dimension?« Ich klopfe Kevin beruhigend auf den Arm. »Der Vermieter war ein alter Spießer. So einen Unfug würde er nicht bei sich dulden. Ich halte es für sehr viel wahrscheinlicher, dass er auf junge Mädchen steht, vollkommen skrupellos und pervers ist, und daher unser Hauptverdächtiger sein könnte.«

Ernst gemeint ist die Behauptung nicht. Dazu ist der Mann einfach zu gebrechlich. Leichtfertig ausschließen sollte man es jedoch auch nicht.

»Ja, der Vermieter könnte durchaus eine heiße Spur sein.« Lara klingt glücklich. »Leider ist unsere Pause um, aber wir können ihn uns direkt nach Feierabend vornehmen. Wenn er ein alter Perverser ist, merke ich das todsicher.«

»Kennst du dich etwa mit alten Perversen aus?«

Kevin klingt spöttisch.

Ich freue mich darüber, denn es bedeutet, dass er seine Alienphobie überwunden hat.

»Jedes Mädchen kennt das, Kevin. Frag Bebe.«

Ich nicke bestätigend.

kapitel 17

»Bebe, warte.«

Ich höre Tims Stimme, täusche aber vor, nichts mitbekommen zu haben. Ich habe mit Simone genug Probleme am Hals. Persönliches muss hinten anstehen. Oder besser noch für immer verschwinden.

»Wie kannst du auf diesen Schuhen so schnell rennen?« Lara hechelt hinter mir her.

»Ich habe in den letzten Monaten die Erfahrung gemacht, dass man jederzeit fluchtbereit sein muss. Egal in welchen Schuhen.«

Und Tim war in diese Erfahrungen schon früher involviert.

»Haben wir ein Skript für gleich? Oder improvisieren wir?« Kevin holt uns mühelos ein. »Mir gefällt auf jeden Fall, wie umgehend ihr zur Tat schreitet.«

Lara wirft mir einen dieser unauffälligen, wissenden Blicke zu. Ich will niemals zu hören bekommen, was sie sich in ihrem cleveren Kopf zusammenreimt.

»Ich weiß nicht, ob es taktisch klug ist, zu dritt dort aufzutauchen.« Lara fixiert Kevin. »Der Vermieter schaut dich ein einziges Mal an und ist misstrauisch.«

»Wieso denn das? Mal wieder nur bei mir?« Kevin schnaubt.

»Wir brauchen einen Vorwand, unter dem wir da aufkreuzen«, werfe ich ein. »Und davon abhängig machen wir, wer klingelt.«

»Was wollen wir denn überhaupt erreichen?«

Lara setzt sich auf die Bank an der Bushaltestelle und überkreuzt die Beine. Rasch übernehme ich den Platz neben ihr, den letzten. Kevin bleibt gezwungenermaßen stehen, er steckt die Hände in die Hosentaschen und lehnt sich gegen eine Strebe.

»Wir müssen herausfinden, was der Vermieter über Simone weiß, jedes noch so kleine Detail. Vor allem, ob Pauline Diedrich ebenfalls bei ihm gewohnt hat«, überlege ich laut.

»Das mit der Schwester sollte nicht so schwer sein. Ist ja kein Staatsgeheimnis.« Lara runzelt die Stirn. »Aber die Aufforderung, uns alles über die beiden zu erzählen, ist heikel. So etwas beantwortet doch kein Mensch.«

»Polizisten gegenüber schon.« Kevin grinst selbstgefällig.

»Wir sind aber nicht bei der Kripo und mit dem Fall betraut, wir schnüffeln privat herum.« Lara seufzt übertrieben und verdreht die Augen.

»Das ist mir auch klar.« Kevin blickt finster auf sie herunter. »Ich bin übrigens nicht beschränkt. Egal, was du denkst.«

»Lara findet nicht, dass du beschränkt bist.« Ich ramme Lara möglichst unauffällig den Ellbogen in die Rippen. »Sie tut nur so und es wäre besser, du ignorierst sie. Können wir nicht zugeben, dass wir Kommilitonen sind und uns Sorgen um Simone machen. Ich habe eh schon vorgegeben, eine Freundin zu sein, die mit ihr studiert.«

»Glaubst du, dass er dann freiwillig aus dem Nähkästchen plaudert?«

Simones Vermieter war nicht allzu angetan von mir und meiner Aufmachung. Ich nehme Lara ins Visier. Sie ist bestimmt genau der Typ Mädchen, die Opi gefallen. Trotz der roten Haare sieht sie brav aus, mit klassischer Jeans, geputzten

Schuhen und Mantel. Solange sie ohne Kevin und mich aufkreuzt, sollte der Vermieter Wachs in ihren Händen sein.

»Lara klopft ihn weich«, lege ich unsere Taktik fest.

»Ich?« Lara blickt mich misstrauisch an. »Wieso ausgerechnet ich?«

»Weil du perfekt für den Job bist. Wenn ich dich zu Hause anschleppen würde, wäre meine Verwandtschaft sofort in dich vernarrt. Vor allem mein Opa. Er würde dir wahrscheinlich auf der Stelle einen Heiratsantrag machen.« Kevin grinst. »Du bist der Traumtyp Schwiegertochter für die ältere Generation.«

»Warum klingt das aus deinem Mund wie eine Beleidigung?«

Bevor Kevin antworten kann, gehe ich dazwischen.

»Weil Kevin sehr untalentiert darin ist, Komplimente zu machen. Aber das hier ist eins. Der Vermieter wird dich lieben und dir alles erzählen, was du wissen willst. Und noch mehr.«

Eine Weile ringt Lara mit sich, sie zupft an ihren Fingernägeln und betrachtet den Boden.

»Ihr habt recht«, sagt sie schlussendlich. »Nichts gegen deinen Kleidungsstil, Bebe, ich feiere dich dafür, aber meine Großeltern würden einen Herzinfarkt bekommen, wenn sie dich so sehen. Und über Kevin schweige ich aus Höflichkeit. Da kommt übrigens der Bus.«

»Bin ich etwa kein Schwiegersohn-Typ?«, spottet Kevin. »Wie schade, das war mir immer so wichtig.«

»Mir tun deine Eltern leid.« Lara schnaubt und steigt uns voran in den Bus. »Ich erkundige mich also nach Simones Schwester und bemühe mich, den Vermieter in ein langes, ausführliches Gespräch zu verwickeln. Habt ihr noch etwas Präzises, nach dem ich fragen kann?«

»Mit wem Simone sich getroffen hat. Und zu wem Pauline Kontakt hatte«, schlage ich vor.

»Ob ihre Schwester genauso heiß war wie sie«, ergänzt Kevin.

»Ob sie jemals über ihre Schwester geredet hat«, übernehme ich wieder. »Und mir persönlich ist egal, ob sie attraktiv war oder nicht, aber es könnte durchaus aufschluss-reich sein. Und ich würde gerne wissen, ob allgemein bekannt war, dass die Familie reich ist.«

Lara hebt abwehrend die Hände, als Kevin den Mund öffnet. »Spar dir deinen Input. Ich werde nicht fragen, welche Körbchengröße sie hatte.«

»Ich dachte eher an eine Vorliebe für sexy Dessous, aber meinetwegen. Es wäre eh gruselig, solche Informationen von einem Greis zu erhalten.«

»Da sind wir uns ausnahmsweise einig.« Lara lehnt sich zurück und schaut demonstrativ aus dem Fenster. »Und jetzt lasst mich in Ruhe nachdenken. Ich muss mich in die Rolle *Beste-Freundin-einer-reichen-Zicke* versetzen.«

Kevin und ich bleiben an der Bushaltestelle, als Lara Richtung Wohnhaus losstiefelt. Hier sind wir außer Sichtweite.

»Glaubst du, sie kriegt das hin?«, zweifelt Kevin. »Sie ist nicht die geborene Lügnerin.«

»So wie ich, meinst du?«

Kevin grinst. »Du hast es schon faustdick hinter den Ohren. Was du diesem Maik erzählt hast, war filmreif.«

»Ich weiß. Vielleicht sollte ich die Polizeiausbildung schmeißen und stattdessen als Trickbetrügerin arbeiten.«

»So, wie ich dich kenne, wirst du beides kombinieren, wenn du bei der Kripo bist.«

Eine alte Frau mit Rollator nähert sich mühsam der Bushaltestelle. Der Wind weht eine Plastiktüte an ihr vorbei und ich kuschle mich fröstelnd in meine Jacke.

»Frierst du?«, fragt Kevin und betrachtet meine Beine.

»Ich kann Wind nicht ausstehen.«

»Lass uns was Sinnvolles machen, während Lara sich bei den Rentnern einschleimt. Hier rumstehen und warten ist nicht mein Ding. Vielleicht wird dir dabei auch warm.«

»Du gibst wohl nie auf.« Ich rolle mit den Augen und schlage Kevin auf den Arm.

»He, das sollte keine Anmache sein.« Ich schnaube abfällig und Kevin sieht mich empört an. »Nee, echt nicht. Mir ist schon klar, dass ich aus dem Rennen bin, seit der neue Dozent aufgetaucht ist.«

»Du warst nie im Rennen, Kevin«, antworte ich reflexartig, ehe mir auffällt, was er da andeutet. »Abgesehen davon habt ihr das falsch verstanden. Nur weil ich ihn von früher kenne, …« Ich halte die Hände abwehrend vor meinen Körper. Keine Ahnung, wie ich den Satz sinnvoll beenden soll.

»Du hast ständig Informationen über diese Entführung und willst nie darüber reden, wer deine geheime Quelle ist. Als ob Lara und ich blind wären.«

»Das ist nicht das, was ihr denkt. Ehrlich, Kevin, da ist rein gar nichts«, protestiere ich.

Die Sache zwischen Tim und mir ist auch für mich zu kompliziert. Kevin mit seinem Schwarz-Weiß-Denken hat da gar keine Chance.

»Lara vermutet, eure Beziehung hängt noch komplett in der Schwebe und ihr wisst beide nicht, wohin sie sich entwickeln wird. Um dir zu gefallen, plaudert er aus dem Nähkästchen. Meiner Theorie nach ist er sexuell voll von dir abhängig.« Kevin präsentiert sein dreckigstes Grinsen. »Ich finde, meine Theorie tausendmal unterhaltsamer. Verrätst du mir, ob er auf die Sado-Maso-Nummer steht und dir deshalb verfallen ist? Du siehst in Lack und Leder bestimmt absolut heiß aus.«

Mir entfährt ein verzweifeltes Krächzen, halb Lachen, halb Husten. Kevin hat eine furchtbare Fantasie.

»Themenwechsel«, sage ich dann. Abstreiten würde seine Vorstellungskraft nur weiter anheizen. »Was machen wir, um uns die Wartezeit zu vertreiben?«

Wir sind langsam hinter Lara her gegangen und haben nun das Heim der Vermieter vor Augen.

»Nette Wohngegend«, murmelt Kevin anerkennend. Moderne Einfamilienhäuser wechseln sich mit großzügigen älteren Gebäuden ab. Verkehrsberuhigte Straßen, gepflegte Vorgärten. Und trotzdem nur wenige Kilometer von der Innenstadt entfernt. Kevin deutet an der Mauer, die das Haus abgrenzt, entlang. »Wir schleichen uns in den Garten.«

»Was soll das bringen?«

»Was soll es schaden? Es ist kurzweiliger, als blöd auf der Straße zu stehen und sich zu langweilen.«

Da er losmarschiert, ohne auf mich zu warten, schließe ich mich ihm notgedrungen an. Sobald einer der Anwohner zum falschen Zeitpunkt aus dem Fenster schaut und bemerkt, wie sich zwei junge Leute in den Garten einer Villa stehlen, informiert er die Polizei. Jetzt hier eine Szene zu machen, ist jedoch noch viel auffälliger. An der Stelle, an der die Mauer in eine Hecke übergeht, kann man sich durch die Lücke quetschen.

»Ob die einen Aufsitzrasenmäher haben?« Kevin deutet auf die Rasenfläche. »Bei meinen Eltern brauche ich schon über eine Stunde zum Mähen und die haben höchstens ein Drittel der Fläche.«

»Ich glaube eher, dass ein Gärtner kommt.« Es ist ja nicht nur der Rasen. Viel pflegeintensiver sind die Blumenbeete. »Man kann sich hier nicht verstecken, Kevin. Lass uns wieder verschwinden, ehe uns jemand entdeckt.«

»Willst du gar nicht wissen, was drinnen passiert? Lara ist schon eine Weile im Haus.«

»Machst du dir Sorgen?«

»Quatsch.«

»Es ist und bleibt möglich, dass der Vermieter selbst der Entführer ist und jetzt auch Lara in seiner Gewalt hat«, dramatisiere ich die Situation.

Ich habe den betagten Mann kennengelernt, aber Kevin hat ihn nie gesehen. Ich bin mir sicher, dass Lara locker mit ihm fertig wird, sollte es sich als nötig erweisen. Tatsächlich zuckt Kevin bei meinen Worten zusammen und schleicht näher ans Haus. Das habe ich jetzt davon.

»Das war ein Scherz, Kevin. Ich hätte Lara doch nie allein hingehen lassen, wenn er gefährlich wäre«, zische ich hinter ihm her. »Er ist ein harmloser, alter Mann.«

Da er nicht hört, folge ich ihm mit einem mulmigen Gefühl. Alles in allem scheint ihm doch mehr an Lara zu liegen, als er zugeben will.

»Ich kann sie sehen«, flüstert er und bleibt stehen. Er starrt angestrengt in Richtung der Fenster.

»Hast du Adleraugen?« Obwohl ich mich bemühe, kann ich hinter dem Glas rein gar nichts erkennen. »Was macht sie?«

»Sie sitzt rum.«

»Dann ist alles in Ordnung mit ihr, oder? Sie ist keinem Frauenschlächter zum Opfer gefallen.«

»Wenn es so wäre, hätten wir ja mit einem Schlag den Fall geklärt.« Kevin feixt, seine Bedenken haben sich in Luft aufgelöst. »Was Besseres könnte uns nicht passieren. Aber nein, sie isst Kuchen.«

Kevins Augen sind phänomenal.

»Dann lass uns endlich verschwinden.«

»Warte, ich glaube …« Er geht ein paar Schritte weiter und ich hinterher. »Oh Shit.«

Kevin wirft sich auf mich und reißt mich zu Boden. Mein Gesicht landet im Dreck, Gras drückt sich in meinen Mund. Wütend bemühe ich mich, aufzustehen, aber Kevins schwerer Körper hält mich unten.

»Was soll das, du Vollidiot?«

»Sie hätten uns beinahe entdeckt«, flüstert er.

»Ja, weil wir viel zu nah gegangen sind. Sich auf dem Boden rumzurollen, macht es nicht besser.«

Ich ramme Kevin den Ellbogen so grob in die Seite, dass er mich mit einem schmerzerfüllten Stöhnen freigibt. Dann richte ich den Blick hoch. Lara steht am Fenster und beobachtet uns mit einem fassungslosen Gesichtsausdruck. Ich zucke zerknirscht die Schultern, als sie wütend eine Geste macht, die demonstriert, wie dämlich wir uns anstellen.

»Kevin, lass uns endlich verschwinden«, zische ich.

»Okay, ist ja schon gut.«

Kleinlaut schleicht er über den Rasen zu der Lücke, durch die wir gekommen sind. Ich hinterher. Wortlos gehen wir zurück zur Bushaltestelle und setzen uns auf die unbequemen Plastiksitze. Ich sehe aus, als hätte ich eine Runde Schlammcatchen hinter mir. Grasflecken auf den Knien, einen Bluterguss am Schienbein, Erde auf dem Hintern. Schlecht gelaunt reibe ich über den Stoff, nichts wird davon besser.

»Du bist echt ein Vollidiot, Kevin«, motze ich.

»Wieso? Habe ich dich gezwungen, mir zu folgen?«

»Ja, ohne mich hättest du mit der Nase an der Scheibe geklebt.«

Er schnaubt, sagt aber nichts dazu. Dann verfallen wir erneut in angespanntes Schweigen, bis eine Nachricht eintrifft.

Lara: Kommt sofort her.

Ich halte Kevin den Bildschirm hin.

»Jetzt gibt es Ärger«, sage ich.

Kevin zuckt schuldbewusst zusammen und kneift die Lippen aufeinander. Da er nicht im Dreck gelandet ist, sieht er weniger derangiert aus als ich.

»Aber warum bestellt sie uns ausgerechnet zurück zum Haus? Sollte sie nicht bemüht sein, uns da fernzuhalten?«, überlege ich laut.

»Sollen wir nicht einfach hingehen? Ich denke grundsätzlich nicht über Dinge nach, die ich eh erfahre.«

»Das ist nicht clever, Kevin.« Ich grinse und wir gehen mit schnellen Schritten los. »Beim Nachdenken bekommt man manchmal gute Ideen. Solltest du auch mal ausprobieren.«

Kevin schnaubt. »Lass dich nicht von mir dran hindern. Kannst es mir ja sagen, sobald du eine Eingebung hast.«

Lara steht an der nächsten Ecke und zappelt hin und her. Als sie uns erblickt, kommt sie uns entgegen. Sie zeigt den finstersten Blick, den ich je an ihr gesehen habe, und ich fühle mich auf der Stelle noch schuldbewusster.

»Mir ist schon klar, dass das Kevins Idee war«, begrüßt sie uns.

»Wie kommst du darauf?«, beklagt er sich.

»Es war dämlich, ganz einfach. Bebe ist zu clever, um so einen Scheiß zu riskieren. Ich kapiere nur nicht, was es bezwecken sollte.«

»Er hat sich Sorgen um dich gemacht«, werfe ich ein. »Ist doch süß.«

»Süß?«, faucht Lara. »Was an komplett irre ist süß?«

»So ein Müll«, protestiert Kevin laut. »Süß ist ja wohl das Letzte. Ich bin eben vorsichtig und beschütze auch die Kratzbürsten in meinem Team. Ist ja nicht so, dass Klein-Lara sich selbst wehren könnte.«

»Ist ja auch egal.« Nachdrücklich winke ich ab. »Es war dumm, Lara, und wird nicht noch einmal vorkommen. Was hast du rausgefunden?«

Lara wirft Kevin einen letzten strafenden Blick zu. Dann winkt sie uns, ihr zu folgen. »Ich habe euch die Möglichkeit organisiert, euch selbst in Simones Wohnung umzusehen. Wenn wir einen Hinweis finden, dann ja wohl in ihren Privatsachen.«

Beeindruckt pfeife ich.

»Du hast dem Vermieter allen Ernstes den Wohnungsschlüssel abgeschwatzt?« Auch Kevin klingt ungläubig.

»Natürlich nicht.« Laras selbstgefälliges Grinsen ist nur kurz zu sehen, als sie sich umwendet. Nach wie vor eilt sie uns zielstrebig voraus. »Ich habe ein Fenster entriegelt, als ich mir die Wohnung ansehen durfte.«

»Herr Braun hat dich in die Wohnung gelassen? Obwohl

klar ist, dass Simone Opfer einer Entführung ist und die Polizei ermittelt?«, frage ich ungläubig. Ich musste ohne Ende lügen, ehe ich mich vergewissern durfte, dass Simone nicht todkrank im Bett liegt.

»Ihr hattet recht. Er mag mich.« Lara kichert. »Er mag mich so sehr, dass er mich als neue Mieterin haben möchte. Selbstverständlich nur für den Fall, dass Simone nicht zurückkehrt.«

»Und da bist du stolz drauf?« Kevin wirft mir einen entnervten Blick zu.

»Klar. Das ist eine tolle Wohnung. Außerdem sind Herr und Frau Braun extrem wählerisch. Seit ihre letzte Untermieterin vor zwei Jahren unter nie geklärten Umständen verschwunden ist, haben sie erst wieder an Simone vermietet. Es ist ein Riesenkompliment, dass sie mich in Betracht ziehen.«

»Und die letzte Mieterin war Pauline Diedrich? Oder verschwinden in dieser Stadt ununterbrochen junge Frauen?« Erwartungsvoll fixiere ich Lara, die an der Gartenmauer der Brauns stehengeblieben ist.

»Genau die.« Sie deutet an der Mauer entlang. »Den Weg in den Garten kennt ihr ja bereits.«

Erfreut eile ich hinter Lara her. Ihre wichtigste Aufgabe hat sie vorbildlich erfüllt und ich habe das Gefühl, Pauline und Simone einen großen Schritt nähergekommen zu sein.

»Wow, gehört die Terrasse zur Wohnung?«, flüstert Kevin, als wir das andere Ende des Gartens erreichen. »Ich habe nicht mal einen Balkon.«

»Tja, reich sein hat durchaus Vorteile.« Lara drückt gegen das Fenster neben der Terrasse, das sich ohne ein Geräusch öffnen lässt.

»Du bist nicht annähernd so brav, wie du aussiehst«, sage ich tief beeindruckt. »So ein Glück, dass die Brauns keine Ahnung haben, wie durchtrieben du bist. Wenn sie uns erwischen, kannst du dir die Wohnung abschminken.«

»Ich könnte sie mir eh nicht leisten.« Lara zuckt mit den Schultern und schwingt gleichzeitig ein Bein über den Fensterrahmen.

»Du bist eine sehr elegante Einbrecherin«, lobe ich sie. »Spitzt du da gerade den Fuß?«

»Zehn Jahre Ballett.« Lara kichert. »Das legt man nie wieder ab.«

Kevin folgt ihr und stößt mit dem Fuß gegen den Rahmen.

»Sei vorsichtig«, zischt Lara. »Die Brauns sind alt, aber nicht taub.«

»Das war doch keine Absicht. Ich hatte nie Tanzunterricht.« Kevin hievt sich weiter. »Und ich bin auch nicht so winzig wie du.«

Mit einem breiten Grinsen folge ich den beiden.

»Hättest du nicht die Terrassentür öffnen können?« Kevin stößt Lara an und deutet vorwurfsvoll auf die Tür, die sich direkt nebenan befindet.

»Was haben die Brauns eigentlich über Simone und ihre Schwester erzählt?«, wechsle ich das Thema. »Es ging doch bestimmt nicht nur um die Wohnung.«

»Sie haben mich regelrecht zugetextet.« Lara verliert keine Zeit. Sie hockt sich vor den Wohnzimmerschrank und zieht die erste Schublade heraus. »Ich habe Kaffee und Kuchen bekommen und ewig am Esstisch gesessen, ehe wir hier unten waren. Aber das habt ihr ja mitbekommen. Sobald ihr euch nützlich macht und mir suchen helft, liefere ich euch die Kurzfassung.«

»Wonach suchen wir denn?« Kevin betrachtet den Schreibtisch und schiebt das darauf liegende Material zur Seite. »Hier sind nur die Unterlagen unserer Vorlesungen. Die ignoriere ich schon zu Hause.«

»Mann Kevin, denk nach.« Ich nehme mir ebenfalls den Schrank vor. »Wir suchen alles, was auf Pauline hindeutet oder auf Leute, mit denen Simone sich hier getroffen hat. Ein Tagebuch wäre natürlich der Volltreffer.«

Lara pfeift. Sie blättert in einem Ordner, der verdächtig nach Kontoauszügen aussieht. »Bei dem Geld, das die Eltern ihr monatlich überwiesen haben, hatte sie keinen Ärger zu Hause.«

Kevin verlässt den Schreibtisch und stellt sich neben Lara. »Oh scheiße. Das sieht nach schlechtem Gewissen aus.«

»Wie meinst du das?« Ich verzichte darauf, mir die Summe anzusehen. Simone ist ein reiches, verwöhntes Mädchen. Das wusste ich auf den ersten Blick.

»Die Eltern wollen das wiedergutmachen, was sie bei Pauline verbockt haben. So viel Geld kann kein Mensch ausgeben«, erklärt Lara. Manchmal sind sie und Kevin gedanklich doch auf einer Wellenlänge.

»Die sind es gewohnt, Menschen zu kaufen. Dabei kann man mit Geld nicht alles regeln.« Mein Ex hat nach der Trennung versucht, mich mit teuren Geschenken zu beeindrucken. Ich habe ihm jede Schachtel unausgepackt zurückgegeben.

»Nein. Eine verschwundene Tochter bekommt man so auch nicht zurück.« Lara klappt den Ordner mit einem lauten Knall zu.

»Ich habe die Schnauze voll vom Schreibtisch«, sagt Kevin mit einem missmutigen Blick zu den Skripten. »Ich schau mal im Schlafzimmer nach.«

»Untersteh dich.« Lara rennt ihm hinterher. »Du willst nur in der Unterwäsche wühlen, du Perversling.«

kapitel 18

»Nichts? Nada? Rien? Das kann doch nicht wahr sein.« Kevin lässt sich laut stöhnend auf das Sofa fallen.

»Pass auf«, sagt Lara vorwurfsvoll. »Die Couch ist neu und keine hundert-Kilo-Menschen gewohnt.«

»Das sind alles Muskeln.« Mit einem Grinsen klopft Kevin sich auf den Bauch.

»Schieb mal deine Muskeln zur Seite«, schimpfe ich, denn er belegt die Sitzgelegenheit in ihrer vollen Breite. »Du bist nicht allein hier.«

Schmollend macht Kevin Platz.

»Wollt ihr ein Bier? Oder lieber etwas anderes?«

»Mir reicht Wasser, Lara.« Mit einer schnellen Bewegung kicke ich die Schuhe von den Füßen und schiebe sie unter mich. »Es ist echt gemütlich bei dir.«

»Du hast Bier im Haus?«, staunt Kevin. »Wenn du uns jetzt noch Chips anbietest, revidiere ich meine Meinung über dich.«

»Was ist deine Meinung über mich? Ich trinke nur Leitungswasser und esse Möhrchen?«

»Ich dachte an Kräutertee und grüne Smoothies. Mit Avocado und Basilikum.«

»Jetzt muss ich meine Meinung über dich ebenfalls revidieren, Muskelprotz. Nie hätte ich gedacht, dass du weißt, was eine Avocado ist.«

Lara verschwindet in der Küche.

»Chips findest du im Schrank ganz unten«, ruft sie.

Kevin springt auf. »Bitte, lass es keine Süßkartoffelchips sein«, murmelt er, während er sich am Schrank zu schaffen macht.

Ich kichere.

Lara kommt zurück und reicht mir ein Glas Wasser.

»Ich liebe dein Bücherregal.« Beeindruckt deute ich auf die Wand, die dem Sofa gegenüberliegt. »Darf ich bei Gelegenheit mal durchschauen und mir was ausleihen?«

»Klar, ich habe vor allem Thriller und Krimis. Wenn das deinen Geschmack trifft.«

»Auf jeden Fall.«

»Ungarisch oder Peperoni?« Kevin hält uns unschlüssig zwei Tüten entgegen. »Ich kann mich nie entscheiden.«

»Ungarisch«, sage ich.

»Peperoni«, beschließt Lara gleichzeitig.

»Okay.« Ich lache. »Dann gibt Kevin den Ausschlag. Ich fürchte nur, das bedeutet, dass wir gar keine Chips essen, sondern zwei geschlossene Tüten anschmachten.«

»Oder beide vernichten.«

»Wahrscheinlich das.« Ich richte meine Aufmerksamkeit zurück auf die wichtigen Fakten. »Lara, nachdem die Schnüffelei in Simones Wohnung so unergiebig war, sag bitte, dass du etwas Hilfreiches von Herrn und Frau Braun erfahren hast.«

»Hilfreich ist relativ.« Lara setzt sich mit einer Flasche Bier in den Sessel uns gegenüber. »Uninteressant war es definitiv nicht. Soll ich das Gespräch eins zu eins wiedergeben, was echt langatmig wird, oder lieber eine knackige Zusammenfassung?«

»Zusammenfassung«, antworten Kevin und ich wie aus einem Mund.

»Okay. Pauline und Simone waren wirklich reizende Mädchen«, sagt Lara mit der hohen, gezierten Stimme einer älteren

Frau, die einen auf Dame macht. »Ganz, ganz reizend. Da merkte man gleich, dass sie aus einem ausgesprochen guten und elitären Elternhaus kamen. Genauso wie bei mir.« Lara verdreht die Augen und spricht mit ihrer normalen Stimme weiter. »Die umständliche Umschreibung für irre reich, wenn man nicht direkt zugeben möchte, dass man darauf abfährt. Wirklich interessant ist, dass die beiden sich unheimlich ähnlich sahen. Pauline würde als Simones Zwillingsschwester durchgehen.«

Ich pfeife. »Ob das hilfreich war, um herauszufinden, was mit ihrer Schwester passiert ist?«, überlege ich laut. »Sie konnte kaum geheim halten, wer sie ist.«

»Deshalb sollte es ihr leicht gefallen sein, in Paulines Fußstapfen zu treten.« Lara schmiegt sich nach hinten, tief in den Sessel und legt die Beine über die Lehne. »Wenn Pauline ermordet wurde, hat ihr Mörder sie auf den ersten Blick erkannt.«

»Und genauso kaltgemacht«, erwidert Kevin leise und leert sein Getränk in einem Zug.

»Im Kühlschrank steht noch eine Flasche, bedien dich. Das ist dann aber die letzte, die ich kalt gestellt habe.«

»Danke, Lara.« Huch, kein blöder Kommentar? Ich werfe Kevin einen erstaunten Blick zu, den er nicht bemerkt. Stattdessen starrt er auf den Teppich.

»Wir gehen davon aus, dass Simone noch lebt«, sage ich entschlossen. »Wir müssen positiv denken. Immerhin gibt es in ihrem Fall eine Lösegeldforderung. Durchaus möglich, dass die beiden Vorfälle nichts miteinander zu tun haben.«

»Das ist doch absolut unwahrscheinlich. Zwei Schwestern, die in derselben Stadt bei derselben Ausbildung verschwinden. Nee, das ist niemals Zufall.«

»Hast du denn eine Erklärung dafür, dass bei Pauline niemand Lösegeld haben wollte? Haben die Brauns was dazu gesagt?«

»Die wussten vom aktuellen Stand weniger als wir«, erklärt

Lara. »Hätten die Eltern denn bezahlt? Wenn dem Täter klar war, dass er eh keinen Cent bekommt, hat er es eventuell nie versucht.«

»Oder er hat es versucht und die Eltern haben es verweigert und der Polizei verschwiegen«, wirft Kevin ein.

»Glaubst du, dass es Eltern gibt, die so drauf sind? Egal, wie wütend und enttäuscht sie über Paulines Entscheidung waren, ich kann mir nicht vorstellen, dass sie ihre Tochter im Stich gelassen haben.«

»Reiche Leute sind anders als wir.« Kevin springt bei seinen Worten auf und geht zum Regal. Er nimmt eine dicke Kerze in die Hand. »Warum brennst du die nicht ab?«

»Sie ist zu schön zum Abbrennen.«

»Ihr Zweck ist es aber, angezündet zu werden. So staubt sie nur voll.«

»Gibst du mir jetzt Dekotipps?«

»Ich hatte ein Plakat von Ed Sheeran erwartet. Aber das hast du wahrscheinlich im Schlafzimmer versteckt.« Endlich kommt der Kevin, den ich kenne, wieder durch. Immer wenn er so grüblerisch und still wird, macht er mir Sorgen.

»Ich habe kein Schlafzimmer.«

Mit hochgezogenen Augenbrauen schaut Kevin sich um.

Lara deutet zu den Türen. »Da ist die Küche und da das Bad.«

»Ich wusste es.« Kevin schlägt sich mit der Hand gegen die Stirn. »Du schläfst nicht. Stattdessen lernst du die Nächte durch.«

»Du hast es erfasst.« Lara grinst.

»Zombie.«

Ich taste das Sofa ab, auf dem ich sitze. Es ist ein Schlafsofa und ich zwinkere Lara zu.

»Oh Mist.« Kevin starrt auf die Uhr, die über dem Regal hängt. »Wann ist es denn so spät geworden? Ich bin noch verabredet.« Hektisch greift er zu seiner Jacke und winkt uns zu. »Bis morgen.«

148

»Lass sie bloß nicht warten«, ruft Lara hinter ihm her. »Frauen hassen das.«

»Männer auch.« Kevin steckt seinen Kopf zurück durch die Tür. »Außerdem geht es von unserer Zeit auf dem Squashcourt ab.«

»Ach so«, sagt Lara leise, als er weg ist. Sie sieht erleichtert aus.

»Wann gibst du endlich zu, dass du ihn magst?«, frage ich.

»Wenn er aufhört, ein Arsch zu sein«, antwortet sie.

»Also nie«, sagen wir im Chor.

»Wann gibst du zu, dass zwischen dir und unserem neuen Dozenten was läuft?« Lara ist auf dem Sessel an die Kante gerutscht und beobachtet mich wie ein Jäger seine Beute.

»Wenn er aufhört, ein Arsch zu sein«, antworte ich augenrollend.

Mit jedem anderen Menschen würde ich jetzt begeistert kichern und über Männer lästern. Aber Lara ist nicht so leicht abzulenken. Und Tim hat sich nie wie ein Arsch verhalten, keine einzige Sekunde, was meinem Kommentar die Schärfe nimmt.

»Du hast all deine Infos von ihm. Und das bedeutet, dass ihr euch heimlich trefft.«

»Das war nur einmal«, sage ich schnell. »Und auch bloß, weil ich ihn aushorchen wollte.«

»Und damit war er zufrieden?«

Ich antworte nicht. Dieser Kuss. Der mir durch und durch gegangen ist. Der mich butterweich gemacht hat. So hat mich noch kein Mann geküsst. Ich wusste gar nicht, dass ein Mensch so küssen kann. Mit so viel Gefühl und Leidenschaft gleichzeitig. Während ich schweige, spricht mein Gesicht wohl Bände.

Lara grinst wissend.

»Also, wenn du mich fragst, ist er der Hauptgewinn. Er ist sexy und klug und nett. Und er steht auf dich. Er kann im Unterricht die Augen kaum von dir lassen. Und du würdest es bemerken, wenn du nicht ununterbrochen auf den Tisch starren würdest, sondern dich mal wieder am Gespräch beteiligst.«

»Wir haben eine Vorgeschichte, Lara.«

Mir ist durchaus bewusst, dass ein verpatztes Date Lara nicht beeindrucken wird. Aber sie wird nie kapieren, was das für mich bedeutet. Wie herausfordernd es ist, mich in einer Welt zu behaupten, in die ich nach wie vor nicht hineinpasse. Ich spüre Tag für Tag, dass ich anders bin als meine Kommilitonen. Und im Privatleben kann ich das nicht auch noch gebrauchen.

»Du machst etwas kompliziert, was für mich ganz einfach aussieht.«

»Wir wären ein lächerliches Paar.« Ich deute auf meinen Rock, den ich nicht mehr heruntergezogen habe, seit Kevin aus der Tür gegangen ist und wir Mädchen unter uns sind. »Tim ist brav und geschniegelt und ich …«, eine Sekunde lang hängt der Satz in der Luft, »… nicht.«

»Sind wir beide auch ein lächerliches Paar?« Lara deutet zwischen sich und mir hin und her.

»Das ist doch was anderes.«

»Ist es nicht, Bebe. Ich mag deinen Stil. Und vor allem mag ich den Menschen, der du innerlich bist. Wenn das bei Tim Weigand genauso ist – und da bin ich mir sicher – ist es haargenau dasselbe. Störst du dich daran, dass ich so langweilig angezogen bin?«

»Natürlich nicht. Mir ist vollkommen egal, wie du dich kleidest. Außerdem ist es nicht langweilig.«

»Siehst du. Es kommt auf andere Dinge an. Bei einer Freundschaft. Und in der Liebe ist es genauso.« Lara rutscht vom Sessel und setzt sich neben mich. Dann kuschelt sie sich an mich. »Ich habe bei dir das Gefühl, dass du eine Freundin für mich sein kannst, die für immer bleibt. Nicht wie die Schulfreundschaften, die zerbrechen, sobald jeder seinen Weg geht. Sondern etwas fürs Leben.«

In mir wird alles weich und entspannt. Ich lege den Arm um sie.

»Das denke ich auch, Lara. Du bist ein ganz besonderer Mensch. Und Kevin ...«

»Wir reden jetzt nicht über Kevin.« Lara legt mir einen Finger auf die Lippen. »Es war nämlich gerade so schön.«

kapitel 19

Es ist windstill und trotzdem kalt. Außerhalb der Innenstadt herrscht um diese Zeit Ruhe, die anständigen Bürger schlafen tief und fest. Nur Einbrecher sind mitten in der Nacht unterwegs, Einbrecher wie ich.

Wir waren vorausschauend genug, unseren heimlichen Einstieg nicht wieder zu verriegeln, und als ich gegen den Rahmen drücke, schwingt er lautlos nach innen. Im Zimmer ist es deutlich wärmer als draußen, ich schließe das Fenster erleichtert.

Weder Lara noch Kevin wissen, dass ich hier bin. Ich selbst wusste es bis vor einer halben Stunde ja ebenfalls nicht. Da lag ich im Bett, schlaflos und grübelnd. Denn die Tatsache, dass wir nichts, aber rein gar nichts Brauchbares gefunden haben, hat mich echt stutzig gemacht. Kein Mensch, der einem nicht nachvollziehbaren Geheimnis auf der Spur ist, forscht nach, ohne sich Notizen zu machen. Simones Notizen müssen irgendwo sein.

Ich habe mich erneut in Simone hineinversetzt. In Gedanken saß ich am Schreibtisch und notierte mir alle Personen, mit denen Pauline in Kontakt stand. Habe aufgeschrieben, mit wem ich gesprochen habe, was ich für einen Eindruck hatte und ob sich jemand verdächtig verhalten hat. Und dann hat meine Vorstellungs-Simone die Notizen versteckt, denn selbstverständlich lässt man so etwas nicht offen herumliegen. Nicht wenn man zur Untermiete wohnt und der Vermieter einen Schlüssel besitzt.

Der Schreibtisch ist mega-ordentlich. Kevin hat die Studienskripte nur halbherzig hin- und hergeschoben, es war ein Fehler ausgerechnet ihm diesen Teil zu überlassen. Leise setze ich mich auf den Schreibtischstuhl und rolle ein paar Mal hin und her. Er wirkt nagelneu und unbenutzt. Im Schein meines Handys greife ich nach den Skripten und blättere sie sorgfältig durch. Simone hat sich keine Anmerkungen zum Inhalt gemacht, nicht zu übersehen, dass das Studium nur Fassade war. Ich erwarte einen Notizblock, wenigstens einen Zettel, der gut verborgen zwischen den Seiten steckt, aber nichts. Im Skript zu Kriminalistik finde ich die einzige handschriftliche Randnotiz: *Herr Soika ist ganz niedlich. Paulines Typ?*

Herr Soika ist also in ihren Fokus gerückt. Seine Optik ist allerdings ein extrem lächerliches Indiz für eine Straftat. Den Täter ausgerechnet im Polizeiumfeld zu suchen, ist meiner Meinung nach eh keine heiße Spur. Aktuell sieht es nicht danach aus, als ob Simone mit ihren Schnüffeleien weit gekommen wäre. Nur ihr Verschwinden sagt etwas anderes.

Ich ziehe die erste Schublade auf. Ein Collegeblock, ein Etui mit einem hochwertigen Kugelschreiber. Meine Freude wandelt sich jedoch schnell in Enttäuschung, der Block ist unbenutzt. Die übrigen Fächer sind leer. Der erste Eindruck der Wohnung bestätigt sich. Simone hatte nie vor, sich hier häuslich niederzulassen. Es ist eine Unterkunft auf Zeit, bis sie ihre Schwester gefunden hat oder den Menschen, der an ihrem Verschwinden Schuld hat. Unpersönlich, im Warte-modus.

Unzufrieden drehe ich mich im Stuhl und lasse meine Augen durch den Raum wandern. Wo würde ich etwas verstecken? Wir haben die Wohnung zwar durchsucht, aber nicht so, als ob jemand Geheimnisse verbirgt. Ich klopfe den

Schreibtisch von unten ab und komme mir unendlich albern vor. Glücklicherweise beobachtet mich niemand. In Krimis ist der Safe immer hinter einem Bild verborgen, aber Simone hat auf Wanddekoration verzichtet. In den Sofaritzen ist nichts, ebenso wenig unter der Matratze.

Frustriert gehe ich in den Flur, der noch karger ist, als der Rest der Wohnung. An der Garderobe hängt die Tasche, mit der Simone die Vorlesungen besucht hat, aber die haben wir tagsüber schon äußerst gründlich durchsucht. Weder Handy noch Portemonnaie ist vor Ort. Das Einzige, das ansatzweise von Interesse ist, sind die Kontoauszüge, die beweisen, dass Simone die volle Unterstützung ihrer Eltern hatte.

Unentschlossen hole ich den Ordner und schlage ihn auf. Ich selbst habe die Beträge nicht gesehen, aber Lara und Kevin haben absolut recht. Welcher Mensch braucht so viel Geld? Aufmerksam betrachte ich eine Abbuchung aus dem Steakhaus am Marktplatz. Simone hat es vorgezogen, mit Karte zu bezahlen, was mir die Möglichkeit bietet, nachzuvollziehen, wann sie wo war. Mit einem zufriedenen Lächeln beginne ich, die Auszüge abzufotografieren. Eventuell versteckt sich der entscheidende Hinweis inmitten der Zahlen. Wenn man doch bloß an den Abbuchungen sehen könnte, mit wem sie vor Ort war.

Ein paar Seiten später höre ich zwischen dem Klicken meiner Handykamera ein Geräusch. In der ersten Sekunde bin ich mir sicher, mich verhört zu haben. Es kann gar nicht anders sein. Aber in dieser nachtschlafenden Atmosphäre ist jeder noch so kleinste Ton zu vernehmen und aktuell bewegt sich ohne Zweifel ein Schlüssel im Schloss der Wohnungstür. Überaus vorsichtig und langsam.

Mit einem Zittern schlage ich lautlos den Ordner zu und stelle ihn zurück in das Regal. Glücklicherweise habe ich keine Unordnung verbreitet, sondern jedes Teil, das ich in der Hand hatte, wieder akkurat an seinen Platz gelegt.

Die Tür öffnet sich und der Schein einer Taschenlampe

tastet sich durch den Flur. Zeit, mich aus dem Fenster zu stehlen, bleibt nicht. Panikartig sehe ich mich um. Karg, wie der Raum ist, bietet er kein Versteck. Nicht für eine Person, auch wenn sie, nach Kevins Aussage, winzig ist. Könnte Simone nicht wenigstens ein Faible für lange, blickdichte Vorhänge haben?

Ich schleiche zur Tür, die in den Schlafraum führt. Mich unter das Bett zu schieben, ist nicht verlockend. In den Kleiderschrank zu kriechen ebenso wenig, denn an beiden Orten bin ich ohne Fluchtmöglichkeit. Ich stelle mich nach kurzem Zögern hinter die Zimmertür und öffne sie so weit, dass sie mich verdeckt. Sollte der Eindringling mich hier entdecken, kann ich ihm immer noch das robuste Holz gegen den Kopf donnern und wegrennen.

Während ich mich eng an die Wand presse und versuche, meinen ängstlichen, hektischen Atem unter Kontrolle zu bekommen, frage ich mich, wer das sein kann. Wer schleicht sich des Nachts hier ein? Wer hat überhaupt einen Schlüssel zur Wohnung? Simone selbst, die ihre Entführung nur vorgetäuscht hat? Der Vermieter, der tagsüber, als er Lara herumgeführt hat, etwas vergessen hat? Jemand von der Kripo, der mitten in der Nacht den ultimativen Geistesblitz hat? Oder gar Simones Eltern, denen es peinlich ist, in die Privatsphäre ihrer erwachsenen Tochter einzudringen? Keine dieser Erklärungen ist in meinen Augen nachvollziehbar – nicht um diese Uhrzeit. Und von keinem dieser Menschen möchte ich erwischt werden.

Das Wohnzimmer wird heller, als der Schein der Lampe es erreicht. Ich kontrolliere den Schatten der Tür, es ist nicht zu bemerken, dass sich jemand hier versteckt. Dafür sehe ich endlich etwas, nämlich eine Gestalt, die sich am Schreibtisch zu schaffen macht. Mehr als den Umriss kann ich leider nicht erkennen, trotzdem bin ich mir sicher, dass es ein Mann ist. Simone scheidet damit aus. Er bewegt sich mühelos und zielstrebig, zu elanvoll für den alten Vermieter.

Im Gegensatz zu mir ist derjenige nicht bemüht, keine Spuren zu hinterlassen. Er zerrt den Collegeblock aus der Schublade, blättert ihn durch und lässt ihn dann achtlos auf den Boden fallen. Die Skripte der Vorlesungen folgen. Mehr gibt der Schreibtisch nicht her. Der Eindringling macht am Regal weiter. Ich höre Papier rascheln, dann den dumpfen Knall, wenn ein Ordner auf den Boden fällt.

Ob der Unbekannte ebenfalls nach Hinweisen auf den Entführer sucht? Könnte es ein Freund von Simone sein, der sich Sorgen macht? Ein Verbündeter wäre überaus hilfreich. Ehe ich eine Entscheidung treffen kann, fällt mir eine weitere Möglichkeit ein. Es könnte durchaus der Entführer persönlich sein. Es wäre der Super-GAU, wenn er mich hier findet und ebenfalls in seine Gewalt bringt, denn niemand ahnt, wo ich bin. Unwahrscheinlich, dass mich der Polizeigriff bei einem Schwerverbrecher retten könnte.

Der Mann schlägt hart mit der Hand gegen das Regal und ich zucke vor Schreck zusammen. Was auch immer er sucht, gefunden hat er es bisher nicht. Schritte nähern sich meinem Versteck. Ich bemühe mich, noch lautloser zu sein, das Herz durch pure Willensanstrengung langsamer schlagen zu lassen, keine Luft zu benötigen. Der Unbekannte bleibt genau neben der Tür stehen, ein paar Sekunden lang rechne ich damit, dass er dagegen drückt und mich bemerkt. Oder mich bereits entdeckt hat und die Tür aufreißt, um mich zu enttarnen.

Schließlich geht er weiter und ich atme auf.

Eine Weile höre ich zu, wie er den Kleiderschrank auf dieselbe grobe und rücksichtslose Art durchwühlt wie das Wohnzimmer. Wenn ich jetzt losrenne, sollte ich es schaffen, mich aus dem Fenster zu stürzen, bevor er mich erwischt. Der Gedanke ist verlockend, denn meine Hände sind vor Angst schweißnass und mein Herz klopft wie irre. Aber dann werde ich nie erfahren, wer der Typ ist, der so hemmungslos Simones Wohnung durchwühlt. Und Neugierde ist meine größte Schwäche.

Ich bleibe wie angewurzelt stehen und warte ab, was geschieht.

Hoffentlich werde ich es nicht bereuen.

»Verfluchte Scheiße.«

Die Stimme lässt mich erneut zusammenzucken, denn sie kommt unvermittelt und ist näher als erwartet. Eine Wohnung zu verwüsten, scheint anstrengend zu sein, der Mann atmet schwer. Und viel zu nah.

Ich presse die Handflächen fest gegen die Oberschenkel, um das Zittern abzustellen. Ich bin nicht hilflos. Wenn er mich entdeckt, ist das Überraschungsmoment auf meiner Seite. Ich bereite mich darauf vor, ihm in die Eier zu treten und zu rennen. Aktuell trage ich Schuhe, die sich zum Klettern, Schleichen und Sprinten ausgezeichnet eignen.

Er tritt gegen die Tür, die daraufhin auf mich prallt. Das ist der Moment, in dem ihm auffallen muss, dass hinter der Tür ein Widerstand ist. Einer, der da nicht hingehört. Trotzdem geht er ohne Reaktion in den Raum und bleibt in der Mitte stehen. Wenn ich Glück habe, ist er zu aufgewühlt, um zu bemerken, was hier nicht stimmt. Das Licht der Taschenlampe wandert im Kreis, beleuchtet Stück für Stück den Boden, dann die Wände. Am Fenster hält er inne. Es ist der Zugang, durch den ich geklettert bin und der nach wie vor nicht verriegelt ist. Der Schein der Lampe streift den Griff, bewegt sich zurück, verharrt dort. Dann höre ich, wie der Riegel umgelegt wird. Der Einstieg ist verschlossen. Und damit ist auch mein direkter Fluchtweg versperrt, denn es kostet zu lange, das Fenster erneut zu entriegeln, Zeit, die ich bei einer Flucht nicht haben werde.

Den Schritten nach zu urteilen, bewegt sich der Eindringling erneut in den Raum und leuchtet in jede Ecke, dann werden die Geräusche leiser, als er in den Flur geht. Ich höre, wie die Wohnungstür geöffnet wird und geräuschvoll ins Schloss fällt.

Sekundenlang bewege ich mich nicht. Das ist gewiss eine

Falle. Ein Trick, um den Eindringling, auf den das unverschlossene Fenster hindeutet, hervorzulocken. Ich würde einen Hinterhalt nämlich genauso herrichten. Aber die Zeit verrinnt, ohne dass auch nur der leiseste Ton zu hören ist. Falls ich noch länger wie angewurzelt in meinem Versteck stehenbleibe, werde ich nie herausfinden, wer der Unbekannte war. Und er ist bislang die heißeste Spur, die wir haben. Genau genommen die einzige.

Mit einem mulmigen Gefühl husche ich aus der Nische. Nichts ist zu sehen, nichts zu hören. Mit dem Handy, Licht zu machen, darf ich nicht riskieren. Ich schleiche im Dunkeln Richtung Flur, mitten im Zwiespalt zwischen Eile und Vorsicht. Mir läuft die Zeit davon. Beim nächsten Schritt pralle ich mit dem Schienbein gegen einen Widerstand und unterdrücke nur mit Mühe einen Schmerzensschrei. Der Wohnzimmertisch, ich habe mich zu weit nach rechts orientiert. Langsam gewöhnen sich meine Augen an die Sichtverhältnisse und ich erkenne den Umriss der Zimmertür. Vorsichtig schleiche ich Richtung Ausgang. Im Flur herrscht komplette Dunkelheit, ich taste mich unbeholfen voran. Ununterbrochen mit der fiesen Befürchtung, jeden Moment auf den Körper eines anderen Menschen zu stoßen, der auf mich lauert. Mein Kopf und vor allem meine Fantasie haben sich längst selbstständig gemacht.

Schließlich erreiche ich ohne Zwischenfall die Wohnungstür und atme erleichtert auf. Der Unbekannte ist weg. Es war keine Falle.

Die Tür öffnet sich lautlos, das Mondlicht reicht aus, um zu erkennen, dass auch die Treppe menschenleer ist. Entschlossen haste ich die Stufen hoch, der Eindringling hat einen Vorsprung, den ich aufholen muss. Auf der Straße beleuchten die Straßenlaternen die Umgebung. Ich bin allein. Hektisch lasse ich den Blick von rechts nach links gleiten und zurück, aber in keiner Richtung entfernt sich ein Mensch.

Ich habe ihn verloren.

In der Dunkelheit ist mein Zeitgefühl komplett durcheinandergeraten. Eventuell ist eine Ewigkeit vergangen, in der ich gewartet habe, möglicherweise waren es jedoch nur Sekunden.

Der wütende Fluch des Unbekannten kommt mir in den Sinn.

Verfluchte Scheiße.

Sehr passende Worte. Auch für mich. Erst finde ich nichts Brauchbares in Simones Wohnung. Und als sich dann unerwartet eine megaheiße Spur präsentiert – verliere ich sie.

So nah war ich der Lösung des Falls noch nie. Ich habe es verbockt. Verzweifelt suchend drehe ich mich mitten auf der menschenleeren Straße. In diesem Augenblick springt der Motor eines parkenden Autos an und die Scheinwerfer flammen auf. Der Wagen schiebt sich aus der Parklücke, in der er stand, und auf einen Schlag stehe ich mitten im Scheinwerferlicht.

Das muss er sein. Der Unbekannte. Der Eindringling. Eventuell gar der Entführer.

Mein Plan sah vor, ihm heimlich zu folgen. Herauszufinden, wer er ist, wo er hingeht, was er macht. Nun ist es genau umgekehrt. Er sieht mich klar und deutlich, ich dagegen bin durch das plötzliche Licht so geblendet, dass ich nichts erkenne und mir die Hand vor die Augen halten muss. Es ist offensichtlich, dass meine Anwesenheit kein Zufall ist. Dass ich ebenfalls in der Wohnung war. Dass ich es war, die das Fenster geöffnet hatte.

Mit einem leisen Schrei fahre ich rum und renne los.

Das Auto folgt mir mit aufheulendem Motor.

Ehe der Wagen mich erwischt, rette ich mich zwischen zwei parkenden Autos auf den Bürgersteig, drehe um und laufe in die entgegengesetzte Richtung. Das ist mein einziger Vorteil. Egal, wie trainiert ich mittlerweile bin und egal, wie sportlich mein Schuhwerk ist, einem Auto laufe ich nicht davon. Mir bleibt bloß, Haken zu schlagen wie ein Kaninchen.

In meinem Rücken höre ich, wie der Wagen wendet. Hektisch sehe ich mich um und entdecke einen Fußgängerweg, der zwischen zwei Grundstücken hineinführt. Leider liegt er auf der anderen Straßenseite und mein Verfolger nähert sich schon wieder mit Vollgas.

Jetzt oder nie.

Im Vollsprint renne ich auf die Fahrbahn. Einen Blick auf meinen Verfolger wage ich nicht, ich konzentriere mich stattdessen auf jeden einzelnen Schritt und darauf, bloß nicht langsamer zu werden. Und ich bin Patrick Paul in diesem Augenblick so extrem dankbar, dass er mich immer wieder gezwungen hat, beim Training Sprints einzulegen, auch wenn ich schon längst der Meinung war, nicht mehr weiterlaufen zu können. Eventuell hat er mir dadurch das Leben gerettet, denn ich erreiche die andere Straßenseite, ohne angefahren zu werden. Obwohl ich inzwischen kaum noch Luft bekomme, wage ich es nicht, langsamer zu werden, als ich in die schmale Gasse sprinte.

Mein Verfolger hält mit quietschenden Reifen, ich höre, wie die Autotür aufgerissen wird. Obwohl mir die Luft in der Lunge brennt, werde ich noch schneller, er darf auch nicht den kleinsten Eindruck bekommen, er könne mich einholen. Nach ein paar Schritten stolpere ich und kann das Gleichgewicht nur im letzten Moment halten. Trotzdem komme ich vorwärts.

Der Fußgängerweg endet, nach wie vor befinde ich mich im Wohngebiet. Zum ersten Mal wage ich einen raschen Blick zurück. Ich bin allein.

Keuchend bleibe ich stehen und stütze die Hände auf den Oberschenkeln ab. Luft rein, Luft raus – trotzdem habe ich nicht den Eindruck, dass der Sauerstoff reicht. Als ich versuche, mich aufzurichten, wird mir schwarz vor Augen. Leider habe ich nicht die Zeit, wieder zu Atem zu kommen. Der Unbekannte hat mich nicht zu Fuß verfolgt. Das bedeutet aber noch lange nicht, dass er aufgegeben hat. Auch wenn er sich nicht auskennt, kann er sich ausmalen, wo die Gasse münden muss. Und mal wieder ist weit und breit kein Versteck in Sicht und die Straßenbeleuchtung scheint unbarmherzig hell.

Mit klopfendem Herzen schleiche ich zurück in den Fußgängerweg und presse mich eng an die Hecke, die ihn auf der einen Seite begrenzt. So stehe ich im Schatten, wenigstens das. Zu hören ist nichts. Keine Menschenseele ist unterwegs außer mir und meinem Verfolger. Nicht mal nächtlicher Verkehr, nicht in dieser Wohngegend.

Kleinlaut gestehe ich mir ein, dass es keine clevere Idee war, dem Mann zu folgen, denn damit habe ich mich mitten in die Schusslinie gebracht.

So unbarmherzig wie er mich gejagt hat, ist er kein ehemaliger bester Freund, der sich Sorgen macht.

Und niemand von der Kripo.

So wie er mit Vollgas auf mich zu gerast ist, ist er gefährlich und zu allem bereit.

Widerstrebend ziehe ich das Handy aus der Tasche und rufe die Nummer an, bei der ich mir nach wie vor nicht erklären kann, warum ich sie noch immer auf der Kurzwahl habe.

Es ist jedoch die einzige Nummer, bei der ich trotz allem sicher bin, Hilfe zu finden.

Ohne Wenn und Aber.

Und egal zu welcher Uhrzeit.

kapitel 20

Tim braucht fünfzehn Minuten, bis er bei mir ist. Fünfzehn Minuten, in denen ich mich zitternd in den Schatten drücke und versuche, mit der Hecke zu verschmelzen.

Schließlich hält ein Auto auf der Straße, ein Auto mit Kölner Kennzeichen. Ich möchte rasch hinlaufen und mich in Sicherheit bringen, leider verweigern meine Beine den Dienst. Kann ich mich wirklich darauf verlassen, dass das Tims Wagen ist und nicht der Unbekannte, der im Kreis gefahren ist und mir jetzt hier auflauert? Von dessen Fahrzeug habe ich absolut nichts außer dem Scheinwerferlicht wahrgenommen. Das Licht der Laternen fällt von verschiedenen Seiten auf das wartende Auto und ich kann nicht mit Gewissheit erkennen, ob mein Retter oder mein Verfolger dort auf mich wartet.

Erst als sich die Fahrertür öffnet und Tim aus dem Wagen steigt, atme ich auf. Suchend schaut er sich um. Endlich kann ich meine Beine bewegen, ich löse mich lautlos aus dem Schatten und gehe auf ihn zu.

»Kannst du fliegen? Von Köln zu mir in fünfzehn Minuten«, versuche ich mich an einem Scherz.

Leider zittert meine Stimme.

»Ich war nicht in Köln«, erklärt er das Offensichtliche und mustert mich von Kopf bis Fuß.

»Wo denn?« Konnte ich mir diese dämliche Frage nicht verkneifen? Es geht mich nichts an. Und wenn er im Bett einer meiner überaus willigen Kommilitoninnen gelandet ist, dann soll mir auch das egal sein.

»Steig ein.« Tim deutet auf die Beifahrertür. »Du frierst und drinnen ist die Heizung an.«

Ich friere eigentlich nicht. Das Zittern kommt vom Adrenalinschub, der Flucht und den beängstigenden Überlegungen, ob ich in Simones Wohnung wohl einem Mörder begegnet bin. Oder bloß einem Entführer. Ich verzichte darauf, Tim zu erklären, woher meine körperliche Reaktion herrührt, und schlüpfe in seinen Wagen. Dann kuschle ich mich in den Autositz und versuche, mich zu beruhigen. Tim hat die Sitzheizung angestellt, die Wärme umhüllt mich tröstend.

Wir schweigen, während Tim durch die nächtliche Stadt fährt. Sobald wir aus dem gediegenen Wohnviertel heraus sind, herrscht Leben auf den Straßen, zumindest ein wenig. Diesmal hält mein Chauffeur nicht in zweiter Reihe, um mich hinauszulassen. Stattdessen fährt er einmal um den Block, bis er eine Parklücke gefunden hat. Ich bin ihm unglaublich dankbar dafür. Meine Angst, egal wie irrational sie mittlerweile ist, hat sich nicht in Luft aufgelöst. Wie selbstverständlich begleitet er mich zur Haustür. Als ich den Schlüssel hervorhole, um aufzuschließen, schlottert meine Hand noch immer. Ich verfehle zweimal das Schlüsselloch, ehe Tim mir den Schlüsselbund abnimmt und aufschließt.

Still gehen wir die Treppen hinauf.

»Danke«, sage ich, als ich in der offenen Wohnungstür stehe.

»Ich komme mit rein.«

Entschlossen schaut er mir in die Augen, versucht aber nicht, sich gegen meinen Willen an mir vorbei zu drängen. So wie andere Männer, die ich kenne, das machen würden. An seiner Haltung zweifle ich trotzdem nicht. Außerdem habe ich nichts dagegen, im Gegenteil. Mit einem warmen Gefühl lasse ich ihn hinter mir eintreten.

»Vermisst dein Gastgeber dich nicht?«

»Nein, die schlafen längst und haben gar nicht mitbekommen, dass ich gegangen bin.«

Die? In meiner Fantasie wälzt Tim sich mit mehreren Frauen gleichzeitig in den Laken. Aber das würde überhaupt nicht zu ihm passen und ich schüttle die dumme Vorstellung schnell ab.

Während ich noch mit mir ringe, ob ich ihn nun frage oder nicht, hängt mein Gast wie selbstverständlich seine Jacke an die kleine Garderobe im Flur und zieht seine Schuhe an der Tür aus.

»Meine Großeltern haben sich unglaublich gefreut, dass ich mich ein paar Tage in ihrem Gästezimmer einquartiert habe.« Tim deutet Richtung Wohnzimmer. »Darf ich?«

Ich nicke, während sich ein winziges Lächeln in meinen Mundwinkeln einnistet. Großeltern also. Das gefällt mir.

»Erzählst du mir freiwillig, in welche Schwierigkeiten du dich mal wieder manövriert hast? Oder muss ich absonderliche Deals aushandeln, bei denen ich nur verliere?« Tim setzt sich auf das Sofa und betrachtet interessiert meine kleine Bude.

Unter Garantie vergleicht er sie mit dem Kinderzimmer in der ehemaligen Wohnung meiner Mutter. Dabei war dieses Zimmer nur eine Schlafgelegenheit für mich, eine Notlösung, in der ich Klamotten gelagert habe. Wirklich gewohnt habe ich da nie. Hier dagegen habe ich mich mit Begeisterung eingerichtet. Mit dieser breiten, gemütlichen Couch, Bücherregalen, bunten Drucken an den Wänden und jeder Menge Kerzen. Ich nehme ebenfalls auf dem Sofa Platz, jedoch am anderen Ende – mit Abstand zu Tim. Leider kommt in diesem Augenblick die Erinnerung an den Kuss zurück. Ich beiße mir hart auf die Lippe und denke eilig an die brenzlige Lage, in der ich mich vor einer halben Stunde befunden habe. Ich brauche weder Schmetterlinge im Bauch noch unangebrachte Gefühle und Begierden. Eigentlich nie, aber in der aktuellen Situation am Allerwenigsten.

»Kein Deal«, beschließe ich. »Das wäre unfair, nachdem du mich ohne eine einzige Frage gerettet hast.«

»Gut, das sehe ich genauso.« Tim betrachtet, wie ich aus den Schuhen schlüpfe und die Beine an mich heranziehe. Ich sitze gern so zusammengekauert auf dem Sofa. »Ich bin gespannt, Bebe.«

»Vielleicht bist du auch ein wenig sauer«, leite ich die Beichte ein.

Tim betrachtet mich ein paar Sekunden ohne Reaktion. Dann schüttelt er verhalten den Kopf. »Mir ist klar, wo ich dich aufgegabelt habe, und ich weiß, wo Simone Diedrichs Appartement liegt. Es ist mitten in der Nacht und du hast die Angewohnheit, in fremden Wohnungen herumzuschnüffeln. Vorwiegend im Dunkeln und ohne Erlaubnis. Ich kann mir nur beim besten Willen nicht vorstellen, was dir so viel Angst eingejagt hat, dass du mich anrufst. Ausgerechnet mich.«

»Du hast mir mal gesagt, ich soll mich melden, wenn es brenzlig für mich wird. Ich wusste nicht, dass das nicht mehr gilt«, antworte ich kleinlaut.

»Es gilt noch. Es gilt für immer, Bebe.« Tim fährt sich durch die Haare, mit dieser Geste, die ich inzwischen so gut an ihm kenne. Eine Reaktion, die seine Hilflosigkeit ausdrückt und die ich immer wieder an ihm auslöse. »Ich bin heilfroh, dass du angerufen hast. Aber es hilft mir auch nicht ansatzweise, mir darüber klarzuwerden, was zwischen uns läuft. Oder nicht läuft. Erst darf ich dich küssen, dann rennst du wieder vor mir weg.«

»Du hast …« Du hast mich mit dem Kuss überrumpelt, will ich ihm schon vorwerfen. Aber das stimmt nur für die ersten drei Sekunden. Denn danach habe ich ihn zurückgeküsst. Mit einer Leidenschaft, mit der ich so nicht gerechnet hätte.

»Ich habe was?« Vorsichtig rutscht er ein Stück näher an mich heran. »Ich habe keine deiner Erklärungen bezüglich dieser Date-Sache verstanden. Inzwischen glaube ich, dass es einen ganz anderen Grund gibt. Du hast Angst. Angst vor einer ernsthaften Beziehung und vor einem Mann, der dich wirklich liebt. Deshalb spielst du noch immer die Mädchen-aus-dem-Ghetto-Nummer, obwohl du dem längst entwachsen bist. Deshalb stürzt du dich Hals über Kopf in diese Entführung, mit der du nichts zu tun hast. Nur damit du dich dahinter verstecken kannst. Hast du Angst, dass die Sache zwischen uns nur ein Strohfeuer ist? Dass es eventuell nicht für immer hält? Und ziehst es vor, es gar nicht zu versuchen?«

Wenn er wüsste, wie sehr er den Nagel auf den Kopf trifft. Meine Mutter hat nach vier Kindern und über zwanzig Jahren endloser Enttäuschungen zum ersten Mal eine Beziehung zu einem Mann, der sie nicht nach einer schnellen Nummer sitzenlässt. Wieso sollte es mir besser gehen?

»Könntest du mir das vorwerfen?«, frage ich leise.

Er kennt meine familiäre Situation.

»Verdammt, Bebe, ich will dich nicht belügen. Ich kann doch auch nicht in die Zukunft blicken und ich bin auch nicht naiv genug, dir ewige Liebe zu schwören. Kein Mensch kann voraussagen, was kommt, und keine Beziehung hat die Garantie, für immer zu halten. Ich kann dir nur eines sagen: Ich bin ernsthaft an dir interessiert. Ich will, dass du in mein Leben trittst, dass du meine Familie kennenlernst, dass du mir erzählst, was dich bewegt. Und ich werde alles dafür tun, dass das mit uns klappt. Meine Eltern schaffen es doch auch.«

»Vergleichst du uns mit deinen Eltern?«

Ich muss mich räuspern, um wieder eine hörbare Stimme zu haben. Solche Worte hat noch nie ein Mensch zu mir gesagt. Mit aller Macht presse ich die Fingernägel in meinen Oberschenkel, damit der Schmerz die Tränen zurückdrängt. Wie kann ein Mann so schöne, aufrichtig klingende Worte sagen?

»Deine Eltern sind …«

»Lern sie kennen, Bebe. Gib ihnen eine Chance. Gib mir eine Chance«, unterbricht er mich. »Lass uns am Wochenende zu ihnen fahren, damit du dir eine Meinung über sie bilden kannst. Und zieh dich bloß nicht anders für sie an. Und nicht für mich oder sonst jemanden. Sei so, wie du sein willst.«

Sprachlos lasse ich mich nach hinten sinken. Ich war so überzeugt davon, die richtige Entscheidung getroffen zu haben. Warum sich auf etwas einlassen, das eh keine Chance hat? Ich kam mir abgeklärt und realistisch vor und war der festen Überzeugung, mir jede Menge Kummer und Herz-schmerz zu ersparen. Und Tim auch. Leider sieht er es ganz anders. Leider scheine ich ihn längst verletzt zu haben. Und das wollte ich nie.

»Ich muss am Wochenende zu Claudine.« Ich starre meine Hände, die sich angespannt in das Polster drücken, an und frage mich, ob ich schon wieder etwas vorschiebe. Ich habe nämlich panische Angst davor, Tims Eltern zu treffen.

»Kein Problem. Ich komme mit. Und danach fahren wir weiter zu meiner Familie.«

Langsam hebe ich den Blick. Tim schaut mich unbeirrt an. Entschlossen. Unnachgiebig.

Eventuell habe ja ich den Fehler gemacht. Ich habe uns keinen Kummer erspart, denn verletzte Gefühle und Sehn-sucht sind längst da. Nicht nur bei mir, wie ich Tims Miene unschwer entnehmen kann.

»Claudine tut sich mit dem Wechsel in ihr neues, geregeltes Leben schwer.« Nervös greifen meine Finger nach einer Haarsträhne und drehen sie ein. Ich weiß haargenau, was ich hier mache. Ich verstecke mich mal wieder hinter Problemen anderer Leute. Aufhören kann ich trotzdem nicht. »Sie will nicht andauernd früh aufstehen, zur Schule gehen und lernen. Sie will ihre alten Freunde treffen, während sie die Schule schwänzt. Und vor allem will sie diesen Dennis zurück, mit dem sie sich rumgetrieben hat.«

»Dann braucht sie jetzt wirklich dringend die Unterstützung und den Rat ihrer großen Schwester.« Tim lächelt mich vorsichtig an.

»Dein Rat könnte ebenfalls hilfreich sein. Sie war schwer beeindruckt von dir.« Ähnlich verhalten lächle ich zurück.

»Ich fänd es schön, wenn du mitkommst.«

Niemand von uns bewegt sich. Obwohl ich mich nach einem weiteren Kuss sehne, kommt es mir falsch vor, in diesem Augenblick körperlich zu werden. Wir haben einen zaghaften Schritt aufeinander zu gemacht. Einen sehr zerbrechlichen.

Ich brauche die Gewissheit, dass Tims Eltern mich nicht hochkant auf die Straße werfen, wenn ich mit ihrem Sohn ankomme. Mein Kopf braucht die Bestätigung, dass ich in seiner Welt willkommen sein könnte, und ich bin ihm ausgesprochen dankbar, dass er bereit ist, mir das zu bieten.

kapitel 21

»Erzähl mir von Simone Diedrichs Wohnung.«

Wie immer hat Tim ein beeindruckendes Gespür für meine Stimmung. Er scheint zufrieden damit zu sein, wie sich unsere Beziehung entwickeln kann. Dankbar wechsle ich das Thema und berichte, wie wir Lara als Lockvogel eingesetzt haben und wie sie uns Zutritt verschafft hat.

»Diese Lara sieht aus, als könne sie kein Wässerchen trüben«, sagt er erstaunt.

Ich kichere. »Unterschätze niemals eine Frau. Leider haben wir nichts gefunden. Ich hatte auf eine Liste der Verdächtigen spekuliert oder irgendeinen anderen Hinweis darauf, hinter wem Simone her war.«

»Und deshalb hast du in der Nacht weitergesucht?«

»Es hat mir einfach keine Ruhe gelassen. Würdest du dir nicht Notizen machen, wenn du einem alten Verbrechen nachjagst?«

»Das klingt so spekulativ, Bebe, dabei jage ich tagtäglich Verbrechern nach.«

»Und du machst dir Notizen.«

»Ich schreibe Protokolle. Ununterbrochen.« Tim verzieht das Gesicht, er hat oft genug betont, wie wenig aufregend sein Job ist und wie viel langweiligen Papierkram es dabei gibt. »Aber du hast recht. Würde ich private Ermittlungen anstellen, würde ich auch Aufzeichnungen dazu machen. Man vergisst einfach zu schnell ein Detail. Ich verstehe nur nicht, welches Gespenst dir dabei begegnet ist.«

»Der Entführer ist mir begegnet.«

Tim reißt die Augen auf.

Das ist eine gewagte Behauptung. Aber umso mehr Zeit verstreicht und umso mehr ich darüber nachdenke, desto sicherer werde ich. Wer soll es sonst gewesen sein? Welcher Mensch hat einen Grund, heimlich die Wohnung zu durchsuchen? Und wer hat Simones Schlüssel?

Es schaudert mich erneut, während ich Tim erzähle, was sich zugetragen hat. Er stöhnt laut auf, als ich zugebe, mich hinter der Tür versteckt zu haben, anstatt zu fliehen. Er kneift die Augen zusammen, als ich beichte, dem Mann gefolgt zu sein.

»Er hat versucht, dich zu überfahren?«, fragt er fassungslos.

»Ich glaube, er wollte mich auf keinen Fall entkommen lassen. Und dabei hat er in Kauf genommen, mich zu verletzen.« Es klingt nicht besser, wenn man es so sagt.

»Mann, Bebe«, stöhnt Tim und bedeckt seine Augen mit einer Hand. »Wie kommt es, dass du immer wieder in solche Situationen gerätst? Das ist doch mieses Timing pur, dass zwei Leute gleichzeitig in diese Wohnung einbrechen.«

»Der andere hatte einen Schlüssel. Ist es dann überhaupt ein Einbruch?«

»Du schließt aus, dass es Simone selbst gewesen ist?«

Tim klingt hoffnungsvoll.

»Es war eine Männerstimme«, stelle ich klar. »Er hat geflucht, als er nichts gefunden hat.«

»Kam dir die Stimme bekannt vor? Oder gab es Auffälligkeiten? Ein Akzent, ein Sprachfehler?« Das ist eine gute Frage. Tim ist und bleibt Polizist.

»Markant war nichts. Bloß eine Männerstimme, mittelalt, wütend und gepresst«, überlege ich laut. »Kann sein, dass ich die Stimme schon mal gehört habe. Aber wahrscheinlich bilde ich mir das ein. Es waren ja nur zwei Worte. Was kann man aus so wenig schon schließen?«

»Du weißt, dass wir das Verrier melden müssen«, stellt Tim fest. Eine Frage ist das nicht.

»Muss das wirklich sein?«, maule ich trotzdem. »Er wird mir doch eh nur unterstellen, zu lügen und in den Fall verwickelt zu sein. Ich habe danach noch mehr Ärger als eh schon.«

»Das bist du selbst schuld.« Tim schüttelt den Kopf. »Du hast dich völlig grundlos in etwas eingemischt, das dich nichts angeht. Man kann Verrier nicht vorwerfen, dass ihm das suspekt vorkommt. Wenn ich dich nicht so gut kennen würde,…« Er verstummt und schaut mich verzweifelt an. »Kannst du der Kripo nicht einfach mal vertrauen?«

»Das tue ich, sobald ich selbst die Kripo bin. Aber ich verstehe, was du mir sagen willst.«

Bei der ersten Gelegenheit, sich verdächtig zu machen, bin ich dabei. Ich zucke die Schultern.

»Hast du eine Decke?« Tim klopft auf das Sofa. »Dann schlafe ich hier.«

»Wieso denn das?«

Das kommt unfreundlicher raus, als ich es meine. Um diese Uhrzeit jagt man die Person, die einen gerettet hat, nicht auf die Straße. »Ich finde … du musst nicht …«, stammle ich.

Das Bett steht nicht zur Diskussion, dazu ist unsere Annäherung zu frisch und zerbrechlich.

Tim dreht sich so, dass er mich genauer ins Auge fassen kann. »Was ist, falls dieser Mann, der null Skrupel hatte, dich totzufahren, dich erkannt hat. Wenn es kein Fremder ist, sondern jemand, der weiß, wo du wohnst?«

Fassungslos starre ich ihn an. Dann Richtung Eingangstür.

»Wer sollte das sein?«, frage ich verunsichert.

»Es wäre einfacher, wenn ich das wüsste. Ich kann die Möglichkeit nur leider nicht ausschließen.« Mit einem Ruck steht er auf und beginnt, im Raum auf- und abzugehen. »Simone und du verkehrt in denselben Kreisen. Du bist sogar diesem Maik auf die Pelle gerückt. Und wenn der Entführer jetzt denkt, dass du ihn erkannt hast, etwas über ihn weißt oder das gefunden hat, was er gesucht hat, …« Tim führt den Satz nicht zu Ende. Muss er auch nicht.

Simone wird sich nicht freiwillig entführt haben lassen. Er ist ein Mann, der vor Gewalt nicht zurückschreckt, und ich bin leider noch keine vollwertige, bewaffnete Polizistin, sondern ein harmloses Küken, das am Beginn der Ausbildung steht und erst ein paar Monate Erfahrung in einer Kampfsportart vorweisen kann.

»Das klingt nach Personenschutz, den du mir anbietest.« Ich hasse es, mich nicht selbst beschützen zu können. »Hast du deine Waffe dabei?«

Tim kneift die Lippen hart aufeinander und bleibt genau vor mir stehen. »Nein, habe ich nicht. Da ich aktuell nicht im aktiven Dienst bin, sondern nur unterrichte, ist meine Pistole da, wo sie hingehört. Im Waffenschrank der Dienststelle.«

Ich fühle mich trotzdem mit Tim an meiner Seite sicher. Das war schon immer so und dabei hat er in meiner Gegenwart noch nie seine Waffe gezogen. Tim strahlt eine ruhige Selbstsicherheit aus, die Gewissheit in jeder brenzligen Situation klarzukommen. Er benötigt dazu keine Schusswaffe.

»Ich fürchte, das Sofa ist nicht allzu bequem«, sage ich leise. Genau genommen ist es nicht mal lang genug. Tim wird sich nicht ausstrecken können.

»Egal. Die Nacht ist eh fast rum.« Ungerührt zuckt er die Schultern. »Was hältst du davon, wenn du jetzt ins Bett gehst? Damit wir noch ein wenig Schlaf bekommen.«

Mit schlechtem Gewissen erhebe ich mich und stehe dann unentschlossen vor Tim. Nicht nur, dass ich ihm lediglich diesen unbequemen Schlafplatz biete, er hat sich wegen mir schon die halbe Nacht um die Ohren geschlagen. Wegen einer Frau, die sich nicht auf eine Beziehung einlassen kann, so wie er sie sich wünscht. Erneut meldet sich die fiese, kleine Stimme in mir, die darauf beharrt, dass ich nicht gut genug für Tim bin. Dass er mehr verdient als mich.

Wütend über mich selbst, schiebe ich die Stimme beiseite. Tim hat mich gebeten, ihm eine Chance zu geben. Wieso soll ich meinem Über-Ich, oder was auch immer da versucht, mich kleinzuhalten, mehr Gewicht zugestehen, als dem tollsten Mann, dem ich je begegnet bin?

Ich stelle mich auf die Zehenspitzen und hauche ihm einen Kuss auf die Lippen. Dann husche ich ins Bad.

Tim bleibt unbarmherzig. Noch bevor wir die erste Vorlesung starten, hat er Verrier angerufen. Dass Verrier vor Wut schäumt, kann ich an Tims Miene ablesen, die so betont nichtssagend ist.

»Seien Sie dankbar, dass Frau Kovacek sich Ihnen anvertraut«, sagt er mit leiser, kontrollierter Stimme. »Sie könnte schweigen und Sie ohne diese Hinweise dastehen lassen.«

Lautlos rutsche ich näher. Mehr als eine erboste Männerstimme ist für mich nicht zu hören.

»Ja, gewiss«, schließt Tim das Telefonat.

»Kommt er jetzt mit Blaulicht, um mich zu verhaften?«, frage ich, halb im Scherz, halb ernst. Verrier ist alles zuzutrauen und es wäre aus seiner Sicht ein passender Versuch, mich einzuschüchtern.

»Selbstverständlich nicht, Bebe. Verrier ist in Ordnung.«

»Und stinkwütend.«

»Kannst du es ihm verübeln?« Tim deutet Richtung Mensa. »Wir sollen dort auf ihn warten.«

»Und meine Vorlesung?«

»Fällt erstmal für dich aus.«

Das nächste Fach wird von einem Dozenten unterrichtet, bei dem sogar ich einschlafe. Es gibt also Schlimmeres. Vor allem da Lara mir den verpassten Stoff besser präsentieren wird.

Rasch schicke ich ihr eine Nachricht und erkläre, dass ich später komme. Ohne Begründung.

Lara und Kevin werden mich ebenfalls grillen, sobald sie erfahren, was ich getan habe.

Ich hocke mich in eine Ecke der Mensa und warte, während Tim Kaffee holt. Dann gähne ich laut. Die Nacht war nicht nur kurz, ich habe, nachdem ich endlich im Bett lag, kein Auge zugetan.

Nur Tim sieht trotz allem wie aus dem Ei gepellt aus. Wie macht er das bloß?

»Der Erkennungsdienst ist schon vor Ort. Wo finden wir Ihre Fingerabdrücke?« Verrier kommt auf mich zu gestampft und spart sich sowohl eine Begrüßung als auch einen höflichen Einleitungssatz.

»Überall.«

»Auf dem Fensterrahmen, durch den Sie eingestiegen sind?«

»Gewiss.«

»Auf Frau Diedrichs privaten Unterlagen?«

»Definitiv.«

»In ihrem Schlafzimmer und im Bad?«

»Auf jeden Fall.«

Schnaubend lässt der Kommissar sich mir gegenüber nieder.

Tim kommt zurück, er war umsichtig genug, drei Kaffeebecher zu organisieren. »Frau Kovacek hat alles durchsucht und alles berührt. Der Eindringling jedoch genauso.«

»Trug er Handschuhe?« Verrier lässt mich nach wie vor nicht aus den Augen.

»Keine Ahnung. Es war dunkel, ich habe nicht mehr als den Umriss des Mannes gesehen.«

Erleichtert stelle ich fest, dass Verrier nicht wissen will, wie ich das Fenster geöffnet habe. Dadurch kann ich Lara und Kevin aus der Nummer heraushalten. Es reicht echt, wenn ich Ärger bekomme.

»Wir brauchen Ihre Fingerabdrücke zum Abgleich«, muffelt Verrier. »Damit wir sie ausschließen können.«

»Kein Problem«, murmle ich, während mir gleichzeitig klar wird, dass wir nun doch alle drei auffliegen. Wie dumm von uns, keine Handschuhe zu tragen. Dabei wollen wir Polizisten werden und sollten es besser wissen.

»Ich war nicht allein in der Wohnung«, gebe ich bedrückt zu. Der Erkennungsdienst wird die Spuren von Lara und Kevin finden und wenn er sie nicht zuordnen kann, landen sie auf der Liste der Verdächtigen.

»Nicht?« Verrier hebt eine Augenbraue, während er mich finster mustert. Dann wandert sein Blick anklagend zu Tim.

»In der Nacht schon. Aber am Tag zuvor, da …«

Ich schließe die Augen und atme tief durch. Genau das wollte ich doch verhindern. Wegen mir geraten die beiden ins Visier der Kripo.

»Lara und Kevin waren ebenfalls vor Ort. Wir wollten Simone helfen«, versuche ich hilflos, den Einbruch zu rechtfertigen. »Lara war übrigens mit dem Einverständnis der Vermieter dort. Sie haben ihr die Wohnung gezeigt. Damit ist es doch so oder so nicht illegal.«

»Frau Jakobs und Herr Wagner also?«

Ich nicke unglücklich.

»Herr Weigand, würden Sie die beiden bitte aus dem Unterricht holen«, wird Tim kühl losgeschickt. Auch er hat es sich mittlerweile mit Verrier verdorben.

Während wir warten, schaue ich aus dem Fenster und bemühe mich, cool und unbeteiligt zu wirken. Auf der Straße hasten zwei gut gekleidete Männer entlang und sehen wichtig aus.

Verrier reißt mich aus meiner Beobachtung.

»Das ist also das, was Sie unter Mitarbeit verstehen, Frau Kovacek? Sie haben mich belogen oder wie nennen Sie es, wenn man heimlich und ohne Berechtigung in gesperrte Tatorte einbricht? Das war nicht, was wir abgemacht haben.«

»Das war doch kein gesperrter Tatort. Und außerdem …
Sie haben mich hintergangen, Herr Verrier«, fauche ich zu-
rück. »Sie haben mir bei unserem letzten Gespräch eiskalt ins
Gesicht gelogen.«

Er kneift die Augen zusammen und schweigt. Gute Taktik,
den Gegner zuerst die Karten auf den Tisch legen zu lassen.
Ich gehe trotzdem drauf ein.

»Vor zwei Jahren ist Simones Schwester spurlos verschwunden, aber Sie hielten es nicht für nötig, mir das mitzuteilen.«

»Woher wissen Sie das?«

Ich werde Tim nicht verpfeifen.

»Ich habe eine gute Bekannte in Köln, sie heißt Constanze
Erdmann. Und die nette Dame liebt Klatsch und Tratsch und
hat mir berichtet, was vor zwei Jahren über Pauline Diedrich
geredet wurde. Aus welchem Grund also sollte ich Ihr
falsches Spiel mitspielen, solange Sie mich im Gegenzug ver-
arschen?«

»Frau Kovacek.« Verrier beugt sich näher und setzt einen
strengen Blick auf. »Ich bin nicht hier, um mit kleinen
Mädchen Detektiv zu spielen. Ich habe eine Entführung, bei
der es um einen Haufen Lösegeld geht. Und um das Leben
des Opfers. Ich befolge meine eigenen Regeln.«

»Ich möchte Simone ebenfalls helfen.« Langsam beuge
auch ich mich nach vorn, so dass wir uns beinahe berühren.
»Mir ist das Lösegeld allerdings schnuppe, ich lege die Prio-
rität darauf, dass Simone heil aus der Sache rauskommt.«

»Wir auch, Frau Kovacek.«

»Das klang gerade anders.« Ein paar Sekunden starren wir
uns an. Dann lenke ich ein. »Außerdem war nie abgemacht,
dass ich Ihnen erzähle, was ich unternehme, sondern nur was
ich herausfinde. Et voilà … ich begegne einem unbekannten
Eindringling und weihe Sie ein. Wer von uns hält also seine
Versprechen?«

kapitel 22

»Was ist los?« Lara stürmt in den Raum und wechselt den Blick panisch zwischen Verrier und mir. Dann zeigt sie vorwurfsvoll auf ihn. »Sie ... Sie ... Sie sind absolut unfair. Bebe hat nichts mit dieser Entführung zu tun und wenn Sie ernsthaft Ihre Arbeit machen würden, anstatt sich auf billige Vorurteile zu verlassen, hätten Sie womöglich schon Ergebnisse.«

Verrier pfeift leise.

»Loyale Freundin«, flüstert er mir zu.

»Frau Jakobs, nehmen Sie doch bitte Platz«, sagt er laut und lächelt wie ein Raubtier, das seine Beute gestellt hat. »Ausnahmsweise geht es um Sie und nicht um Frau Kovacek.«

»Meinetwegen.« Lara stört die Bedrohung, im Fokus der Ermittlung zu landen, nicht ansatzweise. Sie beruhigt sich auf der Stelle und setzt sich lächelnd zu uns.

»Herr Wagner bitte auch.«

Kevin fährt eine andere Taktik. Wortlos nimmt er Platz und verschränkt die Arme. Tim hat die beiden wohl nicht eingeweiht.

»Erzählen Sie doch bitte, was Sie gestern nach Vorlesungsende gemacht haben«, wirft Verrier entspannt in die Runde. Lara schaut hinter einem Vorhang aus Haaren fragend zu mir.

Verrier bemerkt es.

»Brauchen Sie Rücksprache mit Frau Kovacek, was Sie sagen dürfen? Müssen Sie Ihre Alibis vorher abgleichen? Dann verlasse ich besser eine Weile den Raum.«

Lara wird rot. »Wir haben nichts zu verbergen. Ich habe mir gestern eine Wohnung angesehen. Die Vermieter mochten mich auf Anhieb und haben mir die Räumlichkeiten gezeigt. Eine sehr schöne Wohnung übrigens, ich bin nicht abgeneigt.«

»Und diese Wohnung steht leer?«

»Noch nicht.«

Peinlicherweise muss ich zugeben, dass mir der Schlagabtausch zwischen Lara und Verrier gefällt. Inzwischen hat meine Freundin ihre Verlegenheit abgeschüttelt und liefert sich ein Blickduell mit dem Kommissar.

»Und Sie, Herr Wagner?«, landet der Fokus auf Kevin.

»Ich habe Frau Jakobs begleitet.«

»Finden Sie die Wohnung auch so schön?«

»Definitiv.«

»Sagen Sie, Herr Wagner, sind Sie und Frau Jakobs ein Paar?«, fragt Verrier und reibt sich mit zwei Fingern am Kinn entlang.

Kevin zuckt zusammen. »Wie kommen Sie denn darauf?«

»Eine Wohnungsbesichtigung macht man nicht mit irgendjemand Beliebigem. Sie müssen sich nahestehen.«

»Quatsch«, faucht Kevin und Lara presst die Lippen aufeinander. »Wir sind nur wegen Bebe gemeinsam unterwegs. Lara und ich …«

»Wir können uns nicht ausstehen«, fügt Lara hinzu und wirft einen giftigen Blick auf Kevin. »Herr Wagner ist eingebildet, aufgeblasen und dumm. Und da ich nicht in sein Beuteschema, der willigen Dumpfbacke, falle, mag er mich genauso wenig wie ich ihn.«

»Herr Verrier weiß übrigens, dass wir gestern in Simones Wohnung eingestiegen sind«, werfe ich in die angespannte Stille, die Laras Worten folgt.

»Und wieso sagst du das nicht gleich?«, motzt Kevin mich an.

»Weil ich auch wissen will, was zwischen dir und Lara läuft. Ich finde dieses Verhör super.«

»Jetzt weißt du es«, faucht Lara.

»Ich weiß nur, dass ihr euch noch immer vormacht, euch gegenseitig nicht ausstehen zu können. Dabei ist genau das Gegenteil der Fall.« Ich kichere. »Irgendwann werdet ihr es zugeben. Aber ich denke, Herr Verrier, das ist für unsere Aufgabe nicht ausschlaggebend.«

»Unsere Aufgabe?« Verrier hebt die Augenbrauen.

»Dann eben Ihre Aufgabe. Wann lassen Sie sich denn von den beiden bestätigen, dass wir tagsüber gemeinsam in der Wohnung waren?«

»Ich denke, das kann ich mir jetzt sparen. Sie haben Ihren Freunden ja gerade deutlich gemacht, was sie aussagen sollen.«

Verrier betrachtet missmutig Lara und Kevin, die sich möglichst unauffällig gegenseitig belauern.

Ich gebe ja zu, dass die Behauptung, wie sie zueinander stehen, geraten war. Eine interessante Theorie ist es definitiv. Trotzdem ist jetzt nicht der richtige Zeitpunkt, das Geheimnis meiner Freunde zu lüften, sondern Simones Entführung zu klären. Ich wende mich zurück zu Verrier.

»Dann war es Ihr Fehler, mich reden zu lassen.« Ich zucke unbeeindruckt die Schultern. »Anfängerfehler.«

Tim gibt einen erstickten Protestton von sich. Mir ist schon klar, dass er mit einem erfahrenen Kollegen nie so reden würde, er ist eben ein braver Junge. Aber Verrier war mir gegenüber unfair, er hat es verdient. Ich schätze, er kann es ab, denn er grinst.

»Wissen Ihre Freunde eigentlich, dass Sie nachts zurück in die Wohnung geschlichen sind? Im Alleingang wohlgemerkt, Frau Kovacek.«

Touché – Verrier ist ein würdiger Gegner.

Lara reißt nämlich entsetzt die Augen auf und beugt sich nah an mich. »Sag, dass das nicht stimmt, Bebe«, krächzt sie.

Verlegen zucke ich die Schultern.

»Das war eine spontane Aktion«, rechtfertige ich mich.

»Was schade ist.« Verrier lächelt erneut wie ein Raubtier. »Wären Sie zu dritt gewesen, hätten Sie den Entführer durchaus stellen können. Aber Frau Kovacek allein …« In gespieltem Bedauern hebt er die Hände.

Abgesehen davon, dass die Retourkutsche fies ist, hat sie gesessen. Er hat absolut recht. Ich habe Glück gehabt, dem Mann nicht in die Hände gefallen zu sein. Mit Lara und vor allem Kevin dagegen, wären wir in der Überzahl gewesen. Vielleicht hätten wir sogar die Entführung beenden und Simone retten können.

»Blossom Blue Kovacek.« Wenn Lara sauer ist, klingt sie wie meine Mutter. »Wie kannst du nur so unvorsichtig sein? Kann man dich wirklich keine fünf Minuten ohne Aufsicht lassen? Ich schwöre dir …« Dann stockt sie und stößt einen Schrei aus. »Den Entführer stellen? Was soll das heißen? Bedeutet das, dass …«

»Genau das bedeutet es, Frau Jakobs. Ihre Freundin ist bei ihrem Alleingang – der abgesehen davon ein illegaler Einbruch war – mit hoher Wahrscheinlichkeit dem Entführer persönlich begegnet.« Verrier genießt die Situation jetzt unübersehbar. Er grinst von einem Ohr zum anderen.

Ich werfe einen missmutigen Blick auf Tim. Der nickt bestätigend in Laras Richtung und findet die Strafpredigt, die ich gerade kassiere, eindeutig angemessen.

»Sag, dass du weggelaufen bist, Bebe«, flüstert Lara. Dann seufzt sie tief auf. »Natürlich bist du weggelaufen, du bist ja nicht dumm.«

Tim und Verrier wechseln einen Blick. Dann lehnen sich beide entspannt zurück und überlassen mich meinem Schicksal.

»Das mit dem Weglaufen war schwierig, Lara«, sage ich

kleinlaut. So im Nachhinein würde ich es anders machen. Wäre ich rechtzeitig aus dem Fenster geklettert, hätte ich dem Mann draußen auf der Straße auflauern können. Dann hätte nicht er mich im Scheinwerferlicht gesehen, sondern ich ihn. Und sein Autokennzeichen noch dazu. Im Nachhinein ist man immer schlauer.

»Wieso?«

»Weil ich nicht genug Zeit hatte«, behaupte ich. »Ich musste mich in der Wohnung verstecken.«

»Wieso meinst du, dass der Entführer dort war? Das kann doch jeder gewesen sein«, mischt Kevin sich zum ersten Mal ein.

»Er hatte einen Schlüssel. Und es war ein Mann, der zu jung und fit war, um Herr Braun zu sein. Außerdem war es mitten in der Nacht. Welcher ehrbare Bürger dringt um diese Zeit in eine fremde Wohnung ein?«

»Merkst du selbst, Bebe, oder?« Tim kann sich nur mit Mühe ein Lachen verkneifen. Sein Mundwinkel zuckt.

Ich schnaube.

»Was hat der Mann dort gemacht? Konntest du das erkennen?«, fragt Kevin. Lara ist noch immer leichenblass und starrt mich geschockt an.

»Er hat die Wohnung durchwühlt.«

»Wie wir.«

»Nein, er hat alles rausgerissen und Chaos hinterlassen. Ihm war egal, ob jemandem auffällt, dass er dort war.«

»Aber wieso sollte der Entführer das machen? Er hat doch mit Simone alles, was er braucht.«

Nachdenklich reibe ich mir über das Kinn. Wirklich erklären kann ich mir das nämlich auch nicht. »Ist doch egal, Kevin. Er wird schon einen Grund gehabt haben. Wichtig ist nur, dass er da war und eventuell Fingerabdrücke hinterlassen hat.«

»So wie Sie drei«, mischt Verrier sich hämisch ein. »Wodurch Sie auf der Verdächtigenliste ganz oben stehen.«

»Tun wir nicht«, sage ich nachdrücklich. »Wir haben Sie doch erst darauf gebracht, dass man in Simones Wohnung nun Spuren des Täters finden kann.«

Verrier zuckt die Schultern. »Wollen Sie Ihren Freunden eigentlich selbst erzählen, wie der Mann Sie attackiert hat, oder soll ich das übernehmen?«

»Er hat was?«, schreit Lara.

Verrier hat es aber auch unmöglich ausgedrückt. So wie er es sagt, klingt es, als sei ich nur knapp dem Tod entronnen. Augenrollend gebe ich zu, den Eindringling verfolgt zu haben. Die Aktion mit dem Auto und meiner Flucht halte ich so kurz und undramatisch wie möglich.

»Aber … wenn er dich so genau gesehen hat, dann weiß er nun, wer du bist«, stellt Lara entsetzt fest.

»Nur falls er mich kennt, was ich bezweifle.«

»Sei nicht so naiv, Bebe. Selbst wenn er dich nicht kennt, kann er rausfinden, wer du bist. Es gibt nicht so viele platinblonde Minirockträgerinnen in Highheels in dieser Stadt.«

Lara schiebt ihren Stuhl ein Stück zurück und mustert mich nachdenklich. Leider hat sie recht, ich bin kein unauffälliger Mensch und das war bisher immer Absicht.

»Ich hatte aber keinen Rock an. Und vernünftige Laufschuhe«, beschreibe ich mein Einbrecheroutfit.

»Trotzdem, Bebe. Du bist alles andere als dezent. Und wir vermuten den Entführer eh in Simones Umfeld.«

Lara stößt Kevin grob in die Rippen. »Sag doch auch mal was.«

»Du musst ab jetzt beschützt werden.« Kevin stößt Lara zurück. »Und da Lara unser Brain ist, übernehme ich das. Ich lasse dich keine Sekunde mehr aus den Augen.«

»Vergiss es, Junge«, knurrt Tim. »Das ist mein Job.«

»Junge?« Kevin kneift angepisst die Augen zusammen, dann beugt er sich drohend in Tims Richtung. Er packt seinen finstersten Blick aus. »Bebe ist meine Freundin. Und ich lasse meine Freunde nicht hängen.«

Lara schaut beeindruckt zwischen Tim und Kevin hin und her. Dann zwinkert sie mir mit einem Grinsen zu.

»Ich passe auf mich selbst auf«, gehe ich genervt dazwischen. Das wäre ja noch schöner, wenn ich mich von einem Mann beschützen lassen müsste.

Tim reagiert nicht auf Kevins körperliche Nummer. Er schaut ihn lediglich konzentriert und gelassen an. »Ich werde Bebes Schutz keinem Möchtegern-Polizisten anvertrauen. Überlass das den Erwachsenen.«

War ja klar, dass er meinen Einwand ignoriert. Ich schlage auf den Tisch. Bei dem Geräusch zucken alle zusammen.

»Hört auf. Ich bin kein Gegenstand, über den man sich streitet.«

»Und auch keine hilflose Puppe, die von Männern gerettet werden muss«, stimmt Lara mir zu. »Wir wechseln uns ab. Solange sie nie allein ist, sollte der Entführer die Finger von ihr lassen.«

»Lara, ich …« Ich bin nicht einverstanden. Die Vorstellung, ab jetzt ständig unter Beobachtung zu stehen, ist nicht verlockend.

»Nichts da, Bebe. Das hast du dir mit deinem Alleingang selbst eingebrockt. Abgesehen davon hast du noch bei einer anderen Sache unrecht. Es ist nämlich definitiv wichtig, was der Entführer in Simones Wohnung gesucht hat. Wenn es denn der Entführer war.«

Mein Blick fällt auf Verrier, der sich seit einer Weile entspannt zurücklehnt und sich das Hin und Her amüsiert anschaut.

»Was meinen Sie damit, Frau Jakobs?«, fragt er jetzt mit einem dezenten Lächeln.

»Der Mann ist dabei ein großes Risiko eingegangen. Er war nicht da, um Simone frische Unterwäsche zu bringen. Oder weil ihr die Zahnpasta ausgegangen ist. Und er hat nicht gefunden, wonach er gesucht hat. Das bedeutet …« Lara macht eine theatralische Pause und sieht uns der Reihe nach an. »... dass wir es finden müssen. Es könnte der Schlüssel sein.«

»Meine Leute suchen schon.«

Ich ziehe beeindruckt die Augenbrauen hoch. Verrier und Lara sind auf einer Wellenlänge.

»Nachdem wir uns gerade so nett unterhalten, Herr Kommissar«, nutze ich die Gunst der Stunde. Mag sein, dass ich mich in Verriers Welt als Verdächtige anbiete, aber von Lara scheint er angetan zu sein. »Für wann ist die Lösegeldübergabe geplant? Und wie?«

Der Kommissar kneift die Augen zusammen und mustert mich abschätzend.

»Man hat der Familie Diedrich Zeit bis Montag gegeben, um das Geld zu beschaffen«, sagt er dann langsam. »Weitere Anweisungen folgen später.«

»Schlau«, murmle ich. »Immer nur so viele Informationen wie nötig.«

»So würden Sie es auch machen, Frau Kovacek, nicht wahr?«

Verrier taxiert mich mit gesenktem Kopf.

»Genau«, antworte ich patzig. »Und ich würde versuchen, mich im Team der Kripo einzuschleusen, damit ich immer auf dem Laufenden bin.«

»Bebe«, zischt Tim vorwurfsvoll.

Ich verdrehe die Augen.

»Das ist doch genau das, was der Herr Kommissar von mir denkt. Deshalb kann es gut sein, dass er mich absichtlich mit Falschinformationen füttert.«

»Das wäre geschickt von mir.« Verrier lächelt. »Sie werden nie herausfinden, was die Wahrheit ist.«

kapitel 23

Lara ist sauer auf mich. Sie knallt mir die Notizen über den verpassten Unterrichtsstoff wortlos hin, als wir endlich wieder im Unterricht sitzen.

»Weißt du, warum Lara angepisst ist?«, flüstere ich Kevin zu.

»Weil du den Scheiß ohne uns gebaut hast.«

»Hätte ich ihn mit euch bauen sollen?«

»Ja.«

»Dann bist du auch angepisst?«

»Ja.«

»Es war halt spontan.«

»Ich bin aus einem anderen Grund sauer.«

»Und der wäre?«

»Du lässt dich lieber von dem Bullen beschützen als von deinem besten Freund.«

»Mein bester Freund ist auch ein Bulle.«

Kevin hat keine Ahnung, was seine Worte bei mir auslösen. Bester Freund – wow.

»Noch nicht«, knurrt er. »Stehst du wirklich auf den Typen?«

Kevin deutet so unmissverständlich auf Tim, der mal wieder vorne steht und die Vorlesung hält, dass jeder im Raum es mitbekommt. Tim selbstverständlich auch.

»Stehst du wirklich nicht auf Lara?«, drehe ich den Spieß um.

Kevin schnaubt und schweigt.

»Die Wahrheit über Tim Weigand und mich gibt es nur im Austausch gegen deine wahren und unverfälschten Gefühle Lara gegenüber«, sage ich entschlossen.

Das kann ich locker anbieten, denn es ist ausgeschlossen, dass Kevin auf den Deal eingeht.

»Es kränkt mich, dass du in ihm mehr Bodyguard siehst als in mir«, zischt er und sieht unmissverständlich beleidigt aus.

»Ich bin tausendmal trainierter als er.«

»Das ist doch kein Wettbewerb.« Außerdem war es nicht meine Entscheidung, wer den Leibwächter spielt. Ich präsentiere Kevin das einzige Argument, das ihn besänftigen kann.

»Abgesehen davon hat er eine Waffe. Und die ist geladen.«

»Bitte sag, dass das keine sexuelle Anspielung ist.«

Nur mühsam kann ich mir den Lachanfall verkneifen. Trotzdem bemerke ich, wie Tim mich finster mustert.

»Das war definitiv wortwörtlich gemeint, er ist Polizist, Kevin.«

In diesem Moment schließt Tim die Vorlesung und ich packe erleichtert meine Unterlagen zusammen. Das war kein schöner Vormittag. Miese Schwingungen von Lara, Kreuzverhör eines beleidigten Kevins und ich in der Mitte. Ich beschließe, mich in der Mittagspause abzusetzen und ein paar Minuten für mich zu sein.

»Heute müsst ihr beim Essen auf mich verzichten«, informiere ich Lara und Kevin beim Rausgehen.

»Wieso?«, fragt Kevin skeptisch. »Wo willst du einbrechen?«

»Dein Misstrauen verletzt mich«, spiele ich betroffen. »Ich muss dringend mit meiner Schwester telefonieren. Und zwar ungestört.«

Da Lara Claudines Problem mitbekommen hat, liefert meine Familie eine hervorragende Ausrede. Zufrieden winke ich den beiden zu und betrete die Damentoilette, die um diese Zeit menschenleer ist. Mittags rennen alle so schnell wie möglich in die Mensa, um sich einen guten Platz zu sichern.

Die Tür fällt hinter mir ein zweites Mal ins Schloss, als ich in einer Kabine verschwinden will. Sofort schalte ich in den Fluchtmodus, das Erlebnis der letzten Nacht steckt mir leider nach wie vor in den Knochen. Die Fenster sind allerdings klein und liegen so weit oben, dass kein Mensch dort hingelangen kann.

Mit einem Ruck drehe ich mich um.

Es ist Lara. Sie steht am Waschbecken und blickt mich noch immer missmutig an.

»Was rennst du mir hinterher?«, fahre ich sie an. »Ich habe mich echt erschrocken.«

»Dann zeigst du ja doch ein wenig Überlebensinstinkt.« Sie verschränkt die Arme vor dem Oberkörper und lehnt sich an eines der Waschbecken.

»So ein Unfug. Was soll mir auf der Damentoilette passieren?«

»Kann man nie wissen. Menschen sind schon an allen möglichen Orten verschwunden. Oder ermordet worden. Kreuzfahrten, abgeschlossene Wohnungen, Räume ohne Hinterausgang.«

»Lara, du spinnst. Es ist helllichter Tag. Ich kapiere ja selbst, dass ich nachts nicht allein durch die Stadt laufen sollte, aber das, was ihr da veranstaltet, ist übertrieben.«

»Mach es nicht noch schwerer, Blossom Blue. Ich bin eh grade nicht gut auf dich zu sprechen und finde es nicht amüsant, meine Mittagspause auf dem Klo zu verbringen, während du dir überlegst, wie du mir entwischen kannst. Erledige also einfach, was du hier vorhattest.«

Alleinsein kann ich mir definitiv abschminken. Lara ist niemand, der sich abschrecken lässt.

»Willst du mit in die Kabine kommen?«, frage ich patzig. »Sicher ist sicher.«

»Nee, danke, es muss so gehen.«

Ich knalle die Tür hinter mir zu und verriegle möglichst lautstark.

»Ich habe noch nie von einem Bodyguard gehört, der miesepetrig und aufdringlich hinter seinem Schützling herrennt«, beschwere ich mich durch die Tür.

»Ich habe noch nie von einem Schützling gehört, der allein im Dunkeln hinter seinem Mörder herrennt«, pampt Lara zurück.

»Wieso denn mein Mörder?« Ich kann nicht pinkeln, während ich mich mit Lara streite. Unverrichteter Dinge komme ich aus der Kabine und wasche mir die Hände. »Jetzt übertreibst du komplett.«

»Willst du abstreiten, dass du höchstwahrscheinlich Simones Entführer begegnet bist?«

»Nein.« Ich will schon, aber alles spricht für diese Theorie. Das war mir leider schnell klar.

»Wie wahrscheinlich ist es, dass der aktuelle Entführer rein gar nichts mit Paulines Verschwinden zu tun hat?« Nachdem Simone so unverhohlen nach dem Täter von damals gesucht hat, extrem unwahrscheinlich. Ich grunze nur. »Siehst du. Und Pauline, die vor zwei Jahren spurlos verschwand, wird nichts Gutes widerfahren sein. Ich wette all meine Ersparnisse darauf, dass sie nicht mehr lebt.«

»Wie reich bist du denn? Ich sollte schon wissen, wie hoch der Einsatz ist.«

»Wettest du dagegen?« Lara zieht ungläubig die Augenbrauen hoch. Bevor ich meine Hände abtrockne, spritze ich sie mit Wasser nass.

»Nein«, stimme ich ihr dann wohl oder übel zu.

»Und deshalb gehst du auch nicht mehr allein aufs Klo. Schön, dass wir das geklärt haben.«

Wir funkeln uns gegenseitig an. Und dann gebe ich auf, das harte Miststück zu spielen. Lara und Kevin sind die wunderbarsten Freunde, die ein Mensch haben kann. Und obwohl mir die Beschützernummer nicht gefällt, macht sie mich gleichzeitig sentimental. Ich nehme Lara in den Arm.

»Danke«, flüstere ich. »Und es tut mir leid, dass ich ohne euch losgezogen bin. Wird nicht nochmal vorkommen.«

Lara schnaubt in mein Ohr.

»Es wird nicht nochmal vorkommen, weil ab jetzt ununterbrochen einer von uns an dir klebt. Egal, wie viel Honig du mir gerade ums Maul schmierst, wir trauen dir nicht.«

Ich ziehe mich zurück, um ihr ins Gesicht zu sehen. Sie grinst. Zwischen uns ist alles wieder im Reinen.

»Ich nehme dein Angebot an.«

Tim wartet an der Tür auf mich, als Kevin lautstark hinter mir herruft.

»Was meinst du damit?«, frage ich verwundert.

Kevin grinst und wackelt mit den Augenbrauen.

»Ich übernehme Bebe. Wir haben eine Verabredung«, sagt er zu Tim und legt den Arm um meine Schultern. »Es ist ein Gespräch unter vier Augen, wenn du verstehst, was ich meine.«

»Seit wann sind wir per du?«, fragt Tim angepisst und betrachtet mit verkniffenem Blick Kevins Arm auf mir.

»Wenn es nach mir geht, gar nicht, Herr Weigand. Komm, Bebe, ich ertrage die ständige unerwünschte Anwesenheit gewisser Personen nicht länger.«

»Kevin, was soll der Scheiß?«, zische ich ihm zu, während er mich mit sich zieht.

»Wir haben etwas zu bereden.«

»Und was soll das sein, dass Lara und Tim ausschließt?« Störrisch bleibe ich stehen, Tims Blick brennt förmlich in meinem Rücken.

»Mann, Bebe, ich dachte, das wäre dir klar. Ich brauche Rat in Bezug auf Lara. Das geht wohl kaum, während sie daneben sitzt. Und dein Aufpasser-Anhängsel ist da ebenso fehl am Platze.«

189

Wenn das so ist, kann ich mich schlecht verweigern. Ich schiebe trotzdem seinen Arm von meiner Schulter, als wir weitergehen.

»Kevin, wie alt bist du eigentlich?«, frage ich.

»Neunzehn. Wieso?«

»Das erklärt zumindest zum Teil dein kindisches und unreifes Verhalten.«

Empört bleibt er stehen. »Lara ist auch nicht älter.«

»Frauen sind allgemein reifer.« Ich bemühe mich nicht, mein Grinsen zu verstecken.

»Was an mir ist kindisch und unreif?«

»Dein Verhalten Tim gegenüber. Was hast du gegen ihn?«

»Ich bin misstrauisch. Er ist aus heiterem Himmel aufgetaucht, baggert dich an und das zu einem Zeitpunkt, an dem wir uns der Aufklärung des Entführungsfalls nähern. Bist du schon mal auf die Idee gekommen, dass er da mit drin hängt?«

»Tut er nicht.«

»Woher willst du das wissen?«

»Ich lege meine Hand für ihn ins Feuer.«

»Weil er dich flachgelegt hat? Mann, Bebe, ich sage das ungern so deutlich, aber Männer sind da hart drauf. Für einen Mann bedeutet eine Bettgeschichte nichts. Der bumst dich an einem Tag und serviert dich am nächsten Tag ab.«

»Kevin, du sollst nicht von dir auf andere schließen«, sage ich vorwurfsvoll. Wenn Kevin wüsste, wie falsch er liegt.

»Du bist meine Freundin und ich will nicht, dass ein Typ dich reinlegt und dir wehtut. Ist das so schwer zu verstehen?«

»Ich war nie mit ihm im Bett. Ist das für dich so schwer zu verstehen?«

»In dem Fall bist du schlauer, als ich dachte. Wenn du bisher nicht auf ihn reingefallen bist, dann sorg dafür, dass es nicht noch passiert.«

»Es ging nicht von mir aus.«

Es tut weh, es so zu sagen. Aber es ist die Wahrheit. Ich hätte Tim vor diesem katastrophalen Date liebend gern geküsst und auch im Bett gehabt. Er war es, der es nie bei mir versucht hat, und seine Begründung dazu ist mir nach wie vor suspekt.

Wir erreichen ein Café und Kevin deutet hinein.

»Lass uns was trinken. Ich habe das Gefühl, das wird eine lange und irritierende Unterhaltung.«

Ich würde lieber über ihn und Lara sprechen. Mit einem Mann über Beziehungsprobleme oder genauer gesagt über meine Frustration zu reden, ist schräg. Außerdem ist mir klar, dass er nicht zwischen den Zeilen lesen kann. Bei Kevin muss ich alles genauso unverblümt ausdrücken, wie es ist.

Wir holen Kakao mit Sahne an der Theke und setzen uns an einen runden Tisch in einer Ecke.

»Ich habe Tim bei einer Ermittlung kennengelernt. Habe ich ja schon erzählt, er war der Einzige, der mich nicht als die perfekte Verdächtige sah. Und nachdem der Fall aufgeklärt war, wollte er mich daten.«

»Flachlegen. Sag ich doch.«

»Eben nicht. Ich hätte mich nämlich liebend gern flach-legen lassen«, übernehme ich Kevins klare Sprache. »Er hat es aber nicht mal versucht. Nicht einmal küssen wollte er mich. Er redet ununterbrochen darüber, dass er es ernst meint und mir demonstrieren will, dass es mehr sein soll als eine Bettge-schichte. Wie bitteschön soll ich es interpretieren, wenn ein Mann sich trotz Date nicht bemüht, mir an die Wäsche zu gehen?«

»Oh, wow.«

Endlich hat Kevin es kapiert. Er schaut mich mit großen Augen an. Jetzt wird er mir erklären, dass ich ihn mir aus dem Kopf schlagen soll, da er sich körperlich eindeutig nicht zu mir hingezogen fühlt.

Ich merke, wie sich die Worte auf mein Gemüt legen und mich hinabziehen.

»Ich nehme alles zurück«, sagt er. »Und wenn man vom Teufel spricht, Tim Weigand hat soeben das Café betreten und setzt sich an einen Tisch in der Nähe der Tür. Sieh bloß nicht hin.«

Ich sehe selbstverständlich trotzdem zur Tür, allerdings verstecke ich dabei mein Gesicht hinter einer Haarsträhne. Tim sitzt mit einer Cola am Tisch und starrt verärgert in unsere Richtung.

»Also, ich gebe zu, dass ich echt beeindruckt bin von dem Typen. Das nenne ich mal Selbstbeherrschung. Aber trotzdem solltest du es ihm nicht zu leicht machen.«

»Was?« Ich verstehe kein Wort.

»Da hat er eine megascharfe Braut, die ihn vernaschen will, und er wartet, um ihr zu demonstrieren, dass er es ernst meint. Mann, Bebe, das habe ich noch bei keiner Frau gebracht.«

»Er steht eben nicht auf mich«, sage ich kleinlaut.

»Das kann man nur behaupten, wenn man blind ist. Der sabbert dir praktisch hinterher. Wenn er dich noch nicht flachgelegt hat, obwohl er die Möglichkeit hatte, dann ist es sowas von ernst. Ich stimme dir also zu, er ist nicht aus Kalkül hier und er rutscht auf der Stelle von der Verdächtigenliste.«

»Ist das dein Ernst?«

»Sowas von.«

»Du findest es nicht skurril, dass er auf Distanz bleibt, um mir zu zeigen, wie sehr er mich mag?«

»Der ultimative Liebesbeweis, Bebe, kannst du mir glauben.«

Fassungslos starre ich Kevin an. Der grinst mit einem Mal ganz gemein. Dann schiebt er sich so über den Tisch, dass ich Tim nicht mehr sehen kann, und rückt mit seinem Gesicht näher an mich. Seine Lippen streifen meine Ohrmuschel.

»Willst du den ultimativen Trick wissen, Bebe? Etwas, das deinen Kommissar in die Hölle schickt?«, wispert er.

»Möglich.«

»Das passiert bereits.«

»Wie meinst du das?«, flüstere ich. Dann kommt mir ein furchtbarer Verdacht.

Kevin kichert bestätigend. »Beiß dir auf die Lippen.«

»Ganz sicher nicht«, sage ich vorwurfsvoll und schiebe ihn zurück auf seinen Platz.

Mein Blick fällt auf Tim. Der starrt mir geradewegs in die Augen. Und nur daran, dass sein Gesicht absolut unbeweglich ist und null Emotion zeigt, erkenne ich, dass Kevins Manöver angekommen ist.

»Lara ist übrigens auch da«, weise ich Kevin auf unsere nächste Zuschauerin hin.

Sein Kopf ruckt zur Seite. Lara steht in der Tür und grinst spöttisch. Dann tippt sie sich gegen die Stirn.

»Lara ist definitiv zu intelligent für deinen Bluff«, stelle ich erfreut fest. »Es ist ein dämlicher Trick und ich habe keine Ahnung, was es bringen soll.«

»Ein bisschen Eifersucht kann nicht schaden«, murmelt Kevin. »Ich dachte, du willst dem Typen Feuer unterm Hintern machen. Damit er endlich zu Potte kommt.«

»Ich weiß nicht, Kevin. Wenn du der perfekte Beziehungsexperte wärst, würdest du doch bei Lara landen können, oder?«

Das ist ein Schuss ins Blaue, aber Kevin zuckt getroffen zusammen.

»Ich lande nicht bei Lara, weil …« Er beendet den Satz nicht. Der alte Kevin hätte geleugnet, bei Lara landen zu wollen. »… sie steht definitiv nicht auf mich. Das hat sie doch sehr deutlich gemacht.«

»Okay, Kevin. Du hast mir mit deiner Interpretation von Tims Zurückhaltung echt geholfen, im Gegenzug erhältst du von mir die Wahrheit über Frauen. Eine Frau will nämlich die Einzige sein, absolut und unverrückbar. Lara steht durchaus auf dich, sie würde es nur nie zugeben, solange du andere anbaggerst.«

»Ich muss ihr doch demonstrieren, dass ich ein heißer Typ bin, dem die Weiber in Scharen hinterherlaufen. Konkurrenz belebt das Geschäft.«

»Das mag bei Männern funktionieren, bei Frauen geht das nach hinten los, Kevin. Wenn du was von ihr willst, lässt du ab sofort die Finger von anderen Frauen.«

»Sicher?«

»Sicher. Und hin und wieder ein Kompliment oder ein freundliches Wort kann auch nicht schaden.« Ich leere meine Tasse und wische mir den Sahnerand von der Lippe. »Und jetzt gehen wir da rüber und betreiben Schadensbegrenzung.«

kapitel 24

»Kevin hat mich nicht geküsst.«

Wir sitzen in Tims Wagen und fahren gen Heimat.

Da Tim nicht reagiert, seufze ich tief auf. Tim hat über diese Sache im Café kein Wort verloren, aber er war den Abend über extrem schweigsam. Wie selbstverständlich hat er mich nach Hause begleitet und erneut auf dem Sofa geschlafen. Was bedeutet, dass ich mal wieder eine miese Nacht, in der ich mich schlaflos von einer Seite auf die andere gedreht habe, hinter mir habe.

»Können wir darüber reden?«, beharre ich auf dem Thema.

»Wir sollen darüber reden, wen du vorgibst zu küssen?«

»Es war nicht meine Idee. Ich habe erst kapiert, wie das wirken muss, als es zu spät war.«

»Bist du wirklich so naiv?«

»Ich fürchte schon«, gebe ich kleinlaut zu.

»Weißt du, Tim, ich habe nicht viel Erfahrung mit Beziehungen. Vor Jason habe ich nur locker rumgemacht und getestet, wie Männer auf mich reagieren. Nach ihm lief gar nichts. Und währenddessen …«, ich stoße laut die Luft aus, »… es hatte nicht viel mit Gefühlen zu tun.«

»Wir sind ja nicht einmal bei einer Beziehung angekommen. Wir hängen irgendwo im Nirwana fest. Kannst du dir vorstellen, wie ich mich bei dem Anblick gefühlt habe? Un-

abhängig davon, ob ich geglaubt habe, es sei echt oder nicht.«
»So in etwa«, antworte ich schuldbewusst. Zu akzeptieren,
dass Tim mir gegenüber aufrichtige Gefühle hat, fällt mir nach
wie vor nicht leicht. Aber mit Eifersucht zu spielen, ist einfach
nur mies. »Ich wollte nur erklären, warum ich mich in Liebes-
dingen so schwertue.«

»Du willst mir jetzt aber nicht erzählen, dass du noch Jungfrau bist?« Tim klingt spöttisch.

»Nein, natürlich nicht. Das war der Aspekt, der für Jason
elementar war.«

Zum ersten Mal weicht Tims Blick kurz von der Fahrbahn
und streift mich. Jason und unsere Beziehung ist ein arm-
seliger Gesprächsgegenstand. Umgekehrt habe ich null Interesse daran, mitzubekommen, was für sexuelle Erfahrungen
Tim bisher gesammelt hat.

»Hast du was von Verrier gehört?«, wechsle ich das Thema.
Bevor wir nach Feierabend losgefahren sind, hat er telefoniert. Und ich habe so eine Vermutung, wer der Anrufer gewesen sein könnte.

»Der Erkennungsdienst ist mit der Wohnung und der Aus-
wertung durch. Notizen oder irgendetwas, was der Entführer
gesucht haben könnte, haben sie nicht gefunden. Nur einen
Haufen Fingerabdrücke von dir und deinen Einbrecher-
kollegen.«

»Dann hat der Mann Handschuhe getragen. Ob das ein
Hinweis darauf ist, dass er aus dem Polizeimilieu kommt?«

»Wohl kaum. Jeder Laie weiß, dass man bei einem Einbruch besser Handschuhe trägt. Und so wie es aussieht, gilt
das nicht unbedingt für angehende Polizisten.«

Die Spitze hat gesessen. So etwas Blamables wird mir nie
wieder passieren.

»Mir ist schon klar, dass ich in der Nacht so gut wie alles
falsch gemacht habe«, gebe ich widerwillig zu. »Und trotzdem
bin ich froh, dass ich da war. Dass der Mann dort etwas gesucht hat, ist und bleibt ein entscheidender Hinweis.«

Tim runzelt unwillig die Stirn.

»Dein kussbegieriger Freund Kevin kann übrigens seine Finger in keiner Situation bei sich lassen. Seine Abdrücke waren in der Unterwäsche-Schublade von Frau Diedrich.«

Ich rolle genervt mit den Augen. »Wenn Lara das rausfindet, macht sie Kevin einen Kopf kürzer.« Zu Recht.

»Prima, dann sage ich es ihr.«

»Mann, Tim, du auch? Was habt ihr zwei eigentlich für ein Problem miteinander?«

»Außer dass er vortäuscht, dich zu küssen?«

»Ja, abgesehen davon.«

»Keins.«

»Wirklich? Es wirkt anders.«

»Dann täuschst du dich. Ich bin heilfroh, dass du Freunde gefunden hast. Und ich respektiere, dass er so aufmerksam ist, dich beschützen zu wollen. Aber das ist und bleibt mein Job.«

Tim biegt mit Schwung in die Ausfahrt. Und ich erspare mir die nächste Diskussion darüber, ob ich mich denn überhaupt beschützen lassen möchte. So schlecht fühlt es sich nämlich gar nicht an.

Während Tim nach einem Parkplatz Ausschau hält, staune ich erneut darüber, in welcher Gegend meine Familie mittlerweile wohnt. Ich kann nicht verstehen, warum Claudine sich so vehement gegen die neue Wohnsituation wehrt, aber ich kann mich daran erinnern, dass auch ich in der Pubertät für sinnvolle Argumente nicht empfänglich war.

»Hast du schon eine Taktik, wie du Claudine den Schulbesuch schmackhaft machst?« Manchmal habe ich das Gefühl, dass Tim in meinen Kopf hineinsehen kann.

»Ich stelle dich als gutes Vorbild hin«, sage ich und grinse breit. Wenn Claudine Tim nicht wieder Bulle nennt und mich Bullenflittchen, haben wir schon viel erreicht. »Solange sie brav die Schule besucht und immer fleißig lernt, dann kann sie so werden wie du.«

»Sehr lustig. Ich bleibe besser im Wagen.«

»Auf keinen Fall. Ich kriege das mit Claudine schon hin, ich bin gut im Improvisieren.«

Tim hat einen Parkplatz gefunden. Einfamilienhäuser rund herum, gepflegte Vorgärten und jede Menge Grün. Irgendwann möchte ich auch in so einem Viertel leben.

»Könntest du diesen Dennis nicht verhaften und wir ketten ihn solange an Claudines Bett, bis er ihr ewige Liebe schwört?«, schmiede ich den ersten Plan. »Oder bis sie kapiert, dass er ein Vollpfosten ist und ihrer Schwärmerei nicht wert.«

»Ich habe meine Handschellen nicht dabei«, antwortet Tim trocken.

»Kabelbinder?«, schlage ich vor.

»Ah, du bist die geborene Polizistin. Immer eine praktikable Lösung parat«, lobt er mich.

»Ich weiß.« Belustigt grinse ich, aber dann fällt mein Blick auf einen Jungen, der uns mit einem Hund entgegenkommt. Lang und schlaksig, braune, wuschelige Haare und trotz leichtem Nerdlook ganz niedlich.

»Wohnst du hier?«, halte ich ihn auf.

»Ja.«

»Prima. Du siehst aus, als würdest du dir gern etwas Taschengeld dazu verdienen.«

»Ähm?« Sein verunsicherter Blick wandert von mir zu Tim und zurück.

»Meine kleine Schwester ist neu hier und braucht einen Nachhilfelehrer«, erkläre ich die Idee. »Sie ist in der neunten Klasse und du wirkst ziemlich clever.«

»Ähm, ja, vielleicht.«

»Was heißt denn vielleicht? Bist du gut in der Schule oder nicht?«

»Doch, schon.« Der Junge zieht den Hund, der begeistert an meinem Hosenbein schnüffelt, zurück.

»Hast du Interesse an einem Nachhilfejob?«

»Ja, denke schon. Neunte Klasse sollte kein Problem sein. Welches Fach denn?«

Der Hund zerrt ungeduldig an der Leine.

»Egal. Am besten kommst du gleich mit, dann können wir alles im Haus klären. Wie heißt du?«

»Yannik. Ich …« Er zögert und wirft einen unentschlossenen Blick auf den Hund. »Kann ich Friedhelm denn mitnehmen?«

»Klar.«

Ich habe keine Ahnung, wie Markus zu Hunden in seinem Haus steht. Und ich habe keine Ahnung, ob er bereit ist, Claudine Nachhilfe zu bezahlen.

Wir werden es herausfinden.

»Ich verstehe den Plan nicht«, flüstert Tim, während wir zu dritt weitergehen. »Das Problem ist doch nicht, dass Claudine die Schule nicht schafft. Das Problem ist, dass sie gar nicht erst hingeht.«

»Es geht weder um Nachhilfe noch um Schule. Yannik ist niedlich, er wird Claudine auf andere Gedanken bringen.«

»So genau kennst du den Geschmack deiner Schwester?«

»Dreizehnjährige sind da nicht wählerisch. Präsentier ihnen einen älteren Jungen, mit dem sie Zeit verbringen, und sie verlieben sich.«

»Warst du auch so?«

»Klar. Leider war es bei mir nicht Yannik, der Musterschüler, sondern Patrizio, der Drogendealer.«

Tim muss sich das Lachen verkneifen.

Ich klingle und zwinkere sowohl Tim als auch Yannik vergnügt zu. Manchmal liegt die Lösung eines Problems sprichwörtlich auf der Straße.

Es ist Claudine höchstpersönlich, die die Tür aufreißt.

»Endlich, Bebe. Ich halte es keine Sekunde länger hier aus. Die Spießerschwingungen versuchen von allen Seiten, in mich einzudringen.« Ihr Blick fällt auf Tim und sie verzieht das Gesicht. »Ach du Scheiße, auch das noch. Willst du mich mit Polizeigewalt in den Unterricht schleppen?«

»Sag ich doch«, wispert Tim.

»Ich will dich gar nicht in den Unterricht schleppen, Claudine. So etwas würde ich dir nie zumuten.« Ich packe mein breitestes Lächeln aus. »Ich habe dir jemanden mitgebracht, der für dich die Hausaufgaben macht.«

Vergnügt schiebe ich Yannik nach vorne.

»Das ist aber keine Nachhilfe«, protestiert der. »Ich mache das schon ernsthaft. Wir wollen ja was erreichen.«

Er hat ja keine Ahnung, was ich erreichen will. Mein Gefühl hat mich nicht getrogen. Claudine checkt Yannik ab. Misstrauisch betrachtet sie seine schlaksige Figur und den unoriginellen Kleidungsstil, aber dann fällt ihr Blick auf Friedhelm.

»Oh Mann, ist der süß. Was ist das denn für ein Hund?«

Sie hockt sich hin und krault das flauschige Fell.

»Eine wilde Mischung. Wir sind nicht so Fans von Rassehunden.«

»Finde ich super. Der darf mit in mein Zimmer. Wie heißt du denn? Und wo wohnst du? Hast du eigentlich ein Moped?«

Claudine beschießt Yannik mit Fragen, übernimmt dann die Hundeleine und zieht Hund mitsamt überrumpeltem Herrchen ins Haus.

»Du hast ihr den armen Jungen zum Fraß vorgeworfen«, stellt Tim erschüttert fest. »Der weiß ja gar nicht, wie ihm geschieht.«

Ich zucke zufrieden die Schultern. »Er wird es überleben. Und Claudine wird Dennis vergessen und sich auf einen neuen Lebensstil einlassen. Sie ist beeinflussbar.«

»Meinst du den Hund oder den Jungen?«

»Ist mir egal. Hauptsache, es versöhnt sie mit dem neuen Zuhause und bringt sie auf andere Gedanken. Ob meine Mutter vor der Glotze herumlungert?«

Wir betreten das Haus und ziehen die Tür hinter uns zu. Von Claudine und ihrem Besuch ist nichts zu hören, nur aus dem Wohnzimmer ertönen leise Stimmen. Und das ist nicht der Fernseher. Erstaunt ziehe ich die Augenbrauen hoch.

»Siehst du, das meine ich mit beeinflussbar. Gib meiner Mutter einen vernünftigen Mann und sie wird ein neuer Mensch«, raune ich Tim zu und deute auf den Tisch, an dem die Frau, bei der ich nicht mal sicher bin, ob sie lesen und schreiben kann, sitzt und Angelina und Scarlett bei den Hausaufgaben beaufsichtigt.

»Hi Ma«, sage ich laut. »Hi ihr kleinen Racker.«

»Bebe.« Die Mädchen springen auf und rennen in meine Arme. Während ich sie fest an mich drücke, realisiere ich, wie sehr ich meine Schwestern vermisst habe. Früher hat Familie nur Verantwortung für mich bedeutet, erst jetzt, nachdem ich meine Freiheit gewonnen habe, kann ich sie und ihre Zuneigung genießen.

»Blossom Blue.« Meine Mutter lächelt mich erfreut an, dann sackt ihr Lächeln in sich zusammen. »Claudine hat mir gesagt, dass du vorbeikommst. Sie meinte, du wirst sie aus diesem Gefängnis befreien.«

Eine Tür im Inneren des Hauses knarrt und Markus erscheint.

»Blossom Blue, wie nett, dass du uns besuchst. Und der Herr Kommissar ist auch dabei. Kann ich Ihnen etwas zu trinken anbieten? Ist es zu spät für Kaffee?«

»Für Kaffee ist es nie zu spät.«

Ich nicke Markus freundlich zu. Ich finde ihn wirklich super, wir haben uns jedoch nicht oft genug gesehen, um Vertrautheit zu entwickeln.

»Blossom Blue ist hier, um uns klarzumachen, dass wir Claudine nicht in die Schule zwingen dürfen«, sagt meine Mutter vorwurfsvoll. »Wir sind hartherzige Rabeneltern, die ihre Entwicklung und ihre Autonomie beschränken.«

Hui, das kommt unter Garantie eins zu eins von Claudine. Meine Mutter würde sich nie so ausdrücken.

»So in etwa.« Ich grinse. Sie werden schon noch bemerken, was ich vorhabe.

Claudine kommt mit Vollgas ins Wohnzimmer gerannt.

»Wo ist mein Schulkram?« Sie klaubt Hefte und Stifte zusammen, die wild verteilt auf dem Tisch liegen. »Yannik hilft mir, der hat echt Ahnung von allem.«

Sie ist schneller wieder draußen, als jemand reagieren kann.

»Ich habe für Claudine einen Nachhilfelehrer organisiert«, erkläre ich Markus. »Du müsstest nur Geld locker machen, um ihn zu bezahlen. Am besten mehrmals die Woche.«

»Kein Problem.« Markus nickt erfreut. »Welche Referenzen hat er denn?«

»Einen Hund.«

»Du vergisst die wuscheligen Haare«, sagt Tim grinsend.

»Stimmt, die sind wichtig. Ebenso, dass er älter als Claudine ist.« Ich zwinkere Tim zu, dann wende ich mich erneut an Markus. »Er ist gut, vertrau mir einfach. Und das Problem mit den hartherzigen Rabeneltern sollte sich damit erledigt haben.«

Markus kapiert auf der Stelle, worauf ich spekuliere.

»Du bist ganz schön clever, Bebe«, sagt er anerkennend. »Kein Wunder, dass du so einen hervorragenden Abischnitt hattest. Vielleicht entwickelt sich Claudine ja auch in diese Richtung.«

»Verlass dich da mal nicht drauf«, wirft meine Mutter ein. »Blossom Blue hat keinerlei Ähnlichkeit mit mir, die kommt nur nach ihrem Vater.«

»Moment mal.« Ich reiße die Augen auf. »Ich komme nach meinem Vater?«

»Ja, siehst du etwa Gemeinsamkeiten zwischen uns?«

»Ich dachte, du weißt nicht, wer mein Vater ist?«, schreie ich.

Jahrelang hat sie behauptet, es sei ein namenloser One-Night-Stand gewesen. So enttäuschend im Bett, dass sie nach der Nummer das Weite gesucht hat. Ich solle froh sein, so einen Loser nie kennengelernt zu haben.

»Ich weiß, wer mein Vater ist«, kräht Angelina dazwischen. »Der will trotzdem nichts von mir wissen.«

»Ist ja auch egal«, murmelt meine Mutter peinlich berührt. Sie wirft einen verlegenen Blick auf Markus. Der weiß jedoch schon lange, dass wir Mädchen von vier unterschiedlichen Vätern sind und weder Kontakt zu ihnen haben noch Unterhalt bekommen.

»Mir ist es nicht egal. Ich will jetzt wissen, wer es ist«, beharre ich. Die erste Chance, die Wahrheit aus meiner Mutter herauszupressen.

»Ich weiß das wirklich nicht. Es war eine kurze Affäre, er war nur ein Wochenende in der Stadt. Und ehe ich bemerkt habe, dass ich schwanger war, war er über alle Berge.«

»Er weiß also gar nicht, dass ich existiere?«

»Nee.«

Klingt besser, als ein Mann, der eine Frau schwängert und sie dann wissentlich mit dem Kind sitzenlässt.

»Ich will einen Namen. Und alles, was du über ihn weißt.«

»Blossom Blue, das ist doch ewig her. Du bist längst erwachsen, da ist das völlig unwichtig.«

»Ist es nicht.«

Markus und Tim haben sich leise in die Küche verzogen, ich höre, wie sie sich am Kaffeeautomat zu schaffen machen.

»Ma, ich will nur die Chance haben, ihn zu treffen. Das heißt nicht, dass ich es vorhabe, ganz sicher nicht. Aber überhaupt die Option zu haben, wäre mir verdammt wichtig.«

»Ich weiß viel zu wenig, das hilft dir nicht.« Laut seufzend lässt sie sich auf einen Stuhl sinken. »Er war Student, so ein richtig schlauer Typ eben. Ich habe nie kapiert, was er überhaupt studierte, irgendwas mit Verrückten.«

»Psychologie?«

»Kann sein, hat mich nicht interessiert. «

»Wie hieß er, wo kam er her?«

»Robert aus Berlin.«

»Das ist alles?«

»Ja.«

»Wie sah er aus? Mann, Ma, du musst doch mehr wissen.«

»Er hatte braune Augen wie du, dunkelblond, groß und dünn. Und er trug eine Brille, aber das hat mich nicht gestört.«

»Wie alt?«

»Fünfundzwanzig.«

Ich zupfe an meiner Unterlippe. Was kann sie noch wissen? Seine Schwanzlänge gehört definitiv nicht zu den Informationen, die ich gern hätte.

»Ma, ich habe ein Recht, etwas über meinen Vater zu erfahren. Lüg mich nie wieder an.«

Mit einem letzten mahnenden Blick verziehe ich mich in die Küche.

Eine Stunde später sitzen wir erneut in Tims Wagen. Wir sind gerade erst losgefahren, als mich eine Nachricht erreicht.

Claudine: Kannst du glauben, dass Yannik noch nie ein Mädchen geküsst hat? Der ist schon 16!!!

Ich pruste los und zeige Tim die Nachricht.

»Was versteht Claudine unter Nachhilfe? Beziehungsweise wer gibt da wem Nachhilfe in was?«

»Willst du es wirklich so genau wissen?«, frage ich grinsend. Mein improvisierter Plan ist so was von aufgegangen.

kapitel 25

»Meine Eltern erwarten uns morgen zum Mittagessen. Das ist doch okay für dich, oder?«

Ich halte bei Tims Worten die Luft an. Das ist überhaupt nicht okay für mich, denn ich gerate schon allein bei der Vorstellung in Panik.

»Klar«, sage ich trotzdem. »Mittagessen ist toll.«

Ich schaue Tim nicht an, während ich den Schlüssel ins Schloss meiner Wohnung stecke.

»Du klingst nicht überzeugend.«

Wie immer durchschaut er mich.

»Du weißt, dass ich Angst vor deinen Eltern habe. Lass mich also einfach so gut lügen, wie ich es hinbekomme.«

Die Tür schwingt auf. Irgendetwas stimmt nicht. Ich kann nicht benennen, was es ist, aber etwas ist anders, falsch. Alarmiert gehe ich die wenigen Schritte durch den kleinen Flur, bis ich im Wohnzimmer stehe. Im verwüsteten Wohnzimmer.

»Scheiße.« Tim ist mir gefolgt.

»Ich habe doch gar keine Wertsachen«, stammle ich verstört. Wie kommt ein Dieb auf die absurde Idee, in die winzige Bude einer mittellosen Studentin einzubrechen?

Ich bücke mich, um ein Buch aufzuheben und es zurück auf den Schreibtisch zu legen.

»Fass nichts an«, hält Tim mich auf. »Fingerabdrücke, weißt du doch.«

»Meine sind hier eh überall,« murmle ich. Das Buch lasse ich trotzdem liegen.

»Das ist …«, setzt Tim an, als er verstummt und herumfährt. Am Eingang ist eine Bewegung auszumachen, eine Gestalt, die aus dem Bad huscht und durch die offenstehende Wohnungstür verschwinden.

Tim rennt los.

»Bleib hier und informier die Polizei«, ruft er mir über die Schulter zu. Dann höre ich nur noch seine laut polternden Schritte auf der Treppe.

Als ob ich Tim allein den Einbrecher jagen lasse. Das ist viel zu gefährlich, vor allem da er nach wie vor nicht bewaffnet ist.

Ich renne hinterher.

Schon nach drei Schritten fällt mir auf, dass ich in den Schuhen keine Chance habe, den beiden zu folgen. Mit einem Tritt schleudere ich sie zur Seite, ehe ich die Treppen barfuß in Angriff nehme. Nahezu lautlos bewege ich mich die Stufen hinab, umso besser höre ich, wie sich die schweren Schritte von Tim und dem Eindringling rasch entfernen. Obwohl ich das Tempo erhöhe, werde ich immer weiter abgehängt. Meine Füße protestieren auf den kalten Fliesen. Als ich endlich unten angelangt bin und die Haustür erreiche, ist die längst hinter Tim zugefallen. Ich reiße sie auf und stehe auf der Straße. Rechts sind zwei Teenager und eine ältere Dame auf dem Bürgersteig unterwegs, links ist niemand zu sehen.

So ein Mist. Bei der Vorstellung, wie Tim eventuell in diesem Moment den Einbrecher stellt, bricht mir der Angstschweiß aus. Klar, er ist Polizist. Klar, das ist irgendwie sein Job. Aber doch nicht außer Dienst, unbewaffnet und ohne Rückendeckung durch die Kollegen.

Wütend und verzweifelt eile ich Richtung Fahrbahn und lasse den Blick aufmerksam umherwandern. Da – auf der anderen Straßenseite mehrere hundert Meter entfernt biegt Tim um eine Ecke. Erleichtert laufe ich los. Ich renne fast vor ein Auto, als ich in vollem Tempo die Straße überquere. Bremsen quietschen, der Wagen hupt laut hinter mir. Egal. Ich erreiche die Ecke, aber weder von Tim noch von dem Unbekannten ist etwas zu sehen. In Luft werden sie sich nicht aufgelöst haben. Die Straße ist deutlich schmaler, kaum befahren, Fußgänger sind auch keine unterwegs.

Meine Füße melden sich mit Nachdruck, während ich nun langsamer und aufmerksam weitereile. Ich spüre jeden Stein unter den Fußsohlen. Barfußlaufen ist echt nicht meins.

In der nächsten Toreinfahrt lehnt ein Mann und hält die Hände vor das Gesicht.

Blut klebt an seiner Haut.

Tim.

»Tim, Tim.« Zaghaft lege ich meine Finger auf seine. »Was ist passiert? Bist du okay?«

»Ich bin okay«, murmelt er, dann nimmt er die Hand weg. Eine Platzwunde ziert seine Stirn, Blut sickert langsam an der Schläfe entlang. »Er hat mir an der Tür dort aufgelauert und sie mir gegen den Kopf gedonnert. Ich habe das Thema Eigensicherung voll vermasselt.«

Eigensicherung und im Vollsprint einen Kriminellen verfolgen sind eben nicht kompatibel. Deswegen bin ich ja hinterhergerannt. Genützt hat es null.

»Hast du die Kollegen alarmiert?«, fragt er.

»Noch nicht.«

Ärgerlich runzelt er die Stirn, zieht bei der Bewegung jedoch schmerzerfüllt die Luft ein.

»Ich konnte dich nicht allein die Verfolgung aufnehmen lassen und stattdessen gemütlich zu Hause telefonieren. Du siehst doch selbst, was passiert ist«, rechtfertige ich mich.

Netterweise spart er es sich, mich darauf hinzuweisen, wie nutzlos ich war. Dafür mustert er verwirrt meine Füße.

»Ich sollte in Zukunft nur noch Sportschuhe tragen.« Ich

schaue ebenfalls nach unten. Die Füße leuchten mittlerweile rot vor Kälte und brennen wie die Hölle. »Hast du mitbekommen, wohin er gerannt ist? Oder könntest du ihn beschreiben?«

Tim schüttelt den Kopf.

»Ich habe nur noch Sterne gesehen. Ich dachte, das wäre so ein Klischee aus Comics, aber es ist wahr.«

Missmutig und kleinlaut humpeln wir zurück zum Haus und schleppen uns die Treppen hoch. Die Wohnungstür steht sperrangelweit offen.

»Ich rufe direkt Verrier an«, sagt Tim leise.

»Wieso? Der wird sich bedanken, wenn er zu einem popeligen Einbruch gerufen wird.«

»Kannst du ausschließen, dass es mit dem Fall zusammenhängt?«

Ich zucke die Achseln. Die Idee ist mir gar nicht gekommen, es ist jedoch die einzige Erklärung für das heillose Durcheinander, das sich mir präsentiert. Weder die Lage noch die Größe oder Ausstattung meiner Bude lässt darauf schließen, dass man hier Wertsachen finden könnte. Ein simpler Einbruch ist unwahrscheinlich.

Ich gehe ins Bad und mache ein Handtuch nass.

»Hier. Wisch dir mal das Blut ab und kühl die Beule, ehe die Bullen kommen und dich auslachen.«

Mutlos lasse ich mich auf die Treppe vor der Wohnungstür sinken, während Tim telefoniert.

Kann es sein, dass wir den Entführer mal wieder haarscharf verpasst haben? Genau genommen entkommen lassen, diesmal zu zweit. Wie viele Chancen muss er uns denn noch bieten, um ihn zu schnappen?

Tim hockt sich nach wenigen Minuten neben mich. Wir versinken in Schweigen.

»Na, Sie wissen, wie man einen richtig schönen Freitagabend genießt. Toll, dass Sie mich dran teilhaben lassen.«

Verrier stürmt die Treppe hoch und betrachtet uns spöttisch. Dem Chaos, das man schon durch die geöffnete Tür erkennen kann, widmet er keinen Blick.

»Sehr lustig«, fauche ich. »Gehen Sie mit allen Opfern von Straftaten so um?«

»Ist doch nur ein Einbruch.« Er zuckt ungerührt die Achseln.

»Das ist Intimsphäre. Der Typ hat all meine Sachen durchwühlt. Das ist …« Erst in diesem Augenblick wird mir bewusst, wie sehr die Worte den Kern treffen. Ein Mann ist in meinen persönlichen Bereich eingedrungen, ohne Einladung, ohne Einverständnis. Er hat angefasst, was ich offen präsentiere und vor allem alles, was nur für mich ist. Meine Lieblings-bücher liegen auf dem Boden. Meine Unterwäsche ist aus der Schublade gerissen. Mein Territorium ist verletzt. Nur mit Mühe dränge ich die Tränen, die mir in die Augen schießen, zurück.

Tim nimmt still meine Hand und hält sie fest.

»Ist ja schon gut.« Eine Entschuldigung sieht anders aus, aber das scheint nicht die Kernkompetenz des Kommissars zu sein. »Fehlt was?«

»Keine Ahnung. Mir fällt aber nichts ein, was fehlen könnte. Ich besitze nichts von Wert.«

»Schmuck?«

»Nur billigen Modeschmuck.«

»Bargeld?«

»Nee.«

»Laptop, PC, Fernseher.«

»Nur ein Laptop. Drei Jahre alt.« Und damit nichts, was jemand auf dem Schwarzmarkt verhökern könnte. Ich kenne mich da aus.

»Das lässt nur einen einzigen Schluss zu«, mischt Tim sich ein. »Deswegen habe ich Sie angerufen und nicht die Leitstelle.«

»Sie denken, es war der Entführer?«

»Es muss der Kerl sein, auf den Bebe in Frau Diedrichs Wohnung gestoßen ist. Und er scheint anzunehmen, dass Bebe dort das gefunden hat, was er sucht.«

»Mir ist nach wie vor schleierhaft, was das sein soll«, brummt Verrier ungehalten.

»Wenn wir es wüssten, wäre der Fall vermutlich geklärt.«

»Wie hat er denn meine Wohnung gefunden?«, jammere ich. Es ist genau der Super-GAU eingetreten, den wir zwar befürchtet haben, aber nie erwartet. Ich zumindest nicht.

»Er kennt dich, Bebe, es kann gar nicht anders sein.« Tim sieht mich unglücklich an, dann fixiert er Verrier. »Was der Polizei einen entscheidenden Hinweis liefern sollte.«

»Fertigen Sie doch bitte eine Liste, mit allen Menschen, die Sie kennen, an«, werde ich aufgefordert. Na toll, das habe ich Tim zu verdanken.

»Ich beginne mit meiner Mutter, richtig? Meine Schwestern, Exfreunde, ehemalige Schulkameraden.«

»Konzentrieren Sie sich bitte auf die Leute, die Sie vor Ort ab Beginn der Ausbildung getroffen haben.« Verrier klingt wie erhofft genervt. »Ab da nahtlos. Ich brauche ebenso die Menschen, die Sie nur vom Sehen kennen.«

Ich werfe Tim einen vorwurfsvollen Blick zu, aber er ignoriert es.

»Haben Sie das einem Arzt gezeigt?« Verrier deutet auf Tims Platzwunde. Mittlerweile sieht es nicht mehr ganz so übel aus, das Blut ist abgewaschen, die Beule liegt halbwegs unter den Haaren verborgen. »Mit Kopfwunden darf man nicht spaßen.«

»Ich habe nicht mal Kopfschmerzen«, winkt Tim ab.

»Wie auch immer.« Verrier zuckt die Schultern und wendet sich erneut an mich. »Ich lasse den Erkennungsdienst die Wohnung gründlich auseinandernehmen. Sie kommen die Nacht über doch sicherlich irgendwo anders unter.«

Scheiße.

Lara hat nur ein schmales Bettsofa, Kevin wird mich mit

anzüglichen Sprüchen in den Wahnsinn treiben und zu meiner Mutter gehe ich auf keinen Fall.

Bleibt nur ein Hotel.

»Du kommst mit zu mir nach Köln«, sagt Tim mitten in meine Überlegungen hinein. »Wir wollten doch eh morgen zu meinen Eltern.«

Verriers Blick wandert zwischen Tim und mir hin und her. Das ›Aha – Habe ich doch gleich gesagt‹ ist ihm deutlich anzusehen. Auf meinen Lippen liegt schon ein lautes ›Das ist nicht, wie es aussieht.‹ – aber wem will ich hier etwas vormachen. Ich schweige und nicke.

Außerdem möchte ich liebend gern Tims Wohnung sehen.

»Ein paar Klamotten darf ich hoffentlich zusammenpacken?« Ich habe nicht vor, mich für den Elternbesuch zu verkleiden, aber in verschwitzten, verdreckten Sachen muss ich auch nicht auflaufen.

»Ja, und schauen Sie mal durch, ob nicht doch etwas fehlt. Aber ohne etwas zu ändern oder anzufassen.«

Ja, klar, ich schwebe wie ein Geist durch die Zimmer. Augenrollend gehe ich packen.

kapitel 26

Eine Nacht mit tausend wirren Träumen liegt hinter mir.

Leider sind es rundweg negative Träume.

»Hast du gut geschlafen?«, fragt Tim.

»Tief und fest«, behaupte ich. Nachdem er mir sein Bett abgetreten hat, um selbst das Sofa zu beziehen, kann ich nicht zugeben, dass ich eine Horrornacht hinter mir habe. Ich habe genug Make-up aufgelegt, um die Augenringe zu überdecken. »Und du?«

»Mies.«

Ich reiße den Mund auf, um mich zu entschuldigen. Er hat mir sein Bett förmlich aufgedrängt, aber ich hätte mich eben nachdrücklicher wehren müssen.

»Das hatte nichts mit dem Sofa zu tun«, wehrt Tim jedoch sofort ab. »Das Sofa ist super. Ich habe nur ununterbrochen davon geträumt, dass der Entführer auch bei mir einsteigt. Mitten in der Nacht. Während wir schlafen. Ich bin leider nicht so cool wie du.«

»Du bist doch mittlerweile bewaffnet«, wundere ich mich. Tim hat noch am Abend seine Dienststelle aufgesucht, um die Pistole zu holen. Ich fühle mich dadurch definitiv sicherer.

»Trotzdem. Wenn ich schlafe, nützt mir das nichts.«

»Wir hätten abwechselnd Wache schieben sollen«, scherze ich.

»Ja.« Tim gähnt laut. »Wie im Wilden Westen. Wäre allerdings mit Lagerfeuer stilechter.«

Mir hätte Wacheschieben nicht geholfen. Ich habe zwar auch einmal geträumt, dass ich von einem Einbrecher aus dem Schlaf gerissen werde. Die Person, die vor dem Bett stand und mich bedrohte, war jedoch nicht der Kidnapper, sondern Tims Mutter. Schwarz gekleidet, Gesicht im Schatten und mit einem anklagend auf mich gerichteten Zeigefinger. Was ich Flittchen ihrem Sohn antue. Wie ich es wagen könne, einen ehrbaren Polizisten in mein Schlamassel hineinzuziehen.

Ja, ich kann es nicht abstreiten: Ich habe mehr Angst vor Tims Eltern als vor dem Entführer und möglichen Mörder. Irgendetwas mit mir stimmt nicht.

Dass wir in Tims Wagen sitzen und auf dem Weg zu seinem Elternhaus sind, macht es nicht besser.

Wider Erwarten bleiben wir nicht in der Stadt. Während Tim von der Autobahn fährt und auf eine Landstraße abbiegt, starre ich auf meine Beine. Ich habe das volle Programm aufgezogen. Der kürzeste Rock, die höchsten Absätze. Unechte Wimpern und pinken Lippenstift.

Gerade bereue ich es zutiefst.

Beim Anziehen habe ich mir gesagt, dass Tims Eltern mich genau so akzeptieren müssen oder gar nicht. Dass ich keinen Kompromiss eingehen werde, nicht noch einmal. Und dann habe ich ein wenig übertrieben. Was für ein Scheiß.

»Kannst du umkehren?«

»Wieso?« Tim schreckt auf. Mein Tonfall ist nicht annähernd so entspannt, wie ich es gern hätte.

»Ich habe etwas vergessen.«

»Ist es so wichtig? Meine Mutter bekommt die Krise, wenn wir zu spät kommen. Da versteht sie keinen Spaß, aber das ist ihre einzige Macke.«

Wenn wir jetzt drehen und ich mich umziehe, erscheinen wir eine ganze Stunde zu spät. Und ich hasse mich für den

Rest meines Lebens dafür, dass ich nicht genug Eier hatte, die Show durchzuziehen. So oder so keine Option.

»Nein, nicht wichtig. Fahr einfach weiter«, murmle ich.

Tim wirft mir einen warmen Blick zu.

»Du hast keinen Grund, nervös zu sein. Meine Eltern werden dich lieben.«

Ja, klar. Ich bin voll der Schwiegermutter-Typ.

Tim fährt in die Einfahrt eines Einfamilienhauses. Liebevoll gepflegter Vorgarten, BMW vor der Garage, es schreit Spießbürger aus jeder Pore.

Tims Mutter liebt Hortensien.

Und sein Vater steht schon in der Haustür und erwartet uns.

Tim parkt genau so, dass der Vater mich beim Aussteigen beobachten kann. Und ich bin in den Klamotten nicht in der Lage, das ohne tiefe Einblicke zu bewerkstelligen. Reflexartig greife ich in meine Tasche und stecke mir einen Kaugummi in den Mund. Das kommende Kreuzverhör stehe ich nur mit Beruhigung durch.

Beim Aussteigen versuche ich gar nicht erst, den Rock an Ort und Stelle zu halten. Stattdessen beobachte ich möglichst unauffällig Tims Vater und seinen Gesichtsausdruck. Aber was soll ich sagen, seine gute Erziehung hat Tim nicht nur von seiner Mutter. Auch der Vater betrachtet weder meine Beine noch meinen Ausschnitt. Aufmerksam schaut er mir ins Gesicht. Auf der Stelle werden meine Hände feucht. Ich präsentiere doch meinen Körper, damit die Menschen mir nicht forschend in die Augen schauen. Tim hat das sehr schnell erkannt.

»Bebe, es freut mich, Sie kennenzulernen.«

Er hält mir die Hand hin und schüttelt sie lange und fest.

»Herr Weigand, ich kenne alle Tricks. Zwei Ihrer Kollegen haben mich in den letzten Monaten oft genug in die Mangel genommen. Ich falle weder auf falsche Freundlichkeit noch auf Einschüchterungsversuche rein.«

Oh Scheiße.

Ich und Polizisten – da liegt irgendwie der Hund begraben. Ich bin einfach nicht in der Lage, mit einem von ihnen eine neutrale, angemessene Unterhaltung zu führen, ohne auf der Stelle auf Konfrontationskurs zu gehen. Und da nützt es auch nichts, wenn sie schon lange in Rente sind.

Tims Vater zuckt nicht mit der Wimper.

»Na, dann schauen wir doch mal, wie aufrichtige Freundlichkeit bei Ihnen ankommt«, erwidert er gelassen und deutet auf die Person, die in diesem Moment aus dem Haus kommt.

Tims Mutter.

Die Frau, vor der ich aufrichtig Panik habe.

Klein, rundlich und genauso spießig gekleidet, wie ich befürchtet habe. Ich kaue noch kräftiger auf dem Kaugummi und unterdrücke nur mit Mühe den Drang, eine Blase zu machen.

»Bebe, na endlich.«

Sie hat mich erreicht und nimmt mich in den Arm. Einfach so. Vor Schreck erwidere ich die Umarmung und verschlucke mich fast an dem Kaugummi. Ich kann mich nicht erinnern, wann ich jemals meine Mutter umarmt habe.

Tims Mutter schiebt mich von sich und betrachtet mein Gesicht. Leider genauso aufmerksam wie ihr Mann.

»Tim hat schon so viel von dir erzählt«, verkündet sie freudestrahlend.

»Okay«, antworte ich verstört.

Das kann doch nichts Gutes sein.

Ich habe Tim mehrmals belogen und reingelegt, ich habe versucht, ihn mit Gewalt einzuschüchtern, ich habe ihn aus meinem Leben gestrichen. Mir ist also nicht nur absolut unverständlich, warum er nach wie vor an mir interessiert ist, mir ist noch schleierhafter, was er seinen Eltern über mich erzählt haben mag. Entweder hat er dabei das Blaue vom Himmel gelogen oder seine Mutter wendet einen miesen Trick an, um mich in Sicherheit zu wiegen, mich ins Haus zu locken und mich dort unbeobachtet zu bestrafen. Unsicher folge ich ihr hinein.

Ich befürchte, dass meine Miene nicht versteckt, wie irritiert ich über die Herzlichkeit, die mir entgegengebracht wird, bin. Tim hat diese kleine Falte im Mundwinkel, die er immer zeigt, wenn er ein Lachen unterdrückt.

Ich bin es nun mal gewohnt von Familie anders empfangen zu werden. Entweder mit der Aufforderung, Extensions und eine neue Haarfarbe locker zu machen, oder mit lautem Streit, den ich schlichten muss.

»Ich kann Ihre Haare frisieren, Frau Weigand«, versuche ich mich auf bestmögliche Art zu präsentieren. Ich wäre der glücklichste Mensch der Welt, wenn Tims Mutter mich mag. »Ich bin nicht gut bei einer Typberatung, aber Locken kann ich einwandfrei aufdrehen.«

»Du hasst Lockeneindrehen«, wundert Tim sich.

Seine Mutter zupft sich verwirrt an den braunen, halblangen Haaren.

»Sehe ich schlimm aus?«, fragt sie. »Ich war doch erst vor zwei Wochen beim Frisör.«

»Nein, nein, das meine ich nicht. Aber ...«

Mist, jede Frau freut sich doch über einen kostenlosen Frisörservice. Dachte ich. Das Angebot einer neuen Farbe oder von Extensions, mit denen ich bei meiner Familie punkten könnte, spare ich mir. Ein Strauß Blumen wäre passender gewesen.

»Du siehst gut aus, Mama«, springt Tim mir zur Seite. »Und lass Bebe bloß nicht an deine Haare, den Fehler habe ich einmal gemacht.«

»Ach, ich erinnere mich.« Tims Mutter lächelt. »Das sah schon ein wenig verwegen aus.«

Oh Mann, wo bin ich gelandet? Wenn kurz rasierte Seiten schon verwegen sind, dann sollten Tims Eltern nie Jason mitsamt seinen Tattoos sehen. In diesem Moment ist unübersehbar, dass Tims Welt nicht kompatibel mit meiner ist und ich hier dringend weg muss. Ich lächle gequält und plane die Flucht per Taxi.

Dann zwinkert Tims Mutter mir zu.

»Nenn mich doch bitte Marianne«, sagt sie mit einem aufrichtigen Lächeln. »Und der Mann, der sich mit Wärme ein wenig schwertut, ist Heinz. Mit diesem distanzierten Sie fangen wir gar nicht erst an.«

Vielleicht gebe ich Tims Familie doch eine Chance. Denn sie tun es bei mir definitiv.

»Sehr gerne, Marianne. Ich weiß nicht, womit ich es verdient habe, so herzlich empfangen zu werden.«

»Ich wusste, dass ich dich mögen würde, als Tim zum ersten Mal von dir erzählt hat. Wie du den Tod deiner Lehrerin aufgeklärt hast, obwohl alle dir Steine in den Weg gelegt haben. Sogar verhaftet hat dieser bornierte Patrick dich. Und als ich das Funkeln in den verliebten Augen meines Sohnes gesehen habe, …«

»Mama«, unterbricht Tim sie. »Überfall sie nicht so. Wir haben doch darüber geredet.«

»Ach, ja. Entschuldige bitte.«

Nicht nur meine Mutter ist also peinlich. Nur ist Marianne auf eine Art indiskret, bei der ich mich aufrichtig willkommen fühle.

»Verliebte Augen?«, flüstere ich Tim zu, während wir ins Esszimmer gehen.

»Meine Mutter steht auf kitschige Schmachtfilme. Rosamunde Pilcher und so. Hör einfach nicht hin«, murmelt er.

»Vielleicht höre ich gerne hin. Ich finde es nur seltsam, Liebeserklärungen deiner Mutter zu erhalten, bevor ich sie von dir bekomme.«

Tim bleibt abrupt stehen.

»Liebeserklärungen? Du rennst ja schon weg, wenn ich mit dir essen gehe. Was würde bei einer Liebeserklärung geschehen?«

»Probier es doch aus«, sage ich und möchte mir im selben Moment auf die Finger schlagen. So kenne ich mich nämlich gar nicht. Schnulziges Liebesgeflüster ist echt nicht mein Ding. In diesem Haus muss etwas in der Luft liegen, das mich weich und gefühlsduselig macht.

Ich rette mich aus der peinlichen Situation, indem ich entschlossen hinter Marianne und Heinz hergehe, die im Esszimmer verschwunden sind.

»Kann ich helfen?«, frage ich. So ein paar gute Manieren habe ich durchaus. Das habe ich Frau O zu verdanken.

»Du bist heute unser Gast, Bebe. Lass dich verwöhnen, wenigstens beim ersten Besuch. Tim packt mit in der Küche an«, sagt Marianne.

Dann verschwindet sie mit Tim und ich bleibe mit dem Verhörspezialisten allein im Raum. Na prima.

»Ich war tief beeindruckt, dass du den alten Müller-Fall aufgeklärt hast«, sagt er mit einem Lächeln. »Ist das mit dem Du überhaupt in Ordnung oder hat meine Frau dich damit überrumpelt?«

»Nein. Ich freue mich darüber«, antworte ich vorsichtig und nehme am Tisch Platz.

Die Taktik, den Verdächtigen erst einmal in Sicherheit zu wiegen und in ein nettes Gespräch zu verwickelt, ist mir nicht neu. Da muss Herr Weigand senior schon andere Geschütze auffahren, um mich weichzuklopfen.

»Freut mich. Aber die Sache mit den Müllers hat mich damals lange nicht losgelassen. Ein Fall, den man ungeklärt zu den Akten legen muss, ist für immer eine offene Wunde.«

»Es war ein Glückstreffer.«

»Wohl kaum. Glaub mir, Bebe, den richtigen Riecher, an welcher Stelle man nachbohren muss, den haben nicht viele. Du hast da ein echtes Talent und ich habe mich aufrichtig gefreut, als Tim berichtet hat, dass du dich bei der Polizei beworben hast.«

Okay, Heinz Weigand hat ebenfalls ein echtes Talent.

Nämlich mich um den Finger zu wickeln. Für Komplimente, die meine Begabung und Intelligenz betreffen, bin ich definitiv empfänglich.

Streng rufe ich mir in Erinnerung, dass er ein Verhörprofi ist. Jemand, der lange Jahre die Fähigkeit, Menschen zu manipulieren, trainiert hat.

Das kann ich allerdings genauso.

»Was aber macht man, wenn die Person, bei der man nachbohren muss, nicht bekannt ist?«

»Ist es ein aktuelles Problem oder eine theoretische Frage?«

Eine Frage mit einer Gegenfrage beantworten. Clever. Möglicherweise kann ich bei diesem Gespräch so einiges lernen.

Ich lehne mich zurück und schlage die Beine übereinander. »Würde das einen Unterschied machen?«

Heinz lacht. »Okay, ich verstehe. Du lässt dir also nicht in die Karten gucken.«

Ich lächle nur.

In dem Moment betritt Tim das Zimmer.

»Oh, Bebe, immer wenn du guckst wie eine Sphinx, hast du einen Plan. Lass dich nicht mit hineinziehen, Papa, es ist unter Garantie nicht legal.«

»Tim, du verdirbst meinen Ruf«, protestiere ich. Er ist zu früh zurückgekommen, gerade wurde es interessant.

»Legal ist immer eine Gratwanderung, Tim. Wenn man sich stur an alle Regeln hält, kommt man nicht weit. Die Kunst ist, sich nicht dabei erwischen zu lassen.«

Tims Vater gefällt mir. Ich schätze, diese Aussage ist kein bloßes Kalkül, um mich einzuwickeln.

»Ich werde immer erwischt.« Tim rollt mit den Augen. »Kannst du dich erinnern, wie ich in der neunten Klasse versucht habe, die Schule zu schwänzen?«

»Meinst du den Tag, als ich zum Rektor zitiert wurde, weil du ausgerechnet deinem Klassenlehrer in die Hände gelaufen bist?«

»Ja. Dabei wollte ich es nur einmal ausprobieren, um mitreden zu können. Es war so eine Art Mutprobe, weil mein Vater Polizist war und ich den Ruf des Musterschülers hatte.« Tim schmollt.

»Warum hast du nicht einfach behauptet, dass dir schlecht geworden ist?«, frage ich verwirrt. Ich habe jede Woche mehr Schulstunden geschwänzt als absolviert. Um Ausreden war ich nie verlegen.

»Weil ich noch nie gut lügen konnte. Ich beginne zu stottern und werde rot.«

Marianne kommt mit vier Tellern an den Tisch.

»Man sieht Tim jede Lüge an der Nasenspitze an«, sagt sie vergnügt. »Er ist quasi zur Ehrlichkeit verdammt.«

»Es ist furchtbar. Ich komme nicht einmal mit Höflichkeitslügen durch.«

»Das belegt deinen guten Charakter«, sage ich weich. Möglicherweise verliebe ich mich in diesem Moment noch ein Stück mehr in Tim. Er ist das absolute Gegenteil von den Menschen, mit denen ich bisher zu tun hatte.

»Siehst du.« Marianne stößt Tim an. »Ehrlichkeit ist nichts Schlechtes. Annika hat das nur nicht verstanden.«

Annika? Aufmerksam ziehe ich die Augenbrauen hoch und nehme Tim scharf ins Visier. Frauennamen hat er in meiner Gegenwart nie erwähnt.

»Themenwechsel, Mama«, sagt Tim mit Nachdruck.

»Bitte kein Themenwechsel, Marianne«, gehe ich dazwischen. »Ich habe bisher gedacht, dass Tim Jungfrau ist.«

Musste ich das Thema Sex unbedingt so direkt ansprechen? Bei mir vollkommen fremden Menschen, bei denen es mir viel bedeuten würde, wenn sie mich mögen. Ich mache es ihnen eh schon schwer genug, indem ich so auffällig wie möglich die Schlampe aus dem Ghetto präsentiere.

Ich bin echt zu blöd.

Glücklicherweise ist Marianne nicht pikiert, sie lacht laut auf.

»Darüber weiß ich nichts und das ist auch gut so. Ich wollte nur erwähnen, dass Tims Exfreundin nicht gut mit Ehrlichkeit klarkam.«

»Ja, aber das war nicht Annika. Die kam nicht mit meinen Schichten klar. Du sprichst von Lisa, die ununterbrochen Komplimente hören wollte. Wir haben ständig gestritten, sobald ich ein Kleid oder ihre neue Frisur nicht grandios, sondern nur in Ordnung fand.«

Okay, an der Stelle bin ich hart im Nehmen. Auf falsche Komplimente lege ich keinen Wert und klare Ansagen stören mich überhaupt nicht. Zumindest in dieser Hinsicht sind Tim und ich kompatibel.

»Über deine Exfreundinnen sprechen wir noch«, flüstere ich Tim zu. Er weiß alles über Jason und meine traurige Vergangenheit. Umgekehrt sieht es mager aus.

Tims Vater schaut gelangweilt aus dem Fenster. Für Beziehungsgespräche ist er nicht der Richtige. Aber eventuell hat er bei meinem aktuellen Problem ja einen genialen Rat.

»Hatten Sie schon mal mit einer Entführung zu tun?«, frage ich ihn direkt. Die Zeit für Spielchen ist vorbei.

»Oh nein, Bebe, fix bloß nicht meinen Vater an«, stöhnt Tim. »Es reicht schon, dass du dich in einen Fall einmischst, der dich nichts angeht.«

»Es war also keine theoretische Frage.« Heinz freut sich unübersehbar. »Aber wir waren doch schon beim Du angelangt.«

»Stimmt. Kennst du dich mit Entführungen aus, Heinz?«

»Durchaus, wenn es auch glücklicherweise viel seltener geschieht, als man gemeinhin so annimmt.« Heinz rückt begeistert näher. »Mach einen alten Mann glücklich, Bebe, und erzähl mir alles, was du weißt. Mein Sohn hält sich übertrieben bedeckt, sobald ein Fall interessant wird.«

Ich strecke Tim die Zunge raus und beginne, lang und ausführlich über Simone, die Entführung und die Erklärung, wie ich in den Fall verwickelt bin, zu berichten. Heinz' Augen funkeln vor Begeisterung, während Marianne nachsichtig lächelt und eine Auflaufschüssel holt. Als ich am Ende der Geschichte angelangt bin, sind wir beim Nachtisch.

»Du darfst auf keinen Fall zurück in deine Wohnung«, sagt Marianne besorgt. »Am besten bleibst du in Köln, bis der Mann gefasst oder das Mädchen befreit wurde. Gerne bei uns.«

»Mama, sie ist bei mir sicher«, wirft Tim ungehalten ein. »Traust auch du mir nicht zu, eine Frau zu beschützen?«

»Was soll das?«, motze ich reflexartig. »Ich beschütze mich schon selbst.«

»Ja, ja.« Tim verdreht die Augen.

»Du musst auf jeden Fall zurück in deine Wohnung.« Heinz tippt sich versonnen gegen das Kinn, während er nachdenkt. »Stell dem Kerl eine Falle.«

»Papa«, protestiert Tim entsetzt. »Wie kannst du ihr das vorschlagen? Der Mann ist höchstwahrscheinlich ein Mörder.«

»Aus diesem Grund sollte er ein Mörder hinter Gittern sein.« Tims Vater bleibt entspannt. »Außerdem musst du an das Entführungsopfer denken. Noch lebt sie aller Wahrscheinlichkeit nach, aber wer weiß, wie lange. Wenn der Mann schon ihre Schwester getötet hat, ist die Hemmschwelle niedrig, es erneut zu tun.«

Er hat recht. Finde ich. Ich kann mich nicht zurücklehnen und mich aus der Sache raushalten. Persönliches Risiko gegen ein Menschenleben, ist doch klar, wie sich eine angehende Polizistin entscheidet.

»Aber er war schon in meiner Wohnung und ebenfalls bei Simone. Ich weiß nicht, wo ich ihm eine Falle stellen könnte«, überlege ich laut.

»Er ist in deiner Wohnung nicht fertig, sonst hättet ihr ihn dort nicht überrascht. Er muss nach wie vor davon ausgehen, dass du etwas hast, das ihn belastet oder verrät. Hast du wirklich nichts?«

Verzweifelt zucke ich die Schultern.

»Ich habe nichts aus Simones Wohnung mitgenommen. Entweder sucht er etwas, das nicht existiert, oder etwas, das zu gut versteckt ist.« Die Vorstellung, dass der Entführer mir erneut auflauern wird, ist nicht allzu prickelnd. Aber wahrscheinlich die beste Chance, die wir haben.

»Lass ihn glauben, dass du etwas hast.«

»Wie?«

Ein paar Minuten versinken wir alle in Schweigen. Heinz und ich grübeln über die perfekte Falle nach, Tim überlegt, wie er mir die Idee ausreden kann, und Marianne starrt ihren Mann entsetzt an.

»Ich bin definitiv dagegen«, sagt sie dann und greift nach zwei Tellern. »Da ich aber schon lange begriffen habe, dass gesunder Menschenverstand bei Polizisten nicht vorhanden ist, kümmere ich mich um den Abwasch. Und ich bete, dass zumindest mein Sohn das erste Mädchen, das er uns nach zwei Jahren vorstellt, nicht in Gefahr bringen wird.«

Sie rauscht aus dem Raum. Tim zuckt die Schultern und übernimmt die anderen Teller.

»Ihr wisst haargenau, dass Mama recht hat. Was auch immer ihr euch jetzt überlegt, ich werde kein Selbstmordkommando zulassen.«

»Zivilisten«, brummt Heinz und schaut den beiden kopfschüttelnd hinterher. »Tim kommt zu sehr nach seiner Mutter.«

Den Eindruck habe ich auch.

Ich dagegen bin aus demselben Holz geschnitzt wie Tims Vater.

»Ich habe eine Idee«, sage ich langsam. Sie ist noch vage und ausbaufähig, aber im Ansatz durchaus brauchbar.

»Lass hören.«

»Lieber nicht.« Ich beuge mich nah an Heinz heran und flüstere. »Tim wird nicht einverstanden sein. Aber es würde mir helfen, wenn ich besser darüber informiert wäre, was

Verrier weiß. Vor allem in Bezug auf die Lösegeldübergabe. Spätestens am Montag passiert was.«

Heinz beginnt zu grinsen. Er sieht aus wie eine Katze, die sich unbeobachtet an die Sahne geschlichen hat.

»Verrier? Zur Kripo in Aachen habe ich durchaus Kontakte, da sollte sich was machen lassen.«

Ich grinse auch. Heinz und ich sind ein gutes Team. Nur Tim wird mir den Kopf abreißen.

kapitel 27

Zurück in Tims Wohnung verschwindet Tim im Badezimmer und ich hole mir in der Küche ein Glas Wasser.

Ich habe Heinz gegenüber behauptet, dass ich rein gar nichts aus Simones Appartement habe, aber so ganz stimmt das nicht. Ich habe zwar keinen Gegenstand mitgenommen, allerdings habe ich Fotos ihrer Kontoauszüge gemacht. Aufmerksam scrolle ich durch die Bilder. Simone hat es sich definitiv gut gehen lassen. Fast jeden Tag war sie in einem Restaurant, einer Bar oder einem Club. Wenn ich Zeit hätte, würde ich all diese Orte abklappern und ihr Foto herumzeigen. Social Media sei Dank habe ich Bilder von ihr.

»Meine Eltern mögen dich«, stellt Tim fest, als er zu mir ins Wohnzimmer kommt. »Also waren all deine Bedenken unnötig.«

»Deine Eltern mögen dich«, stelle ich richtig. »Deswegen akzeptieren sie jeden, den du mit nach Hause bringst.«

»Hattest du diesen Eindruck?« Er zieht die Augenbrauen hoch und schüttelt sanft den Kopf. »Ich kann dir versichern, dass das nicht der Fall ist.«

»War es bei deinen Exfreundinnen anders?«

Jetzt sind wir bei dem Thema, das mich brennend interessiert. Ich kenne keinen Menschen, der sich in der Hinsicht bedeckter hält als Tim. Ich habe bei unserem Kennenlernen ewig gebraucht, ehe ich aus ihm herauskitzeln konnte, dass er nicht vergeben ist.

Auch jetzt zuckt er nur die Schultern.

»Ach, Tim, ich habe die Telefonnummer deiner Mutter. Ich könnte sie anrufen und sie fragen. Wenn du nicht darüber reden möchtest.«

»Was genau willst du wissen?«

»Mit wie vielen Frauen warst du im Bett?«

»Ich finde das eine merkwürdige Unterhaltung«, ziert er sich. »Sollten wir nicht erst einmal über uns reden?«

»Ich möchte chronologisch vorgehen. Wir kümmern uns um die Vergangenheit, ehe wir nach der Zukunft schauen.«

»Warum?«

»Weil du alles über mich weißt. Du kennst meinen Ex, du bist im Bilde, aus welchem Grund ich mit ihm zusammen war und wie lange. Und das ist keine schmeichelhafte Geschichte. Ich würde mich wohler fühlen, wenn du auch ein paar Leichen im Keller hast.«

Ich setze mich auf das Sofa, auf dem er geschlafen hat, und schaue ihn erwartungsvoll an. Seine Angewohnheit bei persönlichen Dingen so zugeknöpft zu sein, macht es umso reizvoller, ihn herauszufordern. Tim lehnt sich mit verschränkten Armen gegen die Balkontür und betrachtet mich nachdenklich.

»Ich muss dich enttäuschen, es gibt keine Leichen im Keller. Nur drei gescheiterte Beziehungen, stinklangweilig also.«

»Mit wie vielen Frauen warst du im Bett?«, beharre ich auf meiner Frage.

»Hab ich doch gesagt, drei.«

»Die drei Exfreundinnen?«

»Ja.«

»Kein einziger One-Night-Stand?«

»Nein.«

»Urlaubsbekanntschaft?«

»Nein.«

»Puffbesuch?«

Tim schüttelt den Kopf.

»Möchtest du alle Situationen, in denen man Sex haben kann, einzeln durchgehen? Ich werde zu allem nein sagen, meine Vergangenheit gibt einfach nichts her. Es gab Lisa, während ich in der Schule war. Sie ist zum Studium nach Berlin gezogen. Auf der Polizeischule hatte ich ein Jahr lang eine Beziehung mit Leonie und später mit Annika. Mit Annika habe ich eine Weile zusammen gewohnt. Das war alles.«

»Du hast recht, es ist sterbenslangweilig«, necke ich ihn. »Hat keine deiner Exfreundinnen ein erwähnenswertes Vorleben?«

»Wie bei dir? Du hättest Gangsterbraut werden können, Bebe. Aber du hast das Angebot, Bonnie und Clyde zu sein, ja abgelehnt.«

Es ist eine blöde Unterhaltung. Sobald es persönlich wird, landen wir unweigerlich bei mir und meiner dubiosen Vergangenheit. Hätte mir klar sein müssen, dass es bei Tim keine prekären Geheimnisse gibt.

Er sieht mir an, dass ich schmolle und lächelt.

»Ich könnte ja mal schauen, wer aktuell auf meiner Dienststelle in Gewahrsam sitzt. Dann beginne ich eine heiße Affäre mit einer Drogensüchtigen oder einer Prostituierten. Wenn ich Glück habe, haben sie sogar eine Bankräuberin im Angebot, obwohl die echt selten sind.«

Ich liebe Tims Humor. Das war von Anfang an so, denn er zeigt sich immer dann, wenn ich ihn nicht erwarte.

»Ja, eine Bankräuberin würde mich schon beeindrucken«, sage ich. »Während du an deinem Ruf arbeitest, sollte ich zurück in meine Wohnung fahren und lernen. Ich habe mich in letzter Zeit zu oft ablenken lassen.«

Tim schnaubt. »Ich bringe dich zurück, wenn du das möchtest. Aber allein werde ich dich dort nicht lassen. Und es wäre mir lieber, wir bleiben zumindest heute noch hier.«

Ja, auch das passt zu meinem Plan.

»Was machen wir dann?«, frage ich.

Von mir aus können wir den restlichen Tag in Tims Wohnung gammeln. Es gefällt mir hier nämlich. Die Einrichtung passt zu Tim, es ist aufgeräumt und zweckmäßig und trotzdem fühle ich mich wohl. Aus welchem Grund ich mich ausgerechnet in einen so braven Mann verguckt habe, kann ich einfach nicht erklären. Früher stand ich auf den Kerl mit dem übelsten Ruf, den Kleinkriminellen, vor dem alle Angst hatten.

»Worauf hast du Lust? Wir könnten ins Kino gehen oder hier Netflix schauen. Einen Spaziergang am Rhein machen oder einen Stadtbummel.«

»Ins Museum fahren?«, schlage ich provokant vor, weil Tims Vorschläge so extrem bieder sind.

»Auch das. Kennst du das Schokoladenmuseum?«

Natürlich nicht. Meine Klasse war einmal im Römisch-Germanischen Museum, aber da habe ich geschwänzt.

»Nee, lass uns das ändern. Schokolade geht immer.«

Begeistert springe ich auf. Ich hätte nie gedacht, dass ich einmal freiwillig in ein Museum gehe.

»Warte, Bebe, da ist noch etwas, das ich dir sagen möchte.« Tim kommt zu mir rüber und greift nach meiner Hand. »Und obwohl ich weiß, dass es nichts Neues für dich ist, macht es mich nervös, es auszusprechen. Aber du hast durchaus recht. Wie kannst du mich ernst nehmen, solange ich dir nicht laut und deutlich gesagt habe, was ich für dich empfinde.«

Oh, darum geht es.

Ich habe bei seinen Eltern eine Liebeserklärung eingefordert, aus welchem hirnrissigen Grund auch immer, und jetzt fühlt Tim sich gezwungen, sie zu liefern.

»Moment, Tim, ich habe es mir anders überlegt«, werfe ich schnell ein.

»Anders überlegt? Was meinst du damit?«

»Es ist überhaupt nicht nötig. Das war doch nur ein

228

Scherz, ich wollte dich provozieren. Nimm nicht alles ernst, was ich so sage.«

»Ich habe mich in dich verliebt, Bebe.« Tim schaut mir in die Augen und ignoriert meine Ausflüchte. Als hätte ich nichts gesagt. »Seit unserem ersten Gespräch bist du mir keine Sekunde aus dem Kopf gegangen. Und dann hast du dich mit jedem Treffen mehr in mein Herz geschlichen und inzwischen kann ich dich dort nicht mehr wegdenken. Und das gehört zu den Dingen, die du wissen solltest. Egal, wie du für mich empfindest, ich will, dass du weißt, wie es bei mir aussieht.«

»Ich wollte doch nie eine Liebeserklärung aus dir rauspressen«, flüstere ich leise. Scheiße, das sind die schönsten Worte, die ich je gehört habe. Aber ich habe Tim de facto gezwungen, sie zu sagen.

»Hast du doch nicht.« Langsam schiebt sich ein winziges Lächeln in seinen Mundwinkel. »Ich wollte es dir schon ewig sagen. Es war nur so schwierig, den richtigen Zeitpunkt abzupassen.«

In was habe ich mich da hineingeritten? Warum kann ich nicht nachdenken, bevor ich rede? Ich bin zwar unglaublich bewegt über Tims Worte und der Aufrichtigkeit, die dahintersteckt, aber mir ist schleierhaft, wie ich angemessen darauf reagieren soll. Ich selbst bin nämlich eine Katastrophe, sobald es um Gefühle geht.

Das kann durchaus daran liegen, dass ich niemals Anlass hatte, so etwas zu sagen. Außerdem bin ich nach wie vor vorsichtig und gehemmt, mich auf ganzer Linie auf Tim einzulassen. Er hat das Potential, mich und mein Herz komplett zu zerstören.

Bevor ich reagieren kann, legt er sanft einen Finger auf meine Lippen. »Sag nichts, Bebe. Ich weiß, dass dich das überfordert. Ich wollte dir von Anfang an die Zeit geben, die du brauchst. Es ist kein Problem, ich werde warten, bis du mir vertraust und dir über deine Gefühle mir gegenüber sicher bist. Versprich mir nur, dass du mich nicht grundlos auf Abstand hältst. Gib uns einfach eine Chance, mehr wollte ich nie.«

Ich nicke zaghaft. Auch das macht mir unendlich viel Angst.

»Was brauchst du außer meinen Eltern noch als Bestätigung, dass du in mein Leben passt? Willst du meine Freunde kennenlernen? Meine Großeltern? Meine Kollegen kennst du ja schon.«

Schmerzerfüllt verziehe ich das Gesicht. Die Sache mit den Kollegen hat keinen guten Hintergrund.

»Was ist, wenn es im Bett mies läuft?«, frage ich provokant, um uns schleunigst von der Gefühlsebene weg zu katapultieren. Bei Körperlichkeiten fühle ich mich sicher.

»Ist der Sex für dich in einer Beziehung ausschlaggebend?« Tim zieht eine Augenbraue hoch.

»Kann ja sein, dass du auf SM stehst und ich mich nicht auspeitschen lassen mag.«

Ja, bei dieser Art von Gespräch fühle ich mich tausendmal wohler. Tim seufzt resigniert, bei ihm ist das umgekehrt.

»Stehe ich nicht.«

»Anders herum?«

»Auch nicht.«

»Blümchensex?«

»Wäre das ein Problem für dich? Hast du bisher …?« Er führt den Satz nicht zu Ende. »Dein Ex macht tatsächlich keinen liebevollen Eindruck.«

War er auch nicht. Ich fand das gut. Tim mit seinen aufrichtigen Gefühlen macht mir mehr Angst als Jason, der nur seine eigenen Bedürfnisse kannte und sich genommen hat, was er wollte. Bei Jason ging es nur um Sex und Außenwirkung. Statt einer Antwort gehe ich den Schritt auf Tim zu, der uns trennt. Ich hauche ihm einen Kuss auf die Lippen. Ich kann meine Gefühle definitiv besser körperlich ausdrücken als über Worte.

Sexuelle Zurückhaltung als ultimativen Liebesbeweis – ich weiß nach wie vor nicht, was ich davon halten soll. Egal, wie sehr es Kevin überzeugt hat.

Tim seufzt laut auf. Dann legt er seine Arme um mich und zieht mich an sich.

»Du machst es meiner Selbstbeherrschung nicht leichter«, murmelt er an meinem Hals.

»Will ich ja auch nicht.«

Und dann küssen wir uns erneut.

Wir landen nicht im Bett. Wir landen im Museum.

»Probier mal.« Tim steckt mir eine Waffel mit Schokolade aus dem Schokoladenbrunnen in den Mund. »Ich finde, Schokolade schmeckt so ganz anders. Wenn man sieht, wie viel Aufwand es ist, sie herzustellen, schmeckt sie intensiver.«

Der Brunnen ist kein kleiner Tischbrunnen, wie man ihn aus Werbeprospekten kennt. Er misst bestimmt zwei Meter im Durchmesser und wird von einer Skulptur gekrönt, die aus Kakaobohnen geformt ist. Dank der Panoramafenster sind im Hintergrund der Rhein und die Kölner Skyline zu sehen.

Ich brumme ein wenig unwillig.

Noch vor einer halben Stunde habe ich versucht, einen Mann zu verführen. Zum ersten Mal in meinem Leben. Es irritiert mich gewaltig, dass es nicht geklappt hat.

Während Tim sich erneut dem Schokoladenbrunnen widmet, ziehe ich das Handy aus der Tasche und schreibe eine Nachricht an Kevin.

Bebe: Wie kriegt man einen Mann ins Bett?

Kevin antwortet schon nach Sekunden.

Kevin: Wenn du damit dich meinst, reicht pure Anwesenheit.

Bebe: Das stimmt nicht.

Kevin: Ah, dein Verehrer versucht noch immer, mit Selbstbeherrschung zu punkten. Wie lange zieht er die Asketen-Nummer schon durch?

Tim knabbert hingebungsvoll an seiner Schokoladenwaffel. Ich wünschte, er würde genauso an mir knabbern. Stattdessen hat er mich voller Begeisterung durch das Tropenhaus des Schokoladenmuseums gezogen und mir die Kakaopflanzen gezeigt.

Bebe: Ewig. Denkst du, er ist schwul? Vielleicht will er mich nur zu Tarnzwecken, damit er nicht der schwule Bulle ist. Ich weiß nicht, wie aufgeschlossen die Polizei da ist.

Kevin: Ich schmeiße mich Montag mal an ihn ran. Dann schauen wir, ob ich bei ihm landen kann.
Nee, ernsthaft. Er geht dir erst an die Wäsche, wenn er sicher ist, dass du genauso für ihn empfindest, wie er für dich. Wenn dein Körper nicht reicht, um ihn so geil zu machen, dass er seine Prinzipien vergisst, kannst du ihn nur mit Liebesgesäusel rumkriegen.

Bebe: Hast du das schon mal gemacht?

Diesmal dauert es ein paar Minuten, ehe Kevin reagiert. Wir sind mittlerweile weitergegangen und betrachten die Gerätschaften, in denen die Conche erwärmt und stundenlang gerührt wird.

Kevin: Verrat das bloß nicht Lara. Aber … ja. Es hat funktioniert.

Bebe: Mach das NIE bei Lara. Nur dann halte ich die Klappe.

Kevin: Ich schwöre. An Lara liegt mir selbst viel zu viel.

»Mit wem schreibst du?«, fragt Tim.

»Kevin.«

Tim zieht unwillig die Augenbrauen zusammen. Aber die Eifersuchtsnummer ist erstens unfein und hat zweitens schon beim letzten Mal nicht funktioniert.

»Er braucht einen Rat bezüglich Lara«, lüge ich.

»Ach so.«

»Warst du schon mal im Sportmuseum?«, bringe ich einen Themenwechsel.

»Klar, mehrmals.«

»Lass uns dort kurz was checken.« Ich renne zielstrebig vorbei an Unmengen von Pralinen und anderen Schokoladen-köstlichkeiten, die zum Verkauf stehen, aus dem Museum und zum Nachbareingang. Mir ist nämlich eingefallen, dass ich mich über eine Abbuchung auf Simones Konto gewundert habe. Warum besucht ein Mädchen aus Köln zwei Wochen, nachdem sie in eine andere Stadt gezogen ist, und damit kurz vor ihrem Verschwinden, das Sport- und Olympiamuseum in ihrer Heimatstadt?

An der Kasse halte ich der Mitarbeiterin ein Foto von Simone vor die Nase.

»Kennen Sie diese Frau? Sie war vor zwei Wochen hier.«

»Ich merke mir doch nicht jeden Gast, den wir haben«, erwidert die Kassiererin gelangweilt.

»Aber mit ihr ist etwas Schlimmes passiert.« Ich beuge mich vor und senke die Stimme. »Es sollte sich besser nicht rumsprechen, denn es war haargenau nach ihrem Besuch in diesem Museum.«

Tim steht einen Meter von mir entfernt. Ich kann seine Missbilligung spüren, obwohl er nicht in meinem Blickfeld ist. Keine Ahnung, was er auszusetzen hat. Es könnte daran liegen, dass ich übertreibe, denn Simone ist nicht im direkten Anschluss an den Museumsbesuch verschwunden.

Der Trick zeigt Wirkung. Die Frau nimmt das Foto nun genau unter die Lupe.

»Was ist mir ihr geschehen?«

»Das darf ich nicht sagen«, flüstere ich. »Polizeigeheimnis.«

»Oh.« Sie reißt die Augen auf. »Doch, ich glaube, die war hier. Teuer gekleidet. Arrogant. Hielt sich für was Besseres.«

Volltreffer, das ist Simone.

»War sie allein?«

»Nee. Ihr Begleiter sah wohl echt gut aus.«

Interessiert hebe ich die Augenbrauen.

»Groß und durchtrainiert. Könnte selbst durchaus Sportler sein«, schwärmt sie.

»Geht das genauer?«

»Dunkle Haare, ein bisschen länger, Drei-Tage-Bart, tolle Augen.«

Hm, das könnte durchaus Maik sein. Leider habe ich von ihm kein Foto und keine Ahnung, wie sein Social-Media-Account heißt.

»Wie waren die beiden so drauf? Gut gelaunt? Verliebt? Oder haben sie gestritten?«

»Keine Ahnung. Die haben die Karten gekauft, sind reingegangen und das war es. Ich fand es nur auffällig, dass die Frau bezahlt hat. Sonst ist es ja eher umgekehrt.«

Enttäuscht nicke ich. Aber so ist Polizeiarbeit nun mal. Tausend Spuren und die meisten verlaufen nichtssagend im Sand.

Mein Handy meldet eine neue Nachricht.

»Sag Kevin, Lara ist eine Nummer zu groß für ihn«, sagt Tim genervt und verdreht die Augen.

Ich gehe nicht darauf ein, denn es ist nicht Kevin. Es ist besser, wenn Tim nie erfährt, dass sein Vater mit mir kooperiert.

Heinz: Verrier hat ausgepackt. Bei der Lösegeldübergabe soll eine Drohne zur Luftüberwachung eingesetzt werden. Ein absolutes Novum bei so einer Aktion. Ich hoffe, du kannst mit der Info was anfangen.

»Es ist schon ziemlich albern, wenn du auf deinem eigenen Sofa schläfst, während im Bett Platz für eine Fußballmannschaft ist«, lenke ich ihn endgültig von Kevin und Nachrichten, die ihn nichts angehen, ab.

Tim antwortet nicht.

Braucht er echt erst eine Liebeserklärung von mir? Ich fürchte, dass ich die nicht so bald hinbekomme. Eventuell auch nie. Dabei wäre es kaum eine Lüge.

Ein paar Stunden später liege ich hellwach unter einer kuscheligen Decke und frage mich verzweifelt, was ich falsch mache.

Tim liegt zwar ebenfalls im Bett, ist jedoch konsequent geblieben und hat mich nicht angerührt. Er will mir Zeit geben. Ich weiß nur partout nicht, wofür.

Ich lausche seinen tiefen, regelmäßigen Atemzügen und warte darauf, dass es mich schläfrig macht. Zu Hause würde ich Licht anmachen und lesen, hier traue ich mir nicht mal zu, ins Wohnzimmer zu gehen, ohne Tim aufzuwecken.

Auch die Geräusche sind anders als die in meiner Wohnung. Es könnte an dem großen Balkon liegen, der nach hinten raus geht und um den ich Tim echt beneide. Oder an dem Parkettboden, der hin und wieder knackt und den ich in der Dunkelheit der Nacht, denke zu hören. Als ob eine Person durch das Wohnzimmer schleicht.

Tim dreht sich und bringt die Matratze in Bewegung.

»Hörst du das?«, flüstere ich probehalber.

»Was meinst du?«, wispert er zurück.

Er schläft nicht. Erleichtert atme ich auf.

»Ich bilde es mir bestimmt nur ein.«

Ein weiteres Knacken ertönt aus dem Zimmer nebenan.

»Das habe ich gehört. Ich habe nachts noch nie auf Geräusche geachtet«, murmelt er leise.

An der Bewegung des Bettes bemerke ich, dass Tim aufsteht, nur seine Silhouette ist zu erkennen. Dann höre ich das

Rascheln von Stoff, ein leises Knacken und schließlich kaum wahrnehmbare Schritte Richtung Tür.

»Was machst du?«, wispere ich erschrocken.

»Ich sehe nach.«

»Spinnst du.« Ich richte mich ebenfalls auf und schiebe die Beine aus dem Bett. »Was ist, wenn uns der Entführer gefunden hat?«

»Deshalb sehe ich doch nach. Willst du warten, bis er zu uns kommt?«

»Ja, das wäre klüger.«

»Ich setze mich nicht zitternd in die Ecke und warte ab, was geschieht. Ich bin Polizist, Bebe.«

Tim ist draufgängerischer, als ich ihn eingeschätzt habe. Klug finde ich die Aktion trotzdem nicht. Ich gleite lautlos aus dem Bett und schleiche hinter ihm her. An der Tür reicht das Mondlicht, das durch die Vorhänge fällt, um zu erkennen, wie er mit gezogener Waffe zur Klinke greift.

Ich wünschte, er würde es nicht tun.

Mit einem Ruck reißt Tim die Tür auf und sichert das Wohnzimmer. In nur wenigen Wochen werde ich genau das lernen, aktuell kann ich nur die Luft anhalten und abwarten. Ich hasse es, ihn nicht unterstützen zu können.

Es ertönt kein Schuss, kein Schrei, kein Kampfgeräusch. Ich husche in den Türrahmen. Leise Schritte, die verraten, dass Tim durch die Wohnung schleicht. Sonst nichts.

Und dann geht das Licht an.

»Fehlalarm«, sagt Tim.

Wir blinzeln beide gegen die blendenden Strahlen.

»Warst du überall? Auch in der Küche und im Bad?«, frage ich misstrauisch. Den Eindringling in meiner Wohnung haben wir übersehen.

»Ja.«

»Der Balkon?«

Wir schauen beide zur Balkontür, die nach wie vor verriegelt ist.

»Dann habe ich es mir wirklich eingebildet«, sage ich verunsichert.

»Ich auch. Der Einbruch bei dir hat uns ganz schön paranoid werden lassen.«

»Besser so, als weiterhin nicht vorbereitet.«

Langsam gehe ich zurück ins Schlafzimmer und zum Bett. Jetzt werde ich noch viel weniger einschlafen können, mein Herzschlag beruhigt sich nur allmählich. Ich deute auf das Bett.

»Schläfst du immer mit der Waffe unter dem Kopfkissen?«

Tim lacht. »Sie war nicht unter dem Kopfkissen. Wir sind doch nicht im Wilden Westen.«

»Wo war sie dann?«

Tim hockt sich neben das Bett und deutet drunter. Dort steht ein kleiner Safe, aktuell mit offenstehender Tür.

»Den habe ich für den Fall angeschafft, dass ich die Dienstwaffe mit nach Hause nehme. Die darf nicht frei herumliegen. Hattet ihr das noch nicht im Unterricht?«

»Nee, ich fürchte, mein Dozent unterrichtet uns nicht sorgfältig.« Ich strecke Tim die Zunge raus.

»Dann muss ich das am Montag dringend ändern.«

Tim gähnt. Wie kann der nach der Aufregung so entspannt sein? Zögernd setze ich mich aufs Bett.

»Ich glaube nicht, dass ich diese Nacht schlafen werde«, weise ich Tim auf mein Problem hin.

»Fühlst du dich bei mir nicht sicher?«

Er hockt sich auf seine Seite des Betts und schaut mich nachdenklich an.

»Nimm das nicht persönlich. Aber mich hat das gerade verdammt nervös gemacht.«

»Wir haben uns das nur eingebildet.«

»Ich weiß, aber …« Hilflos zucke ich die Schultern. Ich bin eben noch keine Polizistin. Ich war nie auf Streife, ich hatte bisher nicht einmal Schießtraining. »Hast du im Dienst schon mal deine Waffe benutzt?«

»Nein, ich habe sie gerade zum ersten Mal außerhalb des Trainings gezogen.«

Erstaunt hebe ich eine Augenbraue.

»Dann müsstest du ähnlich unentspannt sein wie ich.«

»Bin ich. Man merkt mir so was nur nicht an. Ich denke, wenn ich mich äußerlich entspanne, passiert das automatisch genauso im Inneren.«

»Dann versuche ich das jetzt auch.«

Ich lege mich unter die Bettdecke und starre zur Decke.

»Siehst du, wie cool ich bin?«, frage ich Tim.

»Eindeutig.« Ich höre das Lächeln in seiner Stimme. »Ein Eisberg ist nichts dagegen.«

Er legt sich neben mich und greift nach meiner Hand. Während wir nebeneinanderliegen und Händchen halten, spüre ich, wie langsam die Anspannung von mir weicht. Tims Hand ist warm und beruhigend. Es ist erstaunlich, dass eine einzige Berührung so einen Einfluss auf mich hat.

kapitel 28

Für meinen Plan ist Timing das A und O.

Da der Entführer weder in Simones noch in meiner Wohnung das gefunden hat, was er sucht, muss er annehmen, dass ich es bei mir trage. Ich vermute, dass er mich beobachtet.

Am wahrscheinlichsten vor meiner Wohnung.

Zugegeben, es ist eine waghalsige Behauptung. Aber es ist alles, was ich habe.

Als wir in meine Straße einbiegen, schreibe ich eine Nachricht an Kevin und schalte das Handy aus. Auf diese Art erspare ich mir Kevins Antwort. Obwohl er abenteuerlustiger ist als Tim und Lara, bin ich mir nicht Hundertprozent sicher, dass er meinen Plan gutheißt.

Tim ist damit beschäftigt, eine Parklücke zu suchen, er nimmt nicht wahr, was ich mache. Vorsichtig werfe ich einen Blick auf ihn. Ein wunderschönes Wochenende liegt hinter uns. Ich bin nach wie vor erstaunt, dass seine Eltern mich einfach so akzeptiert haben – mit der Schminke, den provozierenden Klamotten und meiner Vorgeschichte. Noch mehr flasht mich, dass wir beide so viel Zeit miteinander verbracht haben und es nach wie vor nicht genug ist. Am liebsten würde ich ewig in Tims Wohnung bleiben, nur wir zwei, und die Zeit mit ihm genießen.

Leider kann ich das nicht mit ruhigem Gewissen bringen. Nicht solange ein Mädchen einem skrupellosen Entführer hilflos ausgeliefert ist und es in meiner Macht steht, das zu ändern.

Leider bedeutet es, dass ich Tim mal wieder ganz übel reinlegen muss.

»Ist alles in Ordnung, Bebe?« Tim runzelt die Stirn, als er mich betrachtet. Ungünstigerweise hat er verdammt gute Antennen. »Du bist so schweigsam.«

»Ach, ich habe nur über meine Wohnung nachgedacht. Es wird eine Heidenarbeit, sie wieder herzurichten.«

»Ich helfe dir. Es sieht sicher schlimmer aus, als es ist.«

Tim lächelt mich tröstend an und greift nach meiner Hand. Er macht es mir mit seinem Mitgefühl und seiner Nettigkeit nicht leichter. Ich nicke nur und steige aus dem Wagen.

Es sind hundert Meter von unserem Parkplatz bis zur Eingangstür. Mit jedem Meter werden meine Schritte schwerer. Das schlechte Gewissen zieht mich jetzt schon hinab, dabei habe ich den Verrat noch gar nicht begangen. Verzweifelt suche ich nach Worten, die den Schock für Tim abmildern könnten. Ich finde keine.

Als wir vor der Tür stehen, schließe ich kurz die Augen und bitte Tim in Gedanken um Verzeihung.

»Ich gehe allein hoch«, sage ich dann laut und entschlossen.

»Auf keinen Fall.« Tim kneift die Augen zusammen. »Wir hatten doch darüber gesprochen.«

»Ich ertrage es aber nicht«, brülle ich unvermittelt los.

Tim schaut mich sprachlos und vollkommen überrumpelt an. Wenn ich mich jetzt nicht auf der Stelle in diese gespielte Wut hineinsteigere, knicke ich ein.

»Seit Tagen hängst du mir ununterbrochen auf der Pelle. Du überwachst jeden meiner Schritte, lässt mich kaum allein aufs Klo. Ich komme gar nicht dazu, in Ruhe darüber nachzudenken, was ich jetzt unternehmen werde«, beginne ich lautstark mit dem Theater, das ich mir überlegt habe. »Mit dem, was ich weiß, zur Polizei gehen oder lieber die Bullen raushalten und das Wissen zu Geld machen. Das ist allein meine Entscheidung und du hältst dich da raus.«

Wütend gehe ich ein paar Schritte zurück. Wie erwartet folgt Tim mir. Er setzt zum Sprechen an, mehrere Male, und schließt immer wieder hilflos den Mund. Schließlich habe ich ihn genau da, wo ich ihn hinmanövrieren wollte. Vor dem Fahrradständer.

Ich remple ihn grob an, so dass er unvorbereitet gegen den Ständer prallt, gleichzeitig greife ich an seinen Gurt. Schon am Morgen habe ich mir heimlich angesehen, wo er die Handschellen aufbewahrt und wie sie am Gürtel befestigt sind. Ich habe sie mit einem einzigen Griff gelöst. Eine Seite schnappt um Tims Handgelenk, die andere an den Fahrradständer.

Ehe ich mir Tims entsetzte Miene genauer betrachten kann, drehe ich mich um und renne los. Ich will gar nicht wissen, was er von meiner Aktion hält. Es ist ein Déjà-vu für ihn.

»Bebe«, brüllt er hinter mir her. »Mach keinen Scheiß.«

Ob Tim ahnt, was die Nummer bezwecken soll?

Zeit für Reue oder Bedenken habe ich nicht. Ab jetzt muss ich ununterbrochen auf der Hut sein. Denn die Falle ist mit dem Zuschnappen der Handschellen aufgegangen. Ich darf mir keinen Fehler erlauben.

Aktuell ist es nicht einsam genug, meiner Meinung nach. Trotzdem achte ich darauf, keiner Toreinfahrt zu nahe zu kommen und einen Bogen um schlecht einsehbare Winkel zu schlagen. Ich habe mir einen Ort überlegt, an dem ich auf den Entführer warten werde. Es soll nach meinen Spielregeln laufen.

Nach den ersten hundert Metern im Vollsprint, habe ich mittlerweile das Tempo verringert. Tim wird eine Weile brauchen, um den Schlüssel einhändig aus der Tasche zu holen und sich zu befreien. Ihn bin ich definitiv los, den Entführer dagegen möchte ich nicht abhängen.

Als ich mich dem Eingang zum Ostfriedhof nähere, gehe ich langsamer. Auf einem Friedhof rennt man nicht. Zwei ältere Damen begegnen mir direkt am Eingangstor und betrachten mich missbilligend, leider falle ich durch meine pietätlose Kleidung auf. Bei Tim hätten jedoch sämtliche Alarmglocken geschrillt, wenn ich mich am Morgen nicht in den Minirock geschmissen hätte. Ich werfe einen Blick auf die Kirche auf der anderen Straßenseite. Gläubig bin ich nicht, trotzdem bitte ich still um ein wenig Unterstützung. Nur für den Fall, dass Gott existiert. Es sollte doch auch in seinem Interesse sein, dass ich ein unschuldiges Mädchen aus den Klauen eines Entführers befreie.

Dann betrete ich den Friedhof, gehe an der Kapelle vorbei und folge einem der Hauptwege. Hohe Hecken und alte Bäume säumen den Weg, der Lärm des Straßenverkehrs wird schnell geschluckt und Menschen sind keine unterwegs. Nicht an einem Sonntagabend bei miesem Wetter. Wenn der Entführer mich nicht an diesem Ort abpasst, dann weiß ich auch nicht, was ich ihm anbieten soll. Eine bessere Gelegenheit wird er nie bekommen.

Bedrückt denke ich an meinen letzten Besuch auf einem Friedhof. Frau Os Beerdigung war unendlich traurig und würdevoll zugleich. Ich fühlte mich schuldig an ihrem Tod. Ich fühlte mich alleingelassen. Und gleichzeitig wusste ich, dass ich an einem Wendepunkt stand, den ich ohne ihren Tod so nicht erreicht hätte. Es wäre schön, wenn es einen Gott gibt und ein Leben nach dem Tod. Ich wünsche Frau O aufrichtig, dass all das existiert, denn wer, wenn nicht sie, hat es verdient, auf einem weißen Wattewölkchen im Himmel zu sitzen und sich anzuschauen, was hier auf der Erde so passiert.

Nur aktuell würde sie über meinen Plan die Hände über dem Kopf zusammenschlagen und mich leichtfertig nennen. Genau wie Tim. Die beiden werden nie verstehen, dass man nicht immer nach den Regeln spielen kann. Die Verbrecher machen es ja auch nicht.

Gemächlich schlendere ich zwischen den Grabsteinen entlang. Wo wird der Kidnapper mir auflauern? Gelegenheiten, sich zu verstecken, hat er inmitten von Hecken und Bäumen zur Genüge. Nach einer Weile setze ich mich auf eine Bank. Hinter mir befindet sich ein Grünstreifen, dahinter undurchdringliches Gebüsch. Er wird von der Seite kommen müssen und darauf hoffen, mich zu überrumpeln. Oder er tarnt sich als Friedhofsbesucher und kommt offen auf mich zu. Ich bin auf alles vorbereitet.

Während ich warte, versuche ich mich zu entspannen. Ich befinde mich in einem öffentlichen Raum. Er kann nicht mit dem Auto vorfahren, geschweige denn mich damit jagen. Ich habe in den letzten Monaten Kampfsport gemacht und aktuell bin ich darauf vorbereitet, angegriffen zu werden. Außerdem habe ich einen Joker in der Hinterhand. Hoffentlich.

Es kann eigentlich nichts schiefgehen.

Außer dass ich mich zu Tode langweile.

Es geschieht nämlich überhaupt nichts.

Als ich das Handy hervorhole, um zu kontrollieren, wie viel Uhr es ist, fällt mir ein, dass ich es in Tims Wagen ausgeschaltet habe. Klugerweise. Tim wird unter Garantie versuchen, mich orten zu lassen. Gelangweilt drehe ich mich in eine andere Position und betrachte den menschenleeren Friedhof. Ich biete mich wie das perfekte Opfer an. Wieso lässt sich der Entführer bloß so viel Zeit? Freude macht mir das hier nämlich nicht. Die Kälte kriecht mir immer tiefer in die Knochen. Habe ich ihn falsch eingeschätzt? Hat er längst aufgegeben, das zu bekommen, was er gesucht hat? Oder war er nicht zum erwarteten Zeitpunkt vor meiner Wohnung?

Kurz bevor ich beschließe, den Ort zu wechseln, um mich angreifbarer zu präsentieren, erspähe ich eine Gestalt, die sich der Bank nähert. Auf der Stelle gebe ich vor, tief in Gedanken versunken zu sein. Nur aus den Augenwinkeln erkenne ich, dass die Person in einen Mantel gehüllt ist und sich langsam und schwerfällig nähert. Auf einem Friedhof einen alten

Mann zu spielen, ist eine verdammt clevere Tarnung. Ich nicke anerkennend. Deshalb hat es so lange gedauert.

Demonstrativ lasse ich mich tiefer auf die Bank sinken. Der Mann darf mir nicht ansehen, dass ich auf dem Sprung bin, ihn zu ergreifen. Ich täusche einen gelangweilten Blick in seine Richtung vor, ohne Reaktion an ihm vorbei und dann wieder gedankenverloren auf den Boden vor mir.

Er ist nur noch zehn Meter von mir entfernt. Der Hut ist weit ins Gesicht gezogen, der Schritt nach wie vor schleppend wie von einem Greis. Ich lasse mich nicht täuschen.

In dem Moment, in dem ich beschließe, dass er nah genug ist, und mich auf ihn stürzen will, bleibt er stehen und beginnt, tief und anhaltend zu husten. Es klingt so qualvoll, dass ich es nicht ignorieren kann.

»Kann ich Ihnen helfen?«, frage ich.

Der Mensch unter dem Hut schüttelt den Kopf und ich erhebe mich unentschlossen. Dann verklingt das Husten. Eine runzelige Hand bewegt sich zum Hut und nimmt ihn ab.

»Es ist alles in Ordnung mit mir. Nur der ständige Husten im Herbst«, erklingt eine zittrige Stimme.

Der Mann ist nie und nimmer der Entführer und vor Schreck wird mir kurz schwindelig. Nur eine Sekunde später und ich hätte einen todkranken Greis zu Boden gerissen und in den Polizeigriff genommen. Schlohweiße Haare, tiefliegende blaue Augen und ein Gesicht voller Altersflecke. Nicht auszudenken.

»Dann ist es ja gut«, murmle ich und lasse mich zurück auf die Bank sinken. Diese Aktion hätte ich weder Tim noch Verrier jemals erklären können.

Der Mann schlurft zwei Schritte weiter, dann bleibt er erneut stehen.

»Und was ist mit Ihnen?«, fragt er und schaut mich traurig an. »Ich habe das Grab meiner Frau besucht, die ist vor zwei Wochen verstorben. Aber bei Ihnen ...« Er verstummt.

»Eine alte Freundin«, behaupte ich. Dass Frau O nicht auf

diesem Friedhof liegt, nicht einmal in dieser Stadt, ist unwesentlich. Der Ort, an dem man trauert, ist nicht ausschlaggebend.

Der Opa nickt. Dann geht er weiter.

Erst als er in der langsam einsetzenden Dämmerung verschwunden ist, atme ich auf. Wenig später gestehe ich mir ein, dass mein Plan nicht aufgegangen ist. Ich sitze hier schon ewig. Bis auf den alten Mann ist niemand vorbeigekommen. Tausend Gelegenheiten für den Entführer, mich zu stellen. Und er hat keine einzige genutzt.

Missmutig stehe ich auf und blicke mich um. Von Kevin ist wie gewünscht nichts zu sehen.

Ich begebe mich auf den Rückweg.

Simones Eltern haben bis morgen Zeit, das Lösegeld zu besorgen. Und das bedeutet, dass kurz darauf die Übergabe stattfindet. Wie wahrscheinlich ist es, dass der Mörder von Pauline Simone einfach so laufen lässt? Meiner Meinung nach stehen die Chancen nicht gut. Und ich kann nichts mehr machen, um ihr zu helfen. Frustriert trete ich gegen einen Stein, der auf dem Weg liegt.

»Bedeutet das, dass die Aktion abgeblasen ist?«, ertönt eine Stimme hinter einem Grabstein.

»Sieht so aus«, antworte ich und zucke resigniert die Schultern. Auf Kevin ist eindeutig Verlass. Er ist nicht nur zur Stelle, sobald man ihn braucht, er ist ebenfalls verdammt gut darin, sich zu verstecken. »Bist du schon lange hier?«

»Ewig. Hast du mich nicht gesehen?«

»Nee, kein einziges Mal. Vielleicht solltest du später zum Bundesnachrichtendienst wechseln.« Ich stehe mitten auf dem Weg, die Hände tief in den Taschen vergraben und täusche vor, Selbstgespräche zu führen. Die allerletzte Gelegenheit für den Entführer, aber außer Kevins Geisterstimme ist nichts zu vernehmen.

»Mal schauen. Wie hast du deinen verliebten Bullen abgehängt?«

»Es ist besser, wenn du das nicht weißt. Er wird stinksauer sein. Hast du außer dem Opi eben noch einen anderen Menschen gesehen?«

Möglicherweise war er ja da und hat die Falle gewittert?

»Nee. Ich glaube, der ist nicht mehr hinter dir her.«

»Befürchte ich auch. Ich geh nach Hause.«

»Okay, dann mach ich mich vom Acker. Bis morgen, Bebe.«

»Danke Kevin. Du hast was gut bei mir.«

»Prima, ich lass mir was Passendes einfallen.« Obwohl ich Kevin nicht sehe, habe ich sein anzügliches Grinsen vor Augen.

»Vergiss es«, sage ich augenrollend und gehe weiter.

Am Ausgang werfe ich einen vorwurfsvollen Blick auf die Kirche. Deshalb bin ich nicht gläubig. Sich auf Hilfe von oben zu verlassen, ist sinnlos. Man muss für sich selbst sorgen, sonst ist man am Arsch. Das, was ich als Kind gelernt habe, gilt noch immer.

Langsam gehe ich zurück zu meiner Wohnung. Will ich wirklich wissen, was mich da erwartet? Ein angepisster Tim? Womöglich mit einem übelgelaunten Verrier, der mir die Hölle heißmacht? Der Super-GAU wäre, wenn Tim Lara über meine Aktion informiert hat. Vor ihr habe ich nämlich am meisten Schiss. Ich ging davon aus, ich schleppe ein wenig verlegen, aber trotzdem triumphierend, den Entführer an. Jetzt dagegen schleiche ich kleinlaut und mit leeren Händen zurück. Während ich an der nächsten Ampel warte, kann ich schon in meine Straße hineinsehen. Tim steht nicht mehr am Fahrradständer, wie erwartet.

Die Ampel springt auf Grün.

Am Straßenrand parkt ein weißer Van mit geöffneter Seitentür und laufendem Motor. Ich hasse es, wenn die Leute ihre Autos beim Ausladen nicht ausmachen. Die Abgase bilden eine dichte Wolke und ich verziehe angeekelt das Gesicht.

»Verzeihung«, ertönt die zittrige Stimme einer alten Frau aus dem Van, als ich vorbeieile. »Der Rollator steckt fest. Könnten Sie mir eventuell helfen?«

Verwundert gehe ich näher, eine Frau mit Gehhilfe passt nicht zu diesem Wagen. Da ich im Halbdunkel des Innenbereichs nichts erkennen kann, beuge ich mich vor. Unvermittelt wird mir ein Sack über den Kopf gezogen. Vollkommen überrumpelt lasse ich mich mit einem Ruck in den Van zerren, schlage mir das Knie auf dem harten Boden auf, während mein Schädel gegen einen festen Gegenstand donnert.

Die Tür schlägt mit einem lauten Knall hinter mir zu.

Scheiße!

Wie …?

Der Mensch, der auf mir kniet, weiß, wie man jemanden am Boden hält. Durch den Aufprall bin ich viel zu benommen, um mich wehren zu können. Erstarrt realisiere ich, dass ich endgültig verschnürt werde, mit einem Strick um den Oberkörper und einem weiteren um die Beine, mit denen ich bloß ohnmächtig zappeln kann. Langsam wird mir bewusst, dass mein Plan irgendwie doch aufgegangen ist. Nur eben nicht so, wie ich es wollte. Es handelt sich nicht um eine alte Dame, die Hilfe benötigt. Ich muss auf eine Tonaufnahme reingefallen sein.

Ich öffne den Mund, um zu schreien, und atme staubige, muffige Luft ein. Statt wie geplant um Hilfe zu rufen, beginne ich haltlos zu husten.

Und dann liege ich hilflos auf dem Boden des Vans, während er sich in Bewegung setzt. Mein Hustenanfall verebbt, aber jetzt nützt Lärm auch nichts mehr. Ich habe eh schon genug Probleme, ausreichend Sauerstoff durch den dicken Stoff zu bekommen.

kapitel 29

Entsetzt über meine eigene Dummheit liege ich auf dem Boden und werde in jeder Kurve herumgeschleudert. Eingeschnürt wie ein Paket kann ich mich weder auffangen noch festhalten. Mein Schädel brummt und der rasante Fahrstil macht es nicht besser. Ich kann einfach nicht fassen, dass ich auf die billige Nummer mit dem Van und der falschen Stimme hereingefallen bin. Ich habe doch damit gerechnet, dass Simones Entführer nur darauf lauert, mich allein irgendwo abzupassen. Leider hatte mein Gehirn die Falle abgehakt, sobald ich den Friedhof verlassen hatte. Der Kerl ist geschickter als ich. Und verdammt geduldig.

Ich werde ihn nicht noch einmal unterschätzen.

Die Verkehrsgeräusche werden schwächer, der Wagen verlässt die Stadt. Ich pralle nicht mehr ununterbrochen durch Abbiegen gegen die Seitenwände, stattdessen beschleunigt der Van. Unter Garantie habe ich mir seit der Abfahrt tausende blauer Flecken geholt. Aber blaue Flecken und Kopfschmerzen sind jetzt das kleinste Problem. Definitiv wenn der Mann nicht nur ein Entführer, sondern gar wie vermutet ein Mörder ist.

Entschlossen versuche ich, mein irre klopfendes Herz zu beruhigen. Er wird mich nicht sofort umbringen. Erst muss er herausfinden, was ich weiß. Deshalb hat er mich schließlich gekidnappt und nicht in einer stillen Ecke, zum Beispiel dem Friedhof, ermordet. Ich muss nur cool bleiben und meine Karten geschickt ausspielen. Er ist nicht der erste skrupellose Mann, der denkt, mich einschüchtern zu können. Er ist nicht der erste Kerl, der davon ausgeht, körperlich überlegen zu sein reicht aus.

Als der Van hält und der Motor verstummt, habe ich einen groben Plan. Hoffentlich läuft er diesmal besser.

Eine Weile passiert gar nichts. Ich habe Zeit, die Fesseln zu überprüfen, aber ich bin ein wehrloses Bündel. Mehr als hilflos mit den Beinen zu zappeln ist nicht drin. Frustriert trete ich gegen die Wand. Es erzeugt nicht mal ein Geräusch. Mir bleibt nichts anderes übrig, als abzuwarten, was geschieht.

Schließlich wird die Tür des Vans geöffnet.

»Was wollen Sie von mir?«, frage ich schnell.

Meine Stimme klingt dumpf, da sie vom Stoff geschluckt wird. Eine Antwort erhalte ich nicht. Ich werde grob vom Boden hochgerissen und aus dem Wagen gezerrt.

Draußen lasse ich mich fallen.

Das ist der erste Teil meines Plans: Herausfinden, wie weit der Kerl bereit ist zu gehen. Wie brutal er in Wirklichkeit ist. Und ob man nicht doch mit ihm reden kann. Ich werde mich nicht still und willig wie ein Paket transportieren lassen.

»Steh auf.«

Er tritt mir in die Seite und ich kann mir einen Schmerzensschrei nur mühsam verkneifen. Zimperlich ist er demnach nicht. Trotzdem bleibe ich liegen und ziehe demonstrativ die Beine an den Körper.

»Miststück«, zischt der Mann.

Da habe ich schon weitaus schlimmere Schimpfwörter gehört. Aus der Gosse kommt der Typ nicht, ich kann mir ein spöttisches Grinsen nicht verkneifen. Das vergeht mir jedoch auf der Stelle, als ich einen kalten, brennenden Schmerz am Bein verspüre. Ich keuche vor Schreck auf, während warme Nässe sich auf meiner Haut verteilt.

»Steh auf oder du wirst es bereuen.«

Scheiße, das war ein Messer.

Der Kerl hat mich mit einem Messer verletzt.

Das beantwortet die Frage, wie weit er bereit ist zu gehen. Gehorsam rolle ich mich nach vorne und bemühe mich, aufzustehen. Es gelingt erst, als er mich hochreißt und festhält. Schweigend lasse ich mich führen, während immer mehr Blut am Bein hinunterläuft. Es brennt und bei jeder Belastung schießt neuer Schmerz durch meinen Körper. Das ist kein harmloser Schnitt.

Wir gehen nicht weit. Ich stoße gegen einen Türrahmen und stolpere ein paar Stufen hinab, ehe wir stehenbleiben. Erneut werde ich auf den Boden geworfen. Diesmal wimmere ich, als ich ungebremst gegen eine Wand pralle. Meine Hände werden nach vorne gezerrt und dann mit Handschellen an einem kalten Pfahl befestigt.

Der Mann sagt kein Wort.

Auch mir hat es nach der Attacke mit dem Messer die Sprache verschlagen. Die leise Stimme der Panik halte ich mit aller Macht in Schach. Diesen Luxus darf ich mir nicht erlauben. Erst als ich anhand der verhallenden Schritte sicher bin, dass sich der Entführer entfernt, atme ich auf. Möglicherweise ist das Problem, in das ich mich manövriert habe, doch eine Nummer zu groß für mich. Wenn ich das hier unbeschadet überstehe, drehen meine Freunde mir den Hals um. Und das zu Recht.

Ich überprüfe die Fesseln, aber durch die Handschellen bin ich noch effektiver fixiert als vorher. Ich kann die Arme kaum bewegen. Zitternd kauere ich mich zusammen.

»Ist da jemand?«, flüstere ich.

Keine Antwort.

Ich hatte ja zumindest darauf gehofft, Simone zu begegnen.

»Hallo?«, versuche ich es etwas lauter. »Ist jemand da?«

Nichts.

Kurz ziehe ich in Erwägung, Lärm zu machen. Aber das wird nichts bringen, denn so dumm, mich irgendwo, wo jemand mich hören kann, ohne Knebel zu lassen, ist der Mann nicht. Es bringt ihn nur gegen mich auf. Stattdessen lausche ich angestrengt. Außer dem Wind, der draußen um die Mauern fährt, ist nichts zu vernehmen. Einsam und abgelegen ist das hier.

Mit Handschellen an einen Pfosten gefesselt, ausgerechnet nach der Nummer, die ich mit Tim abgezogen habe. Wenn das mal nicht mieses Karma ist. Ich betaste die Fesseln in der Hoffnung, dass sie von minderwertiger Qualität sind oder eventuell nicht richtig eingerastet. Sie fühlen sich jedoch genauso an, wie die Polizei-Handschellen, mit denen ich Tim aus dem Verkehr gezogen habe.

Erneut ertönen Schritte auf der Treppe. Ich schlucke, als sie vor mir verklingen.

»Was wollen Sie?«, versuche ich es ein weiteres Mal.

Auch diesmal erhalte ich keine Antwort. Stattdessen werden meine Beine grob nach vorne gerissen, die Verletzung schmerzt wie verrückt und meine Haut schrammt übel über den rauen Boden. Und dann fühle ich Hände auf meinem Körper, die meinen Hintern abtasten und dabei den Rock hochschieben.

Scheiße.

Dass der Typ auch ein Vergewaltiger ist, damit habe ich auf keinen Fall gerechnet. Verzweifelt versuche ich, nach ihm zu treten, mich von ihm weg zu winden, aber meine Möglichkeiten sind erbärmlich eingeschränkt. Der Sack wird gelöst und nach oben geschoben, so dass er an meine Brüste gelangt. Sehen kann ich nach wie vor nichts, mein Kopf steckt unter dem Stoff und egal, wie sehr ich mich schüttle und zapple, befreien kann ich mich nicht. Ich fühle nur die fremden Hände, die am Ausschnitt zerren, meine Brüste begrabschen und zum Schluss unter das Shirt fahren und Bauch und Rücken abtasten.

»Scheiße«, erklingt eine wütende Stimme, dann wird der Sack wieder nach unten gezerrt und festgebunden.

Doch kein Vergewaltiger?

Ich kneife noch immer die Beine zusammen. Das Zittern kann ich trotzdem nicht unterdrücken.

»Wo ist es?«, fährt der Mann mich an. »Sag mir, wo es ist, dann tu ich dir nichts.«

»Was denn?« Ich hasse es, wie sehr meine Stimme zittert. »Ich weiß nicht, was Sie haben wollen.«

Ich weiß es wirklich nicht. Ich vermute zwar, dass es sich um einen Hinweis auf ihn, den Entführer, handeln muss, aber das ist nur eine vage Idee.

»Du warst in der Wohnung.«

»Ja«, antworte ich hastig. »In Simones Wohnung. Das war ich.«

Leugnen hat eh keinen Sinn, ich habe im vollen Scheinwerferlicht seines Autos gestanden.

»Was hast du da gemacht?«

»Ich habe nach Hinweisen gesucht, wohin Simone verschwunden ist.«

»Was hast du gefunden?«

»Nichts.«

Er schlägt gegen die Wunde an meinem Bein und ich keuche vor Schmerz auf. Die Tränen, die mir in die Augen steigen, kann er nicht sehen.

»Verarsch mich nicht.«

»Tu ich nicht. Ich habe rein gar nichts gefunden. Da war nichts.«

Laut ziehe ich Luft durch die Nase und zwinge mich, den Tränen nicht freien Lauf zu lassen.

»Scheiße«, brüllt er unvermittelt auf und ich wappne mich gegen weitere Schmerzen. Glücklicherweise richtet er sich auf und beginnt den Geräuschen nach, hektisch im Raum auf- und abzugehen. Der steht genauso unter Strom wie ich. Was ihn unberechenbar und gefährlich macht.

Irgendetwas ist mit seiner Stimme. Ich höre ihn durch den dichten Stoff verzerrt und dumpf, trotzdem kommt der Klang seiner Stimme mir bekannt vor.

Wir haben den Kidnapper von Anfang an in Simones Umfeld vermutet. Wenn ich jetzt Simones Kreise mit meinen abgleiche, bleiben nicht mehr allzu viele Optionen. Kühl und rational versuche ich, mich darauf zu konzentrieren, obwohl ich vor Angst zittere. Es ist mein Job, Simone und mich heil hier rauszubringen.

Und mit Heulen und Jammern wird das nicht klappen.

»Du hast mit der Kripo geredet«, herrscht er mich unvermittelt an.

»Ja.«

Ich muss echt vorsichtig sein. Sobald er glaubt, ich lüge, wird er mich erneut verletzen. Nah an der Wahrheit fahre ich definitiv am besten.

»Wann?«

»Als Simone verschwunden ist, da haben die jeden befragt. Und nach der Sache in ihrer Wohnung. Das habe ich auch der Kripo erzählt.«

»Was haben die dich gefragt?«

»Ob ich den Mann erkannt habe. Oder bemerkt habe, was er da wollte.«

»Und?«

»Ich konnte gar nichts sehen, weil ich mich versteckt hatte. Ich habe nur bemerkt, dass ein Mann die Wohnung gründlich durchsucht hat und dann im Auto wegfuhr.«

»Konntest du das Auto beschreiben?«

»Ich stand mitten im Scheinwerferlicht. Ich habe nur erkannt, dass es ein mittelgroßer PKW war, sonst nichts.«

Eine Weile rennt er erneut auf und ab.

Wenigstens scheint er mir zu glauben.

»Bitte, ich weiß nicht, wer Sie sind. Lassen Sie mich gehen, ich weiß überhaupt nichts«, sage ich leise.

Er antwortet nicht. Es war ein Versuch.

»Wo ist Simone?«, wage ich mich weiter vor. Immerhin hat er auf meine letzten Sätze nicht negativ reagiert.

Sie wird doch wohl noch leben. Kein Entführer tötet das Opfer, bevor das Geld da ist. Vermute ich. Hoffe ich.

Die Schritte kommen abermals näher, halten bei mir. Ich spüre mehr, als das ich es höre, wie er sich neben mich hockt. Unwillkürlich ziehe ich die Beine hoch und presse sie zusammen. Ich war noch nie so wehrlos, noch nie so nackt vor einem Fremden, noch nie so planlos, was mich erwartet.

Mit einem Klicken öffnen sich die Handschellen und ich werde ein weiteres Mal hochgerissen. Er stößt mich vor sich her und ich stolpere blind und verängstigt voran. Wir gehen nicht weit. Ich höre einen Schlüssel im Schloss, das Entriegeln einer Tür und dann erhalte ich einen neuen Stoß, der mich mal wieder auf den Boden befördert.

Diesmal kann ich mir den Schmerzensschrei nicht verkneifen. Hinter mir fällt die Tür ins Schloss, dann wird zugesperrt.

Erleichtert atme ich auf.

Ich lebe noch.

Dass er mich nicht auf der Stelle aus dem Weg räumt, ist ein gutes Zeichen. Außerdem bin ich die Handschellen los. Umständlich beginne ich, den Sack nach oben zu schieben. Es ist mühsam, aber endlich befreie ich den Kopf aus dem stinkenden Stoff. Als Erstes fällt mein Blick auf meine Beine. Der Rock ist weit über den Hintern hochgezogen, die Strumpfhose hängt in Fetzen und starrt vor Dreck und Blut. Ich keuche entsetzt auf, als ich bemerke, wie tief die Wunde ist, die das Messer mir beigebracht hat. Glücklicherweise blutet es nur noch minimal, trotzdem sehe ich aus, als wäre ich einem Metzger begegnet.

Langsam hebe ich die Augen.

Ich sitze auf einem betonierten Boden, hart und eiskalt. Die geschlossene Tür ist aus Stahl, die perfekte Gefängnistür. Weiße, kahle Wände, kein Fenster und eine nackte Glühbirne, die ein trübes Licht verbreitet. Vorsichtig drehe ich mich um.

Auf einer Pritsche am anderen Ende des Raumes hockt eine Gestalt und starrt mich entsetzt an.

Es ist die schöne Simone. Nur das sie nicht mehr schön ist. Aber wem will ich was vormachen. Auch ich sehe aus wie ein gerupftes Huhn.

Mühsam erhebe ich mich und ziehe den Rock nach unten. Mein Shirt ist an der Seite gerissen, der BH verrutscht. Ich rette, was zu retten ist. Dann fahre ich mir durch die Haare, die dank des Sacks in alle Richtungen abstehen. Glücklicherweise bleibt sowohl mir als auch Simone ein Blick in einen Spiegel erspart.

»Hallo Simone«, sage ich möglichst würdevoll.

»Du bist die Neue aus dem Kurs«, erwidert sie. »Die Nutte, die mit dem Direktor des LAFP fickt, um zugelassen zu werden.«

Ich starre sie fassungslos an. Die Zeit in diesem Keller hat sie nicht umgänglicher werden lassen.

»Du wirst es nicht glauben, aber ich habe das Auswahlverfahren genau wie alle anderen durchlaufen. Und dem Direktor bin ich nie begegnet.«

»Du hast recht, ich glaube es nicht.«

»Ich bin erstaunt, dass ich so großen Eindruck bei dir hinterlassen habe. Du hast mich nur einen einzigen Tag gesehen und direkt wiedererkannt. Ich nehme es mal als Kompliment.«

Ich präsentiere ihr ein breites Grinsen. Nach den Ängsten der letzten Stunde tut es gut, in die übliche Schublade gesteckt zu werden. Damit kenne ich mich wenigstens aus.

»Das siehst du falsch. Ich erkenne nicht dich, nur deine billigen, nicht vorhandenen Klamotten haben Wiedererkennungswert. Ich bin erstaunt, dass du überhaupt Unterwäsche trägst.«

Ich setze mich neben sie auf die Pritsche.

»Du stinkst«, sage ich dann.

Bockig verschränkt sie die Arme vor der Brust. »Bis gerade eben dachte ich, dass ich mega in der Scheiße sitze und es kaum noch schlimmer kommen kann. Und dann wirft der Irre, der denkt, er kann meine geizigen Eltern erpressen, einen Sack in mein Gefängnis und heraus kommt die ›Bubblegum Bitch‹. Womit habe ich das verdient?«

Bubblegum Bitch?

Hysterisch fange ich an zu lachen.

»Hast du wenigstens einen Kaugummi dabei? Ich bekomme hier nur Fraß vorgesetzt«, faucht Simone mich an.

Noch immer kichernd betaste ich meine Rocktasche und fördere ein plattgedrücktes Päckchen hervor. Wir stecken uns die beiden letzten Kaugummis in den Mund.

»Wie kommst du auf Bubblegum Bitch?«, frage ich.

»Ist so ein Song«, sagt Simone. Dann beginnt sie, leise und schief zu singen.

»Kenne ich nicht.«

»Solltest du aber, wenn du wie ein Song-Klischee rumläufst.«

Na toll, dann gibt es wohl einen Liedtext über mich. Ich zucke die Schultern und nehme mir vor, mir den Song anzuhören, sobald ich hier raus bin.

Wenn ich hier jemals heil rauskomme.

»Wo ist dein Handy?«, fragt Simone und starrt mir unverhohlen in den Ausschnitt. »Hast du es zwischen den Titten versteckt?«

»Es ist weg.« Wo meine Handtasche mitsamt Smartphone gelandet sein mag, ist eine gute Frage. Möglicherweise habe ich es bei der Entführung verloren. Oder der Kidnapper hat es. Kann die Polizei ein Handy orten, obwohl es ausgeschaltet ist? Wenn wir Glück haben, besteht da eine Chance, gerettet zu werden.

»Wie geht es dir?«, frage ich leise. »Hat er dich anständig behandelt?«

»Was nennst du anständig? In einen Keller sperren, ohne Heizung, Tageslicht und Zerstreuung, dafür mit schalem Wasser und miesem Fraß?«

»Hat er dich misshandelt? Sind noch alle Finger dran? Das meine ich unter den gegebenen Umständen mit anständig.«

»Ich sehe passabler aus als du«, mault sie. Zaghaft deutet sie auf die Schnittwunde. Dann auf mein zerstörtes Oberteil. Eindeutig, dass alle Finger dran sind. »Hat er …?«

»Nee, hat er nicht.« Ich seufze tief. »Er hat mich nur durchsucht.«

Sie nickt.

Dann schüttelt sie den Kopf.

»Ich kann mir nicht vorstellen, aus welchem Grund jemand dich entführt. Ich meine, sieh dich an. Wieso sollte dein Zuhälter Geld für dich lockermachen?«

Ah, wir sind also wieder bei Feindseligkeit und Schlägen unter die Gürtellinie.

»Wieso sollte jemand Geld für dich lockermachen?«, erwidere ich patzig.

»Habe ich ihm gleich gesagt. Mein Vater rückt keinen Cent von seinem Vermögen raus. Da kann er ihm auch nach und nach jeden einzelnen Körperteil von mir schicken, das kratzt den nicht.«

Simone presst die Lippen hart aufeinander, das Gesicht eine einzige abweisende Maske. Das ist keine Show, die sie vor mir abzieht. Das ist echt heftig. Die Beziehung zwischen meiner Mutter und mir ist schwierig, ohne Frage, aber Geld würde sie durchaus für mich zahlen. Also theoretisch, wenn sie welches hätte.

»Ich bin nicht entführt worden«, erkläre ich.

Für Simone muss es tatsächlich so aussehen, als ob der Entführer sein nächstes Opfer hergebracht hat.

»Ach nee? Machst du hier ein Praktikum? Falls du die Seiten wechseln willst?«

»Na ja.« Ich schiebe mir eine Haarsträhne hinter das Ohr. Als ob das etwas an meiner Frisur retten würde. »Im Endeffekt bin ich schon entführt, irgendwie zumindest. Aber eben nicht so wie du.«

»Ich gehe davon aus, dass er mittlerweile kapiert hat, dass er für mich keine Kohle kassiert. Und ehe er mich entsorgt, hat er die nächste Beute angeschleppt. Wer also bezahlt für dich?«

»Denkfehler, Simone. Ich bin wegen dir hier.«

»Meine Eltern bezahlen für niemanden. Die sind geldgeil. Oder sollst du mich weichkochen, weil du zu dem Entführer gehörst? Das würde tatsächlich Sinn machen. Kann er sich aber abschminken, ich werde nicht in eine Kamera heulen, bis meine Mutter einknickt.«

»Deine Eltern überweisen dir jeden Monat einen Haufen Geld«, weise ich sie auf ihren Kontostand hin.

»Das sind doch Peanuts.« Simone verdreht die Augen. Glücklicherweise fällt ihr nicht auf, dass ich über ihre Finanzen nicht im Bilde sein sollte.

»Ich denke schon, dass deine Eltern das Lösegeld zahlen. Laut Kripo haben sie bis morgen Zeit, das Geld zu organisieren. Und sie machen es.«

»Nie im Leben.«

»Denkst du das wegen Pauline?«

»Was weißt du über Pauline?« Simone springt abrupt auf und baut sich vor mir auf. »Pauline ist …, von Pauline weiß niemand …«

»Niemand weiß, wohin Pauline vor zwei Jahren verschwunden ist. Außer deinem Entführer eventuell. Darauf hast du doch spekuliert, oder?«

»Du …« Simone wirft sich auf mich und drückt mich mit ihrem ganzen Gewicht auf die Liege. »Du steckst wirklich mit ihm unter einer Decke. Ist das ein Trick?«

Sie hockt genau auf der Verletzung und ich atme zischend ein. Leider spüre ich, dass neues Blut ab meinem Bein hinabläuft.

»Du tust mir weh.«

»Umso besser«, faucht sie und schüttelt mich.

»Nachdem ich gesehen hatte, wie der Typ dich belästigt,

und du danach spurlos verschwunden warst, habe ich nach dir gesucht«, erkläre ich ihr.

»Wieso?«

Verdammt, warum kapiert das keiner?

»Weil ich Polizistin werden will. Hast du je einen Krimi gesehen, in dem die Kripo nicht ermittelt, weil das Opfer einfach nicht sympathisch ist?«

»Du findest mich also unsympathisch?«

»Das ist noch untertrieben. Du bist ein arrogantes, dämliches Miststück.«

»Aha.« Zufrieden lässt sie mich los.

»Findest du das gut?«, frage ich perplex.

»Ich finde es ehrlich. Das ist momentan das Einzige, das zählt.«

Mühsam rapple ich mich hoch und betrachte mein Bein. Das frische Blut macht es auch nicht wirklich schlimmer.

»Das mit deiner Schwester habe ich von einer Bekannten aus Köln erfahren. Die Kripo wollte nicht mit der Wahrheit rausrücken.«

»Ich …« Simone verstummt und lässt sich zurück auf die Pritsche sinken. Mit einem Mal sieht sie klein und verdammt einsam aus. »Ich habe es voll verkackt.«

»Du weißt nicht, wer dich entführt hat?«

»Nee. Ich hatte auch so einen hübschen Sack über dem Kopf.«

»Hast du seine Stimme erkannt?«

»Der hat keinen Ton mit mir geredet. Also, versucht habe ich es selbstverständlich. Ich habe ihn jedes Mal hysterisch angebrüllt, wenn er hier war, um mir Essen zu bringen. Ich habe ihm den übelsten Unsinn erzählt, aber er hat nie reagiert.«

»Hast du behauptet, dass etwas, das ihn verrät, in deiner Wohnung versteckt ist?«

»Klar. Ich habe gehofft, dass er sich genötigt fühlt, mit mir darüber zu reden oder es zu suchen.«

»Das hat geklappt, Simone. Er hat gesucht. Gibt es da denn einen Hinweis?«

»Nö.«

»Ich habe auch gedacht, dass da etwas sein müsste. Wenigstens eine Liste mit Verdächtigen.«

»Weshalb?«

»Das macht doch jeder so. Dachte ich. Ich zumindest würde mir alle Personen aufschreiben, die ich treffe und die schon zwei Jahre zuvor vor Ort waren.«

»Unsinn. Ich kann mir sowas merken.« Sie richtet sich erneut auf und betrachtet mich mit diesem überheblichen Blick, den sie schon am ersten Tag für mich hatte. »Das hat was mit Intelligenz zu tun. Das wirst du nie verstehen, Bubblegum Bitch.«

Ich schnaube nur. Ich bin zu clever, um mich rechtfertigen zu müssen. »Waren es viele?«

»Ehrlich gesagt, erschreckend überschaubar. Der Kurs, in dem Pauline war, ist im Praktikum. Die Dozenten sind noch dieselben. Der Vermieter scheint mir harmlos und komplett ohne Argwohn. Und dann gab es da diesen Maik, mit dem du mich gesehen hast, und seine Clique. Mit einem von denen hatte Pauline was laufen. Ich habe nur nicht herausgefunden, wer das war. Pauline hat damals ein riesiges Geheimnis draus gemacht. Wahrscheinlich war er White Trash.«

Ich schließe die Augen und denke über das nach, was Simone erzählt hat. Maik und die unbekannte Clique könnten interessant sein. Theoretisch. Irgendetwas daran stört mich.

Und dann …

»Scheiße.« Sprachlos lasse ich mich zurücksinken. Gerade hat es nämlich Klick gemacht.

»Scheiße was?«

»Ich weiß, wer es ist.«

»Wer?«

»Der Entführer. Ich habe ihn doch reden hören. Und gerade ist mir eingefallen, woher ich seine Stimme kenne.«

kapitel 30

»Jetzt sag schon.« Simone reißt die Augen auf und rutscht nah an mich heran.

»Nee. Besser nicht.«

»Besser nicht? Was soll das heißen?«

Ich neige den Kopf, so dass ich ihr meine Erkenntnis zuflüstern kann. »Solange du nicht weißt, wer es ist, kann er dich unbesorgt freilassen. Es ist das Einzige, das dich retten kann. Sei froh, dass du im Sack gesteckt und nie seine Stimme gehört hast.«

»Aus welchem Grund glaubst du, dass der Kidnapper mitbekommt, ob du mir nun seinen Namen nennst oder nicht?«

»Sicher ist sicher, oder?«

»Auf keinen Fall. Es hat mich die ganze Zeit wahnsinnig gemacht, nicht zu wissen, wer er ist. Ob er mich kennt. Ob ich eine Chance gehabt hätte, ihm auf die Schliche zu kommen. Ich muss erfahren, wer es ist.«

Ach, Scheiße.

Ich kann Simone ja verstehen. Mir würde es genauso gehen. Nur meine Vernunft beharrt darauf, dass es ungefährlicher für sie ist, ahnungslos zu bleiben.

»Du könntest dich verplappern«, gebe ich der Vernunft eine Stimme.

»Wie denn? Er redet nicht mit mir. Und außerdem ist es mein Risiko und damit meine Entscheidung.«

Hätte ich doch bloß die Klappe gehalten.

Simone grinst mit einem Mal.

»Du solltest übrigens eine Sache über mich wissen, solange wir hier gemeinsam in der Scheiße sitzen. Ich bekomme, was ich will – immer. Entweder weihst du mich ein oder ich werde dich in den Wahnsinn treiben. Deine Entscheidung.«

Sie verschränkt die Arme vor der Brust, lehnt sich nach hinten und blickt mich erwartungsvoll an.

Da ist fraglos was dran. Simone ist eine Prinzessin. Ein reiches, verzogenes Gör.

Ich kann den Fehler, herauszuposaunen, was ich erkannt habe, nicht ungeschehen machen.

Mit einem Seufzen beuge ich mich an ihr Ohr.

»Herr Soika«, flüstere ich dann.

Sie pfeift leise.

»Wie sicher bist du dir?«

»Es ist nicht nur die Stimme. Er hat ja entweder gebrüllt oder geflüstert oder versucht, mich einzuschüchtern. Aber er hatte mich eben mit Handschellen gefesselt. Mit Polizeihandschellen. Ich bin ganz sicher.«

»Herr Soika? Mann, das ist krass. Wie kann ein Polizist so weit sinken? Die Dozenten hatte ich tendenziell ausgeschlossen.«

Das Schlimmste an der Erkenntnis, in wessen Gewalt wir uns befinden, ist, dass die Chance, geortet zu werden, damit auf null gesunken ist. Herr Soika wird wissen, inwieweit mein Handy eine Gefahr für ihn darstellt.

»Ich habe ja zuerst vermutet, dass Maik dich entführt hat«, lenke ich mich von der Enttäuschung ab.

»Woher weißt du von Maik?«

»Ich habe doch gesehen, wie du vor ihm geflüchtet bist. Und am nächsten Tag warst du verschwunden. Da hat er sich als Schuldiger quasi aufgedrängt.«

»Du hast ihn gesehen, richtig. Aber woher weißt du, wie er heißt?« Sie klingt misstrauisch.

»Weil ich …« Urplötzlich überkommt mich der Drang zu kichern. Was muss der Typ bloß von mir gedacht haben, als ich mich als Komplizin aufdrängen wollte? Komplizin bei was? »Ich war bei ihm, um ihn zur Rede zu stellen. In welchem Haus er wohnt, wusste ich ja.«

Mit einem Grinsen erzähle ich Simone, wie ich Maik überfallen habe.

»Nee, der Entführer hat mich abgepasst, als ich kurz vor meiner Wohnung war. So schnell hätte Maik mir nicht auflauern können.«

»Aber du hattest ihn schon unter Verdacht, etwas mit dem Verschwinden deiner Schwester zu tun zu haben?«

»Ja. Ich bin ihm echt hinterhergelaufen. Solange, bis er der Meinung war, ein Recht darauf zu haben, mir an die Wäsche zu gehen.«

»Dazu hat niemand ein Recht, egal, wie sehr ihr vorher geflirtet habt. Du musst ihn anzeigen, Simone.«

»Ja, ja, das hast du mir schon gesagt. Ich habe aber gerade andere Probleme.«

»Das sehe ich durchaus ein.« Ich nehme Simone fest ins Visier. »Aber wir gehen doch nicht vom Schlimmsten aus. Und sobald wir hier raus sind, gehst du zur Polizei und zeigst den Typ an. Er hat versucht, dich zu vergewaltigen. Damit darf er nicht durchkommen.«

»Okay, Bitch, hol mich hier heil raus und ich mache alles, was du willst.«

»Ich heiße Bebe.«

»Ist das die Abkürzung für Bubblegum Bitch?«

»Fast.« Meiner Mutter wäre zuzutrauen, mich so genannt zu haben. »Blossom Blue.«

Simone grinst. Ich erwarte den nächsten gehässigen Kommentar, aber sie schweigt.

»Zurück zu Herrn Soika«, wende ich mich den wichtigen

Dingen zu. Von Sich-gegenseitig-Anzicken kommen wir nämlich nicht raus. »Einen Vorteil hat das Ganze.«

»Und der wäre?«

»Er ist Polizist. Das bedeutet, dass er weiß, wie die Polizei arbeitet.«

»Ja, und das ist ein klarer Nachteil, du Superhirn.« Falls Simone immer so drauf ist, würde es mich nicht wundern, wenn ihre Eltern doch nicht für sie bezahlen.

»Im Gegenteil. Das macht ihn berechenbar«, erkläre ich ihr. »Er denkt wie ein Polizist. Wir müssen unsere Taktik darauf anpassen und ihn überrumpeln.«

Simone mustert mich schweigend.

»Ziemlich vager Plan«, erwidert sie dann.

»Na ja, er ist noch ausbaufähig«, gebe ich zu. »Es wäre hilfreich, wenn wir schon ausgebildete Polizistinnen wären und ebenfalls wüssten, wie die Polizei arbeitet. So müssen wir uns auf unsere Krimi-Erfahrungen verlassen.«

»Bebe, dir fällt schon auf, dass ein Kriminalroman nicht die Wirklichkeit abbildet.« Simone schaut mich entnervt an. »Deshalb sehe ich nicht, welchen Vorteil uns das bringt.«

»So ganz klar ist mir das momentan auch nicht. Aber ich bin sicher, dass mir die ultimative Idee noch kommt. Am ehesten, wenn ich ausgeruht bin. Mittlerweile bin ich viel zu erledigt, um nachdenken zu können.« Ich deute auf die Pritsche, auf der wir hocken, die hart und schmal und furchtbar unbequem ist. »Ich muss schlafen.«

»Wenn du denkst, dass ich dir mein Bett überlasse, dann hast du dich geschnitten.«

»Das nennst du Bett?« Ich starre sie kopfschüttelnd an.

»Besser als der Boden.«

Schlussendlich quetschen wir uns beide auf die Pritsche. Ich habe Simones Füße neben meinem Kopf, schließe die Augen und bemühe mich, das unangenehme Licht, die Kälte und die Schmerzen zu ignorieren. Immerhin spüre ich auf diese Art ihre Körperwärme.

Als ich aufwache, schlinge ich die Arme um einen Menschen, der sich eng an mich schmiegt.

Im Halbschlaf rechne ich mit Tim.

Doch für Tim ist die Gestalt zu zierlich, außerdem kitzeln mich Haare in der Nase. Widerwillig öffne ich die Augen und bereue es auf der Stelle. Das Licht blendet unbarmherzig, jeder einzelne Fleck an meinem Körper schmerzt und die Erinnerungen an den letzten Tag sind alles andere als willkommen. Ich habe es so was von verbockt.

Und jetzt kuschle ich auch noch mit der Prinzessin höchstpersönlich. Sie muss sich in der Nacht umgedreht haben, um sich in meine Arme zu drücken.

»Du hättest mir gleich sagen können, dass du auf Frauen stehst und mich scharf findest«, murmle ich leise.

»Deine Füße stinken. Da konnte ich nicht bleiben.« Sie ist also wach. Sehen kann ich ihr Gesicht nicht.

»Auf jeden Fall ist es wärmer so.« Ich habe gerade nichts gegen ihre Nähe. Es muss schrecklich gewesen sein, hier seit Tagen allein zu hocken.

»Ich habe übrigens eine Idee«, sagt Simone und setzt sich auf. »Auf etwas, das aus deinem blonden Hirn kommt, möchte ich mich nicht verlassen.«

Ich grinse. Simones Haltung mir und wahrscheinlich allen anderen Menschen gegenüber ist nicht so leicht umzustimmen.

»Lass hören«, erwidere ich. »Ich habe kein Problem mit Gedanken aus deinem blonden Hirn.«

»Gut. Wir nutzen das, was wir haben.« Simone rückt von mir ab und betrachtet mich nachdenklich.

»Und was haben wir?«

»Dich.« Ihr Blick ist in meinem Ausschnitt hängen geblieben. »Ich zerreiße dir den jämmerlichen Rest deiner Klamotten, so dass die Titten endgültig raushängen. Und während du dem widerlichen Kerl einen bläst, haue ich ab.«

Kurz fehlen mir die Worte.

»Definitiv nicht«, sage ich dann.

»Ich dachte, du wolltest mich befreien?«

»Aber nicht so.«

»Stell dich nicht so an. Das ist doch nichts, was du nicht schon getan hast.«

Ich schließe die Augen und atme tief durch. Ja, ich sehe aus wie ein Mädchen, das es auf Sex anlegt. Und Simone ist jemand, der keine Hemmungen hat, Menschen auszunutzen. Worüber wundere ich mich.

»Du irrst dich, Simone. Ich bin nicht so, wie du denkst.«

»Das hier ist wirklich der falsche Zeitpunkt, um den Moralischen rauszukehren. Außerdem habe ich kein Problem damit, wenn Frauen ihren Spaß haben. Du kannst dich durch sämtliche Betten vögeln und ich werde dich nicht dafür verurteilen. Slut Shaming ist echt sowas von daneben.«

»Da bin ich vollkommen deiner Meinung, Simone. Aber ich mache so was nicht.«

»Es geht um unser Leben.«

»Dann mach es doch selbst.«

Mittlerweile haben wir uns erhoben und stehen uns gegenüber.

»Ich verpisse mich ja nicht und überlasse dich deinem Schicksal. Ich werde ihm eins über den Schädel braten, sobald er abgelenkt ist.«

»Simone, ich bin Schlägereien gewohnt. Wir können dienen Plan durchaus umsetzen, wenn du ihm einen bläst und ich ihn k.o. schlage. Ich bin definitiv gewalttätiger als du«, behaupte ich.

Dabei ist das gelogen, denn auch diese Variante ist absolut inakzeptabel.

Ich kann leider null einschätzen, inwieweit Simone ihren Vorschlag ernst meint oder ob er mich bloß provozieren soll. Zuzutrauen ist ihr beides.

»Ich stehe hier aber nicht halb nackt rum. Außerdem hat er dich gestern eh schon betatscht.«

Mich schaudert. Erst filzt er mein Zuhause, dann mich persönlich.

Mit meiner Intimsphäre ist es nicht weit her.

»Der Typ kennt deine Unterwäsche genauso, Simone«, lenke ich von mir ab. »Der kennt jeden Winkel deiner Wohnung, all die schmutzigen, kleinen Geheimnisse, die du dort versteckst.«

»Da ist nichts, Bitch, ich wohne da gar nicht richtig. Meine schmutzigen Geheimnisse sind safe.«

Da hat sie wohl recht. Ich selbst habe ja ebenfalls alles durchwühlt.

»Wir brauchen einen anderen Plan«, beschließe ich. »Mit weniger Körpereinsatz.«

»Du bist echt prüder, als ich dachte«, mault Simone. »Hast du eine bessere Idee?«

Habe ich. Leise weihe ich sie in meinen Plan ein.

»Ich weiß nicht, das ist irgendwie lahm und vorhersehbar. Das glaubt der doch nie.«

»Das ist eigentlich egal. Er kann es nicht ignorieren. Solange er das Geld nicht hat, braucht er dich lebend.«

»Ich fand meine Strategie trotzdem erfolgversprechender. Sex sells. Versprich mir, dass du ihn als Plan B im Hinterkopf behältst.«

»Klar, ein Plan B ist nicht verkehrt«, lüge ich. Nie im Leben werde ich das in Erwägung ziehen.

»Was glaubst du eigentlich, was mit deiner Schwester geschehen ist?«, wechsle ich abrupt das Thema.

»Sie ist tot«, sagt sie hart und blickt mir dann kühl ins Gesicht. »Was denn sonst, Bitch?«

Erstaunt stelle ich fest, dass Simone und ich uns verdammt ähnlich sind. Nicht auf den ersten Blick, da sind wir wie Tag und Nacht. Aber wir haben beide eine auffällige, krasse Fassade, die Fremde effektiv daran hindert, unser wahres Gesicht zu sehen. Ich spiele die Proll-Braut und Simone die arrogante Prinzessin, die auf andere Menschen herabsieht. Jede auf ihre eigene Art sind wir beide sehr gut in dem, was wir vortäuschen. Ich schlucke, ehe ich weitersprechen kann.

»Wieso bist du dir so sicher?«

Simone kneift die Augen zusammen, während sie mich weiterhin taxiert.

»Pauline und ich …« Ihr Blick wandert zur Wand, verweilt dort kurz, ehe sie mich erneut fixiert. »Wir standen uns echt nah, sie liebte mich, auch wenn das für dich schwer zu verstehen ist. Sie wäre nie verschwunden, ohne mich einzuweihen. Nie.«

»Doch, das …«

Schritte nähern sich der Tür.

Auf einen Schlag verstummen wir und erstarren.

»Er bringt bestimmt Essen«, flüstert Simone. Ihr weißes Gesicht wirkt nicht überzeugt. Auch sie weiß, dass heute der Tag der Lösegeldübergabe ist. Und damit der Tag, an dem sich zeigt, was sie ihren Eltern wert ist.

Kann sein, dass er nur Essen bringt und dann für den Rest des Tages verschwindet. Kann sein, dass dies unsere einzige Chance ist, Einfluss zu nehmen. Es ist Zeit für Blossom Blue, die Ghetto-Schlampe, die über Leichen geht. Ich muss diesmal so überzeugend sein, wie nie zuvor in meinem Leben. Ein letztes Mal atme ich tief durch, dann trete ich entschlossen an Simone heran.

»Es geht los«, flüstere ich ihr zu.

Mit einem missbilligenden Blick lässt sich Simone den Sack, in dem ich gesteckt habe, über den Oberkörper ziehen und legt sich an die der Tür gegenüberliegende Wand. Sie ist auf den ersten Blick vom Eingang aus zu sehen und trotzdem weit entfernt.

»Das sieht zu gemütlich aus«, korrigiere ich ihre Haltung. »Du musst tot aussehen.«

Ich zerre an ihren Beinen, bis sie daliegt wie eine zerbrochene und achtlos weggeworfene Puppe.

»Aua, musst du so grob sein?«, flucht sie durch den Stoff.

»Ja, muss ich. Du merkst doch nichts mehr. Und jetzt sei still.«

Ich setze mich auf die Pritsche, lehne mich an die Wand und täusche Langeweile vor.

Es wird hart gegen die Tür geschlagen.

»Zieht den Sack über den Kopf und stellt euch gegenüber der Tür auf«, sagt der Entführer mit verstellter Stimme.

»Ist längst passiert«, antworte ich laut.

Langsam öffnet sich die Tür.

Eine Pistole erscheint im Türspalt, dann eine schwarz gekleidete Gestalt, Kapuze über dem Kopf und weit ins Gesicht gezogen. Erstarrt betrachtet er Simone, die brav tot spielt.

Ich grinse, als die Kapuze sich in meine Richtung bewegt.

»Zieh den Sack über den Kopf«, fordert er mich auf.

Warum sagt er nichts zu seiner reglosen Geisel? Müsste er nicht zumindest ein wenig besorgt sein? Und kontrollieren, ob sie noch lebt?

»Wozu? Ich weiß eh, dass du es bist, Maik«, antworte ich möglichst lässig. »Du hast einen Fehler gemacht, mich mit der arroganten Ziege in einen Raum zu stecken. Sie ist mir frech gekommen und wollte mich herumkommandieren. Jetzt kannst du gucken, wie du ohne Pfand an dein Geld kommst.« Ich grinse. »Aber du hast Glück, mein Angebot, mitzumachen, steht noch. Zusammen legen wir die Bullen locker rein.«

Unentschlossen wandert der Kopf unter der Kapuze zurück zu Simones lebloser Gestalt am Boden. Erleichtert stelle ich fest, dass sie wirklich tot aussieht, keine Atembewegung, kein Zucken der Beine. Am liebsten würde ich ihr laut zujubeln. Ich warte auf den Moment, in dem er sich Simone nähert, um zu kontrollieren, was mit ihr geschehen ist. Denn dann werde ich ihn angreifen, ungeachtet der Tatsache, dass die Pistole weiterhin auf mich zielt.

»Eine Entführung ohne Opfer macht keinen Sinn, oder?«, frage ich provozierend. »Ich könnte für dich Simone spielen und du gibst ein Drittel des Geldes ab. Komm schon, Maik, das ist ein faires Angebot.«

Angestrengt versuche ich, einen Blick unter die Kapuze zu erhaschen, aber der Kidnapper ist effektiv verborgen. Trotzdem bin ich mir sicher, Herrn Soika vor mir zu haben. Die Pistole ist dasselbe Modell, das auch Tim hat. Und der Körperbau passt ebenfalls.

»Zieh den Sack über den Kopf«, herrscht er mich unvermittelt an und deutet mit der Waffe ans Ende der Pritsche. Dort liegt grobes Leinen, fein säuberlich zusammen-gefaltet. Simone hat es als Kopfkissen benutzt.

»Aber …«

»Scheißegal, ob die tot ist. Solange die Eltern es nicht wissen.« Die Gestalt zuckt die Schultern. »Mich interessiert das nicht. Ich habe ja immer noch dich, wie du so treffend festgestellt hast. Aber der Lohn ist kein Geld, sondern dein Leben, wenn du keinen Fehler machst.«

Er macht null Anstalten, nach Simone zu schauen. Stattdessen richtet er die Pistole genau auf meinen Kopf.

Ich habe hoch gepokert.

Und verloren.

Langsam greife ich nach dem Stoff. Da er mich schon mit einem Messer verletzt hat, traue ich ihm durchaus zu, auf mich zu schießen. Wohl oder übel ziehe ich den Sack über den Kopf und atme die muffige Luft ein.

»Komm her.«

Unsicher wanke ich in Richtung der Stimme. Von Simone kommt nach wie vor kein Ton.

Harte Hände packen mich und ziehen mich durch die Tür, die laut ins Schloss fällt. Dann wird der Sack fest um mich geschnürt. Ich bin wieder einmal so hilflos wie zu Beginn der Entführung. Und Simone ist erneut allein und ohne Aussicht auf Rettung in ihrem Gefängnis.

kapitel 31

Ich werde erneut in den Van verfrachtet.

Obwohl ich mich irritiert frage, was als Nächstes mit mir geschieht, versuche ich, es positiv zu sehen. Ich lebe noch. Es gibt keinen Grund, mich wegzuschaffen, wenn er mich umbringen will.

Und hier draußen habe ich mehr Möglichkeiten, zu entkommen, als in dem gut gesicherten Kellerraum.

Trotzdem mache ich mir so meine Gedanken. Lässt es Herrn Soika wirklich kalt, dass ich eventuell seine Geisel getötet habe? Oder hat er keinen Zweifel, dass es nur Fake ist? Und die Frage aller Fragen – wie sicher kann ich sein, dass der Entführer definitiv Herr Soika ist?

Als ich höre, wie die Fahrertür geöffnet wird, brülle ich: »Maik, mich zu fesseln ist nicht nötig. Ich bin doch auf deiner Seite.«

Wie erwartet kommt keine Reaktion.

Diesmal bemühe ich mich, den Weg aufmerksamer zu verfolgen. Wir rollen nur ein paar Meter, ehe der Fahrer anhält, einen Augenblick wartet und dann abbiegt. Es folgen zwei, drei Kurven, ein kurzer Halt an einer Ampel oder Vorfahrtsstraße und eine lange, nicht unterbrochene, gleichförmige Bewegung. Wie auf dem Hinweg. Eine Uhr würde mir helfen, die Zeit besser zu schätzen, aber im Dunkeln unter dem Stoff, fehlt mir jegliches Zeitgefühl. Die Fahrt kommt mir ewig lang vor.

Der Van hält mit einem Ruck und der Motor wird ausgestellt.

Jetzt wird es ernst.

Entweder bekomme ich die Gelegenheit, Simone und mir zur Flucht zu verhelfen, oder mein letztes Stündlein hat geschlagen. Ich atme bewusst langsam ein und aus, um mein hektisch klopfendes Herz zu beruhigen. Es nützt nichts.

Eine Weile liege ich still auf dem Boden und lausche. Ob es Sinn macht, an diesem Ort um Hilfe zu rufen? So dumm kann der Entführer kaum sein. Ich bleibe lieber bei der Taktik, ihm Unterstützung anzubieten und ihn in dem Glauben zu lassen, er wäre meiner festen Überzeugung nach Maik.

Die Seitentür des Vans wird geöffnet.

»Na, endlich. Wann weihst du mich in unseren Plan ein?« Ich zwinge meine Stimme, munter und unbesorgt zu klingen. Nachdem er mir am Vortag so viel Angst eingejagt hat, fällt mir das nicht leicht.

»Raus«, knurrt er.

Ungeschickt schiebe ich mich Richtung Ausgang. Wie denkt er sich, dass ich mich mit Sack über dem Oberkörper aufrichten oder vernünftig bewegen kann? Ich werde hochgerissen und aus dem Wagen gezerrt. Einige Meter schiebt er mich blind vor sich her, ehe ich hart mit dem Schienbein gegen eine Kante schlage. Der Schmerz zieht mein Bein hinauf und lenkt ein paar Sekunden von der Schnittwunde ab, die er mir am Tag zuvor zugefügt hat. Ich verkneife mir, zu schreien oder zu jammern. Falls ich aus der Nummer mit Blessuren rauskomme, werde ich mich darüber nicht beschweren. Nicht, wenn Simone und ich am Ende beide leben.

Ich schätze, ich bin erneut in einem Van gelandet, doch diesmal werde ich auf einem Sitz untergebracht. Wortlos löst er den Strick und fesselt meine Handgelenke mit Handschellen an einer Strebe.

Hoffentlich befreit er mich endlich von diesem Sack. Es ist entsetzlich stickig unter dem dichten Stoff und mittlerweile habe ich das Gefühl, nur den eigenen Atem und damit viel zu wenig Sauerstoff einzuatmen.

»Ich weiß, wer du bist«, flüstert er unerwartet direkt an meinem Ohr. »Und ich weiß, wieso du dich bei der Polizei beworben hast. Ich kenne die traurige Geschichte über deine ehemalige Lehrerin Frau Ostlender und wie sehr du dich reingekniet hast, den Täter zu fassen. Simone Diedrich mag sich Totstellen, aber du hättest ihr nie ein Haar gekrümmt. Ich würde dir also raten, keine weiteren Tricks zu versuchen, wenn du sie retten willst.«

Falls ich noch einen zusätzlichen Beweis gebraucht hätte, wer der Entführer ist, dann liefert er sich mir hier auf dem Silbertablett. Denn nur ein Polizist kann all das wissen, ohne dabei gewesen zu sein. Für Herrn Soika war es eine Kleinigkeit, mein Vorleben zu checken.

Mit einem harten Knoten im Bauch stelle ich fest, wie entblößt ich mich fühle. Er hat mich quasi nackt gesehen und betastet, meine Wohnung durchwühlt und nun auch noch in meiner Vergangenheit geschnüffelt. Der Preis für Simones Rettung ist hoch. Da es zu spät ist, es sich anders zu überlegen, presse ich trotzig die Lippen aufeinander und hebe den Kopf so weit es geht.

Der Sack wird mit einem Ruck weggerissen.

Mein Blick fällt auf eine mir gegenüberliegende Sitzbank samt dazugehörendem Tisch. Ein Wohnmobil also.

»Wir verreisen, Maik?«, frage ich lässig, als hätte es die letzte Drohung nicht gegeben. »Ich würde am liebsten nach Südfrankreich, nachdem wir das Lösegeld einkassiert haben. Da ich bisher aber noch nie weggefahren bin, ist mir auch jedes andere Ziel recht. Wir brauchen ja ein Land, das nicht ausliefert.«

Ich grinse frech und versuche, ihn unter der Kapuze zu erkennen. Keine Chance, obwohl er mir so nah ist. Mittlerweile hat er seine untere Gesichtspartie mit einem schwarzen Schal verhüllt, die Augen sind weiterhin verborgen. Es bleibt ein positives Zeichen, dass er sich so konsequent vermummt. Eine Gefangene, die ihren Entführer nicht identifizieren kann, kann freigelassen werden.

Tief atme ich ein, froh, endlich wieder frische Luft zu bekommen. Doch schon nach wenigen Zügen bemerke ich, dass frisch das falsche Wort ist. Die Atmosphäre ist alt und abgestanden. Neben dem muffigen liegt ein anderer Geruch, den ich nicht einordnen kann, in der Luft.

Unauffällig schaue ich in Richtung Fahrersitz und zur Windschutzscheibe. Der Wagen steht in einer Garage, mehr als grauer Beton ist nicht zu erkennen. Könnte ich doch die Hupe erreichen und ordentlich Lärm machen. So abgelegen wie das Versteck, in dem Simone sich befindet, ist dieser Ort unter Garantie nicht.

Staub liegt auf der Ablage. Ich blicke zurück zum Tisch, der ebenfalls von einer dicken Staubschicht bedeckt ist. Der Wagen steht schon seit ewig unbenutzt herum. Was eine Schande ist. Ich würde liebend gerne mit so einem Teil wegfahren und die Welt erkunden, noch dazu, da es neu und hochwertig wirkt.

»Gefällt mir gut, dein …«

In dem Moment, als der Kidnapper sich bewegt und den Blick auf den hinteren Teil des Wagens freigibt, verstumme ich.

Auf dem Boden liegt ein Körper.

Oder vielmehr das, was davon übrig ist.

Ich erkenne lange, verfilzte Haare, die wahrscheinlich einmal blond waren, Kleidung und Schuhe, die trotz Staub teuer und hochwertig wirken.

»Ab jetzt liegt alles in deiner Hand«, sagt Herr Soika. »Das kann dein Schicksal sein. Und das von Simone Diedrich. Und wenn das so kommt, ist es allein deine Schuld, weil du dachtest, klüger als ich sein zu können.«

Bitter steigt Magensäure meine Kehle empor.

Direkt vor meinen Augen liegt Pauline Diedrich. Seit zwei Jahren tot. Schätze ich. Übriggeblieben sind Haare, Klamotten und Haut, die sich dicht über Knochen spannt.

Übelkeit breitet sich in mir aus. Ich kämpfe mühsam gegen den Würgereiz an.

»Wenn du die Lösegeldübergabe vermasselst, liegen hier drei Körper. Vergiss das nie«, zischt er mich an.

Unter Schock realisiere ich viel zu spät, dass er die Seitentür des Wagens öffnet, hinaussteigt und die Tür mit einem Knall hinter sich schließt.

Ich bleibe allein mit der Leiche zurück.

Inzwischen nehme ich die Luft wieder anders wahr. Mit dem Wissen, dass ein verwester Körper im Raum ist, riecht es nicht einfach modrig und abgestanden. Ich bin mir sicher, Verwesungsgeruch auszumachen, süßlich, unerträglich.

Kriechen da nicht Maden durch die Haare?

Entsetzt zerre ich an den Fesseln, aber Herr Soika hat ganze Arbeit geleistet. Ich kann mich kaum bewegen, geschweige denn befreien.

Ich beginne zu schreien.

Irgendwann bin ich heiser.

Und irgendwann führt auch mein Gehirn seine Arbeit fort. Pauline ist schon lange tot und bietet keine Nahrung für Maden. Herr Soika hätte mich niemals an einem Ort allein gelassen, an dem ich Aufmerksamkeit durch Lärm erregen könnte. Und das Theater nützt weder mir noch Simone.

Ich wusste doch, dass Simones Schwester tot sein muss. Und ich wusste, dass der Täter der Kerl ist, der uns entführt hat. Der sichtbare Beweis ändert nichts an seiner Gefährlichkeit.

Ich verstumme und sehe mich genauer um.

Es ist ein echt schönes Wohnmobil. Hinter dem toten Körper befindet sich ein breites Bett, davor eine winzige Küchenzeile. Der Bezug der Sitze und Bänke ist in freundlichen Blautönen gehalten, luftige Gardinen hängen am Fenster. Unerklärlich, dass Herr Soika Pauline hier drin hat verrotten lassen.

So unerklärlich, dass …

Könnte es sein, dass das keine echte Leiche ist, sondern nur der Versuch, mich zu zermürben? Ich wage einen intensiven Blick auf den Körper. Leider ist vom Gesicht nichts zu erkennen.

Warum war ich bloß noch nie in der Pathologie? Warum habe ich keine Ahnung von Leichen und davon, wie sie wann auszusehen haben? Ich habe nur Erfahrung mit frischen Toten. Leider.

Wenn der Körper nicht echt ist, dann hat Herr Soika sich immense Mühe gegeben. Aus meiner Laiensicht ist es nämlich perfekt. Die Klamotten müssen von Pauline sein, sie sind haargenau Simones Stil, nur eben zerknittert und fleckig. Eine lange, schicke Hose, teure Schuhe, eine edle Bluse, bei der mir schleierhaft ist, wie man sie nach dem Waschen reinweiß hält. Was man mit einer Perücke anstellen müsste, bis sie so matt und ausgetrocknet glanzlos aussieht, ist mir ebenfalls ein Rätsel.

Der einzig erkennbare Körperteil ist eine Hand, die neben dem Körper liegt. Papierdünne Haut über Knochen. Wenn das Fake ist, dann ist es ein Kunstwerk.

Letzten Endes fällt mir die Staubschicht auf, die sowohl den toten Körper als auch den umliegenden Boden bedeckt.

Was auch immer da liegt, liegt dort schon sehr lange.

Unberührt.

Das ist definitiv der Leichnam von Pauline Diedrich. Ich bin heilfroh, dass Simone der Anblick erspart bleibt.

kapitel 32

Stunden verbringe ich auf dem Sitz und warte.

Genug Zeit, um meine Taktik zu überdenken. Was sicherlich Sinn der Aktion ist.

Herr Soika hat darauf spekuliert, mich zu brechen.

Unter Garantie hat er mich schreien gehört.

Aber dieser Augenblick der Schwäche ist vorbei. Ab jetzt weiß ich mit Gewissheit, zu was dieser Mann in der Lage ist. Ich werde ihn nicht unterschätzen. Nicht mehr. Die Maik-Nummer ist damit gestorben. Ich werde die verängstigte, fügsame Maus sein, die er haben will.

Als sich endlich die Tür des Reisemobils öffnet, kauere ich zusammengesunken und zitternd auf der Sitzfläche und rühre mich nicht.

»Hast du kapiert, dass es mir ernst ist?«, fragt er mit beklemmend leiser Stimme.

Ich nicke stumm.

»Wirst du machen, was ich dir sage? Ohne Mätzchen? Ohne Tricks? Um zu überleben?«

Ich nicke erneut. Den Blick halte ich starr auf den Boden gesenkt, die Schultern gebeugt. Ich mache mich klein.

Er soll sicher sein, dass ich nicht mehr wage, zu sprechen, geschweige denn zu widersprechen. Er soll sicher sein, mich vollkommen vernichtet zu haben.

»Zieh das an.«

Er wirft mir schwarze Klamotten vor die Füße und bindet mich los. Aus den Augenwinkeln erkenne ich, dass er die Waffe auf mich gerichtet hat. Ich werde auf keinen Fall riskieren, ihn zu verärgern. Mit zitternden Händen und ohne mich sinnlos zu genieren, schlüpfe ich aus dem zerrissenen Rock und steige in eine schwarze Jeans, die wie angegossen passt. Er hat lange genug in den Schränken meiner Wohnung gewühlt, um meine Maße zu kennen. Erst als ich das Oberteil abstreife, drehe ich mich weg, obwohl ich mir das schenken kann. Nackter als mit dem zerfetzten Teil, bin ich so eh nicht.

Im Anschluss sehe ich aus, als wäre ich in den Plan involviert. Welcher auch immer das sein soll. Neben der Jeans trage ich einen schwarzen Kapuzenpulli wie der Entführer, Sportschuhe und ein Tuch, das mein Gesicht verdeckt. Jeder, der mich in diesem Outfit erblickt, muss annehmen, dass ich eine Komplizin bin. Cleverer Schachzug, Herr Soika.

Der Sack landet trotzdem über mir. Ich werde aus dem Mobil gezerrt und erneut in den Lieferwagen verfrachtet. Wie ein Möbelstück, das man dorthin stellt, wo es am meisten Nutzen bringt.

Ich lasse alles widerstandslos mit mir machen.

Und ich schweige – zum ersten Mal.

Auch jetzt lässt mich mein Zeitgefühl im Stich. Es kommt mir vor, als ob wir ewig unterwegs sind. Wie Stunden. Wahrscheinlich ist es deutlich weniger. Eine brauchbare Zeugin gebe ich nicht ab. Schlussendlich rumpeln wir mehr, als das wir fahren.

Als sich die Tür öffnet, lausche ich aufmerksam. Kein Ton ist zu hören. Wo auch immer wir sind, einsam ist es auf jeden Fall. Der Geiselnehmer kramt eine Weile im Van, während ich wie erstarrt bin. Er muss davon überzeugt bleiben, dass ich vollkommen eingeschüchtert bin. Komplett am Ende, zerstört, willenlos. Ein perfektes Werkzeug, denn ich vermute, dass ich für ihn das Lösegeld einsammeln soll.

Dabei auszusehen, als wäre ich Täterin, gefällt mir gar nicht. Ich mag mir nicht ausmalen, wer trotzdem nicht an mir und meiner Loyalität zweifelt und wer triumphierend feststellt, dass das doch von Anfang an klar war.

»Raus«, ertönt ein kurzer Befehl.

Eilig leiste ich ihm Folge. Nun wird es endgültig ernst. Die Entführung kommt in die alles entscheidende Phase. Der Kidnapper muss genauso nervös sein wie ich.

Nur dass er um ein paar Millionen Euro spielt.

Und ich um mein Leben.

Erneut werde ich vom Sack befreit. Ungläubig blinzle ich.

»Was …?«, entfährt es mir.

Ich stehe auf einer Autobahn.

Kein einziges Auto ist unterwegs, weder hier noch auf der Gegenrichtung. Hat er eine ganze Autobahn sperren lassen, um die Lösegeldübergabe durchzuführen? Würde die Kripo das mitmachen?

Ich kneife die Augen zusammen und betrachte den undurchdringlichen Wald, der an den Fahrstreifen grenzt. Den überwucherten Mittelstreifen. Die rissigen und bewachsenen Seitenstreifen. Eine umgekippte Leitplanke. Dann kapiere ich es. Das ist eine alte Autobahn. Nicht mehr benutzt. Die Natur hatte schon einige Zeit, sich dieses Stück Land zurückzuerobern.

Herr Soika ist in meinem Rücken beschäftigt. Unvermittelt berührt er mich und ich zucke zusammen. Er schiebt mir ein kleines Gerät ins Ohr und befestigt einen Clip am Pullover.

»Das ist ein Sender, damit kommunizieren wir. Und verlass dich drauf, ich bekomme jedes Wort mit, und ich sehe alles, was du machst. Nur einen Ton zu einem anderen Menschen und Simone wird elendig verrecken. Kapiert?«

Eifrig nicke ich.

Es ist eh kein Mensch zu sehen.

Und es wird auch niemand kommen, das hier ist Niemandsland.

»Du steigst jetzt auf das Rad und fährst los.« Er deutet auf ein altes, klappriges Fahrrad, das an den Leitplanken lehnt. An seinem Lenker baumelt ein dunkelblauer Rucksack.

»Okay«, flüstere ich.

Meine Stimme zittert. Ich kann das verschreckte Mäuschen so ausgezeichnet darstellen, da ich definitiv Angst habe. Bisher habe ich immer das Gegenteil vorgetäuscht, die harte, unmöglich einzuschüchternde Schlampe.

Brav nehme ich den leeren Rucksack auf den Rücken, greife das Rad, steige auf und fahre unsicher los.

Meine Erfahrungen auf einem Fahrrad sind äußerst mager. Ohne die zwei Ausflüge, die ich vor einem Jahr mit Sabrina, meiner ehemaligen Chefin, unternommen habe, würde ich sofort das Gleichgewicht verlieren.

Langsam entferne ich mich vom Van, der auf einem Feldweg neben der Fahrbahn parkt.

Sollte ich jemals einen idyllischen Fahrradausflug planen, würde ich diesen Ort definitiv miteinbeziehen. Der Asphalt ist noch vollkommen in Ordnung, solange man sich in der Mitte hält, rechts und links befinden sich Wald und jede Menge Natur. Kein Mensch ist unterwegs. Ich fühle mich, als wäre ich in einem Science-Fiction-Roman gelandet, in dem der Großteil der Menschheit ausgerottet wurde und ich eine der wenigen Überlebenden bin. Stattdessen bin ich mitten in einem Psychothriller, in dem der irre Mörder, der die Leichen seiner Opfer nicht entsorgt, sondern als Andenken aufbewahrt, hinter mir her ist. Und in dem ich freiwillig zu ihm zurückkehren muss, weil ich sonst an seinem nächsten Mord schuld bin.

Eine Weile fahre ich durch diese unwirkliche Landschaft und werde mit jedem Meter sicherer auf dem Rad. Von der von Heinz angekündigten Drohne ist nichts zu sehen. Wenn ich bloß ein kleines bisschen mehr wüsste. Da ich keine Ahnung habe, was als Nächstes kommt, wo das Lösegeld deponiert ist und was meine Aufgabe im Anschluss sein wird, habe ich nicht einmal die Möglichkeit, mich vorzubereiten und einen eigenen Plan zu schmieden. Ich kann mich nur auf meinen spontanen Einfallsreichtum verlassen.

Die Autobahn endet abrupt.

Fassungslos starre ich ins Nichts, denn hier bricht nicht nur die Straße ab, sondern ebenso der Wald.

»Halt dich rechts«, ertönt unvermittelt eine Stimme in meinem Ohr und ich zucke erschrocken zusammen.

Herr Soika.

Er weiß also, dass ich angehalten habe. Ich schätze, dass ein GPS-Sender an den Klamotten oder am Rucksack steckt.

Eilig biege ich ab und folge einem ungeteerten, staubigen Weg.

»Jetzt links.«

Laut Verkehrsschild ist die Durchfahrt verboten. Ich weise Herrn Soika nicht darauf hin, sondern gehorche wortlos. Er hat den Weg genau so geplant.

Während ich brav weiterfahre, schweifen meine Augen immer wieder zu dem riesigen Krater, der sich links von mir befindet. Dort steht ein Monstrum von einem Bagger und frisst wie ein ausgehungertes Tier Erde. Die Geschwindigkeit, in der die Wiese verschwindet, ist immens und erneut fühle ich mich wie in einem Science-Fiction-Thriller, in dem Maschinen die Weltherrschaft übernommen haben.

Selbstverständlich weiß ich, wo ich bin. Die dunklen Braunkohleschichten und die Türme des Kraftwerks am Horizont sind nicht zu übersehen. Mir war nur nicht klar, wie unwirklich groß der Eingriff in die Natur ist, wie tief es hinab geht und wie weit der ungehinderte Blick über die offene Fläche reicht. Neben der Braunkohle sind Erdschichten in allen möglichen Farbtönen frei gelegt, während rechts von mir unberührte, ländliche Wiesen liegen. Ein irrer Kontrast.

Ich erreiche eine schmale, ehemalige Landstraße, die genau hier endet. Ein Wall trennt sie von meinem Weg.

»Kletter auf die Böschung. Mit dem Rad.«

Mühsam hieve ich das klobige Gefährt den Hang hinauf.

Oben sperrt ein Gitter die Straße ab, daran hängt ein leuchtend gelber Rucksack. Kein Mensch ist weit und breit zu sehen, dabei befinden sich vor mir freiliegende Felder und Wiesen.

Wo ist die Polizei?

Wo ist die Drohne, auf die ich meine Hoffnungen gesetzt habe?

Wo ist eine Person, der ich meine Hinweise übergeben kann?

Verdammt!

In der Tasche ist unter Garantie das Lösegeld. Trotzdem stehe ich still auf der Böschung und warte die nächste Anweisung ab. Ein paar Minuten lang geschieht nichts.

»Füll das Geld in den Rucksack«, ertönt schließlich die Stimme.

Vorsichtig greife ich nach dem gelben Beutel und ziehe den Reißverschluss auf. Irgendein irrationaler Teil in mir rechnet mit einer Falle. Dabei würde die Kripo es nie riskieren, das Leben der Geisel zu gefährden.

Oh mein Gott!

Fassungslos starre ich auf die gebündelten Scheine. Zu wissen, dass der Kidnapper drei Millionen Euro gefordert hat, ist das eine. So viel Geld auf einem Haufen zu sehen ist das andere.

Tief atme ich einmal durch und beginne, sorgfältig Bündel für Bündel umzuladen. Hundertprozentig werde ich beobachtet. Auf irgendeine Art vom Entführer. Auf eine andere Art von der Polizei.

Ich sehe Verrier praktisch vor mir, wie er die Arme vor der Brust verschränkt und laut verkündet, dass ihn mein Erscheinen gar nicht verwundert. Ich hätte von Anfang an mit dem Mann unter einer Decke gesteckt. Das alles zuvor Tarnung war, um an interne Informationen zu kommen. Ich kann nur hoffen, dass Heinz das nicht ebenso vermutet. Inzwischen hat er gewiss erfahren, wie ich seinen Sohn ausgetrickst habe und seitdem verschwunden bin.

Wenn ich wenigstens der Drohne ein Zeichen geben könnte. Sie ist jedoch weder zu sehen noch zu hören. So bleibt mir bloß eine einzige Chance. Unauffällig ritze ich mit einem kleinen Stock ein S in die trockene Erde und lade das nächste Geldbündel in meinen Rucksack. Es folgt ein O, ein Geldbündel, ein I, so lange bis SOIKA in den Boden graviert ist.

Sonderlich auffällig ist es leider nicht. Ich kann nur darauf hoffen, dass der Erkennungsdienst die leere Tasche einsammelt und dabei aufmerksam ist.

Ich bete, dass ich nicht vollkommen falschliege. Falls Herr Soika unschuldig ist, führt der Hinweis die Polizei auf den Holzweg.

Glücklicherweise habe ich eine weitere Information.

Der Van, in den ich bei meiner Entführung gezerrt wurde und in dem der Kidnapper nach wie vor unterwegs ist, ist mir aufgefallen, bevor ich an ihm vorbeiging. Das Kennzeichen stammt aus Belgien, rote Schrift auf weißem Untergrund. Unter die Buchstaben schreibe ich VAN B - 1.

Das ist leider nicht viel. Das komplette Nummernschild wäre Gold wert, aber so aufmerksam war ich nicht. Sollte ich heil aus der Sache rauskommen, werde ich in Zukunft achtsamer sein.

Ich könnte noch so viel erzählen.

Die Farbe des Vans, dass Simone außerhalb der Stadt versteckt wird, dass Paulines Leiche in einem Wohnmobil in einer Garage steckt. Aber das Geld ist umgeräumt und keine meiner Informationen kann in trockene Erde geschrieben werden. Sorgfältig taste ich den Stoff ab. Papier und ein Stift wären ein Glücksgriff, aber leider ist nichts davon vorhanden. Nicht einmal den zu erwartenden GPS-Sender finde ich. Mit einem Seufzen lasse ich die leere Tasche fallen und richte mich auf.

»Ich bin fertig«, sage ich leise.

»Fahr auf die Straße und bieg dann Richtung Wald ab«, erfolgt prompt die Anweisung. Mittlerweile bin ich mir sicher, dass er mich nicht sehen kann, sondern nur meine Position kontrolliert. Nützen tut mir die Erkenntnis null.

Ich schwinge den millionenschweren Rucksack auf den Rücken und radle los. Der Weg, der mich zum Wald bringt, ist nicht asphaltiert. So ein Glück, dass ich mich durch die Tour, die hinter mir liegt, an das Rad gewöhnt habe.

»Sobald du in den Wald kommst, musst du achtsam sein. Es sind Gräben im Boden«, informiert mich Herr Soika.

Verwirrt runzle ich die Stirn.

Ein paar Meter weiter erkenne ich, was er meint. Rechts und links sind tiefe längliche Löcher ausgehoben. Mit dem Fahrrad kann ich die Hindernisse passieren, solange ich mittig bleibe, ein Wagen dagegen würde hoffnungslos steckenbleiben. Was auch immer die Kripo vorhat, per Einsatzwagen kann sie mich nicht verfolgen.

Ich komme an einem Gebilde vorbei, das aussieht, als hätte sich ein Kindergarten künstlerisch im Wald betätigt. Verblüfft halte ich an und betrachte die bunten Schilder.

»Retten statt roden, Hambi bleibt«, murmle ich verwundert.

»Ja, ja, die Ökoterroristen tarnen sich als Baumretter«, höre ich die genervte Stimme meines Entführers im Ohr. »Fahr weiter, wenn dir das Leben deiner Freundin lieb ist.«

Da er mich nicht sehen kann, erlaube ich mir, die Augen zu verdrehen.

Der Pfad ist extrem rumpelig und schon hundert Meter weiter übersehe ich einen Graben. Der Vorderreifen sackt ohne Vorwarnung weg und ich fliege vom Rad.

Scheiße.

Als ich mich aufrichte, knickt mein rechtes Bein weg und ein brennender Schmerz schießt durch den Knöchel. Laufen kann ich damit nicht mehr. Mit Tränen in den Augen hüpfe ich zum Fahrrad und hieve es mühsam hoch. Probehalber stelle ich den lädierten Fuß sanft auf den Boden, an eine Belastung ist allerdings nicht zu denken.

»Was ist los? Warum fährst du nicht weiter?«, fragt der Entführer alarmiert.

»Nichts ist los«, sage ich schnell.

Er wird mir nie glauben, dass ich mich verletzt habe. Er wird annehmen, dass ich mit der Polizei kooperiere oder mich mit dem Geld verpissen will. Und dann ist Simone fällig.

Ich schiebe mich einbeinig auf den Sattel und falle prompt um.

»Fahr sofort weiter«, brüllt der Kidnapper mir unbeherrscht ins Ohr.

Hektisch richte ich das Rad erneut auf. Simone stirbt, wenn ich mich nicht auf diesem verdammten Ding halten kann. Ich habe viel zu wenig Anhaltspunkte, um Soika mit Hilfe der Polizei zu finden, ehe Simone mein Versagen mit ihrem Leben bezahlt.

Ich beiße die Zähne zusammen, als ich mit dem lädierten Fuß auf die Pedale trete. Trotz der Verletzung setze mich erfolgreich in Bewegung. Solange ich den Knöchel stabil halte, ist der Schmerz auszuhalten. Nur einen erneuten Sturz wird das Bein nicht überstehen.

Kurz darauf kommen mir zwei Personen auf Fahrrädern entgegen. Dunkel gekleidet und vermummt wie ich. Sie nehmen den hügeligen Pfad als wäre er eine Schnellstraße, unbekümmert und rasant. Ich rette mich schleunigst an die Seite und halte an, indem ich nur den gesunden Fuß auf den Boden stelle.

Ob die zum Plan gehören?

»Hey, ich hab dich hier noch nie gesehen.« Der erste Typ legt eine Vollbremsung hin und betrachtet mich aufmerksam. »Suchst du das Camp?«

»Sag, dass du Probleme mit den Bullen hast«, gibt mir die Stimme im Ohr eine Anweisung.

Ich wiederhole es brav.

Eingeweiht sind die also nicht. Was würde geschehen, wenn sie wüssten, dass ich drei Millionen auf dem Rücken transportiere? Mit einem Schlag wird mir bewusst, in welcher Gefahr ich schwebe. Nicht nur Herr Soika würde für so viel Asche töten.

»Die Scheiß-Bullen mal wieder.« Der Zweite nickt mir aufmunternd zu. »Die machen ständig Ärger. Die dämlichen Handlanger der Umwelt-Zerstörer.«

»Bei uns bist du sicher. Einfach immer weiter geradeaus, dann landest du automatisch im Camp.«

»Danke«, antworte ich, ohne auf den Mann im Ohr zu warten. Ich will mich wieder auf das Rad schwingen, da bekomme ich eine neue Anweisung.

»Die Bullen sind hinter mir her, die müssten jeden Moment den Waldrand erreichen«, wiederhole ich brav. »Ich habe da im Tagebau Randale gemacht.«

Es ist in der Tat Motorengeräusch zu vernehmen. Die zwei Vermummten sehen sich an, an ihren Augen ist zu erkennen, wie breit sie grinsen.

»Überlass das mal uns. Wir bauen die Barrikaden im Nullkommanichts auf, die liegen bereit. Wenn die noch immer nicht gelernt haben, uns in Ruhe zu lassen, sind sie selbst schuld.«

Sie schwingen sich auf ihre Räder und fahren den Weg entlang, den ich gekommen bin. Und von wo das Motorengeräusch lauter wird.

»Jetzt fährst du weiter«, erklingt die Stimme des Entführers.

Ein Blick zurück zeigt mir, für was das Gerümpel am Wegesrand gedacht ist. Kopfschüttelnd mache ich mich daran, meinen Weg fortzusetzen. Gut, dass man mir nicht ansieht, dass auch ich in Wahrheit zum Feind gehöre.

Vorsichtig trete ich in die Pedale.

Der Ausflug könnte echt schön sein. Wenn der Wald unberührt wäre und nicht an allen Ecken Barrikaden auf den

Einsatz warten würden. Wenn nicht der Weg zu einem Hindernisparcour gemacht worden wäre. Und wenn ich nicht mit einem Batzen Geld auf dem Weg zu einem gemeingefährlichen Mörder wäre.

Ich erreiche eine Kreuzung. Auf einen Schlag stecke ich mitten in einem Lager. Menschen haben Tische und Bänke neben den Pfad gestellt, weitere Barrikaden vorbereitet und Schilder über Schilder angebracht, die bezeugen, wie sehr sie Bäume lieben und Braunkohle hassen. In den Baumwipfeln befinden sich mehrere Baumhäuser.

»Rechts entlang«, erhalte ich den nächsten Befehl.

Langsam fahre ich mitten durch die Leute, die ausnahmslos vermummt sind. Dank meiner Aufmachung bin ich eine von ihnen.

»Die Bullen sind hinter mir her«, komme ich der Aufforderung nach. »Die wollen mich einbuchten.«

Sofort herrscht Kriegsstimmung. Die Klimaaktivisten rennen los, bauen Barrikaden auf und rüsten sich. Für was auch immer.

Unbehelligt fahre ich an ihnen vorbei. Ich biege ab und verlasse den Wald. Eine verwaiste Straße führt mich zurück Richtung Tagebau.

»Jetzt nimmst du die Autobahnauffahrt.«

Ich kann nur hoffen, dass ich nach wie vor im Niemandsland bin. Dem Kidnapper wäre es vollkommen gleichgültig, wenn ich auf der Hauptverkehrsroute zwischen Köln und Aachen zu Tode käme. Aber solange ich seinen Schatz auf dem Rücken trage, sollte ich nicht in Gefahr sein.

Trotzdem ist es skurril, die einsame Auffahrt mit dem Rad zu befahren.

Außerdem wird es langsam dunkel.

»Hat das Rad Licht?«, frage ich vorsichtig.

»Du machst auf keinen Fall die Lampe an«, herrscht er mich an. »Nicht, nachdem du so effektiv alle abgehängt hast.«

»Okay.«

Unsicher rumple ich weiter.

Die Fahrbahn ist halb abgetragen, angenehm zu fahren ist es nicht. Und wenn gleich das letzte Tageslicht verschwunden ist, werde ich mich unter Garantie erneut auf die Nase legen. Ein zweites Mal stehe ich nicht auf.

Außerdem protestieren meine Beine. Ich habe mittlerweile so einige Kilometer zurückgelegt.

Ich sehe mich schon in völliger Dunkelheit und komplett erschöpft bis in alle Ewigkeit Fahrradfahren.

Tim

kapitel 33

In diese Entführung wollte ich partout nicht hineingezogen werden.

Ich wollte einfach nur mein Privatleben in Ordnung bringen und gleichzeitig eine Auszeit von meinem Job bei der Kripo nehmen. Den erkrankten Dozenten an der Polizeihochschule zu vertreten war perfekt für beide Vorhaben.

Dachte ich.

Stattdessen stecke ich mal wieder mitten in einem Kriminalfall, in dem Bebe eine Hauptrolle innehat. Und indem sie sich mal wieder in Lebensgefahr gebracht hat.

Und auch diesmal fühle ich mich absolut hilflos.

»Hat irgendjemand Sichtkontakt?«, fragt Verrier zum gefühlt hundertsten Mal.

Vor einer halben Stunde sind Spaziergänger vorbeigekommen, ein älteres Paar, das weggeschickt wurde. Vor fünf Minuten fuhr ein Radfahrer vom Wald kommend an der Abzweigung vorbei. Sonst nichts.

»Scheiße, da liegen drei Millionen ungesichert in der Gegend rum«, flucht Verrier. »Wenn die mir abhandenkommen, kann ich meine Karriere an den Nagel hängen.«

Ich verkneife mir den Hinweis, dass das Geld da liegt, um abhandenzukommen. Zumindest wenn es nach dem Plan des Entführers geht.

Der Plan, der mir nicht einleuchtet.

Wie will er an einer so einsamen, frei einsehbaren Stelle das Geld einsammeln, ohne dabei verhaftet zu werden? Wir liegen auf der Lauer, selbstverständlich mit ausreichendem Abstand, so dass keiner der Kollegen erkennbar ist. Eine Drohne steht startklar unweit des Ablageorts, bereit, die Verfolgung aufzunehmen. Umso länger wir vergeblich warten, desto größer wird die Nervosität.

Bei mir sowieso. Ich kann nur mit Mühe das Bild von Bebe, wie sie ermordet in einem Graben liegt, unterdrücken.

»Person auf neun Uhr.«

Sofort macht sich angespannte Erwartung breit.

Tatsächlich – schon nach wenigen Minuten nähert sich eine dunkel gekleidete Gestalt auf einem Fahrrad. Langsam fährt sie die Straße am Tagebau entlang, aus einer Richtung, aus der wir niemanden vermutet haben.

»Ist da hinten nicht gesperrt?«, weise ich Verrier darauf hin, dass wir den Weg ausgeschlossen hatten. »Wie kommt man auf die Straße?«

Hektisch tippt er auf seinem Laptop herum.

»Der kann nur über die alte Autobahn gekommen sein«, murmelt er schließlich. »Sonst ist da nichts, nur der Tagebau.«

»Da kann man noch fahren?«

»Nur ein Stück mit dem Rad. Von der Seite kann man sich reinmogeln.«

Laut brüllt er Anweisungen ans Team. Positioniert die Leute neu, damit sie die alte Autobahn überwachen.

Der Radfahrer erreicht die Stelle, an der sein Weg auf die Straße trifft. Er schiebt das Rad die Böschung hoch, schleppend und ungeschickt. Ich greife nach einem Fernglas und suche eine Weile, ehe ich den passenden Ausschnitt gefunden habe. Die Gestalt ist zu zierlich, um zu dem Bild des Kidnappers zu passen, das ich vor Augen habe. Zumindest wenn wir davon ausgehen, dass der Einbrecher in Bebes Wohnung derselbe Mann ist.

Er betrachtet unentschlossen die Tasche mit dem Lösegeld. Sollte er sie nicht so schnell wie möglich an sich nehmen und die Flucht ergreifen? Stattdessen schaut er sich in aller Seelenruhe um und beginnt im Anschluss, das Geld in den Rucksack, den er dabei hat, umzufüllen. Langsam und sorgfältig.

Damit hat sich der Peilsender, der ins Futter genäht ist, erledigt. Aber das war zu erwarten.

»Da hat ja jemand die Ruhe weg«, murmelt Verrier, der gleichfalls durch ein Fernglas schaut. »Jetzt kratzt er auch noch in der Erde.«

Das alles passt nicht zu einer Lösegeldübergabe, so wie ich sie mir vorstelle. Zeuge war ich bisher nämlich noch bei keiner. Gott sei Dank!

Schließlich ist das Geld umgefüllt. Die Person erhebt sich, wirft den prall gefüllten Rucksack auf den Rücken und schwingt sich auf das Rad.

»Verdammt«, flucht Verrier neben mir. »Jetzt fährt er nicht mal zurück. Da hätten wir keine Mannschaft zur Autobahn schicken müssen.«

Mir hat es die Sprache verschlagen. Die Person, die aktuell in unsere Richtung fährt, ist nämlich mittlerweile eindeutig zu erkennen. Und obwohl ihr Gesicht halb hinter einem schwarzen Schal verborgen ist, steht außer Frage, wer das ist.

»Bebe«, entfährt es mir. »Das ist nicht der Entführer.«

»Wusste ich es doch«, zischt Verrier. »Die steckt mit drin, ich habe das von Anfang an gesagt.«

»So ein Quatsch.«

»Die Kleine hat euch alle um den Finger gewickelt. Angefangen mit ihren sogenannten Freunden bis hin zu ausgewachsenen Kriminalbeamten, die es besser wissen müssten.«

Damit bin dann wohl ich gemeint.

Und mein Vater.

Mein Vater, dem ich am liebsten den Hals umdrehen würde.

Er hat Bebe in der schwachsinnigen Idee, dem Kidnapper eine Falle zu stellen, bestärkt. Er hat ihr sogar noch Insider-Informationen zukommen lassen. Ich will nicht behaupten, dass Bebe mich ohne sein Zutun nicht wie einen Volltrottel mit meinen eigenen Handschellen an den Fahrradständer gekettet hätte, um so schnell wie möglich in ihr Verderben zu rennen. Aber wäre es nicht die Aufgabe eines verantwortungsvollen Erwachsenen, ihr zu versichern, dass die Kripo alles im Griff hat?

Stattdessen haben wir nun nicht eine junge Frau in der Hand eines skrupellosen Mörders, sondern zwei.

»Könnten Sie wenigstens in Erwägung ziehen, dass sie Opfer ist und nicht Täter?«

»Aus welchem Grund sollte ich das tun? Sie holt gerade das Lösegeld ab. Wir haben sie glasklar vor Augen.«

»Wer sagt, dass sie das freiwillig tut? Wer sagt, dass sie es für sich selbst holt?«

»Macht sie auf Sie einen verängstigten Eindruck?« Nachdrücklich deutet er auf Bebe, die vorsichtig um eine Ecke biegt und sich nun wieder von uns entfernt. »Wie eine Frau, die um ihr Leben fürchtet? Nee, dann würde sie doch nicht bereitwillig den Kurier spielen, sondern weglaufen oder um Hilfe rufen.«

»Während der Entführer noch immer Simone Diedrich in seiner Gewalt hat? Bebe würde einen anderen Menschen niemals im Stich lassen.«

»Wir werden sehen.« Ich kann den Spott in seiner Stimme hören. Dann ordnet er dem Drohnenpilot an, seine Drohne die Verfolgung aufnehmen zu lassen.

»Warten Sie, Verrier.« Ich deute auf die verlassene Tasche, die leuchtend gelb wie ein Warnschild auf dem Boden liegt. »Schicken Sie die Drohne erst dorthin. Bebe hat uns eine Nachricht hinterlassen.«

»Das werde ich auf keinen Fall machen. Das ist doch nur ein Trick, um uns abzulenken, damit sie verschwinden kann, während wir sinnlos Zeit verplempern. Clever ist die Kleine, das habe ich nie bestritten.«

»Das kostet höchstens zwei Minuten. Die Drohne holt einen Fahrradfahrer locker ein. Was ist, wenn Bebe Opfer ist und Sie den einzigen Hinweis ignorieren.«

»Ich schicke gleich jemanden vom ED hin.«

»Das dauert zu lange. Im Moment zählt jede Sekunde.«

Verrier zieht die Augenbrauen zusammen, während er hin- und hergerissen über meine Worte nachdenkt. Er will seine Bebe-steckt-mit-drin-Nummer nicht einfach so aufgeben. Das Risiko, sich zu irren und einen entscheidenden Fehler zu machen, ist jedoch unbestreitbar.

Knurrend schickt er die Drohne zum Ablageort.

Es dauert nur eine Minute, bis das Bild der Kamera über den trockenen Boden gleitet.

»Da«, brülle ich aufgeregt und deute auf die Stelle, auf der eindeutig ein Buchstabe zu erkennen ist. Und dann lese ich, was da steht.

»Soika?«, fragt Verrier. »Was soll das denn sein?«

»Nicht was«, krächze ich. Ich bin echt schockiert. »Wer.«

»Wer?«

»Herr Soika ist der Dozent, den ich aktuell vertrete. Er hat sich für einen längeren Zeitraum krank gemeldet.«

»Hm«, brummt Verrier ungehalten. »Interpretieren Sie jetzt daraus, dass ein angesehener Kollege der Entführer von Frau Diedrich ist?«

»Ich befürchte, dass wir es in Erwägung ziehen müssen. Was steht unter dem Namen? Da sind zusätzliche Buchstaben im Boden.«

»Van«, buchstabiert Verrier. »Soll das was Niederländisches sein? Jetzt will Frau Kovacek uns noch ins Nachbarland locken.«

»Eher nach Belgien. Ich denke, das Erste bedeutet, dass sie in einem Van entführt wurde. Mit belgischem Kennzeichen.«

»Ich weiß nicht, Herr Weigand. Wenn wir die Kollegen in

Belgien mit ins Boot holen müssen, dauert es noch länger. Und ein belgischer Van hat wohl kaum etwas mit unserem Kollegen Herrn Soika zu tun. Das nennt man eine klassische Verwirrtaktik.«

Schlecht gelaunt schickt er die Drohne hinter Bebe her. Nur Minuten später hat sie Sichtkontakt, als Bebe den Waldrand erreicht.

»Na toll«, knurrt Verrier. »Ausgerechnet der Wald. Ein Haufen durchgeknallter Ökoaktivisten und eine Lösegeldübergabe. Wahrscheinlich stecken die auch noch mit drin.«

»Das glaube ich kaum«, widerspreche ich. Ich habe genug Räumungsaktionen mitbekommen, um zu wissen, wie es im Wald aussieht. »Es ist allgemein bekannt, dass die Waldbesetzer Polizisten hassen und bei jeder Gelegenheit boykottieren. Es ist der perfekte Ort, um uns abzuhängen. Mit dem Wagen können wir nicht folgen und Fahrräder haben wir nicht dabei.«

»Deshalb haben wir die Drohne.« Verrier seufzt tief. »Ist ja nicht so, dass wir das nicht haben kommen sehen.«

In diesem Augenblick gerät ein schwarz vermummter Mann ins Visier der Drohnenkamera. Ein Mann, der einen dicken Ast in der Hand hält und mit einem Schlag die Kamera zerstört.

Verrier schlägt voller Wut auf die Mittelkonsole.

Wir haben Bebe verloren. Und keine Chance, sie unauffällig wiederzufinden.

Während Verrier unflätig flucht, greife ich in meine Tasche und hole den Brief hervor, den Bebe mir untergejubelt haben muss, kurz bevor sie mich abgehängt hat.

Lieber Tim,
Schon wieder muss ich mich bei dir entschuldigen. Schon wieder per Brief. Ich merke selbst, wie armselig das ist, aber auch diesmal fällt mir kein besserer Weg ein. Und auch diesmal schäme ich mich dafür, dich so mies zu behandeln.

Falls du dich fragst, wieso ich es nicht einfach lasse, wenn ich mich doch im Vorhinein entschuldigen und schämen kann: Solange du bei mir bist, wird der Entführer es nicht wagen, sich mir zu nähern. Aber das ist unsere einzige Chance, Simone zu retten. Es geht um ein Menschenleben und da ich mich von Simone habe abwimmeln lassen, als sie erkennbar Hilfe brauchte, fühle ich mich für sie verantwortlich. Ich hätte die Entführung verhindern können – und deshalb werde ich sie jetzt auch beenden.

Auf meine Art.

Mach dir bitte um mich keine Sorgen. Du weißt doch, dass ich immer wieder auf den Füßen lande. Sei besser sauer auf mich – denn dazu hast du jedes Recht.

Für den Fall, dass irgendetwas doch mächtig schiefgeht: Du bist der tollste Mann, der mir jemals begegnet ist. Du bist liebevoll und aufrichtig und witzig. Und verdammt sexy, auch wenn dir das offenbar nicht viel bedeutet.

Mit jedem Tag schleichst du dich mehr in mein Herz, während ich es vorziehen würde, dich an meinen Körper zu lassen. Mein Körper hält mehr aus als mein Herz.

Ich fürchte nämlich, dass ich dich einfach nicht verdiene.

So, das war wohl die erbärmlichste Liebeserklärung, die jemals aufgeschrieben wurde.

Sagt das nicht alles über mich aus, was man wissen muss?

Lieber Tim, mit etwas Glück bin ich wieder zurück, ehe du das hier liest. Zusammen mit Simone. Wenn nicht … dann gib mir noch ein oder zwei Stunden. Ich schaffe das.

In Liebe
Bebe

kapitel 34

Nachdem Verrier eingesehen hat, dass die Überwachung der Lösegeldübergabe fulminant gescheitert ist, lässt er sich darauf ein, Bebes Hinweis zu folgen.

Wir treffen gerade auf dem Revier ein, als die ersten Informationen eintrudeln.

Zu Hause ist Alexander Soika nicht anzutreffen. Sein Mobiltelefon ist ausgeschaltet. Seine Kollegen haben seit seiner Krankmeldung nichts von ihm gehört.

Bislang deutet alles darauf hin, dass er der Entführer sein könnte. Ich zeige auf die Liste mit Kontakten, die Bebe am Vortag an Verrier übermittelt hat.

»Viele Menschen sind da nicht drauf, denen ich einen ausgeklügelten Plan zur Lösegeldübergabe zutraue. Soika gehört dazu.«

»Hier ist kein einziger, dem ich eine Entführung zutraue«, knurrt Verrier. »Und am allerwenigsten einem Kollegen.«

»Wir müssen in die Wohnung.«

»Kein Richter unterzeichnet mir einen Durchsuchungsbeschluss, nur weil eine Verdächtige den Namen des Mannes in den Boden ritzt.«

»Ein Opfer, Verrier, und gleichzeitig eine Augenzeugin. Außerdem ist er nicht erreichbar, obwohl er krank gemeldet ist.«

»Das reicht nicht. Niemand hat die Verpflichtung ununterbrochen greifbar zu sein, nur weil man sich krank
meldet. Eventuell ist er bloß auf einem Spaziergang. Oder gar
beim Arzt. Wir überprüfen, welche weiteren Kontakt-
möglichkeiten wir haben, er wird ja wohl Freunde haben, Verwandtschaft, eine Partnerin.«

Frustriert lasse ich mich nach hinten sinken. Verrier hat natürlich recht, Bebes Nachricht ist zu wenig, um sein Heim zu
durchwühlen, und der Zeitraum der Abwesenheit zu kurz.

Gleichzeitig weiß ich, dass jede Sekunde zählt.

Der Entführer hat das Geld. Er ist nach der Lösegeldübergabe erfolgreich entkommen. Jetzt entscheidet sich, ob er
die Geiseln freilässt oder umbringt. Und wir machen in aller
Ruhe erst einen Hintergrund-Check des Verdächtigen.

Als ich die Augen schließe, sehe ich Bebes Gesicht vor mir.
Sie zieht die Augenbrauen hoch und mustert mich spöttisch.

»Oh Mann, Tim«, sagt sie. »Immer alles nach Vorschrift.
Wie willst du denn so Fälle lösen? Wie willst du so mein Leben
retten? Du weißt doch, was ich in dieser Situation unternehmen würde?«

Ja, das weiß ich haargenau.

Bebe würde sich einen Dreck um die Vorschriften kümmern. Sie würde handeln. Und wenn es um das Leben des
Menschen geht, den sie liebt, dann erst recht.

Wortlos stehe ich auf und verlasse Verriers Büro.

Er schaut mir nicht nach, während er mit einem Kollegen
telefoniert, der Alexander Soika kennt.

»Ah, der Vater wohnt in der Nähe«, höre ich ihn sagen.
»Das ist doch mal ein Hinweis.«

Was uns die Eltern liefern sollen, ist mir ein Rätsel. So kann
man arbeiten, wenn man alle Zeit der Welt hat.

Die haben wir nicht.

Alexander Soika wohnt in einem gepflegten, kleinen Einfami-
lienhaus am Rand der Stadt. Neben seinem Garten liegt ein

abgeerntetes Weizenfeld. Verrier würde zuerst die Nachbarn befragen. Ich dagegen klingle Sturm. Im Vorgarten wachsen drei Rosensträucher, der Boden ist mit grauem Splitt bedeckt. Die Steine knirschen, als ich zum Fenster gehe und hineinspähe.

Es ist die Küche. Ordentlich, sauber, unberührt.

Sieht nicht aus wie die Küche eines Kranken. Sondern wie die eines Menschen, der in Urlaub ist. Weder ein benutztes Glas noch Obst liegt auf der Arbeitsfläche.

Mir fällt auf, dass ich keine Ahnung habe, aus welchem Grund der Kollege krankgeschrieben ist.

Ein letztes Mal drücke ich auf den Klingelknopf, der Gong ist bis draußen zu hören. Sonst nichts. Aufmerksam gehe ich an der Garage vorbei zum Feld. Der Garten ist durch eine dichte Buchenhecke abgetrennt.

Warum habe ich das Gefühl, dass dahinter etwas verborgen wird? Dies ist nur ein Haus, in dem Menschen leben, die sich nicht beim Frühstück auf der Terrasse beobachten lassen wollen.

So wie viele.

Ich wandere an der Hecke entlang. Die Blätter sind verfärbt, fallen werden sie erst, wenn im Frühling neue wachsen. Hinter der Garage ist ein schmaler Spalt, durch den ich mich mühsam quetsche. Mit einem Ärmel bleibe ich am Strauch hängen und befreie mich mit einem ungeduldigen Ruck.

Ein Gartenfan ist Alexander Soika nicht. Es gibt nur kurz gemähten Rasen und die Hecke rings herum.

Ich schleiche an der Hauswand entlang, bis ich ins Innere des Hauses blicke. Das Wohnzimmer liegt ebenso akkurat aufgeräumt und verlassen da wie die Küche. Es ist eh unwahrscheinlich, dass Bebe und Simone Diedrich hier gefangen gehalten werden.

Ich ziehe die Jacke aus, wickle den Stoff eng um den rechten Arm und zerschlage die Fensterscheibe. Vorsichtig wische ich die Scherben vom Ärmel und lausche. Im Haus regt sich nichts, auch von den Nachbarn ist kein Ton zu vernehmen. Das leise Klirren ist niemanden aufgefallen. Das Glas knirscht unter meinen Sohlen, als ich vorsichtig ins Haus einsteige. Es riecht sogar verlassen. So wie die Wohnung, wenn ich zwei Wochen im Urlaub war. Ein bisschen fremd, ein bisschen abgestanden. Als ob man Staub riechen könnte.

Aufmerksam gehe ich durch die Räume. Unten liegen neben Küche und Wohnzimmer die Gäste-Toilette und ein Abstellraum. Oben finde ich ein Schlafzimmer, ein Arbeitszimmer und das Bad. Auf der Ablage im Badezimmer fehlen sämtliche Hygieneartikel, im Schlafzimmer ist die Tür zum Kleiderschrank geöffnet. Entweder ist Herr Soika in Urlaub gefahren, im Krankenhaus oder in Kur, denn im Schrank fehlt eindeutig einiges an Kleidung.

Oder ... er ist der Kidnapper und hat sich bereits aus dem Staub gemacht.

Hastig durchsuche ich das Arbeitszimmer nach einem Hinweis auf ein Versteck, ohne Rücksicht darauf zu nehmen, die Ordnung zu erhalten. Ich finde eine Versicherung für ein Wohnmobil, aber nichts, das auf einen belgischen Van hindeutet. In einem Wohnmobil kann man Geiseln nicht unauffällig festhalten. Meiner Meinung nach. Allerdings würde es durchaus dazu taugen, sich abzusetzen.

Ein Ordner enthält Kontoauszüge.

Auf der Stelle denke ich an Bebe, die anhand von Simone Diedrichs Kontobewegungen festgestellt hat, dass sie kurz vor ihrem Verschwinden im Sportmuseum war. Kein sachdienlicher Anhaltspunkt, zugegeben, aber die Idee ist nicht verkehrt. In unserem Gesellschaftssystem sollte man immer der Spur des Geldes folgen – sogar bevor Lösegeld geflossen ist.

Aufmerksam blättere ich durch die Belege. Soika hat jeden Monat eine enorme Summe Bargeld abgehoben. Mehr als er sich laut seinem Gehalt leisten konnte. Der Dispo ist dementsprechend komplett ausgereizt, eine Hypothek liegt auf dem

Haus. Falls ich nach einem Motiv für eine Entführung gesucht hätte, wäre es in der finanziellen Situation durchaus gegeben. Mich interessiert jedoch kein potenzielles Motiv, ich suche die Geiseln.

Enttäuscht werfe ich einen Blick aus dem Fenster. Von hier aus sehe ich über die Gartengrenzen zu den liebevoll bepflanzten Gärten der Nachbarn. Ich habe mir von dem Einbruch mehr versprochen. Jetzt habe ich mich strafbar gemacht – für nichts.

Ich bin Bebes Rettung kein Stück nähergekommen. Und die Zeit arbeitet unerbittlich gegen uns.

Zurück im Erdgeschoss schaue ich mich ein letztes Mal um. Ein Keller existiert nicht, ebenso wenig ein Gartenschuppen. Bleibt nur die Garage. Am Schlüsselbrett in der Küche hängen fein säuberlich mehrere Schlüssel. Ich greife mir alle und verlasse das Haus durch die Terrassentür neben dem demolierten Fenster. Die Garage hat eine Tür zum Garten und schon der zweite Schlüssel passt.

Hier steht das Wohnmobil.

Merkwürdig, dass Alexander Soika nicht damit unterwegs ist. Ich drehe mich schon ab, um die Garage zu verlassen, doch dann überlege ich es mir anders. Unwahrscheinlich, den entscheidenden Hinweis ausgerechnet hier zu finden, ich will jedoch nichts unversucht lassen.

Die Beifahrertür ist verschlossen.

Im Fahrerhaus ist nichts ungewöhnlich. Eine dicke Staubschicht bedeckt Cockpit und Konsole, der Beifahrersitz ist nach hinten gedreht. Es sieht noch verlassener und unbenutzter aus als das Haus.

Das finde ich irritierend.

Ich schätze das Gefährt auf höchstens drei Jahre, kompakt und trotzdem hochpreisig. Das lässt man doch nicht monatelang in der Garage verkommen. Verschuldet wie er ist, hätte er es zu Geld machen müssen.

Die Fahrertür ist verriegelt.

Die Seitentür ebenfalls.

Angespannt gehe ich zurück ins Haus und durchsuche die Schubladen der Küche. Im Flur steht eine Kommode. Auch hier durchwühle ich alles vergeblich. Dann fällt es mir ein. Der Schlüssel lag im Arbeitszimmer, im Schreibtisch ganz unten. So als wäre er nicht mehr benutzbar. Als wolle man ihn nie wieder zur Kenntnis nehmen. Mein kriminalistisches Gespür meldet sich nachdrücklich. Ich renne die Treppe hinauf, reiße die Tür auf und zerre grob den Inhalt aus dem Fach. Da liegt er, eindeutig der Schlüssel zum Wohnmobil. Ich eile zurück in die Garage.

Die Türen entriegeln mit einem satten Klickgeräusch.

Entschlossen schiebe ich die Seitentür auf. Ein modriger Geruch empfängt mich, irgendetwas Undefinierbares liegt in der Luft. Auf dem Boden vor dem Beifahrersitz sind Spuren im Staub, Fußspuren von mindestens zwei Personen.

Gespannt beuge ich mich vor und lasse meinen Blick in den hinteren Teil wandern. Eine winzige Küchenzeile, ein breites Doppelbett, eine Tür.

Auf dem Boden liegt eine Gestalt.

Mein erster Impuls ist hinzuspurten. Zu helfen.

Mich zu vergewissern, dass das nicht Bebe ist.

Aber dann stoppt mich mein Verstand, denn die Staubschicht um den Körper sagt laut und deutlich, dass jede Hilfe zu spät kommt. Wer auch immer es ist, liegt schon sehr lange hier.

So lange, dass es niemals Bebe sein kann.

So lange, dass es ebenso wenig Simone Diedrich sein kann.

Mein hektischer Herzschlag beruhigt sich langsam.

Ich habe mir von dem Einbruch einen Hinweis erhofft, wo ich die Geiseln finden kann.

Den habe ich nicht erhalten.

Dafür habe ich den ultimativen Beweis erbracht, dass Herr Soika keine falsche Spur ist. Kein Verwirrmanöver oder eine Sackgasse. Kein Versehen.

Sondern ein Mörder.

Mit zitternden Fingern wähle ich Verriers Nummer.

»Ah, Weigand, gut, dass Sie sich melden. Ich habe mit Soika senior gesprochen. Sein Sohn leidet unter Burn-out-Symptomen. Er ist eine Weile weggefahren und hat das Handy aus diesem Grund ausgestellt. Damit er sich erholen kann. Bin ich froh, dass wir den Vater erreicht haben. Stellen Sie sich vor, wir zerren einen psychisch angeschlagenen Kollegen aus seiner Reha, um ihm zu erzählen, dass wir ihn für einen Kidnapper und Mörder halten. Der Super-GAU.«

»In seiner Garage liegt eine Leiche«, stoße ich hervor. Ach Scheiße, das ist doch nicht die erste Tote, die ich sehe. Kann ich nicht abgeklärter klingen?

»Wessen Garage?«

»Ich bin bei Alexander Soika. In dem Wohnmobil in seiner Garage liegt eine Leiche.« Diesmal zittert meine Stimme nicht und ich klinge auch nicht wie ein Kind, das die Tränen unterdrückt. »Sie müssen sofort ein Team herschicken.«

Sekunden verrinnen in angespanntem Schweigen.

»Sie machen jetzt Scherze?«, würgt Verrier heraus.

»Ganz sicher nicht. Ich …« Ich verstumme. Dann schlucke ich hart und rede mit tonloser Stimme weiter. »Ich bin bei Soika eingestiegen. Sparen Sie sich Ihren Kommentar, es ist schließlich nicht Ihre Freundin, die er entführt hat. Die Tote liegt schon mehrere Monate, wenn nicht sogar Jahre hier.«

»Pauline Diedrich?«, fragt Verrier. Seine Stimme schwankt.

»Möglich.« Ich stehe im Garten und werfe einen Blick in Richtung Garagentür. »Eher wahrscheinlich, wenn er kein Massenmörder ist.«

»Scheiße«, flucht Verrier. »Was für eine verdammte Scheiße. Rühren Sie sich nicht vom Fleck, wir kommen.«

Augenrollend lege ich auf. Als ob ich jetzt untätig hier stehenbleibe. Als ob ich es könnte.

Ich gehe zurück zum Wohnmobil und betrachte die Spuren im Staub. Jemand hat auf dem Beifahrersitz gesessen. In

Blickrichtung der Leiche. Jemand hat wild mit den Füßen gescharrt. Ich habe eine Vermutung, wer das war. Soika persönlich wird sich nach so langer Zeit nicht sein Opfer angeschaut haben.

Kein Wunder, dass Bebe gemacht hat, was er wollte.

Ein Wunder, dass sie sich trotzdem getraut hat, uns Informationen zuzuspielen.

Erneut betrete ich das Haus. Ich muss einen Hinweis auf sein Versteck finden. Ich muss einfach. Und zwar sofort, denn es ist offensichtlich, dass die Überlebenschance der Geiseln nicht groß ist.

Wer einmal getötet hat, …

Unschlüssig stehe ich im Flur und schaue mich um. Dieser Ecke habe ich bisher am wenigsten Aufmerksamkeit gewidmet. Am Telefon blinkt ein Lämpchen, der Anrufbeantworter hat eine Nachricht aufgezeichnet.

Ich schiebe den Ärmel der Jacke über meine Hand und drücke drauf.

»Hey Alex, was ist mit deinem Handy los? Ich versuche seit Tagen, dich zu erreichen«, ertönt eine muntere Männerstimme. »Wie auch immer, ich habe tolle Neuigkeiten. Ich habe nämlich eine Frau kennengelernt. Die ist genau mein Typ, einfach perfekt. Du kannst also verstehen, dass ich noch nicht zurückkomme. Ich habe erst einmal für eine Woche verlängert, mal sehen, wie es sich entwickelt. Ich gehe davon aus, es ist kein Problem für dich, noch ein paar Tage länger nach der Post zu schauen. Ist nicht schlimm, wenn die Pflanzen deine Pflege nicht überleben. Ja, meld dich doch mal bei Gelegenheit. Ich rufe auf jeden Fall wieder an, sobald ich was Genaues weiß.«

Ein Freund, der Urlaub macht.

Ein Entführer, der sich dort um Post und Pflanzen kümmern soll.

Das ist durchaus erfolgversprechend.

Ich lasse mir die Anruferliste anzeigen und rufe zurück.

Schon nach dem zweiten Klingeln wird abgenommen.

»Mensch, Alex, endlich. Ich habe mir echt Sorgen gemacht. Du bist doch sonst nicht so unzuverlässig«, meldet sich die Stimme vom Tonband. Im Hintergrund sind Frauen zu hören, die lebhaft auf Spanisch miteinander reden. »Bist du etwa sauer, weil ich länger wegbleibe?«

»Tim Weigand von der Kriminalpolizei in Köln«, sage ich. »Darf ich wissen, mit wem ich spreche?«

Schweigen am anderen Ende. Dann räuspert sich der Mann.

»Ich ..., ich dachte ..., ist das nicht ...?«

»Doch, ich rufe vom Apparat von Alexander Soika an und habe Ihre Nachricht auf dem Anrufbeantworter gefunden. Leider haben Sie Ihren Namen nicht genannt.«

»Peter Hansen. Ist Alex was passiert?«

»Leider kann ich Ihnen keine Auskunft geben. Er ist schon eine Weile nicht im Dienst erschienen und wird vermisst. Können Sie uns dabei helfen?«

»Ach je, nein, darüber weiß ich nichts. Er schaut doch nach meinem Hof, ich ging davon aus, dass bei ihm alles in Ordnung ist.«

»Wo liegt der Hof? Ich brauche die Anschrift.«

Herr Hansen nennt mir eine Adresse in Belgien. In Belgien! Auf der Stelle macht sich dieses gespannte Kribbeln in mir breit, das untrügliche Zeichen, auf der richtigen Fährte zu sein.

»Haben Sie einen Van dort?«, frage ich angespannt.

»Einen weißen Lieferwagen, ja. Gab es einen Unfall mit dem Wagen? Alex benutzt ihn manchmal, wenn ich im Urlaub bin.«

»Nein, es gab meines Wissens nach keinen Unfall«, murmle ich abwesend, während ich die Adresse ins Navi meines Handys eingebe.

Der Hof liegt abseits des Dorfes.

Total einsam.

Und man ist in einer halben Stunde dort.

»Halten Sie sich bitte zu unserer Verfügung«, sage ich laut. »Wir melden uns in Kürze erneut.«

Ich lege auf und renne los.

Diesmal benutze ich die Haustür.

kapitel 35

Verrier kommt mit Kollegen in drei Streifenwagen an, als ich gerade in mein Auto steige. Mit Vollgas und Blaulicht und Martinshorn. Endlich ist er aufgewacht.

»Weigand, verdammt, wo fahren Sie hin?«, brüllt er, da ich keine Anstalten mache, auf ihn zu warten.

»Nach Belgien. Bebe befreien.«

Ich habe weder Zeit noch Ambitionen, ihm lang und breit zu erklären, was das bedeutet. Ehe er die Leiche begutachtet hat und ich ihn überzeugt habe, dass die Belgien-Spur heiß ist, können Stunden vergehen. Das ist keine Option.

Deshalb knalle ich heftig das Martinshorn auf das Dach des Wagens und rase mit quietschenden Reifen los, ohne ihn über mein Vorhaben zu informieren. Noch nie war ich so froh wie heute, dass der BMW jede Menge PS hat. Ich nutze jedes einzelne, während ich viel zu schnell aus der Stadt brettere.

Ich hätte den Freund von Alexander Soika noch tausend Dinge fragen können – und vermutlich sollen. Informationen, die mir helfen könnten, die Gefährlichkeit des Entführers einzuschätzen, die Örtlichkeiten zu bewerten, die mögliche Unterbringung der Geiseln. Es muss ohne all das gehen. Da ich bei diesem Tempo beide Hände am Lenkrad und meine volle Konzentration benötige, wage ich keinen weiteren Anruf.

Hinter der Grenze schalte ich das Blaulicht aus. Ab hier bin ich kein Polizist mehr. Ab hier bin ich eine Privatperson, die gleich unberechtigt auf Privatbesitz eindringt.

Soll sich Verrier mit dem offiziellen Weg herumschlagen. Soll sich Verrier nach der Aktion darum kümmern, die Belgier zu besänftigen. Oder wer auch immer. Tim Weigand, der rechtschaffene, ewig korrekte Polizeibeamte, existiert nicht mehr.

Das Navi informiert mich darüber, dass mein Ziel zweihundert Meter entfernt liegt. Ich soll rechts abbiegen, dann bin ich da.

Ein einsam gelegener Hof kommt in Sicht. Langsam fahre ich daran vorbei und verfluche mein auffälliges deutsches Nummernschild. Und die Tatsache, dass ich vor lauter Eile vergessen habe, einen Plan zu machen.

Soll ich mich wie ein Spion lautlos einschleichen und Soika überraschen?

Oder wie Rambo einen Frontalangriff starten?

Zu meinem Naturell passt keine der Möglichkeiten. Und zu meiner Ausbildung als Polizeibeamter im gehobenen Dienst genauso wenig. Denn die lässt nur zu, auf die belgischen Kollegen zu warten.

Ein weißer Lieferwagen mit rotem Nummernschild steht vor dem Haus. Trotzdem rolle ich an meinem Ziel vorbei. Falls Soika mich bemerkt, sollte ihn das beruhigen.

Sobald ich außer Sichtweite bin, halte ich an. Noch bevor ich dazu komme, mir einen vernünftigen Plan zurechtzulegen, schiebt sich das Bild der Toten im Wohnmobil in meinen Kopf.

Das könnte Bebe sein.

Das ist Bebe eventuell schon.

Zum ersten Mal in meinem Leben sehe ich rot. Ich reiße das Lenkrad rum und rase in vollem Tempo zurück. Die Reifen quietschen, als ich ungebremst auf den Hof brettere. Ich zerre die Fahrertür auf und springe regelrecht aus dem Wagen.

Der Motor läuft weiter, die Tür bleibt offen stehen. Es kümmert mich nicht, jede Sekunde ist aktuell zu viel.

Die alte Holztür zersplittert unter meinem Fußtritt.

Mit gezogener Waffe betrete ich den engen, dunklen Flur.

Ein Mensch, der förmlich angeflogen kommt und eine Tür eintritt, muss im Anschluss nicht mehr schleichen. Wenn Soika noch nicht mitbekommen hat, dass er angegriffen wird, ist er taub.

Ich sichere ein Zimmer, das vom Flur abgeht, es ist leer. Dann höre ich ein Geräusch aus dem Raum am anderen Ende des Ganges. Es ist nicht klug, dorthin zu stürmen, ohne die restlichen Zimmer zu überprüfen. Es ist all das, was wir lernen, nicht zu tun.

Ich mache es trotzdem.

Grob stoße ich die Tür auf, sie kracht gegen die Wand, als ich in den Raum jage. Das Fenster steht offen, eine Gestalt verschwindet im Rahmen. Ich komme zu spät, um denjenigen aufzuhalten. Als ich hinausschaue, sehe ich, wie ein dunkel gekleideter Mann über das angrenzende Feld rennt. Soika! Er trägt eine Tasche und einen Rucksack und erreicht in diesem Moment ein Auto mit deutschem Nummernschild, welches am Rand geparkt ist.

Da er allein ist, lasse ich ihn laufen.

Ich schicke eine Nachricht an Verrier und informiere ihn, dass Alexander Soika mit seinem Auto flieht. Der Mann interessiert mich persönlich überhaupt nicht und von mir aus kann er entkommen.

Mich interessiert nur Bebe.

In Windeseile durchkämme ich das Haus. Was ich hier mache, sollte kein Polizeischüler jemals zu Gesicht bekommen. Das Thema Eigensicherung fällt nämlich komplett meiner Hektik zum Opfer. Sollte noch ein zweiter Täter vor Ort sein, hätte er leichtes Spiel mit mir.

Es ist kein zweiter Täter vor Ort.

Ich erreiche den Keller, ohne dass mir jemand auflauert

und mir ein Messer in den Bauch rammt. Ohne dass man mir einen Schlagstock über den Schädel zieht. Ohne dass ich erschossen werde.

Mehr Glück als Verstand.

Die Treppe endet in einem Raum, von dem drei Türen abgehen. Ich muss mich nicht fragen, hinter welcher Tür die Geiseln stecken. Ich höre sie.

»Maik, verdammt noch mal. Was soll der Scheiß? Und was soll der Lärm? Ich habe alles gemacht, was du wolltest. Ich hab dir dein verficktes Geld gebracht.« Bebes Stimme klingt wie immer. Laut und rotzig und nicht kleinzukriegen.

Mir schießen Tränen der Dankbarkeit in die Augen.

Mit zitternden Händen greife ich nach der Klinke.

Die Tür ist verschlossen – natürlich.

Ein Schlüssel steckt nicht – ebenfalls zu erwarten. Mit einem tiefen Seufzen stecke ich die Pistole zurück ins Holster, das Schloss aufzuschießen kommt nicht in Frage.

»Maik?«, höre ich Bebe fragend. »Bist du das?«

»Nein.« Ich muss mich räuspern, ehe ich mit fester Stimme weitersprechen kann. »Ich bin's.«

»Tim?«

»Ja. Bist du okay, Bebe?«

»Klar. Bist du sehr sauer?«

»Na ja, frag mich später noch mal. Aktuell überwiegt die Erleichterung.«

»Pass bloß auf. Der Entführer ist ein Mörder. Ich habe …« Unmittelbar verstummt sie.

»Ist Simone Diedrich bei dir?«

»Ja.«

»Seid ihr verletzt?«

»Wie man es nimmt. Körperlich waren wir schon mal besser drauf. Und emotional auch. Mach bloß keine Fotos und stell sie auf Insta, wenn wir rauskommen.«

Bebes Art zu sagen, dass es ihr absolut beschissen geht.

»Hör mal, Bebe, das ist eine schwere Eisentür, die kann ich

nicht aufbrechen. Ihr habt nicht zufällig eine Ahnung, wo der Schlüssel steckt?«

Bebe schnaubt laut. Das ist sogar durch die dicke Tür zu hören.

»Witzig, Tim. Hier drin ist er nicht, falls du das meinst.«

Ein leichtes Lächeln schiebt sich in meine Mundwinkel. Das ist meine Bebe, frech, patzig und sarkastisch, selbst in Lebensgefahr.

Ich wundere mich nur, dass sie noch immer Maik verdächtigt.

»Du weißt, dass der Kidnapper nicht dieser Maik ist?«, frage ich vorsichtig. Eventuell hat sie einen Schlag auf den Kopf bekommen und Teile ihrer Erinnerung sind abhandengekommen. Oder sie war stundenlangem Psychoterror ausgesetzt, bis sie den Bezug zur Realität verloren hat.

»Klar weiß ich das«, schnaubt Bebe. »Es ist Herr Soika, unser Dozent. Das habe ich doch in den Boden geritzt, um die Polizei auf seine Fährte zu bringen. Aber er sollte denken, dass ich keinen Schimmer habe. Ich habe es vorgezogen, nach der Lösegeldübergabe nicht ermordet zu werden.«

»Lässt Ihr Zeitplan es eigentlich zu, uns irgendwann zu befreien«, erklingt eine mir unbekannte Stimme. »Ich dränge mich ja ungern in diese äußerst wichtige Plauderei, aber die Reihenfolge bei einer Geiselbefreiung ist doch üblicherweise anders. Erst die Geiseln retten und danach über eventuelle Täter schwadronieren.«

Mir verschlägt es kurz die Sprache.

Dann muss ich mir ein Lachen verkneifen, denn die Vorstellung, wie Bebe und diese zickige Dame Stunden nebeneinander verbracht haben, ist amüsant.

»Schön zu hören, dass es auch Frau Diedrich den Umständen entsprechend gut geht«, antworte ich. »Geben Sie mir ein paar Minuten, um einen Schlüssel oder geeignetes Werkzeug zu organisieren.«

»Na toll«, motzt die Fremde. »Dein Lover ist ein erbärmlicher Retter, absolut unvorbereitet. Hat er wenigstens eine Knarre oder steckt der Mörder meiner Schwester ihn gleich zu uns in dieses Loch?«

»Er hat eine Knarre. Und wer sagt, dass er mein Lover ist?«

»Ich bin nicht taub. Das Gesäusel war ja kaum zu ertragen. Wie geht es dir, Liebste? Mach bloß keine Fotos von mir, Schatzi, ich bin aktuell keine Sexbombe mit geilem Arsch und Titten, wie du es gewohnt bist«, äfft sie uns abfällig nach.

Simone Diedrich ist durchaus klar, was mit ihrer Schwester geschehen ist. Und sie ist nicht der Typ Frau, die vor harten Tatsachen geschützt werden muss.

»He, Sie«, faucht sie, »stehen Sie auf der anderen Seite der Tür und lauschen oder machen Sie endlich Ihren Job?«

»Ich lausche«, antworte ich grinsend. »Ich lasse mir eine gute Comedy-Show doch nicht entgehen.«

Waldorf und Statler sind nichts dagegen.

Trotzdem drehe ich mich um, um endlich meinen Job zu machen, wie Frau Diedrich es so passend formuliert hat.

Auf der Treppe steht Alexander Soika und richtet seine Dienstwaffe auf mich.

Ich erstarre.

Wortlos mustern wir uns.

»Sie machen es nur schlimmer, wenn Sie jetzt auf mich schießen«, sage ich schließlich.

»Tim?«, ertönt Bebes Stimme erschrocken. »Was ist los?«

»Es ist ...«

»Klappe«, unterbricht Soika mich.

Ich lege mich nicht mit einem Mann an, der eine Pistole auf mich richtet. Der schon einen Menschen getötet hat. Der aussieht, als wäre er kurz vorm Durchdrehen.

»Was wollen Sie?«, frage ich möglichst entspannt. »Wie kann ich Ihnen helfen?«

Was hat man uns für so eine Situation beigebracht? Ruhig bleiben. Im Gespräch bleiben. Demonstrieren, dass es eine Lösung geben kann. Eine gemeinsame.

Genau dasselbe hat Soika gelernt.

Ich versuche umzudenken.

Wenn ich, der Kriminalbeamte, als Kidnapper und Mörder aufgeflogen wäre, was würde ich tun? Was wäre mein Ziel? Wie würde ich es erreichen?

Sicher nicht, indem ich mich allein auf die Flucht quer durch Europa begebe. Ich hätte damit rechnen müssen, dass Soika zurückkommt. Ich war wirklich ausgesprochen naiv. Extrem dumm. Nur darauf erpicht, Bebe zu finden.

Er kommt die letzten Stufen hinab und deutet auf mein Holster. Bei einem Kollegen nützt es nichts, dass es unauffällig unter der Jacke verborgen ist.

»Auf den Boden legen und mit dem Fuß zu mir schieben.«

Langsam löse ich die Dienstwaffe aus dem Holster. Könnte ich schnell genug sein? Schneller, als die Waffe, die schon auf mich gerichtet ist? Nie und nimmer. Unwillig lege ich die Pistole auf den Boden und stoße dagegen. Sie rutscht außerhalb meiner Reichweite. Soika bückt sich, ohne mich aus den Augen zu lassen, und steckt sie ein.

Dann deutet er die Treppe hinauf.

»Tim?«, höre ich Bebe brüllen. »Verdammt, was ist bei dir los? Rede mit mir.«

Soika schüttelt den Kopf und mit zusammengepressten Lippen gehe ich die Treppe hinauf.

Fort von Bebe.

Ohne ein Wort.

Draußen steht nach wie vor mein Wagen. Mit geöffneter Tür. Mit laufendem Motor.

»Ans Steuer«, knurrt Soika mich an.

Während ich mich langsam auf den Fahrersitz gleiten lasse, öffnet er die Autotür und setzt sich genau hinter mich.

Kalt spüre ich den Lauf der Pistole in meinem Nacken.

»Losfahren.«

Ich schnalle mich an.

Der Mann hinter mir macht es nicht.

Langsam setze ich zurück, drehe den Wagen und fahre bis an die Straße.

Rechts und links wird die Fahrbahn von Blaulicht versperrt.

Deshalb ist er also umgekehrt. Um zurück zu den Geiseln zu kommen und nicht in kopfloser Panik zu fliehen, muss man schon verdammt abgebrüht sein.

Ich bin heilfroh, dass er mich einkassiert hat.

Denn im anderen Fall würde er jetzt Bebe eine geladene Waffe an den Kopf halten.

»Rechts lang«, sagt er mit kalter Stimme. »Schön langsam.«

Ich fahre los, direkt auf die belgischen Streifenwagen zu, die quer gestellt die Fahrbahn versperren. Verrier hat also vorschriftsmäßig Amtshilfe im Nachbarland angefordert. Er muss mir gefolgt sein, zumindest bis zur Grenze, um zu wissen, wo ich landen werde.

Die belgischen Kollegen, die hinter ihren Wagen Stellung bezogen haben, bemerken, dass ich bedroht werde, denn Soika sitzt gut sichtbar zwischen den Vordersitzen und präsentiert seine Waffe. Ich sehe sie hektisch miteinander diskutieren, Verrier steht bei ihnen.

Ich rolle näher und näher.

Verrier muss inzwischen die Bestätigung haben, dass bei Soika wirklich eine Leiche liegt. Er muss mittlerweile wissen, wie gefährlich der Mann ist und dass ihm durchaus zuzutrauen ist, mich vor den Augen eines Dutzend Polizisten zu erschießen.

Zähneknirschend gibt er die Anweisung, die Sperre aufzuheben. Ich starre nach vorne, während wir an den Wagen vorbeirollen. Die vorwurfsvollen Blicke brennen auf mir. Aber egal, wie mies die Situation gerade ist – für mich zählt nur, dass Bebe nicht mehr in seiner Gewalt ist. Die belgischen Kollegen werden sie und Simone Diedrich schon in wenigen Minuten gefunden und befreit haben.

Das ist das Wichtigste.

»Jetzt schneller.«

Ich beschleunige und fahre exakt neunzig Stundenkilometer, so viel wie auf der Landstraße erlaubt ist.

»Links.«

Wir biegen auf eine ebenso schmale Straße, die Verkehrsschilder weisen Richtung Autobahn. Auf eine Schnellstraße will ich auf keinen Fall geraten. Nicht mit einer Pistole an der Schläfe. Nicht, wenn wir dort richtig Gas geben können. Und nicht, wenn weitere Verkehrsteilnehmer betroffen sein werden, sobald etwas schiefläuft.

Weder vor noch hinter uns ist aktuell ein Auto zu sehen. Die Streifenwagen haben die Verfolgung bisher nicht aufgenommen, zumindest nicht in Sichtweite.

Jetzt oder nie.

Ich atme einmal tief ein und denke an meine Eltern. Und an Bebe. Und bete, dass es gut ausgeht und ich sie alle wiedersehen werde.

Dann nehme ich den Fuß vom Gas und ramme ihn bei voller Geschwindigkeit hart auf die Bremse.

kapitel 36

Der Gurt reißt mich zurück.

Ich verliere die Kontrolle über den Wagen, als ein Körper an mir vorbeifliegt. Wir schlittern, das Lenkrad rotiert wild, Bremsen kreischen. Als das Auto zum Stehen kommt, bleibe ich benommen sitzen, in meinem Kopf dreht sich nach wie vor alles.

Ich konzentriere mich auf die einzelnen Atemzüge, damit ich mich nicht übergebe. Ein, aus, schön langsam. Dann von vorne.

Ich merke erst nach einer Weile, dass meine Augen geschlossen sind. Warm läuft Flüssigkeit die Schläfe hinab, Gefühl in den Beinen habe ich keines. Der Geruch nach verbranntem Gummi und Blut liegt in der Luft.

Ich ziehe es vor, weiterhin nichts zu sehen.

Im Hintergrund erklingt das Martinshorn. Es kommt schnell näher, schließlich kann ich das Blaulicht sogar durch die geschlossenen Lider erkennen.

»Die Tür klemmt«, sagt jemand.

Das kann ich mir vorstellen. Mein geliebter BMW ist wahrscheinlich nur noch Schrott. Weitere Sirenen nähern sich. Zusätzliche Polizeifahrzeuge, Krankenwagen, die Feuerwehr.

»Können Sie mich hören?«

Ich schätze, damit bin ich gemeint.

Trotzdem bin ich nicht in der Lage, darauf zu antworten.

Mein Körper hat mich ausgeknockt, obwohl ich nicht ohnmächtig bin.

Ich konzentriere mich weiterhin auf die Atmung. Die nimmt meine Aufmerksamkeit aktuell vollkommen in Beschlag. Teilnahmslos nehme ich wahr, dass die Autotür aufgeschweißt wird. Vorsichtig werde ich herausgehoben und auf einer Liege fixiert. Sanitäter und Ärzte wuseln um mich herum.

»Weigand! Sind Sie des Wahnsinns? Was haben Sie sich bloß dabei gedacht?« Verrier ist angekommen.

Ich ignoriere die Frage, denn eine vernünftige Antwort habe ich nicht parat. Ich habe seit der Info, dass Alexander Soika der Kidnapper ist, absolut alles falsch gemacht, was ich hätte machen können. Und ich würde es genauso wiederholen.

»Bebe?«, kommt es mühsam über meine Lippen. Haben sie sie gefunden und befreit? Geht es ihr gut?

Zu leise, niemand hört mich.

Eine Weile denke ich darüber nach, ob ich mich bewegen könnte. Wenn ich mich nur konzentrieren könnte, denn die Gedanken schweifen immer wieder ab. Wahrscheinlich weil mein Schädel wie irre hämmert.

»Was ist mit dem Anderen?«, fragt Verrier. »Kommt er durch?«

»Der ist durch die Windschutzscheibe geflogen, war wohl nicht angeschnallt. Tot ist er nicht, falls Sie das meinen, aber weiter möchte ich mich nicht aus dem Fenster lehnen«, bekommt er zur Antwort.

Ja, das war der irrwitzige Plan. Ungesichert in der Mitte der Rücksitzbank zu sitzen, ist leichtsinnig. Und war meine beste Chance.

Eine Nadel wird in meine Vene gestoßen.

Dann spüre ich nichts mehr.

Als ich aufwache, liege ich weich.

Ich habe nicht das Bedürfnis, herauszufinden, wo ich mich befinde. Oder auf mich aufmerksam zu machen. Oder irgendetwas. Lieber konzentriere ich mich auf das Gefühl in der rechten Hand, denn die wird von einer schmalen Frauenhand festgehalten. Ehe ich die Augen öffne und feststelle, dass es sich um meine Mutter handelt, stelle ich mir lieber vor, es sei Bebe.

Die Tür wird aufgerissen.

»Sie sind ja noch immer hier. Ich warte seit Stunden im Revier auf Sie.«

»Das hier ist wichtiger.«

Es ist tatsächlich Bebe an meinem Bett. Sie reagiert vollkommen ungerührt auf Verriers Vorwurf.

»Die Aufklärung des Falls ist relevant. Hier können Sie eh nichts tun.«

»Sie sehen doch, was ich mache. Ihr blödes Verhör können Sie genauso gut jetzt und hier durchführen, wenn Sie es so eilig haben.«

»In einem Krankenhaus? Am Bett eines Schwerverletzten? Der im Übrigen ebenso verantwortungslos handelt wie Sie.«

Bebe schnaubt.

Ich bin mir sicher, mich bemerkbar machen zu können.

Aber wozu?

Um ebenfalls in Verriers Kreuzfeuer zu geraten? Bebe wird das allein ausgezeichnet hinbekommen.

Und ich bin viel zu erpicht darauf, zu hören, was sie erlebt hat.

»Hier oder gar nicht«, sagt sie desinteressiert. »Mir ist es gleich. Außerdem haben Sie doch bereits Simone stundenlang befragt. Folglich sollten Sie alles Wesentliche wissen.«

Sekunden verstreichen, in denen ich damit rechne, dass Verrier wütend aus dem Raum stürmt. Die Tür hinter sich so laut zu knallt, dass die Fenster wackeln.

Ich höre ihn stattdessen tief seufzen.

»Meinetwegen«, knurrt er. »Können Sie mir bitte schildern, was geschehen ist, nachdem Sie Herrn Weigand so überaus blamabel an einen Fahrradständer gekettet haben?«

Jetzt wäre es mir doch lieber, sie würden dieses Verhör im Revier durchführen. Es gibt Situationen, an die ich nicht erinnert werden möchte. Mit den eigenen Handschellen in der Öffentlichkeit gefesselt zu sein, gehört dazu.

Bebe schildert, wie sie auf dem Friedhof auf den Entführer gewartet hat.

»Ohne Rückendeckung? Das war unverantwortlich. Wie kommt man bloß auf so eine Idee?«

»Ich habe keinen anderen Menschen in Gefahr gebracht und über mein eigenes Risiko darf ich ja wohl selbst bestimmen. Außerdem hatte ich Rückendeckung. Kevin Wagner hat sich dort auf die Lauer gelegt.«

Kevin also. Wütend verkrampfe ich. Warum zieht sie diesen Kerl ins Vertrauen und mich nicht?

Bebe muss meine Reaktion spüren. Sie streicht mir sanft über den Handrücken.

»Und was ist schiefgegangen?«, fragt Verrier besänftigt.

»Er hat mir nicht auf dem Friedhof aufgelauert, sondern kurz vor meiner Wohnung. Dass er mich vor aller Leute Augen in einen Lieferwagen zerrt, kam überraschend. Kevin war längst weg.«

Soika ist ein abgebrühter Drecksack. Gegen meinen Willen bin ich beeindruckt.

»Wie schwer ist er eigentlich verletzt?«, fragt Bebe. »Die Ärzte wollen mir keine Auskunft geben.«

»Zu Recht«, brummelt Verrier. »Ach was soll's. Es hat ihn weniger schlimm erwischt, als er es verdient hätte. Ein gebrochenes Bein, zwei gebrochene Rippen und eine Gehirnerschütterung. Vernehmungsfähig war er noch nicht, ich habe nur ein paar unverbindliche Worte mit ihm wechseln dürfen.«

»Was hat er gestanden? Wieso hat er Pauline getötet?«, fragt Bebe. Zum ersten Mal klingt sie aufrichtig interessiert.

»Nein, Frau Kovacek, ich werde Sie nicht auch noch für Ihre irrwitzige Aktion belohnen und Sie ins Vertrauen ziehen. Jetzt stehen Sie mir Antwort.«

»Bei mir hat sie aber was gut«, ertönt eine neue Stimme. Weiblich, leicht blasiert und herablassend. Die Zimmertür klappt leise ins Schloss. »Paulines Tod war ein Unfall, Bebe. Soika wollte sie entführen, sie hat sich gewehrt und geschrien und in dem Augenblick kamen Passanten vorbei. Als er aufgehört hat, ihr den Mund zuzuhalten, war sie tot.«

»Oh«, sagt Bebe. »Das tut mir leid, Simone.«

»Ich bin stolz auf sie. Eine Diedrich lässt sich nicht ohne Gegenwehr kidnappen.«

So kann man es auch sehen. Obwohl ich es vorziehen würde, jemand lässt sich entführen und überlebt es im Gegenzug.

»Wieso lag sie noch immer in seiner Garage?«

»Er ist wohl kein abgebrühter Killer.« Simone klingt weiterhin kühl und gefasst. In ihrer Familie zeigt man sicher nicht allzu viele Emotionen. »Sie ist in diesem Wohnmobil gestorben und er hat sie genau so liegen lassen. Mehr als das Ding in seine Garage zu stellen, hat er nicht über sich gebracht. Und an eine Lösegeldforderung hat er sich danach erst recht nicht gewagt.«

»Kaum zu glauben, dass ein toter Mensch so lange unentdeckt in einer Garage liegen kann«, staunt Bebe.

»Es war ja sein Privatbesitz, zu dem niemand sonst Zugang hatte«, mischt Verrier sich resigniert ein. »Von seiner damaligen Freundin hat er sich im Anschluss getrennt. Besuch hat er seitdem auch nie wieder gehabt. Das deckt sich mit den Angaben der Exfreundin und der wenigen Bekannten, die wir ausfindig gemacht haben.«

»Was glaubst du, wie viele unentdeckte Leichen in irgendwelchen privaten Gefriertruhen herumgammeln?«, fragt Simone. »Ich will da bei meinen Nachbarn lieber nicht so genau nachsehen.«

»Du musst aus einer echt miesen Gegend stammen.«
Bebe grinst so breit, dass es in ihrer Stimme mitschwingt.
Und ich kann mir das Lachen kaum verkneifen.

»Nachdem Sie nun also die Informationen haben, die Sie
nichts angehen«, muffelt Verrier, »können wir uns erneut meinen Fragen zuwenden?«

»Natürlich, Herr Verrier, nichts lieber als das. Mir fällt in
dem Zusammenhang aber noch eine Sache ein: Simone, hast
du diesen Maik jetzt endlich angezeigt?«

»Ich habe es versucht, Herr Verrier hatte jedoch kein Interesse an übergriffigen Männern.«

»Ich bin die falsche Stelle für die Anzeige, solange es sich
nicht um Mord handelt«, protestiert Verrier. »Gehen Sie doch
bitte ins Präsidium.«

»Würden Sie sich kümmern, wenn ich Maik ermorde?«,
fragt Bebe. »Er hätte es verdient.«

»Sind Sie sicher, dass Sie auf der Polizeihochschule richtig
sind?«, sagt Verrier ungehalten. »Ich bezweifle das stark.«

»Ich bin dort definitiv nicht richtig«, wendet Simone ein.
»Ich habe mich schon abgemeldet. Aber Bebe wird die geilste
Polizistin, die es je gegeben hat. Vertrauen Sie einer Diedrich-
Spürnase für sichere Investitionen. Mein Vater ist damit
stinkreich geworden. Aber vergessen Sie die Strafanzeige, ich
informiere meinen Vater darüber, dass der Mistkerl seine
Tochter verletzt hat. Der kümmert sich dann auf seine Art da-
rum.«

»Frau Diedrich«, Verrier klingt noch resignierter als nur
Sekunden zuvor, »kommen Sie doch bitte morgen zu mir aufs
Revier. Ich nehme Ihre Strafanzeige dort sehr gerne auf. Per-
sönlich.«

»Na, dann wäre das ja geklärt«, sagt Bebe fröhlich. »Was
genau wollen Sie denn nun von mir wissen, Herr Verrier?«

»Ich erwarte Sie auch auf dem Revier. Morgen. Ich brauche
Ihre Aussage fürs Protokoll. Für heute habe ich genug.«

Verrier verlässt unüberhörbar schlecht gelaunt den Raum.

Ich bin heilfroh, dass ich verletzt bin und seinen Unmut nicht ausbaden muss.

»Schade.« Bebe klingt alles andere als traurig über seinen Abgang. »Dabei wollte ich doch noch in Erfahrung bringen, aus welchem Grund Soika dachte, es wäre eine gute Idee, die nächste Diedrich-Schwester zu entführen.«

»Er wusste haargenau, wie viel Kohle meine Eltern haben und dass da mehrere Millionen zu holen sind. Mit einer Leiche hat er sich die Erpressung nicht getraut, aber als ich dann auf der Bildfläche erschien und ihm eine zweite Chance geboten habe, konnte er nicht widerstehen. Er hatte horrende Schulden, angeblich war er spielsüchtig. Müsstest du das nicht nachvollziehen können, Bitch?«

Bebe lacht leise und ich fasse nicht, dass sie sich so nennen lässt, ohne sich zu wehren. Ist ja nicht so, als ob sie auf den Mund gefallen wäre.

»Kannst du dir vorstellen, dass ich Paulines geheime Beziehung gefunden habe?« Der Stimme nach zu urteilen, setzt Simone sich auf den frei gewordenen Stuhl.

»Wie denn das? Wochenlang suchst du ihn ohne Erfolg und dann schaffst du es innerhalb eines Tages?«

»Er hat sich bei mir gemeldet. Ich lag mit meiner Vermutung richtig, er ist heiß und primitiv. Meine Eltern wären endgültig eskaliert, wenn Pauline den präsentiert hätte. Und nachdem sie verschwunden war, war ihm klar, dass er auf der Verdächtigenliste ganz oben landen würde.«

»Tja, das kann ich mir durchaus vorstellen. Es war clever von ihm, sich bedeckt zu halten.«

»Was ist eigentlich mit deinem Lover? Er schläft wie Dornröschen.«

»Er hat ein Schleudertrauma und ein paar geprellte Rippen. Und er schläft schon seit einer halben Stunde nicht mehr, sondern täuscht es nur vor.«

Vorsichtig blinzle ich mit einem Auge.

Bebe grinst mich an.

»Müde und erschöpft bin ich tatsächlich«, murmle ich. Das ist nicht gelogen. Die Schmerzmittel hauen echt rein.

»Ja, ja, süß ihr beiden«, ätzt Simone. Keine Ahnung, ob sie noch nie verliebt war oder ihren Widerwillen nur vortäuscht. »Ihr seid übrigens nicht die Einzigen, draußen stehen die rothaarige Strebertussi und der minderbemittelte Muskelprotz und knutschen. Rechnet also nicht damit, dass die in den nächsten Stunden Zeit für euch haben, die treiben es wahrscheinlich gleich im Schwesternzimmer.«

Bebe zieht eine Augenbraue hoch und ich betrachte sie eingehend. Das Verhältnis zwischen ihr und Kevin Wagner ist mir nach wie vor nicht ganz klar.

»Na endlich«, sagt sie dann erfreut und ich atme erleichtert auf.

»Warum lässt du dich von ihr Bitch nennen?«, frage ich leise.

»Das ist bei ihr keine Beleidigung, sondern ein Kompliment«, erklärt Bebe. »Simones Gehirn funktioniert anders als das anderer Menschen.«

Simone hat uns gehört. Sie beginnt zu singen. Mir ist der Song definitiv noch nie zu Ohren gekommen.

Bebe

Epilog

Ich quäle mich mühsam aus dem Bett. Meine Wohnung ist nach wie vor ein durchwühltes Chaos, aber mir fehlte am Tag zuvor die Kraft, es zu ändern. Seit ich weiß, dass der Täter im Gefängnis sitzt, ist es auch nur noch halb so schlimm.
Auf dem Handy finde ich mehrere Nachrichten.

Heinz: Kompliment, Bebe! Lass dich nicht von meinem Sohn und seinen Vorwürfen, du wärst zu leichtsinnig gewesen, irritieren. Du hast den untrüglichen Instinkt, Fälle aufzuklären, und das Diedrich-Mädchen verdankt dir ihr Leben.

Kevin: BEBE! Es tut mir so leid, ich habe es voll verbockt. Ich bin der mieseste Bodyguard der Welt.

Lara: Ruf mich sofort an!

Lara: Ich habe Kevin den Arsch aufgerissen. Nicht weil er dich nicht bis zur Haustür überwacht hat – na gut, deswegen auch – sondern, weil er sich überhaupt auf diesen an Irrsinn nicht zu überbietenden Unfug eingelassen hat.

Lara: Es tut Kevin unglaublich leid, dass er dich zu früh aus den Augen gelassen hat. Meinst du, du kannst ihm verzeihen?

Lara: Möglicherweise hast du es schon mitbekommen. Kevin und ich haben uns geküsst. Was soll ich jetzt nur machen? Glaubst du, er will mich nur klarmachen und verliert dann das Interesse? So wie er es mit allen anderen Frauen macht?

Ich weiß gar nicht, wem ich zuerst antworten soll. Lara und Kevin sind am Tag zuvor nicht in Tims Krankenzimmer aufgetaucht.

Laut gähnend setze ich Kaffee auf und wasche und ziehe mich an, während er läuft. Im Spiegel schaut mich ein blasses, müdes Gesicht an. So ein Glück, dass ich das innerhalb von fünf Minuten ändern kann, länger benötige ich nie, um jede Spur aus meinem Erscheinungsbild zu tilgen. Müdigkeit, Kummer, ein blaues Auge – ich lasse alles verschwinden.

Doch als ich zum Concealer greife, zögere ich. Muss ich das wirklich machen? Darf ich nicht müde aussehen, wenn ich mehrere miese, schlaflose Nächte hatte? Sollte man mir die Angst nicht ansehen dürfen, die ich in den letzten Tagen hatte? Entschlossen trage ich eine Tagescreme auf, sonst nichts. Kein Make-up, keine Wimperntusche, nicht einmal Lippenstift.

Ich werde quasi nackt aus dem Haus gehen.

Dann ziehe ich den Rock aus und schlüpfe in eine Jeans und einen warmen Pulli, den ich gewöhnlich nur zu Hause trage, wenn ich allein bin. Draußen tobt ein Herbststurm und augenblicklich freue ich mich irrsinnig darüber, die Beine nicht dem Unwetter aussetzen zu müssen. Ich werde mich mit Kleidung vor Kälte und unliebsamen Blicken schützen. Und gleichzeitig mein wahres Gesicht zeigen.

Mit einem Mal fühlt sich das gut an.

Love & Crime: Bisher erschienen

Blossom Blue	Mai 2021
	978-3-7534-9630-6
Bubblegum Bitch	Dezember 2021
	978-3-7557-7755-7